KB124140

소용돌이

La Vorágine

José Eustasio Rivera

This book has been supported by The Ministry of Culture of Colombia.
이 책은 콜롬비아 문화부의 지원을 받아 출간되었습니다.

대산세계문학총서
175

소용돌이

La Vorágine

호세 에우스타시오 리베라 조구호 옮김   문학과지성사

대산세계문학총서 175

소용돌이

지은이   호세 에우스타시오 리베라
옮긴이   조구호
펴낸이   이광호
편집   박솔뫼 김은주
펴낸곳   ㈜문학과지성사
등록번호   제1993-000098호
주소   04034 서울 마포구 잔다리로7길 18(서교동 377-20)
전화   02) 338-7224
팩스   02) 323-4180(편집) 02) 338-7221(영업)
전자우편   moonji@moonji.com
홈페이지   www.moonji.com

제1판 제1쇄 2022년 5월 30일

ISBN 978-89-320-4024-0 04870
ISBN 978-89-320-1246-9(세트)

이 책은 대산문화재단의 외국문학 번역지원사업을 통해 발간되었습니다.
대산문화재단은 大山 愼鏞虎 선생의 뜻에 따라 교보생명의 출연으로 창립되어
우리 문학의 창달과 세계화를 위해 다양한 공익문화사업을 펼치고 있습니다.

차례

일러두기

1. 이 책은 José Eustasio Rivera의 *La Vorágine*(MADRID: EDICIONES CÁTEDRA, 1990)를 우리말로 옮긴 것이다.
2. 본문의 주는 모두 옮긴이의 것이다.

1부

한 여자에게 푹 빠지기 전까지는 될 대로 되라는 식이어서 내 마음속에 폭력성이 가득했다. 예전에 나는 술에 취한 듯한 황홀감에 대해서도, 애정 어린 신뢰감에 대해서도, 사랑하는 사람들의 소심한 시선이 드러내는 불안감에 대해서도 전혀 몰랐다. 나는 애정이 많은 남자였다기보다는 입으로는 사랑을 전혀 구걸할 줄 모르는 지배자였다. 그런데도 이상적인 사랑의 신성한 은총이 내 정신에 불을 붙여주기를 갈망했는데, 이는 내 영혼이 화력 좋은 장작에서 타오르는 불처럼 내 몸 안에서 섬광을 내뿜기를 바라서였다.

내가 알리시아의 두 눈에서 불행을 감지했을 때는 이미 순수한 애정에 대한 희망을 버린 상태였다. 자유가 지겨웠는지 사슬을 채워달라고 간청하듯 많은 여자에게 팔을 뻗었지만 소용없었다. 그 어떤 여자도 내 희망을 헤아리지 못했다. 내 가슴은 계속해서 침묵했다.

알리시아는 쉬운 여자였다. 자신이 찾던 사랑을 내게서 발견할 거라 기대하고는 주저 없이 몸을 주었다. 그녀의 부모가 나를 힘으로 억눌러버리겠다고 작정하고서 본당 사제의 도움을 받아 그녀를 다른 남자와 결혼시킬 음모를 꾸민 그 며칠 동안에는 나와 결혼할 생각이 전혀 없었다. 그녀가 교묘한 계획을 내게 밝혔다. 나 혼자 죽을 거예요. 내 불행이 당신의 앞날을 가로막으니까요.

그 후 그녀가 가족의 품에서 쫓겨나고 판사가 내 변호사에게 나를 감옥에 집어넣겠다고 알려온 어느 날 밤, 그녀의 은신처로 달려가 단호하게 말했다. 내 어찌 당신을 내버려 두고 돌보지 않을 수 있겠소? 우리 함께 도망칩시다! 내 행운을 받아들이되 내게 당신의 사랑을 주시오.

그리고 우리는 도망쳤다!

＊ ＊ ＊

그날 밤, 그러니까 우리가 카사나레*에서 보낸 첫날 밤에는 불면이 나의 동반자였다.

모기장의 망사를 통해 하늘에 끝없이 펼쳐진 반짝이는 별을 보았다. 머리 위로 야자나무 잎사귀가 조용히 우리를 지켜주었다. 주변에는 무한한 정적이 투명한 공기를 파르스름하게 물들이면서 부유했다. 내 해먹 옆의 비좁은 간이침대에서는 알리시

---

* 카사나레Casanare는 콜롬비아 동부 오리노키아Orinoquia 지방의 광활한 지역이다. 이 소설에서 콜롬비아의 세 지역, 즉 안데스, 오리노키아, 아마존은 특별한 의미를 지닌다. 카사나레라는 이름은 메타Meta강의 지류이자 오리노코 Orinoco강의 지류인 카사나레강 이름에서 유래했다.

아가 쌔근거리며 잠들어 있었다.

당시 슬픔에 젖은 내 영혼은 깊은 고뇌에 잠겨 있었다. '너 자신의 운명을 어떻게 해버린 거야? 네 열망을 위해 희생시키고 있는 이 아가씨는 대체 뭐야? 그리고 영화를 누리겠다는 너의 꿈, 성공하겠다는 너의 조바심, 네가 얻은 명성의 첫 성과물은? 어리석은 놈! 권태가 바로 너를 여자들과 연결해주는 끈이야. 너는 유치한 자만심으로 일부러 자기 자신을 속였고, 너는 그 어떤 여자에게서도 결코 발견하지 못한 것이 이 아가씨에게는 있다고 여겼지. 그러나 이상은 찾아지는 것이 아니라 자신에게 있다는 사실을 이미 알고 있었어. 너의 간절한 바람은 이미 충족되었는데, 네가 그토록 비싼 대가를 치르고 얻은 그 몸은 대체 어떤 가치가 있는 거지? 사실 알리시아의 영혼은 결코 네게 속한 적이 없어. 지금 그녀의 피가 지닌 온기, 숨결을 느낀다고 해도 네가 이미 지평선 위로 기우는 저 말 없는 별들로부터 아주 멀리 떨어져 있는 것처럼 그녀와 정신적으로 아주 멀리 떨어져 있어.'

그 순간 나는 무력함을 느꼈다. 내 행위에 대한 책임감 때문에 기력이 쇠잔해져서가 아니라 그 아가씨의 짜증이 나를 괴롭히기 시작했기 때문이다. 내가 엄청난 광기를 부린 대가라 할지라도 그녀를 소유하는 데는 별다른 애를 쓰지 않았다고 할 수 있다. 하지만 그런 광기를 부려 그녀를 소유한 다음에는?……

카사나레에는 모골이 송연해지는 전설이 있었지만 나는 그곳이 무섭지 않았다. 나의 본능은 모험심을 부추겨 그곳 전설과 맞서도록 충동질했다. 내가 그 광활한 평원에서 아무 탈 없이 나갈 수 있으리라고, 언젠가는 낯선 도시들에서 과거에 겪은 갖가지 위험에 대한 향수를 느끼게 되리라고 확신했기 때문이다. 하지만 알리시아가 족쇄처럼 나를 애먹이고 있었다. 그녀가 적어도 더 대담하고, 덜 미숙하고, 더 민첩하다면 좋을 텐데! 불쌍한 알리시아는 슬프고 괴로운 상황에서 보고타를 떠났었다. 그녀는 말을 탈 줄도 몰랐다. 햇살 때문에 피부가 발갛게 달아올랐는데, 그녀가 간혹 말에서 내려 걷기를 원하면 나는 인내심을 가지고 그녀를 따라 말에서 내려 고삐로 말을 끌며 걸었다.

내가 그토록 유순한 태도를 보인 적은 결코 없었다. 우리는 그렇게 도망치면서 대부분이 농부인 행인들과 마주치지 않으려고 길을 벗어나고 싶어도 그럴 수가 없어서 천천히 나아가고 있었다. 행인들이 우리 앞에 멈춰 서서는 동정 어린 태도로 내게 물었다. "나리, 아가씨가 왜 울면서 가는 겁니까?"

사법당국이 체포할 수도 있는 상황이라 우리는 카케사* 부근에서 밤을 보내야 했다. 나는 내 말에 달린 가죽끈으로 전화선을 묶어 끊어버리려고 여러 차례 시도했다. 하지만 누군가의 신고로 체포되어 알리시아에게서 벗어나고, 감금 상태에서도 절대 잃지 않는 그런 정신적 자유를 내게 되돌려주면 좋겠다고 은근히 바라면서 그 일을 그만두었다. 우리는 그 마을 밖에서 첫날 밤을 보내고는 강 주변 평야 쪽으로 길을 벗어났다. 비쩍

---

* 카케사Cáqueza는 쿤디나마르카Cundinamarca주에 속하는 마을로, 보고타 Bogotá 남동부에 있다. 비야비센시오Villavicencio와 야노스 오리엔탈레스Llanos Orientales로 가는 길목에 있다.

마른 말들이 지나가면서 잎사귀를 베어 먹느라 시끄러운 소리를 내던 사탕수수밭 사이로 들어간 뒤에 나뭇가지로 지붕을 이은 헛간에 은신했다. 그곳에는 사탕수수 압착기 한 대가 작동하고 있었다. 우리는 멀리서 압착기가 삐걱거리는 소리를 들었다. 압착기에 달린 돌림대를 끄는 소들과 회초리로 소들을 닦달하면서 압착기 주위를 도는 소년의 그림자가 사탕수수즙이 끓고 있던 화덕 불빛에 간헐적으로 드러났다. 몇몇 여자가 저녁 식사를 준비하고 알리시아에게 해열 효과가 있는 허브 달인 물을 주었다.

우리는 그곳에서 일주일 동안 머물렀다.

* * *

내가 상황을 수소문해보라며 보고타로 보낸 일꾼이 불길한 소식을 가져왔다. 추문이 달아올랐는데, 나를 좋아하지 않던 사람들이 수군거리는 통에 들끓어버렸다. 우리의 도주를 두고 말이 많았고, 신문들은 그 혼란스러운 사건을 이용했다. 내가 이 문제에 개입해 손을 좀 써달라고 부탁했던 친구는 충격적인 말을 담아 편지를 보냈다. 〈자네들은 붙잡힐걸세! 자네에게는 카사나레 외에 더는 숨을 곳이 없네. 자네 같은 남자가 그런 황야를 찾으리라고 누가 상상이나 하겠는가?〉

바로 그날 오후 알리시아는 우리가 수상한 손님으로 의심받는다고 내게 알렸다. 우리가 머물던 집의 여주인은 나와 알리시아가 남매 사이인지, 합법적인 부부 사이인지 혹은 단순한 친구 사이인지 그녀에게 물었고, 알리시아더러 '처지가 곤궁하기에 그렇게 하는 게 전혀 나쁘지 않은 현 상황에서' 위조한 동전을 좀 보여달라고 알랑거리는 태도로 간청했다. 다음 날 날이 밝기 전에 우리는 그곳을 떠났다.

"알리시아, 우리가 강력한 유령 하나를 상상해놓고는 그 유령에게서 도망치고 있다는 생각이 들지 않소? 돌아가는 게 더 낫지 않겠소?"

"당신이 그 말을 하도 많이 하니까 내가 피곤하게 해서 그런가 하는 생각이 드네요. 그럴 거면 뭐 하려고 날 데려왔어요? 대체 무슨 생각으로 그랬냐고요. 저리 가요, 날 내버려 둬요! 내겐 당신도 카사나레도 전혀 중요하지 않아요."

그러고서 알리시아는 다시 울기 시작했다.

그 불쌍한 여자가 어디 의지할 데도 없다고 느낀다고 생각하자 애잔한 마음이 들었다. 나는 그녀가 겪은 실패의 원인을 이미 들어 알고 있었다. 알리시아가 나를 처음 만났을 당시 부모는 딸을 늙은 지주와 결혼시키고 싶어 했다. 그녀는 사춘기 때 얼굴이 창백하고 병약한 사촌 오빠를 사랑하게 되어 그와 결혼하기로 비밀리에 약속한 상태였다. 그 후 그녀 앞에 내가 나타났고, 저당물을 도둑맞을 위험에 처하자 불안해진 늙은 지주는 그녀의 열성적인 가족의 도움을 받아 알리시아에게 더 많은 선물을 갖다 주면서 포위망을 좁혔다. 그러자 알리시아는 자신의 해방을 위해 내 품으로 뛰어들었다.

하지만 위험은 지나가지 않았다. 그 모든 정황에도 불구하고 그 늙은이가 그녀와 결혼하기를 원했던 것이다.

"날 내버려 두라고요." 그녀가 말에서 뛰어내리며 다시 말했다. "난 당신에게 원하는 게 전혀 없어요! 난 이 길을 걸어가면서 자비로운 사람을 찾을 거예요. 파렴치한 인간! 난 당신에게 원하는 게 전혀 없다고요."

난 화가 난 여자에게 대꾸하는 것은 현명하지 않다는 사실을 알 만큼 충분히 살았기 때문에 침묵을 지켰다. 그사이 그녀는 풀밭에 앉아 손을 부르르 떨면서 풀을 한 움큼씩 뽑았다.

"알리시아, 이건 당신이 나를 결코 사랑한 적이 없다는 사실을 증명해주고 있소."

"결코."

그러고서 그녀는 눈길을 딴 데로 돌렸다.

잠시 후 그녀는 내가 뻔뻔스럽게도 자기를 속였다고 불평했다. "당신이 아랫동네 아가씨의 꽁무니를 따라다닌 사실을 내가 몰랐을 거라고 생각해요? 당신이 시치미를 뚝 떼고서 그 아가씨를 유혹하려고 했잖아요. 그래놓고 우리가 이렇게 지체되는 게 내 건강이 좋지 않아서라고 주장하는 거잖아요. 지금 이런 식이라면 나중에는 어떻게 될까요? 날 내버려 둬요! 카사나레에는 절대 안 가요. 그리고 당신과 함께라면 천국이라 해도 가지 않을 거예요."

그녀가 나의 불성실한 태도를 비난하자 얼굴이 화끈거렸다. 할 말이 없었다. 그녀를 껴안아 이별의 포옹을 함으로써 그녀의 질투심에 감사를 표하고 싶은 심정이었다. 내가 자기를 버려주기를 그녀가 원한다면, 그게 내 탓인 걸까?

나는 그녀에게 얼렁뚱땅 둘러대기 위해 말에서 내렸다. 그때 우리를 향해 급히 말을 몰아 비탈길을 내려오는 사내가 보였다. 알리시아가 불안해하며 내 팔을 붙잡았다.

사내는 우리와 가까운 곳에 이르러 말에서 내리더니 중산모자를 벗어 들고 다가왔다.

"신사 양반, 한 말씀 드릴까 합니다."

"나 말이오?" 나는 목소리에 힘을 주며 되물었다.

"예, 나리." 그는 루아나* 한 귀퉁이를 들쳐 둘둘 만 종이를 꺼내더니 내게 건넸다. 제 대부님께서 이걸 전해주라고 하셨습니다."

"당신 대부가 누군데요?"

"군수님이 제 대부입니다."

"이건 내가 받을 게 아니오." 나는 종이를 읽지도 않고서 그에게 되돌려주며 말했다.

"그런데 귀하들은 압착기가 있던 곳에 머물던 분들이 아니신가요?"

"절대 아니오. 나는 인텐덴테직을 수행하러 비야비센시오**로

---

* 콜롬비아와 베네수엘라 등지에서는 전통 의상인 '폰초poncho'를 '루아나ruana'라고도 부른다.

** 인텐덴테Intendente는 '인텐덴시아Intendencia'라는 행정 구역의 장長이다. 메타주의 수도인 비야비센시오는 그 지역 정치와 경제의 중심지이며, 야노스 오리엔탈레스로 가는 관문이다. 메타는 1909년에 인텐덴시아가 되었다가 1959년에 주州가 되었다. 인텐덴테는 『소용돌이』속 시대에 메타에서 가장 중요한 정치적 직책이었는데, 주인공 아르투로 코바Arturo Cova가 선택한 거짓말은 그 지역의 수장이 되고 싶은 욕망과 함께 그의 자기 과시욕과 위대해지고 싶은 환상의 일부를 보여준다.

가는 중이고, 여기는 내 아내요."

강한 어조의 내 말을 듣고 그가 머뭇거렸다.

"저는 귀하들이 위폐범이라 믿었습니다." 그가 더듬더듬 말했다. "헛간 사람들이 그 사실을 마을에 알려 사법당국이 귀하들을 붙잡으라고 지시했지만, 제 대부님은 시장이 서는 날에만 사무실을 열기 때문에 당시에는 농장에 계셨습니다. 제 대부님이 전보도 여러 장 받으셨는데, 현재 보안관이라고는 저밖에 없어서……"

나는 그에게 자신의 행동을 해명할 시간을 더 주지 않은 채 부인의 말을 내게 끌어오라고 명령했다. 알리시아는 자신이 겁을 먹어 얼굴이 창백해진 사실을 들키지 않으려고 모자의 거즈천으로 얼굴을 가렸다. 성가신 사내는 우리가 떠나는 것을 아무 말 없이 바라보다가 갑자기 말에 올라 안장으로 사용하던 길마에 앉더니 미소를 머금은 채 우리 곁으로 다가왔다.

"나리, 제가 일을 완수했다는 사실을 제 대부님이 아시도록 통지서에 서명 좀 해주셔요. 인텐덴테로서 말입니다."

"펜 가지고 있소?"

"없는데요, 조금 있다가 구해보겠습니다. 제가 서명을 받지 못하면 군수님이 저를 감옥에 처넣을 겁니다."

"그게 무슨 소리요?" 나는 말[馬]을 세우지 않은 채 그의 말에 대꾸했다.

"만약 나리께서 직무를 수행하러 가시는 게 확실하다면 저를 좀 도와주시기 바랍니다. 제가 암송아지 한 마리를 훔친 죄를 뒤집어쓰는 바람에 현재 난처한 입장인데요, 당시 체포되었지만 대부님께서 제게 거주지를 마을로 제한하는 처분을 내리셨습니다. 그러고서는 보안관이 결원이었기 때문에 제게 보안관의 명예를 주셨습니다. 제 이름은 페페 모리요 니에토인데요, 사람들은 '피파'*라는 별명으로 부른답니다."

그 수다스러운 심부름꾼은 내 오른쪽에 달라붙어 자신의 고통스러운 처지를 주절거리며 따라왔다. 그는 나더러 내 옷 가방을 달라고 해서 자신의 길마에 걸쳐놓고는 가방이 떨어지지 않도록 양 허벅지로 지탱했다.

"저는 버젓한 루아나 하나 살 돈도 없고요, 상황이 나빠져 맨발로 살아야 할 처지입니다. 여기 귀하들이 보시다시피 이 모자는 2년이 넘은 건데요, 그것도 카사나레에서 주운 거랍니다." 그가 말했다.

이 말을 들은 알리시아가 놀라워하는 눈초리로 사내를 쳐다보았다.

"카사나레에 산 적이 있나요?" 그녀가 물었다.

"그렇습니다, 부인. 저는 야노스**도 알고, 아마존의 고무농장도 알고 있습니다. 하느님께서 도와주신 덕분에 재규어랑 뱀을 많이 죽였습니다."

그때 우리는 짐을 실은 짐승들을 이끌고 가던 짐꾼들과 마주쳤다. 피파가 그들에게 부탁했다.

---

* 사람들이 그의 이름 '페페Pepe'와 발음이 유사한 '피파Pipa'라 불렀는데, 피파는 '배불뚝이', '파이프(물부리)' 같은 의미를 지니고 있다.
** 야노스Llanos는 콜롬비아와 베네수엘라 사이의 대평원 지역을 가리킨다.

"적선하는 셈 치고 잠시 서명 좀 하게 연필 하나 빌려주세요."

"우린 그런 건 가지고 다니지 않아요."

"부인이 있는 데서는 카사나레에 관해 함부로 떠들지 마시오." 나는 낮은 목소리로 피파에게 말했다. "나를 따라오시오. 그리고 적당할 때 인텐덴테에게 유용한 정보를 은밀히 말해줘요."

그 운 좋은 피파는 허풍과 과장을 섞어서 하고 싶은 말을 죄다 했다. 그는 알리시아의 종복이 되어 비야비센시오 근처에서 우리와 함께 밤을 보냈는데, 특유의 수다스러움으로 알리시아의 마음을 풀어주었다. 그리고 그날 밤, 안장이 얹힌 내 말을 훔쳐 달아났다.

* * *

이런 추억과 더불어 내 기억이 흐릿해지는 사이에 불그스름한 불빛 하나가 갑자기 타올랐다. 재규어를 비롯해 여러 가지 밤의 위험이 우리를 호시탐탐 노리는 것을 막기 위해 해먹에서 얼마 떨어지지 않은 곳에 화톳불을 피워놓았는데, 밤새 꺼지지 않고 불빛을 내뿜었다. 돈 라포*는 어느 신 앞에서처럼 화톳불 앞에 무릎을 꿇은 채 입으로 바람을 불어 넣고 있었다.

그사이 울적한 고독 속에서 침묵이 이어졌고, 가까운 별자리들이 발산하는 무한한 감동이 내 영혼에 스며들었다.

---

* 라포Rafo는 라파엘Rafael의 애칭이고, 돈Don은 공경의 의미로 남자 이름 앞에 붙이는 명사.

나는 다시 회고해보았다. 내 존재의 반은 사라져버린 시간과 더불어 회복할 수 없을 정도로 망가져버려 이제는 남은 내 젊음과 내 꿈의 근거까지도 위태롭게 하면서 새로운 삶, 이전과 다른 삶을 시작해야 했다. 그 이유는 내 꿈이 다시 꽃피울 쯤에는 아마도 그 꿈을 줄 사람이 이미 없거나, 신전의 제단을 내가 알지 못하는 신들이 차지하고 있을 것이기 때문이었다. 알리시아도 나와 같은 생각을 했을 테고, 이런 식으로 그녀는 내게 후회를 불러일으키는 동시에 나의 불안감을 진정시켜주는 존재였고 내 슬픔의 동반자였다. 그녀 역시 바람에 휘날리는 씨앗처럼 자신이 어디로 가는지도 모른 채, 자신을 기다리는 땅에 대해 두려움을 느끼면서 가고 있었다.

틀림없이 그녀는 열정적인 여자였다. 가끔 돌이킬 수 없는 사안 앞에서 소심함을 이겨내고 결단을 내렸다. 그러나 가끔 자신이 진즉 독약을 먹지 않았다는 사실에 고통스러워했다. 그녀가 말했다. 비록 당신이 원하는 만큼 내가 사랑하지 않는다고 해도, 세상 물정 모르는 나를 데려와 결국 불행에 빠뜨리는 남자가 되지는 않을 거잖아요? 당신이 내 삶에서 한 역할을 어찌 잊겠어요? 당신이 내게 진 빚을 어떻게 갚을 수 있겠어요? 당신이 내게 빚을 갚는다는 건 객줏집의 시골 여자에게 연정을 품는 것도 아닐 거고, 또 나더러 당신의 도움을 간절히 원하도록 만들어놓고는 나중에 나를 버리는 것도 아닐 거예요. 하지만 당신이 이렇게 나를 버리려고 한다면, 내가 어떤 여자인지 당신은 이미 알고 있을 테니까, 보고타로 돌아가요. 대답해봐요!

"그런데 당신도 알다시피 나는 어처구니없을 정도로 가난하잖소?"

"그건 당신이 나를 찾아올 때마다 부모님이 내 귀가 닳도록 하셨던 말이에요. 내가 지금 당신에게 바라는 보호는 돈이 아니라 마음으로 해달라는 거예요."

"어련히 알아서 주려고 했던 것을 당신이 지금 간청하는 이유가 뭐요? 난 당신을 위해 모든 것을 버렸고, 결과야 어떻든 모험에 뛰어들었소. 그런데 당신은 이 어려움을 참아내고 나를 믿어줄 용기가 있기나 한 거요?"

"나야말로 당신 때문에 온갖 희생을 하지 않았나요?"

"하지만 당신은 카사나레를 두려워하잖소."

"당신 때문에 카사나레가 두려운 거예요."

"역경은 하나뿐이고, 우리는 둘이오!"

헌병대장이 찾아올지도 모른다던 그날 밤에 비야비센시오의 누추한 집에서 우리가 나눈 대화였다. 머리가 반쯤 희고 몸이 땅딸막한 이 사내는 카키색 옷을 입고, 콧수염을 덥수룩하게 기르고, 얼굴이 불콰했다.

"안녕하시오, 나리." 그가 문지방에 검을 짚고 멈춰 서자 나는 경멸 섞인 어조로 말했다.

"오호, 시인* 선생! 이 아가씨는 아홉 뮤즈의 자매가 될 만하

---

* 이 헌병대장은 주인공 아르투로 코바를 시인으로 부른 첫번째 등장인물이다. 아르투로 코바는 화자로서 다른 등장인물들, 즉 지금은 가메스 이 로카 Gámez y Roca 장군에게, 나중에는 나르시소 바레라Barrera에게 자신의 정체성에 관한 중요한 면모를 인식시킨다. 이 소설의 첫 행에서부터 감지할 수 있다시피 아르투로 코바는 시인으로서 이 이야기를 쓰고 있을 뿐만 아니라 그의 시들이 이미 그에게 어느 정도 명성을 부여하면서 유포되기도 했는데, 그 명성은

군요. 당신, 친구들 놔두고 혼자만 재미 보지 말아요!"

헌병대장이 아니스가 첨가된 아구아르디엔테* 냄새를 내 얼굴에 내뿜었다.

그가 알리시아의 몸을 스치면서 의자에 앉더니 알리시아의 손목을 잡으며 숨을 헐떡거렸다.

"아이 귀여운 것! 이제 날 기억하지 못할 거야. 난 가메스 이 로카, 가메스 이 로카 장군이야! 네가 어렸을 때 내가 무릎에 앉히곤 했잖아."

그는 알리시아를 새삼스럽게 자기 무릎에 앉히려 했다.

알리시아가 아연실색하며 소리를 질렀다.

"무례한 인간, 무례한 인간!" 그녀는 그를 멀리 밀쳐버렸다.

"당신, 대체 뭘 원하는 거요?" 나는 문을 닫으며 으르렁거렸다. 그에게 침을 뱉어 모욕했다.

"시인, 이게 대체 무슨 짓이오? 당신을 감옥에 처넣고 싶어 하지 않는 사람의 관대하고 품위 있는 행동에 그런 식으로 대응하는 거요? 난 이 아가씨 부모의 친구고, 아가씨가 카사나레에서 죽을 수도 있으니까, 아가씨를 내게 넘겨요. 난 아가씨의 비밀을 지켜줄 거요. 범죄인의 신병은 내가 처리해요, 내가 처리한다고요! 아가씨를 내게 넘기라고!"

나는 사내가 말을 채 끝내기도 전에 휙 하고 허리를 굽혀 알리시아의 구두 한 짝을 벗긴 뒤 사내를 칸막이벽에 밀쳐놓고는

대부분 빈정거림의 대상이 된다.

* 아구아르디엔테aguardiente는 콜롬비아 등지에서 마시는 독한 소주의 일종.

20

구두 굽으로 그의 얼굴과 머리를 몇 차례 가격했다. 술에 취해 있던 사내는 말을 더듬거리며 응접실 구석에 놓여 있는 쌀자루들 위로 고꾸라졌다.

사내가 그곳에서 코를 곤 지 반 시간 뒤에 나는 알리시아, 돈 라포와 함께 끝없이 펼쳐진 평원을 향해 도망쳤다.

* * *

"여기 커피 있네." 돈 라포가 모기장 앞에 멈춰 서며 말했다. "빨리들 들게, 지금은 카사나레에 있잖아."

기분이 상쾌해진 알리시아가 사근사근한 목소리로 우리에게 인사했다.

"이제 해가 뜰까요?"

"아직은 시간이 걸릴 거야. 별수레*가 이제 겨우 산등성이에 도달했으니까." 돈 라포가 우리에게 산맥을 가리키며 말했다. "우리가 저 산맥을 다시는 못 볼 수도 있으니 작별 인사나 하세. 이제는 대평원, 대평원, 대평원뿐이야."

우리가 서둘러 커피를 마시는 동안 새벽의 수증기에서 쟁기질한 흙냄새, 막 베어낸 나무 냄새가 뒤섞인 신선한 파하 브라바**

---

* 별수레는 큰곰자리의 꼬리와 엉덩이 부근에 있는 북두칠성을 가리킨다. 중국에서는 북두칠성을 황제의 '수레'로 여겼다.

** 파하 브라바paja brava는 중남미에 자생하는 '나래새 속'의 다년생 식물로, 이 지역에 서식하는 가축의 먹이가 된다. 학명은 '하라바 이추jarava ichu' 또는 '스티파 이추stipa ichu'다.

내음이 풍겼고, 부챗살처럼 펼쳐진 모리체* 야자나무의 가지가 살랑살랑 속삭이는 듯한 소리가 희미하게 들려왔다. 가끔씩 투명한 별빛 아래서 어느 야자나무가 동쪽으로 고개를 숙인 채 머리를 흔들어댔다. 예기치 않은 즐거움이 혈관을 채웠고, 동시에 정신은 대초원처럼 확장되어 삶과 신의 창조물에 고마움을 느끼며 한껏 고양되었다.

"카사나레는 정말 매력적인 곳이군요." 알리시아가 되뇌었다. "무슨 조화인지 모르겠지만, 평원을 밟자마자 나를 괴롭히던 불안감이 줄어들었어요."

"그건 이 땅이 사람에게 이곳을 향유하고 견뎌내도록 용기를 주기 때문이지." 돈 라포가 말했다. "여기는 금방 죽어가는 사람조차도 자신이 썩어 문드러질 땅에 간절하게 입을 맞추고 싶어 하는 곳이야. 사람이 살지 않는 곳이지만 그 누구도 혼자라고 느끼지 않지. 태양, 바람, 폭풍우가 우리의 형제거든. 이런 것들은 두려움의 대상도 저주의 대상도 아니야."

돈 라포는 이렇게 말한 뒤에 내가 아버지처럼 말을 잘 타는지, 위험에 처했을 때 아버지처럼 용감한지 물었다.

"씨도둑은 못 하는 법이잖아요?" 나는 우쭐거리며 대답했고, 그사이 알리시아는 화톳불 빛이 어린 얼굴에 신뢰감을 드러내는 미소를 머금었다.

---

* 모리체moriche는 몸통이 반들반들하고 키가 큰 야자나무의 일종으로, 아마존과 오리노키아에서 다양하게 쓰인다. 잎사귀는 지붕을 이거나 노끈과 바구니를 만드는 데 사용되고 열매는 음료를 만들거나 동물의 먹이로, 가지는 건축 자재로 사용된다.

예순 살이 넘은 돈 라포는 내 아버지의 전우였다. 그는 과거에는 잘나갔지만 이제는 쇠락해버린 사람 특유의 품위를 간직하고 있었다. 흰 수염, 차분한 눈, 반짝거리는 대머리가 동정심과 관대함이 몸에 밴 그의 적당한 키와 잘 어울렸다. 그는 비야비센시오에서 내 이름을 들었을 때, 그리고 내가 붙잡힐 것이라는 사실을 알았을 때, 가메스 이 로카가 나를 보호하겠다고 그에게 단언했다는 새로운 소식을 가지고 나를 찾아 떠났다. 우리가 그곳에 도착했을 때부터 돈 라포는 우리에게 줄 물건을 사고, 알리시아의 부탁을 들어주었다. 우리가 돌아오는데 길잡이가 되어주었고, 자신이 아라우카*에서 돌아오는 길에는, 나중에 우리가 몇 개월 동안 머물게 될, 자기 단골손님의 목장을 우리에게 알선해줄 것이다.

그는 카사나레로 떠나는 길에 우연하게도 비야비센시오에 머물렀다. 가난한 홀아비가 된 돈 라포는, 야노스가 좋아졌기 때문에 사위에게 돈을 받아 매년 목축업자로, 소매상인으로 그곳을 돌아다녔다. 소 오십 마리 이상은 절대 구매하지 않았는데, 당시에는 장사를 위해 늙은 말 몇 마리와 자질구레한 물건을 실은 노새 두 마리를 데리고 메타강** 하류에 있는 촌락으로 가고 있었다.

"아저씨는 우리가 그 장군의 수사망에서 이제 자유로워졌다고 확신하나요?"

---

* 아라우카Arauca는 카사나레 북쪽에 위치한 지역.
** 메타강은 오리노키아에 있는 강으로, 오리노코강의 큰 지류다.

"의심할 나위가 없지."

"그 망나니 같은 인간 때문에 정말 놀랐어요!" 알리시아가 생각을 밝혔다. "제가 너무 불안해서 수은처럼 벌벌 떨었다니까요. 그 인간이 자정에 나타났다고요! 게다가 저를 알고 있다고 말했어요! 물론 그는 받아야 할 대가를 치렀어요."

돈 라포는 기분 좋게 나의 대담성을 칭찬했다. 내가 카사나레에 어울리는 남자였다고!

돈 라포는 말을 하는 동안 짐승들의 다리를 묶었던 밧줄을 풀어주고, 재갈을 채워나갔다. 나는 그의 작업을 도왔고, 이내 우리는 행군을 계속할 준비가 되었다. 우리에게 등불을 비춰주던 알리시아는 해가 뜰 때까지 기다리자고 간청했다.

"그러니까 그 유명한 피파가 야노의 수여우인가요?" 내가 돈 라포에게 물었다.

"노상강도들 가운데 가장 교활한 놈이지. 여러 번 법망을 피해 다녔는데, 교도소에서 열병을 치료한 후 출소해서는 이전보다 더 대담하게 도둑질을 해. 야만적인 인디오들의 대장 노릇을 했고, 여러 인디오 부족의 언어를 알고 있지. 뱃사공이고, 목장에서 일하는 목부야."

"게다가 아주 의뭉스럽고, 아주 위선적이고, 아주 비굴한 인간이에요." 알리시아가 지적했다.

"자네들 운이 좋아서 그가 말 한 마리만 훔쳐 간 거야. 아마 이 지역을 돌아다닐 거야……"

알리시아는 불안한 듯 나를 쳐다보았으나 돈 라포의 얘기를 듣고는 걱정을 누그러뜨렸다.

이윽고 우리 앞에 여명이 나타났다.* 우리가 정확한 시각을 알지도 못하고 있을 때, 공기 중에 모슬린처럼 너울거리는 불그스레한 수증기가 파하 브라바 초원 위를 떠돌아다니기 시작했다. 별들은 잠들어 있었고, 저 멀리 지평선에 오팔 빛깔의 활활 타오르는 구름이 나타났는데, 붓으로 한 번 격렬하게 그린 것 같은 구름이 응고된 루비 덩어리처럼 보였다. 찬란한 여명이 비치는 가운데 날카로운 소리를 내는 오리들, 공중에 떠다니는 눈송이처럼 굼뜬 백로들, 파닥거리며 나는 에메랄드 색 앵무새들, 다채로운 색깔의 구아카마야**들이 허공을 갈랐다. 그리고 모든 곳에서, 즉 초원과 광활한 공간에서, 습지와 야자나무에서 환희에 찬 산들바람이 불어오고 있었는데, 바람은 생명이었고, 생명을 강조하고, 밝게 하고, 고동치게 했다. 그사이 광대무변한 망토를 펼치는 아침노을 안에서 첫 햇살이 찌르듯 뻗쳤고, 돔처럼 거대한 태양이 파란 하늘로 솟아오르기 전에 황소와 맹수들이 놀라워하는 가운데 차츰차츰 붉어지면서 평원 위를 천천히 굴렀다.

알리시아는 눈물을 글썽이며 넋이 나간 모습으로 나를 껴안은 채 기도하듯 감탄사를 연발했다. "세상에, 이럴 수가! 해, 해를 좀 봐!"

우리는 계속해서 광활한 평원으로 걸어 들어갔다.

---

* 야노스 지방의 풍경에 관한 고전적인 서술로, 이 풍경은 동틀 녘과 해 질 녘의 여명으로 유명하다. 여명, 별, 노을과 태양은 의인화되어 있다.

** 구아카마야guacamaya는 중남미 지역에 서식하는 새로, 다양하고 화려한 원색이 아름답다.

* * *

우리의 즐거운 대화는 차츰 피로에 굴복해가고 있었다. 우리
는 돈 라포에게 수많은 질문을 해댔고, 돈 라포는 전문가의 권
위를 발휘해 궁금증을 해소해주었다.* 우리는 이제 마타, 카뇨,
수랄**이 무엇인지 알게 되었고, 마침내 알리시아는 사슴도 직접
보게 되었다. 사슴 여섯 마리가 습지에서 풀을 뜯다가 냄새를
맡고는 우리를 향해 뾰족한 귀를 쫑긋 세웠다.

"총알을 허비하지들 말게." 돈 라포가 우리에게 명령했다.
"짐승들이 가깝게 보인다고 해도 실제로는 오백 미터 정도 떨
어져 있거든. 이 지역에서 일어나는 특이한 현상이지."

돈 라포가 말의 고삐를 잡아끌며 앞장서 갔기 때문에 우리는
계속해서 대화를 나누기가 어려웠다. 다른 말들은 햇빛에 바싹
마른 파하 브라바 초원에서 돈 라포의 말을 잰걸음으로 뒤따라
갔다. 뜨거운 공기가 금속판처럼 빛났고, 그 황량한 지역에서
대기가 거울처럼 반짝거리는 가운데 저 멀리 거무스름한 덩어
리 같은 숲이 희미하게 보였다. 이따금 햇빛이 파르르 떨리는

---

* 아르투로 코바와 알리시아Alicia는 해발 2,600미터에 위치한 수도 보고타에
서 온 사람들이다. 그들에게 야노스의 세계는 완전히 다른 경험을 제공해주는
곳으로, 그곳에서의 경험은 새로운 어휘를 배우는 것도 포함되어 있다. 이들에
게 아버지 같은 인물인 돈 라포는 온갖 놀라운 것, 현저하게 차이가 나는 것들
로 이루어진 이 새로운 세계에 대한 안내인이자 중계자 역할을 한다.
** 마타mata는 평원에 작은 섬처럼 생긴 숲, 카뇨caño는 작은 강, 수랄zural은
자연적으로 형성된 광대한 수로망水路網을 가리킨다.

소리가 들렸다.*

나는 알리시아의 아마를 식혀주려고 자주 말에서 내려 풋라임을 쪼개 이마를 문질러주었다. 그녀는 햇빛을 가리려고 모자를 하얀 숄로 덮어놓은 상태였는데, 고향 집 생각으로 슬픔에 젖을 때마다 흘러나오는 눈물이 숄 끝을 적셨다. 내가 그녀의 울음에 신경 쓰지 않는 척해도, 빨갛게 달아오른 뺨을 보고는 그녀의 얼굴에 울혈이 생길까 봐 두려워 마음이 불안해졌다. 하지만 태양이 작열하는 거친 날씨에도 잠시 쉴 수가 없었다. 나무 한 그루, 동굴 하나, 야자나무 한 그루 없었기 때문이다.

"쉬고 싶소?" 내가 걱정되어 알리시아에게 제안하자 그녀가 미소를 머금으며 대답했다.

"그늘에 도착하면요! 근데, 뙤약볕에 얼굴이 타니까 당신 얼굴이나 가려요!"

오후 무렵에는 지평선에 도시가 나타난 것 같은 환영이 보였다. 숲 서쪽의 관목들이 신기루를 만들어내고, 하늘에는 돔처럼 생긴 세이바나무와 코페이**나무 위로 도가머리처럼 솟아오른 야자나무의 윤곽이 그려져 있었는데, 세이바와 코페이의 활짝 핀 주홍색 꽃송이는 옹기종기 모여 있는 기와지붕의 색깔 같았다.

고삐가 풀린 상태로 평원에서 방향을 잡아가던 말들이 우리

---

* 이는 라틴아메리카의 초기 모더니즘 운동인 모데르니스모Modernismo 작가들이 즐겨 사용하던 공감각적인 표현이자 감각의 메타포인데, 이런 표현에는 보들레르, 랭보, 위스망스의 흔적이 남아 있다.
** 아메리카가 원산지인 코페이copey나무는 고급 목재로, 수지는 타르로 사용된다.

에게서 상당히 멀리 떨어진 곳으로 내달리기 시작했다.

"말이 벌써 물 마실 곳의 냄새를 맡았군." 돈 라포가 소견을 밝혔다. "반 시간은 지나야 숲에 도착할 것 같네. 아무튼 우리는 그곳에서 먹을 걸 데울 수 있을 거야."

작은 섬처럼 생긴 숲은 부유하는 수생식물로 뒤덮인 더러운 늪에 둘러싸여 있었고, 작은 물새들이 꼬리를 흔들어대고 찍찍대면서 늪 표면을 돌아다녔다. 늪을 크게 에돌아 거의 반대편에 있게 된 우리는 늪 주변의 풀로 뒤덮인 출렁거리는 땅을 따라 수풀 속으로 들어갔다. 거기서 말들이 물을 마셨고, 나는 그늘 밑에서 말들의 족쇄를 채워나갔다. 돈 라포는 줄줄이 매달린 누르스름한 꽃 때문에 기진맥진해 보이는 거대한 나무 주위에 있는 잡초를 마체테*로 제거했는데, 나무에서 해롭지 않은 푸르스름한 구더기가 비 오듯 쏟아지는 바람에 알리시아가 질겁을 했다. 우리는 해먹을 설치하고 나서 알리시아의 땀을 빨아먹고 싶어 안달이 난 벌이 곱슬머리에 뒤엉키지 않도록 해먹에 넓은 모기장을 씌웠다. 잠시 후 화톳불에서 연기가 피어올랐고, 화톳불은 우리에게 평온을 돌려주었다.

돈 라포가 던져주는 장작을 내가 화톳불에 집어넣는 동안 알리시아가 내 작업을 도왔다.

"그런 일은 당신에게 어울리지 않아요."

"날 초조하게 만들지 말고, 내가 쉬라고 명령했으니까 내 말

---

* 마체테machete는 날이 넓은 큰 칼로, 주로 사탕수수 같은 것을 자르거나 나무의 가지를 치는 데 사용된다.

대로 해요!"

내 태도에 화가 난 알리시아는 해먹에 앉아 발로 해먹을 밀면서 몸을 흔들어대기 시작했다. 하지만 우리가 물을 찾으러 가려고 하자 자기를 혼자 내버려 두지 말라고 부탁했다.

"함께 가고 싶으면 이리 와요." 내가 말했다. 그녀는 잡초 사이로 난 지름길로 우리를 따라왔다.

누르스름한 물이 채워진 작은 연못은 낙엽으로 뒤덮여 있었다. '갈라파고스'라 불리는 작은 거북들이 낙엽 사이로 불그스름한 머리를 내민 채 돌아다녔다. 연못 여기저기에서 '카치레'*라 불리는 작은 악어들이 물 표면의 더껑이 위로 눈꺼풀 없는 눈을 내밀었다. 한 발로 몸을 지탱한 채 깊은 생각에 잠겨 있던 왜가리들이 부리로 갑작스럽게 물을 쪼아댐으로써 몹시 쓸쓸해 보이는 연못에 주름살을 만들었다. 연못에서 피어오른 해로운 수증기가 나무 아래서 장례식의 베일처럼 떠다녔다.

내가 나뭇가지 하나를 꺾어 들고 상체를 숙인 채 수초를 헤집으려고 했으나 돈 라포가 알리시아의 비명만큼이나 재빠르게 나를 제지했다. 대들보처럼 통통한 구이오**가 나를 덮치려고 하품을 하면서 나타났던 것이다. 내가 권총 몇 발을 쏘자 구이오는 연못을 휘저어대면서 풍덩 가라앉았다. 이로 인해 연못의 물이 연못 언저리 밖으로 흘러넘쳤다.

---

* 바비야babilla 또는 야카레yacaré라고도 불리며 아마존에 서식하는 악어들 가운데 가장 작다.

** 구이오güio는 땅과 물에서 사는 보아 뱀으로, 길이가 10~15미터에 이른다.

우리는 빈 솥을 들고 돌아왔다.

알리시아는 공포에 사로잡혀 벌벌 떨면서 모기장 아래 해먹에 몸을 뉘었다. 그녀는 현기증과 메스꺼움을 느꼈다. 맥주를 몇 모금 마시자 구토가 진정됐다. 적잖이 놀란 나는 알리시아가 느낀 메스꺼움의 원인을 비로소 이해했고, 어떻게 해야 좋을지 몰라 미래의 어머니를 껴안은 채 나의 모든 불행을 한탄했다.

* * *

나는 알리시아가 잠든 것을 보고서 돈 라포와 함께 그녀 곁에서 조금 벗어난 곳에 땅 밖으로 노출된 어느 나무뿌리에 앉았다. 그에게서 평생 잊을 수 없는 조언을 들었다.

돈 라포는 여행을 하는 동안에 알리시아의 건강 상태를 그녀에게 알리지 않는 것이 좋으나 가능한 한 최선을 다해 보살펴야 한다고 했다. 우리는 쉬엄쉬엄 돌아다니다가 삼 개월 이내에 보고타로 돌아가게 될 것이라고 했다. 그때가 되면 보고타에서의 상황도 바뀌어 있을 것이라고 했다.

게다가 자식은 적자건 서자건 같은 핏줄이고, 그래서 동일하게 사랑받는다고 했다. 그런 것은 환경에 따라 달라진다고 했다. 카사나레에서 그랬었다고 했다.

돈 라포는 한때 근사한 결혼을 꿈꾸었으나 운명은 그를 예기치 않은 길로 인도했다. 당시 함께 살고 있던 아가씨는 그가 꿈꾸던 아내의 기준을 뛰어넘었는데, 그녀는 자신이 열등하다고 판단해 스스로를 겸손으로 치장하고, 늘 자신이 좋은 것을 과도하게 받고 있다고 믿었다. 그래서 그는 가정생활에서 동생보다 더 행복했다. 동생의 배우자는 케케묵은 족보와 사회적인 거짓말에 사로잡혀 지체 높은 집안들에 대한 공포를 동생에게 불어넣었고, 마침내 동생은 이혼의 혜택을 받아 단순한 삶으로 돌아갔다.

돈 라포가 한 말은 다음과 같다. 사람은 살아가면서 어떤 난관에 봉착해도 물러서지 않아야 하는데, 그런 난관과 가까이 맞서야만 해결책이 보이기 때문이다. 만약 내가 알리시아를 떠맡는다거나 그녀를 결혼이라는 제단으로 인도하고 있었다면 내 부모가 충격을 받으리라는 것은 예견할 수 있었다. 하지만 흔히들 일어나지도 않을 일을 괜히 미리 두려워하는 법인지라 그토록 멀리까지 바라볼 필요는 없었다. 내가 태생적으로 결혼생활에 적합한 남자라고 확실히 말해주는 사람은 아무도 없었다. 설사 그렇다 하더라도, 운명이 내게 점지해주는 아내 말고 다른 아내를 그 누가 내게 줄 수 있을 것인가? 그런데 알리시아는 어떤 점에서 내 아내가 될 자격이 없다는 것인가? 지적이지 않고, 교양이 없고, 소탈하지 않고, 혈통이 고상하지 않다는 건가? 내가 어느 법전, 어느 글, 어느 학문에서 편견이 실제보다 우월하다고 배운 적이 있던가? 나의 행위를 통해 판단하지 않는다면, 내가 무슨 이유로 다른 남자들보다 더 우수하다는 것일까? 재능 있는 남자는 범주를 인지할 수 없는 죽음과도 같은 존재여야 하는 법이다. 왜 어떤 아가씨들이 내게는 더 훌륭하게 보였던 것일까? 혹시 다들 분별없이 그렇게 생각하니까 나도 그들처럼 어리석은 생각을 했기 때문일까? 혹시 그녀들의 부富가 가진 위력 때문이었을까? 하지만 늘 원천이 모호한 이 부 또한 상대적이지 않나? 우리나라의 부자들은 외국의 부자들에 비하면 아주 빈곤하지 않나? 내가 결국 빛나는 중산층, 상대적으로 부유한 사람이 되지 않았을까? 그렇게 되었을 경우, 사람들이 나를 찾아와 칭송한다면, 내게 다른 사람들의 생각이 뭐 그리 중요하겠어? 돈 라포가 결론을 내렸다. "자네가 정말 중요한 문제 하나를 가지고 있을 때, 다른 모든 문제는 사소해지지. 가난을 품위 있게 유지하기 위해 돈을 버는 게 중요해. 나머지는 그냥 덤으로 이루어지니까."

나는 조용히 돈 라포의 말을 듣는 동안 그 말에서 과장과 진실을 마음속으로 따져보았다.

"돈 라포." 내가 말했다. "저는 사안을 다른 측면에서 보는데요, 왜냐하면 아저씨의 결론은, 근거가 있다 할지라도, 현재 제 마음에 와닿지 않습니다. 그 결론이 제 사고력의 범위 안에 있습니다만 멀리 떨어져 있으니까요. 알리시아에 관해 제가 가장 심각하게 생각하는 문제는 제가 그녀를 사랑하지 않으면서도 마치 사랑하는 것처럼 살고 있다는 겁니다. 저는 저의 기사도적인 성향 때문에 제 여자가 아닌 어느 숙녀를 위해, 그리고 제가 제대로 알지 못하는 어느 사랑을 위해 희생까지 하게 될 것이라고 마음속으로 확신하고 있는데요, 그래서 알리시아에 대한 저의 부족한 애정을 관대하고 품위 있는 행동으로 보충해주고 있는 겁니다.

제 영혼이 덜 외롭도록 수많은 여자의 마음에 제가 고분고분한 멋쟁이라는 생각을 심어주었는데요, 이는 저의 위장하는 습관 덕분에 가능했어요. 저는 사회 부적응 문제를 어떻게 해결할지 사방에서 찾아보았고, 제 삶을 혁신하고 저를 타락으로부터 구하기를 열망하면서 성심성의껏 모색했습니다. 하지만 어떤 희망을 품든지 간에, 환상으로 미화되고 환멸로 거부당하는 서글픈 공허감을 느꼈습니다. 그래서 저만의 잣대로 나를 속이면서 온갖 욕망을 알게 되었죠. 현재는 그 욕망이 유발하는 불쾌감을 느끼고 있으며, 제가 속죄할 수 있을 거라고 생각하며 저의 이상을 희화화하면서 방향을 잃은 채 계속해서 앞으로 나아가고 있는 겁니다. 제가 추구하는 환상은 인간적이고, 그 환상으로부터 승리를 위한, 행복을 위한, 사랑을 위한 길들이 시작된다는 사실을 잘 알고 있습니다. 하지만 세월은 흘러갔고, 제 꿈이 갈 길을 제대로 인식하지 못한 상태에서 저의 젊음은 시들어가고 있습니다. 그리고 저는 소박한 여자들 사이에 살면서도 소박함을 발견한 적이 없고, 사랑하는 사람들 사이에 살면서도 사랑을 발견한 적이 없고, 신자들 사이에 살면서도 믿음을 발견한 적이 없습니다. 제 가슴은 이끼로 뒤덮여 있어 단 한 방울의 눈물도 필요하지 않은 바위와 같습니다. 오늘 아저씨는 제가 우는 모습을 보셨는데요, 그건 저의 정신력이 약해졌기 때문이 아니라 제 삶에 몹시 분개하고 있기 때문입니다. 짓밟혀버린 저의 열망 때문에, 사그라져버린 저의 꿈 때문에, 과거의 저는 현재의 제가 아니었기 때문에, 미래의 저는 이제 결코 현재의 제가 되지 않을 것이기 때문에 울었습니다!"

  내 목소리가 차츰차츰 커졌고, 나는 알리시아가 잠에서 깬 사실을 깨달았다. 알리시아에게 조심스럽게 다가간 나는 그녀가 내 말을 듣고 있었음을 알아챘다.

"원하는 게 뭐요?" 나는 알리시아에게 물었다. 그녀의 침묵이 나를 당황스럽게 했다.

숲은 몹시 위험하므로 우리는 돈 라포의 결정에 따라 근처에 있는 모리체 야자나무 숲까지 계속 가기로 했다. 근방의 수레구아* 떨어진 거리에서 동물이 물을 찾을 수 있는 곳은 숲뿐이었고, 그래서 밤이면 맹수들이 물을 마시러 왔다. 우리가 숲을 조금 벗어났을 때 오후가 피곤한 한숨을 내쉬기 시작했다. 우리는 마지막 저녁놀 밑에서 밤을 보낼 준비를 했다. 돈 라포가 불을 지피는 사이에 나는 말을 매어두기 위해 파하 브라바 초원으로 나갔다. 초저녁의 산들바람이 황야의 열기를 식혀주었다. 그때, 갑자기 내 귀에 여자의 흐느낌 같은 소리가 간헐적으로 들려왔다. 나는 본능적으로 알리시아를 떠올렸고, 그녀가 다가오더니 물었다.

"무슨 일 있어요? 무슨 일 있냐고요?"

나는 알리시아와 함께 흐느끼는 신음 소리를 듣다가 그 신비로운 소리가 뭔지 정확히 모른 채 소리가 들려오는 쪽으로 몸을 돌렸다. 붓처럼 날씬한 마카니야** 야자나무가 석양의 산들바람에 흔들리면서 술 장식처럼 늘어진 잎사귀를 울게 했던 것이다.

---

* 1레구아legua는 5572.7미터에 해당하는 거리다.

** 마카니야macanilla는 '초아포choapo'라고도 불리는 야자나무.

* * *

　일주일쯤 지나자 멀리서 라 마포리타 촌락이 보였다. 축사 옆에 있는 연못이 석양빛을 받아 황금색으로 물들었다. 커다란 맹견 몇 마리가 사납게 짖어대며 우리를 맞으러 나오는 바람에 우리가 탄 말들이 뿔뿔이 흩어졌다. 햇볕에 말리려고 빨간 바예톤*을 널어놓은 출입구의 울타리 문에서 돈 라포가 말 등자에 놓인 발에 힘을 주어 몸을 일으켜 세우며 소리를 질렀다.

　"찬미 하느님."

　"……찬미 성모님." 어느 여자의 목소리가 대답했다.

　"누가 이 개들 좀 말려줄래요?"

　"곧 나갑니다."

　"그리셀다 아가씨는요?"

　"개천에 있어요."

　우리는 협죽도, 바위솔**, 바나나나무, 양귀비와 다른 열대 식물로 가득 차 있고, 말끔하게 꾸며진 마당을 흡족한 마음으로 구경했다. 집을 둘러싸고 있는 구아두아*** 울타리 안의 채마밭 주위에서는 찢어진 잎사귀들이 소곤대는 플라타노****나무들이

---

* 바예톤bayetón은 양모로 만든 기다란 민족의상.

** 바위솔은 돌나무 과에 속하며 40여 종으로 이루어진 셈페르비붐Semper-vivum 속의 키 작은 다육식물이다.

*** 구아두아guadua는 대나무의 일종으로, 동부 밀림 지역에서는 귀하기 때문에 원주민들은 거의 사용하지 않는다.

**** 플라타노plátano는 바나나와 유사하지만 주로 조리해서 먹기 때문에 '쿠킹

청량감을 더했고, 집의 용마루에서는 공작새 한 마리가 화려한 자태를 뽐냈다.

마침내 노쇠한 물라타*가 부엌문에 모습을 드러내더니 페티코트 자락에 손을 닦았다.

"칫, 훠이!" 그녀가 채마밭을 파헤치던 암탉들에게 나무껍질 하나를 던지며 소리쳤다. "그리셀다 아가씨는 지금 목욕 중이니 어서 들어들 가세요. 개들은 물지 않아요. 이미 다른 걸 물었거든요!"

그리고 그녀는 다시 자기 볼일을 보기 시작했다.

우리는 지켜보는 이가 아무도 없는 가운데 응접실로 사용하는 방으로 들어갔다. 방에는 해먹 두 개, 커다란 대나무 평상 하나, 걸상 두 개, 트렁크 세 개, '싱거' 재봉틀 한 대 말고는 다른 가구가 없었다. 숨을 헐떡거리는 알리시아가 극심한 피로를 드러내며 해먹에 앉아 천천히 몸을 흔들어대고 있을 때, 맨발의 그리셀다가 팔에 목욕가운을 걸치고, 가르마를 탄 머리에 빗을 꽂은 채 비누가 담긴 바가지를 들고 집 안으로 들어왔다.

"실례합니다." 우리가 그녀에게 말했다.

"편하게 계세요. 아 참! 돈 라파엘도 오셨죠? 돈 라파엘은 헛간에서 뭘 하시나요?"

그리고 그녀는 마당으로 나가면서 돈 라파엘에게 친근하게 소리쳤다.

바나나cooking banana'라고 한다. 바나나보다 크고 모가 났으며 녹말이 많다.

* 물라타mulata는 중남미에 사는 흑인과 백인의 혼혈로 태어난 여자.

"건망증쟁이 아저씨, 의상디자인 책은 또 잊으신 거죠? 저 지금 아저씨께 화나 있어요. 제게 그런 식으로 하지 마셔요. 이러다가 우리 싸우겠어요."

가무잡잡한 피부에 튼튼해 보이는 그리셀다는 키가 크지도 작지도 않고, 얼굴이 포동포동하고, 눈매가 붙임성이 있어 보였다. 그녀는 넓고 새하얀 이를 드러내 웃으면서 단추가 풀려 있는 보디스 위로 물을 뚝뚝 떨어뜨리는 머리카락을 부지런히 쥐어짜고 있었다. 잠시 후 우리에게 몸을 돌리더니 이렇게 물었다.

"커피 내왔던가요?"

"번거로우실 텐데……"

"티아나, 바스티아나,* 어떻게 된 거예요?"

그리셀다는 해먹에 앉아 있는 알리시아 곁에 다가가 앉으면서 귀고리에 박힌 다이아몬드가 '진짜'인지, 혹시 팔려고 가져온 다른 다이아몬드가 있는지 물었다.

"부인, 다이아몬드를 좋아하신다면……"

"저 재봉틀과 다이아몬드를 바꿀 수도 있어요."

"거래하는 데는 늘 빈틈이 없군요." 돈 라포가 그리셀다를 추켜세웠다.

"천만에요. 이 땅을 떠나려고 가산을 정리하는 중이에요."

* 티아나Tiana, 바스티아나Bastiana는 하녀 '세바스티아나Sebastiana'의 애칭.

그리셀다는 바레라*가 비차다**의 고무농장에서 일할 사람들을 데려가려고 왔었다는 사실을 온화한 어투로 말했다.

"삶을 개선할 기회예요. 먹여주고 일당 5페소를 주거든요. 제가 프랑코에게 그 사실을 말해주었어요."

"그런데 사람들을 호리고 다니는 그 사람은 어느 바레라인가요?" 돈 라포가 물었다.

"나르시소 바레라인데요, 그가 사람들을 꾀어서 데려가려고 그들에게 줄 물건과 모로코타***를 가져왔어요."

"당신들은 그 망나니를 믿는 거요?"

"그런 말 하지 마세요, 돈 라포. 그러다가 피델을 실망시킬 수도 있으니 주의하시라고요! 바레라가 피델에게 선금을 주었는데, 만약 피델이 이 땅을 떠나지 않겠다고 하면 어떡하려고요! 피델은 여자보다 암소를 더 좋아하는 남자예요! 우리는 예전에 군대식으로 결혼했기 때문에 포레에서 가톨릭식으로 다시 했어요."****

---

* 여기서 고무 채취업자인 나르시소 바레라Narciso Barrera와 비차다의 고무농장이 처음으로 언급된다. 바레라는 20세기 초반에 20년 동안 밀림에서 고무 채취업에 종사했다.

** 비차다vichada주州는 콜롬비아 극동 쪽의 메타강, 구아비아레강, 오리노코강 사이에 있다. 북쪽으로는 카사나레주, 아라우카주, 베네수엘라와 접하고 있으며, 남쪽으로는 구아이니아주, 구아비아레주와 접하고 있다. 콜롬비아에서 아마소나스주에 이어 두번째로 크다.

*** 모로코타morrocota는 옛 금화.

**** 포레Pore는 카사나레주 북부에 위치한 마을이다. 그리셀다는 자신이 피델과 혼전 동거를 한 뒤에 포레의 성당에서 정식으로 결혼식을 올렸다고 설명한다.

알리시아가 나를 곁눈질로 쳐다보며 씩 웃었다.

"그리셀다 아가씨, 그런 식으로 떠나는 건 큰 불행이 될 수도 있어요."

"돈 라포, 위험을 무릅쓰지 않는 사람은 바다를 건널 수 없는 법이에요. 이제, 모든 사람을 열광시킨 그 미끼가 효용이 있다고 생각하시는지 한번 말씀들 해보세요. 이 지역에는 목동이 한 명도 남아 있지 않을 거예요. 그곳 목장을 관리하는 노인이 일꾼들더러 목장 일을 끝내게 도와달라며 갖은 애를 써서 부탁해야 했어요. 그런데 다들 일하려 들지 않는다고요! 밤에는 '호로포'*를 추며 놀아버려요!…… 하지만 생각해보세요. 그곳에 클라리타라는 여자가 있다니까요. 제가 피델더러 그곳에 가지 말라고 했는데도 제 말을 듣지 않아요. 그가 월요일에 그곳으로 떠났는데 내일 돌아올 거라 기대하고 있어요."

"바레라가 물건을 많이 가져왔겠군요. 그가 물건을 싼값에 내놓던가요?"

"그래요, 돈 라포. 아저씨는 짐 가방을 열 필요가 없어요. 이미 다들 사버렸으니까요. 제가 필요할 때 왜 최신 의상디자인 책을 가져오지 않으신 거죠? 저는 최고급 옷을 입어야 한다고요."

"어디서든 한 권 구해다 줄게요."

"하느님이 아저씨께 축복을 주실 거예요!"

마른 무화과처럼 쭈글쭈글한 피부에, 머리가 희고, 수전증이

---

* 호로포joropo는 베네수엘라와 콜롬비아 등지에서 즐겨 추는 춤.

있는 노파 세바스티아나가 쓰디쓴 커피를 담은 보시기를 가지고 들어왔다. 커피가 어찌나 쓴지 알리시아도 나도 마실 수가 없었지만, 돈 라포는 커피를 받침 접시에 흘려가며 맛을 보았다. 그리셀다 아가씨는 우리가 커피를 달게 마실 수 있도록 서둘러 데미존*에서 짙은 갈색 꿀을 따라 가져왔다.

"정말 고맙습니다, 부인."

"멋지게 생긴 이 아가씨가 댁의 부인? 댁은 돈 라포의 사위인가요?"

"그런 셈이죠."

"그럼 댁들도 톨리마** 출신이에요?"

"저는 그 주州 출신이고, 알리시아는 보고타 출신입니다."

"보아하니 아가씨는 참 세련되고 우아해서 호로포를 잘 출 것 같아요. 옷도 정말 예쁘고, 부츠도 아주 좋네요! 그 옷은 아가씨가 직접 재단한 거예요?"

"아니에요, 부인. 하지만 옷은 좀 알아요. 학교에서 3년 동안 배웠거든요."

"내게 가르쳐줄래요? 정말 가르쳐줄 거죠? 옷 만들려고 재봉틀을 사놓았거든요. 보다시피 아주 고급스런 천을 가지고 있

---

* 데미존demijohn은 목이 가늘고 짧으며 몸체가 큰 유리병으로, 아주 크기 때문에 흔히 버들가지나 갈대로 짠 망태기에 담는다.

** 톨리마Tolima는 콜롬비아 중앙 서부에 위치한 주州로, 주도는 이바게Ibagué다. 호세 에우스타시오 리베라는 우일라Huila주의 네이바Neiva에서 태어나 나중에 장학사로 임명되어 1909년부터 1911년까지 이바게에서 거주했다. 그곳에서 『약속의 땅*Tierra de promisión*』(1921)에 실리게 될 일부 소네트가 탄생했다. 따라서 소설의 주인공 아르투로 코바가 톨리마주 출신이라는 사실은 유의미하다.

어요. 바레라가 우리를 만나러 온 날 선물로 줬어요. 물론 티아나에게도 주었죠. 티아나, 아주머니 것은 어디 있어요?"

"횃대에 걸려 있어요. 가져올게요."

세바스티아나가 방을 나갔다.

그리셀다 아가씨는 알리시아가 옷 재단법을 가르쳐주겠다고 하자 신이 났는지 허리띠에 매달아놓은 열쇠를 꺼내 트렁크를 열더니 우리에게 화려한 색상의 온갖 천을 보여주었다.

"그건 평범한 에타미나*잖아요!"

"돈 라포, 이건 좋은 비단 옷감이에요. 바레라는 인심이 아주 후한 사람이거든요. 그리고 비차다 강가에 있는 건물** 사진 좀 보세요. 바레라가 우리에게 그곳을 구경시켜주고 싶대요. 건물이 얼마나 멋진지 이 사진이 정교한지 솔직히 말해보세요. 바레라가 사진을 사방에 나누어주었어요. 제가 트렁크에 붙여놓은 사진이 얼마나 많은지 좀 보세요."

컬러 우편엽서들이었다. 엽서에는 숲으로 이루어진 어느 강변의 이층집들이 보였는데, 집 난간에 사람들이 무리 지어 있었다. 증기선이 작은 하항河港에서 연기를 내뿜었다.

"여기에 사람이 천 명도 넘게 사는데요, 모두 하루에 1리브

---

* 에타미나etamina는 일반적으로 아주 가늘고 부드러운 면직물을 일컫는다. 주로 여성의 드레스를 만들 때 사용된다.

** 원어는 '파브리코fábrico'인데, 돌이나 벽돌을 회반죽과 섞어 지은 건물이다. 바레라는 나무와 야자 잎사귀로 지은 그 지역의 주택과 비교하기 위해, 그리고 고무농장에서 이루어지는 노동이 의미하는 경제적 발전의 증거를 보여주기 위해 도시의 건축물 사진이 든 이런 엽서들을 이용한다.

라*를 벌어요. 제가 거기에다 일꾼들을 위한 식당을 열 거예요. 빵만 만들어 팔아도 돈을 얼마나 많이 벌지 생각들을 해보세요! 그리고 피델이 벌어들일 돈도 있잖아요?…… 봐요, 이 숲이 고무농장이라니까요. 이런 기회가 다시는 오지 않을 거라는 바레라의 말이 맞아요."

"지금 내가 몸이 안 좋아서 안타깝네요. 그렇지 않다면, 나역시 삼보**를 따라 구경하러 갈 텐데요." 노파가 문턱에 쪼그려 앉으며 말했다.

"천, 여기 있어요." 노파가 빨간 사라사를 펼치며 말했다.

"그 천으로 만든 옷을 입으면 활활 타오르는 장작처럼 보이겠네요."

"백인 양반, 아무렇지도 않아 보이는 게 더 나빠요." 노파가 내 말을 반박했다.

"그만 됐고요, 말 먹이게 잘 익은 '토포초'*** 몇 개 찾아다 돈 라포에게 갖다 줘요." 그리셀다 아가씨가 노파에게 명령했다. "그보다 먼저 미겔더러 해먹에 퍼질러 누워 있으면 열이 내리지 않으니 그만 좀 일어나라고 해요. 카누에 가득 찬 물 좀 퍼내고, 낚싯바늘 좀 살펴보고, 피라냐가 고기 미끼를 삼켰는지도 들여다보라고 해요. 작은 메기가 낚싯바늘을 삼켰을 수도 있으니. 이 백인 분들이 멀리서 오셨으니까 먹을 것도 좀 가져

---

* 리브라libra는 화폐 단위.

** 삼보sambo는 인디오와 흑인의 혼혈이다. 여기서 말하는 삼보는 세바스티아나 노파의 아들 안토니오Antonio로 추정된다.

*** 토포초topocho는 바나나의 일종.

42

와요. 알리시아 아가씨, 이리 와서 옷 좀 편안하게 끌러요. 이 방은 우리 둘만 쓸 거예요."

그리고 그녀가 내 앞에 서더니 심술궂고 주제넘게 덧붙였다.

"알리시아는 제가 데려갈게요! 두 분은 원래 침대를 따로 쓰셨죠?"

* * *

나는 돈 라파엘의 장사 실패에 진심으로 애석함을 느꼈다. 그리셀다 아가씨의 말이 맞았다. 모든 사람이 이미 물건을 구비해둔 상태였다.

그런데도 우리가 그곳에 도착한 지 이틀이 지났을 때 목장에서 몸이 삐쩍 마르고 얼굴이 창백한 사내 몇이 왔다. 그들이 타고 온 말들은 털이 젖어 볼썽사나웠지만, 기수들이 걸친 무릎을 덮을 정도로 긴 폰초*가 간신히 가려주었다. 사내들은 숲 너머 강 건너편에서 카누를 보내달라고 큰 소리로 요청했는데도, 자신들의 목소리를 못 듣는 것 같아 윈체스터 라이플 몇 발을 공중에 발사했다. 그래도 카누가 도착하지 않자 옷을 벗어 머리에 동여매고는 말에서 내리지도 않은 채 말을 몰아 강을 건넜다.

강 건너편에 도착한 그들은 리넨 반바지 차림에 '리케'라 불

---

* 폰초poncho는 사각형 천의 중앙에 뚫린 구멍으로 머리를 내어 입는 의상을 통틀어 이르는 말로, 라틴아메리카의 인디오가 착용하던 직물의 이름에서 유래했다. 흔히 '판초'로 알려져 있다.

리는 헐렁한 셔츠를 입고 갈색 펠트로 만든 챙 넓은 모자를 썼다. 맨발에다, 엄지발가락으로 말 등자의 테를 누르고 있었다.

"좋은 날이군……" 개들이 짖어대는 가운데 그들이 불쑥 음울한 목소리로 말했다.

"그렇게 총을 쏘아대다니, 우리를 죽이고 싶었던 거로군요." 그리셀다 아가씨가 소리를 질렀다.

"카누 때문이었어요……"

"웬 카누 타령! 어디 왕이라도 행차하나."

"우린 물건을 보러 왔어요……"

"들어와요. 하지만 그 조랑말들은 밖에 놔둬요."

말에서 내린 사내들은 집 밖의 시과나무 그늘에다 말총을 꼬아 짜서 굴레로 사용하던 끈으로 말을 묶어두고 나서 어깨에 폰초를 걸친 채 집으로 들어갔다.

사내들은 돈 라포의 잡동사니가 펼쳐진 짐승 가죽을 둘러싸고 무덤덤한 태도로 쭈그리고 앉았다.

"최상품 능직이에요. 여기 품질이 보증된 칼도 있어요. 권총집이 달린 이 가죽띠를 잘 봐요. 모두 최상품이오."

"해열제 키니네는 가져왔나요?"

"아주 좋은 거요. 그리고 해열제 알약도 있소."

"실은 얼마죠?"

"한 타래에 10센타보*요."

---

* 센타보centavo는 중남미 여러 나라의 화폐 단위로, 1페소의 100분의 1 가치를 지닌다.

"5센타보에 안 줄래요?"

"9센타보에 가져가요."

사내들은 말을 거의 하지 않은 채 전부 만져보고, 자세히 살펴보고, 비교해보았다. 천의 색깔이 바래지 않았는지 알아보려고 손가락에 침을 묻혀 문질러보기도 했다. 돈 라파엘은 자를 사용해 물건을 가리키며, 각 물건에 대한 칭찬을 지칠 정도로 늘어놓았다. 하지만 사내들은 전혀 마음에 들어 하지 않았다.

"이 주머니칼 20헤알*에 주겠소?"

"가져가요."

"단추 값으로는 내가 말한 금액을 주겠소."

"가져가요."

"단추 달 때 사용하는 바늘은 덤으로 줘요."

"집어 가요."

그렇게 해서 두 사내는 2페소 또는 3페소짜리 자질구레한 싸구려 물건들을 샀다. 소총을 든 사내가 끝을 묶어놓은 손수건을 풀더니 모로코타 한 개를 꺼내 내밀었다.

"20달러짜리인데, 이걸로 물건 값을 계산합시다."

그리고 그는 총의 금속 부위에 동전을 부딪쳐 소리가 나게 한 다음에 말했다.

"자, 거스름돈 줘요!"

"남은 물건도 사지들 그래요?"

"그 가격에는 소총을 준다 해도 살 수 없잖아요. 목장에 거

---

* 헤알real은 25센타보에 해당하는 동전.

저 얻은 물건이 얼마나 많은지 한번 가보시구려."

"그럼 잘 있으시오."

사내들은 이렇게 말하고서 말에 올라탔다.

"이봐요, 동업자." 더 못생긴 사내가 되돌아와 돈 라포를 큰 소리로 불렀다. "바레라가 우리더러 당신 물건을 치워버리라고 했는데, 당장 그 물건들을 가지고 떠나는 게 좋을 거요. 내 말 알아들었으면, 멀리 떠나라고요! 우리가 지금 그렇게 하지 않는 것은 양도 보잘것없고 비싸기 때문이오!"

"뭣 때문에 물건을 치우라는 거요?" 돈 라포가 따졌다.

"경쟁 때문이오."

"당신, 이 노인 양반이 혼자라고 생각하는 거야?" 여자들이 무서워하며 호들갑을 떠는 가운데 나는 칼을 움켜쥐고 격하게 뛰어들었다.

"봐요, 내 위에는 모자밖에 없소." 사내가 응수했다. "땅이 제아무리 넓어도 내 발 아래 있다고요. 난 당신을 상대하는 게 아니오. 하지만 정 원한다면 상대해주지!"

사내는 말에 박차를 가하면서 앞서 샀던 물건들을 내 얼굴에 내던지고서 동료들과 함께 평원으로 말을 몰았다.

* * *

그날 밤, 열 시경에 피델 프랑코가 집으로 돌아왔다. 배가 깊은 강물 위로 소리 없이 미끄러져 왔음에도 이를 감지한 개들이 경계하듯 짖어대는 소리가 즉각적으로 울려 퍼졌다.

"피델이에요, 피델이라고요." 그리셀다 아가씨가 해먹 몇 개에 몸을 부딪쳐가며 부리나케 뛰어나갔다. 그녀는 캐미솔 차림에 커다란 검은 보자기를 머리에서부터 둘러쓴 채 마당으로 나갔고, 돈 라포가 그녀를 뒤따랐다.

어둠 속에서 깜짝 놀란 알리시아가 방에서 나를 불러댔다.

"아르투로, 들었어요? 누가 왔나 봐요!"

"신경 쓰지 말고, 그냥 거기 있어요! 집주인이오."

나는 티셔츠 차림에 모자도 쓰지 않고 밖으로 나갔다. 한 무리가 횃불 하나를 밝혀 든 채 플라타노나무 사이를 통과해 다가오고 있었다. 그들이 탄 카누가 강변에 닿을 때 쇠사슬 소리가 났고, 총을 든 사내 둘이 배에서 내렸다.

"여기 무슨 일 있었소?" 한 사내가 건성으로 그리셀다 아가씨를 껴안으며 말했다.

"아무 일도 없었어요, 아무 일도! 그런데 왜 이 시각에 오는 거예요?"

"손님이 온 거요?"

"돈 라파엘과 동료들이에요. 남자와 여자예요."

프랑코와 돈 라포는 힘차게 우호적인 악수를 하더니 무리와 함께 주방 쪽으로 갔다.

"제가 오늘 밤 소 떼를 이끌고 목장에 도착했을 때 바레라가 심부름꾼을 보냈다는 걸 알고 깜짝 놀라서 온 겁니다. 누구도 제게 말을 빌려주려고 하지 않아, 시끌벅적한 여흥이 시작되자마자 그곳에 있던 카누를 타고 왔습니다. 그런데 그 불량배들은 무엇 때문에 온 거죠?"

"내가 파는 싸구려 물건을 치워버리려고 온 거요." 돈 라포가 겸손하게 말했다.

"그래서 어떻게 됐어요, 그리셀다?"

"별일 없었어요. 일이라면, 내륙 출신 청년이 작은 칼을 들고 그들에게 대드는 바람에 싸움이 벌어졌다는 거예요. 정말 끔찍해서 비명을 질렀다니까요!"

"어서 안으로 들어가요." 여주인이 하얗게 질린 얼굴에 몸서리를 치면서 서둘러 말을 덧붙였다. "그리고 커피가 준비되는 동안 당신은 복도에 해먹을 걸어요. 내가 저 부인과 방을 같이 쓰고 있거든요."

"그럴 필요 없습니다. 알리시아와 저는 헛간에서 잘 겁니다." 나는 두 사람이 얘기를 나누는 쪽으로 가면서 말했다.

"내가 명령해요. 여기서는." 그리셀다 아가씨가 대꾸했다. "이리 와서 이 평원의 남자와 인사하세요. 제 남편이에요."

"분부에 따르겠습니다." 내게 인사하는 프랑코를 껴안으며 내가 응답했다.

"뭐든 시켜주세요. 댁이 돈 라파엘의 동료라는 사실만으로도 충분해요."

"당신, 이분이 얼마나 멋지게 생긴 여자와 결혼했는지 한번 봐요! 얼굴이 메레이*보다 더 빨간 아가씨예요! 그리고 아가씨가 비단을 재단하는 솜씨도 뛰어난데, 내게 아주 진지하게

---

* 메레이merey는 옻나무과에 속하는 식물로, 아마존 지역이 원산지다. 성숙한 열매는 붉은빛을 띤다.

가르쳐주었어요!"

"그럼 두 분은 새로운 하인들에게 분부만 내리셔요." 프랑코
가 다시 말했다.

프랑코는 몸이 홀쭉하고, 안색이 창백한 데다 중간 키에 나
보다 나이가 좀 많아 보였다. 프랑코라는 성은 그의 성격이나
외모와 잘 어울렸으며,* 말은 그의 마음보다 덜 웅변적이었다.
반듯한 얼굴에 말투와 악수를 하는 방식은 그가 좋은 집안 출
신 남자로서, 대평원에서 태어난 것이 아니라 대평원에 살러
왔다는 사실을 드러냈다.

"고향이 안티오키아**인가요?"

"그래요. 보고타에서 몇 가지를 공부했죠. 그리고 입대를 했
고, 아라우카의 경비대에 배치되었는데, 경비대장과 불화가 생
겨 탈영해버렸어요. 그 후로 그리셀다와 함께 이 오두막에 온기
를 불어넣으러 왔는데, 무슨 일이 있어도 평생 떠나지 않을 거
예요." 이어서 그가 강조하며 말했다. "무슨 일이 있어도 평생."

그리셀다 아가씨는 난처한 표정으로 입을 다물고 있었다. 그
녀는 자신이 캐미솔 차림임을 알아차리고 옷을 입어야겠다는
핑계를 대더니 바람에 촛불이 꺼지지 않게 손을 오므려 감싼
채 가버렸다.

---

* 프랑코Franco는 '솔직한'이라는 의미를 지니고 있다.

** 안티오키아Antioquia는 콜롬비아 북서부에 위치한 주이다. 주도는 메데인
Medellín으로, 콜롬비아 제2의 도시다. 피델 프랑코가 이 지역 출신이라는 사실
은 그의 성격 면에서 많은 특징을 결정하는데, 이는 그의 삶과 여정에서 다양
한 동기와 결정을 통해 표현된다.

그러곤 돌아오지 않았다.

그사이에 세바스티아나 노파는 돌멩이 세 개를 받쳐 만든 화덕의 불길을 살려놓고 그 위에 냄비나 솥을 걸기 위해 철사를 설치했다. 우리는 자작자작 타오르는 불 옆에서 의자로 사용되던 대나무 뿌리 또는 악어의 두개골 위에 둘러앉았다. 프랑코와 함께 도착한 기골이 장대한 청년이 맨 무릎에 쌍발총을 올려놓고 호의적인 눈길로 나를 쳐다보았다. 그는 축축해진 바지를 울퉁불퉁한 근육질 종아리 위까지 걷어 올린 채 바람을 쏘이고 있었다. 세바스티아나의 아들로 이름은 안토니오 코레아였다. 사각형에 가까운 등판에 아주 탄탄한 가슴을 지닌 그는 인디오의 우상처럼 보였다.

"엄마." 안토니오가 머리를 긁적이며 말했다. "그 물건 얘기를 목장에 전한 오지랖 넓은 사람이 누구였어요?"

"그건 전혀 나쁠 게 없지. 물건이란 알려져야 팔리는 법이니까."

"그렇지만 이 백인 양반들이 도착한 그날에 하필?"

"내가 어떻게 알겠니? 그리셀다 아가씨일지도."

프랑코가 난처한 표정을 지었다. 그는 잠시 입을 다물었다가 세바스티아나에게 물었다.

"물라타, 바레라가 몇 번이나 왔죠?"

"신경 쓰지 않아 모르겠네요. 늘 부엌에서 바쁘거든요."

커피를 마시고, 돈 라포가 우리의 여행에서 일어난 사건에 관해 언급하고 난 뒤에 프랑코는 뇌리를 떠나지 않던 걱정거리를 세바스티아나에게 다시 물었다.

"그런데 미겔이라는 인간과 헤수스라는 인간은 대체 뭘 하고 있었대요? 사바나*에서 그 비열한 인간들을 찾아냈나요? 축사의 울타리 문은 수리했어요? 암소 젖은 몇 마리나 짰죠?"

"송아지가 다 커서 젖을 먹일 필요가 없게 된 어미 소 두 마리만 짰어요. 이제 전염병이 돌기 시작하고, 또 어미 소가 없으면 모기가 송아지를 죽일 수 있어서 그리셀다 아가씨가 송아지 딸린 어미 소들은 그냥 놔두라고 했거든요."*

"그런데 그 게으름뱅이들은 대체 어디 있는 거예요?"

"미겔은 열병에 걸렸는데 약을 쓰려고 하지 않아요. 지치 잎사귀 다섯 개를 써야 하는데, 아래쪽에 달린 것을 뜯어 쓰면 구토를 유발할 수 있어서 위쪽에 달린 것을 뜯어야 하죠. 내가 그곳에 미겔에게 먹일 탕약을 준비해두었는데요, 그걸 마시려 들지를 않네요. 그는 고무농장에서 일하기에는 너무 늙었어요. 헤수스라는 남자와 카드놀이를 하면서 소일하는데요, 그 친구는 그곳을 떠나고 싶어서 환장을 해요!"

"그럼 지금 당장 그들을 목장의 카누에 태워 더 이상 돌아오지 못하게 해요. 남의 말이나 하는 그런 사람들과 첩자들이 내 집에 있는 건 참을 수가 없어요. 물라타, 헛간으로 가서 그들더러 떠나달라고 해요. 그들이 내게 진 빚도 없고, 나도 그들에게 빚진 게 없으니."

세바스티아나가 나가자 돈 라파엘이 목장의 상황에 대해 물었다. "모든 게 방치되고 뒤죽박죽이라는 게 사실이오?"

---

* '사바나sabana'는 건기가 뚜렷한 열대와 아열대 지방에 발달한 초원.

"그곳에 아저씨가 아시는 건 그림자도 남아 있지 않아요. 바레라가 모든 걸 엉망으로 만들어버렸거든요. 그곳에서는 살 수가 없어요. 불을 지르는 편이 더 나을 거예요."

그러고 프랑코는 다음과 같은 얘기를 했다. 목동들이 술에 취해 작업이 중단되었고, 그들은 끼리끼리 무리를 지어 흩어졌다가 바레라의 똘마니들이 비밀리에 술을 파는 평원의 특정 지역에서 만났다. 몇 번인가는 우둔하게도 말 몇 마리를 황소들에게 보내서 뿔에 받혀 죽게 했다. 또 몇 번인가는 말을 잡아매는 밧줄을 놓아버리기도 했고, 또 소의 꼬리를 잡아 넘어뜨리려다가 소의 발길에 차여 죽을 뻔한 적도 있었다. 많은 목동이 다시 클라리타와 함께 흥청망청 술판을 벌였다. 이들은 돈을 걸고 말타기 시합을 벌여 말 허리에 부상을 입혔는데, 누구도 그 무질서를 고치지도, 상황을 바로잡으려 하지도 않았다. 곧 고무농장으로 가야 하는 매력적인 상황 앞에서도, 내일이면 부자가 될 수 있음에도 일하려는 사람이 아무도 없었기 때문이다. 그리하여 잘 길들여진 말은 없어지고, 망아지만 남게 되었다. 목동은 없고, 먹고 놀면서 즐기는 사람만 남았다. 그리고 목장의 주인인 주정뱅이 수비에타 노인은 통풍에 걸려 무슨 일이 일어난지도 모른 채 해먹에 팔자로 드러누워 바레라와 주사위 노름을 하며 돈을 잃고, 클라리타가 직접 입으로 넣어주는 아구아르디엔테를 마셨다. 사람을 낚으러 다니는 바레라의 일꾼들이 하루에 소를 다섯 마리까지 도살해도 내버려 두었는데, 그들은 소의 가죽을 벗길 때 통통해 보이지 않는 것들은 제쳐 두었다.

게다가 구아나팔로강* 옆에 사는 구아이보** 인디오들이 화살을 쏘아 소 수백 마리를 죽여버리고, 아티코 촌락을 약탈해 여자들을 납치해 가고 남자들을 죽인 뒤 촌락에 불을 질렀다. 강이 가로막고 있어서 불이 다른 곳으로 번지지는 않았다. 정확하지는 않지만 여러 날 동안 밤마다 멀리서 타오르는 불빛이 보였다.

"촌락은 어떻게 하실 작정인가요?" 내가 프랑코에게 물었다.

"수호해야죠! 우리는 말을 잘 타는 장정 열 명을 총으로 단단히 무장시켜 인디오는 단 한 놈도 살려두지 않을 겁니다."

그 순간에 세바스티아나가 돌아와서 말했다.

"그 사람들 가버렸어요."

"엄마, 그들이 제 티플레***를 훔쳐 갈 수 있으니 주의하세요."

"그들은 나리의 응답이 뭔지 알고 싶어 했어요."

"그래요. 그들은 수비에타 노인더러 나를 기다리지 말라고 할 거예요. 노인이 목장 일을 할 더 좋은 목동들을 붙여주면 내가 계속 소를 관리할 거라고 말할 거예요."

우리는 물라타를 뒤따라 마당으로 나왔다. 깜깜한 밤이었고, 이슬비가 내리기 시작했다. 우리를 따라 응접실로 들어온 프랑코가 대나무 평상에 드러누웠다. 밖에서는 강을 향해 걷고 있

---

* 구아나팔로Guanapalo강은 메타강의 지류다.

** 구아이보Guahibo 인디오는 아라우카, 메타, 비차다, 바우페스Vaupés 등지에 사는 원주민이다. 에스파냐 사람들이 도착하기 전에 야노스 지역에 거주하던 원주민 집단들 대부분은 멸종되었거나 그 지역을 떠났다.

*** 티플레tiple는 기타의 일종으로, 기타보다 작고 날카로운 소리를 낸다.

던 사내들이 이중창으로 노래를 불렀다.

사랑하는 이여, 말[馬]이 되지 말아요.
부끄러워하는 법을 배워요.
그대를 사랑하는 사람을 사랑해요.
그대를 사랑하지 않는 사람일랑 신경 쓰지 말아요.

강 물결에 노가 부딪치는 소리와 갑작스럽게 빗물이 튀는 소리 때문에 노래의 메아리가 잦아들었다.

* * *

나는 뒤숭숭한 밤을 보냈다. 새벽에 수탉들이 동시에 울 무렵에야 잠이 들었다. 알리시아가 바레라일지도 모를 한 남자가 기다리는 불길한 장소를 향해 음산한 사바나를 혼자 걸어가는 꿈을 꾸었다. 나는 물라토 안토니오 코레아의 엽총을 엉성하게 들고서 파하 브라바 초원에 웅크린 채 그녀를 염탐했다. 그러나 내가 알리시아를 유혹하는 사내에게 총을 겨누려 할 때마다 총이 내 손 안에서 차갑고 뻣뻣한 뱀으로 변해버렸다. 축사의 울짱에서 돈 라포가 모자를 흔들어대면서 소리를 질렀다. 돌아와! 그래 봐야 이제 다 소용없어!

그리고 나는 어느 특이한 나라에서 황금 옷을 입고 바위에 앉아 있는 그리셀다 아가씨를 보았는데, 바위 밑으로 하얀 고무 유액 한 줄기가 흘러내리고 있었다. 많은 사람이 유액을 따라 땅에 엎드려 마시고 있었다. 프랑코가 쌓여 있는 카빈총 더미 위에 꼿꼿하게 서서 목마른 사람들에게 훈계조로 구시렁거렸다. 〈불쌍한 인간들, 이 밀림* 뒤에 '저승'이 있어!〉 각 나무의 밑동마다 남자가 죽어가고 있었고 나는 큰 거룻배에 실어 조용히 흐르는 어둑한 강에 띄워 보내려고 시체를 모았다.

나는 헝클어진 머리에 알몸 상태인 알리시아가 나를 피해 거대한 반딧불이 불빛에 드러난 밤의 숲 사이로 달아나는 모습을 다시 바라보고 있었다. 손에는 자귀를, 허리춤에는 고무 채취용 깡통을 차고 있었다. 자줏빛 산방꽃차례가 피어 있는 남양삼나무가 고무나무처럼 보여서 그 앞에 멈춰 서서, 고무 유액이 흐르도록 껍질을 찍어대기 시작했다. 왜 내 몸에서 피를 뽑는 거죠? 나무가 죽어가는 목소리로 한숨을 내쉬었다. 나는 당신의 알리시아인데, 기생충이 되어버렸어요.

땀에 흥건히 젖은 나는 몸을 파르르 떨며 아침 아홉 시경에 잠에서 깨어났다. 지난밤에 내린 비로 깨끗해진 하늘이 파란색을 띠었다. 살포시 불어오는 산들바람이 찌는 듯한 무더위를 식혀주었다.

"백인 양반, 여기 아침 식사 있어요." 물라타가 투덜거리듯 말했다. "돈 라포와 남자들은 말을 타고 갔고 여자들은 지금 목욕 중이에요."

내가 아침 식사를 하는 동안 세바스티아나가 땅바닥에 앉아

---

* 여기서 '밀림'은 남아메리카의 아마존강 유역에 있는 열대 밀림 지역인 '셀바스Selvas'를 일컫는다.

목에 걸고 다니던 목걸이 줄을 이빨로 깨물어 조이기 시작했다. 〈이 목걸이는 축성을 받았고, 기적을 베풀어주기 때문에 차고 다니죠. 안토니오가 날 데려갈 용기를 내는지 한번 봐야죠. 혹시 개가 날 내버려 두고 방치할까 봐, 개가 마실 커피에 '피아포코'라는 작은 새의 심장을 넣었어요. 개가 아주 멀리 떠나서 육지를 여기저기 돌아다닐 수 있으니까요. 그러나 어디서든 피아포코와 비슷한 새의 노래 소리가 들리면 안토니오가 슬퍼하며 돌아와야 할 거예요, 왜냐하면 '슬픔'이 그더러 자신이 살던 고향과 자신의 오두막과 자신이 잊었던 사랑하는 사람을 생각나게 할 거고, 그래서 여러 차례 한숨을 쉬고 나서 집으로 돌아와야 하거나 슬픔으로 죽을 지경이 되기 때문이죠. 집을 떠나는 사람에게 메달을 걸어주면 메달 또한 도움을 주거든요.〉

"안토니오가 비차다로 가려는 겁니까?"

"누가 알겠어요. 프랑코는 집을 떠나고 싶어 하지 않지만, 마누라는 떠날 준비가 되어 있어요. 안토니오는 프랑코가 시키는 대로 해요."

"그런데 어젯밤에 왜 그 젊은이들이 떠났습니까?"

"집주인 프랑코가 그들을 더 이상 두고 보질 못했어요. 심술궂은 사람이거든요. 헤수스는 당신들이 도착한 오후에 목장으로 떠났는데요, 바레라를 부르기 위해서가 아니라 바레라가 건너오는 것이 불가능하기 때문에 그러지 말라고 말하기 위해서였어요. 그게 다예요. 하지만 프랑코가 기민한 사람이어서 그 젊은이들을 보내버렸어요."

"바레라가 자주 옵니까?"

"난 잘 몰라요. 그리셀다가 낚시를 한다는 구실로 개천에서 카누를 타고 빈둥거리니까 혹시 그가 거기서 그리셀다와 대화를 하게 된다면, 오겠죠. 바레라가 프랑코보다 더 나아요. 바레라는 하나의 기회예요. 하지만 프랑코는 성질이 고약해요. 그리셀다는 아라우카에서 그 일이 있고부터 프랑코를 무서워하고 있어요. 경비대장이 그녀를 쫓아다닌다고 사람들이 프랑코에게 고자질을 하자, 프랑코가 경비대장에게 선수를 쳤어요. 경비대장에게 칼침 두 방을 놓았다니까요!"

그 순간 알리시아, 그리셀다 아가씨 그리고 긴 장화, 하얀 옷, 회색 펠트 모자로 멋을 부린 사내가 트리오를 이루어 활기차게 들어오는 바람에 우리의 잡담은 중단됐다.

"저기 돈 바레라가 있군요. 댁이 그를 만나고 싶어 하지 않았던가요?"

* * *

"신사 양반." 바레라가 상체를 숙이면서 소리쳤다. "제가 예상치도 않게 아름다운 부인에게 아주 잘 어울리는 남편의 발밑에 있게 되었으니, 운이 두 배로 좋군요."

그러고 다짜고짜 내 앞에서 알리시아의 손에 입을 맞추더니 내 손을 잡으며 아첨 넘치는 말을 덧붙였다. "그처럼 아름다운 오드*를 빚어낸 손이여, 찬사를 받으시라. 그 오드는 브라질에

---

* 오드ode는 서정시를 뜻한다.

서 제 영혼에 대한 선물이 되었고, 제게 한숨 어린 향수를 불러일으켰네요. 사방에 흩어진 자식들을 조국의 심장과 이어주고 외지에서 새로운 신민들을 만들어내는 것이 시인들의 특권이기 때문이지요. 저는 행운을 간절히 바라는 사람이었지만, 귀하께 개인적으로 진정한 찬사를 바칠 영광을 누릴 줄은 몰랐습니다."

그 사내를 경계했다 해도 기본적으로 나는 아부에 민감한 사람이다 보니, 나의 우아한 정부情婦를 다정다감하게 대하는 그의 태도에 혐오감을 느꼈지만, 그의 말 한마디에 누그러졌다는 사실을 고백해야겠다.

바레라는 야외용 부츠를 신고 응접실로 들어온 것에 대해 우리에게 용서를 구했고, 집주인의 건강을 물은 뒤 나더러 위스키 한 잔을 마시라며 권했다. 나는 그리셀다 아가씨가 손에 위스키 병을 들고 온 사실을 이미 알고 있었다.

세바스티아나가 대나무 평상에 술잔을 놓고, 사내가 잔을 채우려고 상체를 숙였을 때 나는 그가 허리에 니켈 도금 권총을 차고 있으며, 술병이 가득 차 있지 않다는 사실을 알아차렸다.

알리시아가 나를 바라보며 술을 거절했다.

"한 잔 더 하세요, 부인. 술이 부드럽게 넘어간다는 걸 이미 아셨잖아요."

"뭐라고요!" 나는 인상을 쓰며 말했다. "당신도 술을 마신 거요?"

"바레라 씨가 하도 권하셔서…… 그리고 이 향수를 선물하셨어요." 알리시아는 바구니에 숨겨놓은 향수병을 꺼내며 작은 소리로 말했다.

"별다른 의미가 없는 선물입니다. 용서하세요, 특별히 가져왔기에……"

"하지만 내 여자에게 줄 건 아니잖아요. 아마 그리셀다 아가씨를 위한 거겠죠! 혹시 세 사람이 이미 서로 아는 사이입니까?"

"결코 아닙니다, 코바 씨. 제게 그런 행운은 온 적이 없습니다."

알리시아와 그리셀다 아가씨가 얼굴을 붉혔다.

"어젯밤 목장에 도착했던 몇몇 젊은이가 가져온 소식을 통해 여러분이 여기 계시다는 걸 알았습니다." 그가 해명했다. "도둑임이 틀림없는 사내 여섯이 말을 타고 와서는 제 이름을 빙자해 상품을 강탈하려 했다는 소식을 듣고 엄청난 슬픔을 느꼈습니다. 날이 밝자마자 저는 그런 말도 안 되는 불법행위에 정중하게 항의하러 나섰습니다. 그 위스키와 향수는 마음 말고 줄 게 없는 사람의 변변찮은 선물인데요, 제가 집주인 내외분께 품고 있는 열렬한 유대감을 보여주기 위한 것이었습니다."

"들었어요, 알리시아? 그 향수병, 그리셀다 아가씨에게 줘요."

"그런데 두 분도 이 오두막의 주인이 아닌가요?" 여주인 그리셀다가 언짢은 목소리로 지적했다.

"저도 그렇게 생각해요. 두 분이 워낙 매력적이어서 어딜 가든지 간에 주위에 있는 모든 것의 주인이 되시기 때문이지요."

내 얼굴에 적대감이 드러났음에도 사내는 당황해하지 않았다. 오히려 화제를 딴 데로 돌렸다. 그러니까 그는 카사나레에서 수많은 일이 일어났기 때문에 그 혜택받은 땅, 친절과 명예와 근면으로 이루어진 그 강건한 요람이 결국 변하게 될 것이라는 생각에 소름이 끼쳤다고 했다. 그는 해로운 메뚜기처럼 그 땅을 오염시키는 베네수엘라의 추방자들과는 살 수가 없었다. 자진해서 그에게 일하게 해달라는 사람들 때문에 엄청난 고통을 겪었다! 수많은 사람이 정치적 추방자라는 조건을 이용해 그 앞에 나타났는데, 사실은 천박한 범법자, 탈옥자들이었다! 그러나 그들이 무도한 짓을 할 수도 있기에 드러내놓고 거부하는 것은 위험한 일이었다. 의심할 나위 없이, 돈 라파엘의 물건을 훔치려고 했던 자들은 그런 부류에 속했다. 비차다의 회사는 그가 겪은 엄청난 불쾌감을 절대로 충분히 보상할 수 없을 것이다! 그것은 사실이었고, 그를 알아보지 못하고 사실을 밝히지 않는 것은 배은망덕한 일이었기 때문에 회사는 그에게 명예로운 보상을 해주었다. 회사는 먼저 엄청난 양의 고무와 함께 그를 주요 주주들이 거주하는 브라질로 보냈고, 주주들은 그에게 고무 채취의 책임을 맡아달라고 요청했다. 그러나 그는 재능이 부족하다며 그 제의를 거부했다. 오오! 당시 내가 그곳 황야에서 살고 싶어 했다는 사실을 그가 미리 알았더라면 좋았을 텐데! 만약 내가 그 자리에 어울리는 후보자를 알려줬더라면 그가 그 후보자의 이름을 정말 자랑스럽게 천거했을 텐데! 그리고 만약 그 후보자가 그와 함께하고자 했더라면 확실히 임명되었을 텐데……

내가 말을 가로막고 물었다. "바레라 씨, 귀하의 회사만큼 큰 회사가 비차다에 있다는 소식은 들어본 적이 없는데요."

"제 회사가 아니에요, 제 회사가 아니라고요! 저는 경비를 빼고 1년에 2천 리브라를 받는 변변찮은 직원입니다."

그는 매수사의 눈초리로 대담하게 내 눈을 응시하더니, 비단 손수건으로 얼굴을 닦고, 넥타이 매듭을 가다듬고, 우리더러 당시에 집에 없던 신사들에게 안부를 전한 후, 그 날강도들의 못된 짓에 대해 자신이 항의를 표했다는 사실을 알려달라고 신신당부하고는 떠났다. 그런데도 그는 개인적으로 그 말을 자리를 비운 돈 라포에게 전하려고 다음 날 돌아올 생각이었다.

그리셀다 아가씨가 그를 개천까지 바래다주었는데, 그곳에서 그녀는 작별하고도 남을 시간을 머물렀다.

"그 인간은 대체 어디서 나온 거요?" 나는 알리시아와 단둘이 남게 되자 그녀를 바라보며 퉁명스런 목소리로 물었다.

"반대편 강변으로 말을 타고 왔고, 그리셀다 아가씨가 그를 카누에 태웠어요."

"당신, 그자를 예전부터 알고 있었소?"

"아녜요."

"그 인간에게 관심이 있는 거요?"

"아녜요."

"그 향수를 받을 작정이오?"

"아녜요."

"아주 좋아요! 아주 좋아!"

나는 그녀의 앞치마 주머니에서 향수병을 낚아채 마당에 내동댕이쳤다. 향수병은 돌아오던 그리셀다 아가씨의 발밑에 떨어져버렸다.

"이봐요, 당신 미쳤군요, 미쳤어!"

* * *

창피를 당한 알리시아는 놀란 상태로 재봉틀을 열어 바느질을 시작했다. 잠시 재봉틀 페달 밟는 소리와 말뚝에서 앵무새가 수다 떠는 소리만 들렸다.

그리셀다 아가씨는 자신이 우리를 포기하지 않아야 한다는 사실을 깨닫고서 미소를 머금은 채 약삭빠르게 말했다.

"바레라, 이 인간의 변덕은 참 웃겨요. 에메랄드 몇 개를 구해야겠다는 생각이 들었는지 내 귀걸이에 박힌 에메랄드를 유심히 쳐다보더라니까요. 내 귀에서 귀걸이를 훔쳐 갈 수도 있어요!"

"머리까지 몽땅 훔쳐 가지는 않겠죠." 나는 효과적인 너털웃음과 함께 풍자의 강도를 높여 대꾸했다.

그리고 그녀의 수선스런 핑계를 듣지 않고 나는 축사로 갔다.

"아주머니와 말다툼을 하면 내가 이기니까, 하지 않는 게 좋아요!"

나는 울짱에 걸터앉아 햇빛을 받으며 괴로운 심사를 달랬다. 그때 저 멀리 모리체 야자나무 숲 위로 짙은 먼지 구름이 너울거렸다. 머지않아 숲 반대편에서 말을 탄 남자의 실루엣이 보였다. 그가 올가미 밧줄을 빙빙 돌리고, 황급히 말머리를 돌려 평원의 일렁이는 풀밭을 뛰어 건너갔다. 대규모로 뛰는 말들이 대초원을 진동시키고, 다른 목동들이 평지를 가로지른 뒤에 한 무리의 말이 시야에 나타났는데, 아직 길들지 않은 새끼 암말들이 젊음의 광기를 부리며 가끔 말 무리에서 떨어져 나와서는 등이 활처럼 휘도록 날뛰며 장난을 치다가 뼈가 부러지기도 했다. 그때 말을 탄 남자들이 소리를 질러대며 나더러 울타리 문을 열라고 명령했다. 내가 막 그들이 시키는 대로 하자마자 말의 무리가 신경질적으로 거칠게 숨을 헐떡거리며 우리 안으로 우르르 몰려들었다.

프랑코, 돈 라파엘 그리고 물라토 코레아가 숨을 헐떡이는 말에서 내렸는데, 말들이 입으로 거품을 흘리면서 부르르 떨리는 머리를 울짱에 비벼댔다.

"이기적인 사람들, 왜 나더러 함께 가자고 하지 않았나요?"

"새벽에 맨 먼저 잠자리에서 일어나는 사람이 영성체를 두 번 하는 법입니다. 다음에 올가미질을 할 수 있게 해드릴게요."

그들은 가축우리의 문에 굵은 횡목을 묶어 단단히 걸어 잠갔다. 그사이, 여자들이 몰려와서는 울짱을 부숴버리고 싶다는 듯이 원을 그리며 뱅뱅 도는 그 힘 좋은 말들을 틈새로 구경했다. 알리시아는 재봉을 하던 천을 손에 든 채 반들반들한 말의 궁둥이, 허리케인을 맞은 것처럼 휘날리는 갈기, 머리들이 부딪쳐 나는 소리가 어지럽게 뒤엉키자 흥분해서 날카롭게 소리를 질렀다. 저건 내 거예요! 이게 더 멋지네요! 발길질하는 저 말 좀 봐요! 씰룩거리는 배, 짓밟아진 땅에서 피어오르는 먼지, 반항적인 울음소리에서 즐거움과 힘, 야수성의 기운이 솟구쳐요!

코레아는 기분이 좋았다.

"우리 저 교활한 놈을 잡읍시다! 검고, 갈기가 무성하고, 다리가 하얀 저 종마요! 저놈은 명이 다했고, 차라리 태어나지 않는 게 나았어요! 저놈을 무서워하지 않는 삼보는 본 적이 없지만, 저놈이 감히 나를 쓰러뜨릴 수 있을지 어디 한번 보세요들."

"빌어먹을 물라토, 너 대체 뭘 하려는 거냐?" 노파 세바스티아나가 으르렁거렸다. "저 말이 네 어미 같은 줄 아는 거냐?"

우리가 있어서 더 대담해진 코레아가 알리시아에게 말했다.

"제가 저놈을 어떻게 다루는지 보여줄게요. 여러분이 점심을 끝내자마자 내가 저놈을 탈 겁니다!"

그가 마당에 흩뿌려진 향수 냄새를 맡기라도 하는 것처럼 코를 벌름거리면서 다시 말했다.

"아하……! 여자 냄새가 나는군, 여자 냄새가 나!"

코레아는 점심을 먹고 싶지 않았다. 튀긴 플라타노 한 줌을 입에 털어 넣었고, 고기 한 조각을 씹었으며, 블랙커피로 혀를 적셨다. 그사이에 그는 세바스티아나가 구시렁거리는 소리를 들으며 어깨에 마구를 걸친 채 집을 나와 가축우리에서 우리를 기다렸다.

우리도 앞으로 전개될 새로운 광경에 흥분이 되어 식사를 대충 끝냈다. 알리시아는 마음속으로 간단히 기도를 하고, 그 물라토를 신에게 의탁했다.

"이봐요들!" 세바스티아나가 탄식했다. "저 짐승이 내 곱슬머리 아들을 죽이도록 내버려 두지 말아줘요."

우리는 털이 달린 가죽으로 만든 밧줄과 '수엘타'라 부르는 반 미터짜리 짧은 족쇄를 꺼냈는데, 족쇄 끝에는 굵게 꼰 용설란 밧줄로 만든 고리가 채워져 있었다.

망아지가 그 혼란스런 상황에서 고개를 숙여 올가미 밧줄을 피했기 때문에 프랑코는 망아지를 다른 말들과 분리시키라고 명령했고, 옆에 붙어 있는 다른 가축우리의 문이 열렸다. 홀로 남겨진 망아지가 우리를 벗어나려다 앞발이 울짱에 가로막히자 물라토가 밧줄로 만든 올가미로 망아지를 걸었다. 망아지가 펄쩍펄쩍 뛰다가 자신을 길들이기 위해 세워놓은, 끝이 두 갈래로 갈라진 나무기둥에 반점이 있는 목 뒷덜미를 들이밀면서 기둥 주위를 뱅뱅 돌자 망아지를 매놓은 줄이 파르르 떨리면서 줄이 묶인 나무가 연기를 내뿜었다. 망아지는 줄 끝에서 화를 내다가 고통스럽게 딸꾹질을 했다. 숨이 막혀 마침내 실신해서 땅바닥에 쓰러졌는데, 발길질은 계속했다. 프랑코는 망아지의 옆구리에 앉아 양쪽 귀를 잡아끌어서 그 튼실한 목을 등 뒤로 꺾었고, 그사이에 물라토 코레아가 망아지에게 족쇄를 채우고, 꼬리를 밧줄로 묶은 뒤에 굴레를 씌웠다. 이런 식으로 망아지를 제압했다. 망아지의 목에 고삐를 걸어 끄는 대신에 망아지 꼬리를 잡아끌었고, 마침내 그 불쌍한 망아지는 땅바닥을 밟고 버티다가 가축우리 밖으로 쫓겨나는 신세가 되었다. 거기서 우리는 테스테라*로 말의 눈을 가리고, 길들지 않은 등에 처음으로 안장을 채워 단단히 조였다.

종마를 이동시키느라 시끌벅적한 소동이 벌어진 틈에 암말

---

* 테스테라testera는 말을 조련할 때 말의 이마에서부터 얼굴을 덮어 눈을 가리는 액세서리.

들은 평원이 자기 것인 양 뛰어다녔다. 종마가 평원을 바라보면서 질투심과 분노로 몸을 부르르 떨었다.

물라토가 망아지의 족쇄를 제거하면서 동시에 소리를 질렀다.

"엄마, 스카풀라* 좀 보여줘요!"

프랑코와 돈 라파엘이 망아지를 붙잡을 심산에 말을 타려고 하자 코레아가 그들을 말렸다.

"뒤에 서 계시다가 망아지가 쓰러지려고 하면, 나를 깔아뭉개지 않도록 채찍질을 하세요."

세바스티아나가 소리를 지르는 와중에 코레아가 스카풀라를 목에 걸고 성호를 긋더니 재빨리 말의 눈가리개를 벗겼다. 재규어가 목덜미를 타고 오를 때 놀라서 발길질을 하며 완강히 반항하는 거친 암노새도, 자기 몸에 반데리야**가 꽂히자 원형 투우장을 빙빙 돌면서 포효하는 거친 황소도, 작살의 충격을 느끼는 물소도 첫번째 채찍질을 당하는 망아지가 표출하는 것과 같은 폭력성을 드러내지는 않는다. 공포에 사로잡힌 우리의 눈앞에서 분노로 울부짖는 망아지가 몸을 부르르 떨고, 난폭하게 내달리면서 땅과 허공으로 발길질을 해대자 말 사육 후견인인 프랑코와 돈 라파엘이 루아나를 휘날리며 망아지를 뒤쫓아 갔다. 말은 무시무시하게 껑충껑충 뛰면서 거대한 족적을 남겼다. 반인반마가 등을 구부리고 뛰어오르듯 안장에 바짝 붙

---

* 스카풀라scapula는 본래 가톨릭의 수도자가 착용했던, 후드가 달린 판초 모양의 노동용 앞치마이다.

** 반데리야banderilla는 투우에서 소의 화를 돋우기 위해 소의 몸통에 던져 꽂는, 색색의 작은 깃발이 달린 작살의 일종.

어 있던 기수의 몸이 파하 브라바 초원에 몰아치는 회오리바람처럼 솟구치더니, 마침내 저 멀리 셔츠의 하얀색만 보일 뿐이었다.

그들은 오후 늦게 돌아왔다. 야자나무들이 흔들흔들 고갯짓을 하면서 그들에게 인사를 했다.

망아지는 온몸이 땀으로 뒤범벅되어 기진맥진한 채 채찍과 박차에 무감각해져 돌아왔다. 이제 눈을 가리지 않고 안장을 벗겨내고, 때려가며 족쇄를 채워도 망아지는 꿈쩍도 하지 않고서 평원의 가장자리에 홀로 머물렀다.

우리는 기뻐하며 코레아를 안아주었다.

"내 오리걸음쟁이 아들에 대해 어떻게들 생각하시나요?" 세바스티아나가 아들이 자랑스럽다는 듯이 묻고 또 물었다.

"이 모든 게 아들 덕분이죠." 프랑코가 대답했다. "저 사람은 카사나레에서 가장 멋진 축제를 열 아이디어가 있어요. 우연히도 우린 목장의 모든 암말을 가두어놓고서 내 것이기도 하고 여러분 것이기도 한 저 망아지를 잡았어요. 일이 어떻게 되었는지는 여러분이 이미 봤고요."

밤이 되자 굴욕과 학대를 당한 대평원의 그 왕은 보름달 아래서 애처롭게 한 번 울부짖더니 자신의 영토를 떠났다.

* * *

그 주에 내가 도리에 어긋난 짓을 저질렀다는 사실을 후회하며 고백하겠다. 나는 그리셀다를 유혹해 불명예스런 성공을 거두었다.

나는 며칠간 열병에 걸린 알리시아를 온 정성을 다해 아주 자상하게 보살펴주었다. 하지만 알리시아를 간호하는 동안 여주인 그리셀다와 누린 즐거움이 내게 환자만큼 중요했다는 사실을 충분히 이해한다.

그리셀다 아가씨가 언젠가 내 해먹 근처를 지나갔을 때, 나는 의미심장하게 그녀의 엉덩이를 움켜쥐었다. 그녀가 주먹을 움켜쥐며 내 뺨을 때릴 시늉을 하더니 알리시아가 자는 쪽을 힐끗 쳐다보고는 간지럼을 태우며 내 손을 떼어냈다.

"뻔뻔스러운 남자, 난 당신이 바람둥이라는 걸 진작 알고 있었어요."

그녀가 내 가슴 위로 상체를 숙이자 귀 앞쪽으로 흔들거리던 귀고리가 그녀의 광대뼈에 부딪쳤다.

"이게 바로 바레라가 갖고 싶어 하는 에메랄드인가요?"

"그래요, 하지만 당신에게 줄게요."

"그거 어떻게 빼는 건데요?"

"이렇게." 그녀가 갑자기 내 귀를 깨물면서 말했다. 그리고 숨이 넘어갈 듯 웃으면서 내 곁을 떠났다. 잠시 후 돌아와서는 손가락 하나를 입술에 세로로 갖다 댄 채 내게 간청했다.

"내 남자가 모르게 해요! 당신 여자도 모르게!"

그러나 신의가 내 피를 지배해 나는 품위 있고 냉정한 태도로 유혹을 물리쳤다. 내가 모든 육욕을 이겨냈는데 어느 친구의 부인, 즉 내게는 여자, 평범한 여자에 불과한 그녀를 유혹해 그 친구의 명예를 훼손해야겠는가? 하지만 내 결심의 기저에 나를 일깨우는 생각이 작동하고 있었다. 즉, 알리시아가 이미 나를 무심히 대할 뿐만 아니라 은근히 경멸하고 있었다는 것이다. 그 순간부터 나는 그리셀다 아가씨에게 열중하기 시작했고, 결국 그녀를 이상화하기에 이르렀다.

내 동반자가 지닌 매력을 제대로 알아보지 못했다는 생각이 들었다. 사실 미인은 아니지만 어디를 가든지 남자들을 미소 짓게 하는 여자다. 무엇보다도 그녀의 다른 매력, 즉 고뇌 어린 신중함으로 무장된 그녀의 정신을 불운이 오염시킨 탓에 약간은 경멸적이면서 애수 어린 시선이 나를 즐겁게 했다. 얌전해 보이는 입술에서 다정하게 사랑을 속삭이는 낭랑한 어조의 목소리가 차분하게 흘러나왔고, 또 검은 아몬드 같은 눈동자 위로 드리운 커다란 속눈썹으로 뭔가를 확신시키는 듯한 윙크를 했다. 태양 빛 때문에 그녀의 피부는 살짝 갈색을 띠었고, 살집이 좀 있다고는 해도 내게는 키가 더 크게 보였으며, 뺨에 있는 점들은 더 희미하게 보였다.

그녀를 처음 보았을 때 충동적이고 경망스런 아가씨라는 느낌을 받았다. 나중에 자신의 임신을 알게 된 그녀는 자신이 앞으로 어머니가 되리라는 확신에 차서 고뇌의 후광을 당당하고 침울하게 지니고 있었다.

어느 날 내가 그녀에게 진실을 밝히라고 요구하자 그녀가 화를 내듯 대답했다.

"당신은 부끄럽지 않아요?"

연한 색깔의 오건디로 만든 옷을 입은 그녀의 소박한 목둘레선, 대충 빗은 머리카락에 나비 모양으로 묶은 파란 실크 띠가 너울거리는 모습이 참신해 보였다. 그녀가 바느질하려고 앉았을 때, 나는 그녀 앞에 걸려 있는 해먹에 드러누워 관심 없는 척하면서 슬며시 그녀를 훔쳐보았다. 나는 그녀가 차갑게 대하는 데 짜증이 난 나머지 결국 화난 목소리로 되풀이해 물었다.

"근데 당신, 내 말은 듣고 있는 거요?"

알리시아가 속내를 드러내지 않는 이유를 알고 싶은 마음에 질투 때문이 아닐까 생각해 그리셀다를 살짝 암시하며 알리시아를 자극했다. 알리시아는 그리셀다와 계속해서 마찰을 빚었고, 자주 울곤 했다.

"여주인이 나에 관해 뭐라고 합디까?"

"당신이 바레라보다 못하다고 하더군요."

"뭐라고요! 어떤 의미에서요?"

"난 몰라요."

알리시아가 알려준 이 사실이 프랑코의 명예를 결정적으로 지켜주었다. 그 순간부터 그리셀다 아가씨가 지겹게 느껴졌기 때문이다.

"그녀에게 추근거리지 않으니까 내가 바레라보다 못하다는 거요?"

"난 몰라요."

"그런데 내가 그녀에게 추근거린다면?"

"당신 마음이 대답하겠죠."

"알리시아, 당신, 뭔가를 본 거요?"

"당신 참 순진하군요! 모든 여자가 당신을 사랑하기라도 한대요?"

그 말을 듣는 순간 나는 자존심이 상한 나머지 팔을 걷어붙이고 그녀에게 소리를 지르고 싶었다. 어리석은 여자여, 누가 나를 이렇게 헐뜯었는지 내게 물어봐요!

그때 돈 라포가 문지방에 나타났다.

* * *

그날 아침에 말을 팔아보려고 목장으로 떠났던 돈 라포가 돌아온 것이다. 그를 따라갔던 프랑코와 그리셀다 아가씨는 해가 질 무렵에 돌아왔다. 돈 라포는 어떤 거래에 대해 나의 동의를 구하려고 카누를 타고 그들보다 먼저 돌아왔다. 수비에타 노인은 천 마리 또는 그 이상의 말을 우리가 사는 조건으로 싼 가격에 외상으로 내놓았지만 담보를 요구했고, 프랑코는 거래를 위해 과감하게 자신의 촌락을 내줄 용의가 있었다. 우리가 그 거래에 참여할 수 있는 기회였고, 이익도 상당할 것이다.

나는 기뻐하며 돈 라포에게 말했다.

"여러분이 원하시는 대로 할 겁니다!" 그러고 나서 나는 알리시아를 껴안으며 덧붙였다.

"그 돈은 모두 당신 것이 될 거요."

"나는 출자금 형식으로 내 말을 내놓을 거고, 몇 가지 빚을 받으러 아라우카로 급히 가겠네." 돈 라포가 말했다. "천 페소까지는 모을 수 있을 텐데, 그 돈의 일부로 말을 사들일 거야. 게다가 그 촌락이 담보로 잡히면 수비에타 노인이 프랑코와 거래를 끝내버릴 텐데, 늘 프랑코의 도움이 필요한 수비에타 노인에게는 특히 지금 목동들의 무질서로 목축업이 마비된 상황이라 도움이 더 많이 필요하지."

"제 호주머니에는 여전히 30리브라가 들어 있습니다. 여기 있어요, 여기 있다니까요! 알리사의 용돈 약간과 우리가 이 집에 묵는 비용만 조금 제할 겁니다."

"아주 좋아! 나는 사흘 내로 떠나겠네. 이제 겨울이 가까워져서 많은 비가 내릴 텐데,* 우기가 되기 전인 다음 달 중반경에 여기서 다시 만나세. 유월 말경에 우리는 가축 떼와 더불어 비야비센시오에 도달하고, 그다음에 보고타로, 보고타로 가는 거지!"

알리시아와 돈 라파엘이 마당으로 나가자 내 환상이 나래를 펼쳤다.

동창들과 만나서 내가 카사나레에서 겪은 모험을 얘기해주고, 갑작스럽게 쌓은 부에 관해 허풍을 치면 그들이 한편으로는 놀라고 한편으로는 질투를 하면서 나를 축하해줄 것이다. 그때가 되면 서재 앞에 정원이 있는 내 집을 가질 것이므로 동창들을 집으로 초대해 식사를 대접할 것이다. 그들을 서재로 불러 모아 내가 마지막으로 쓴 시들을 읽어주리라. 알리시아는 우리 여행의 동반자인 돈 라파엘을 기념하는 의미에서 라파엘이라고 이름 붙인 우리의 아기가 울어서 급히 달래러 가느라 수시로 나와 동창들만 남겨둘 것이다.

우리 가족은 옛 계획 하나를 실행하려고 보고타에 정착하게

---

* 콜롬비아에서는 흔히 우기를 겨울이라고 인식한다.

될 것이다. 비록 엄격하신 부모님이 나를 거부한다 할지라도, 축일이면 아기를 유모와 함께 부모 집으로 보낼 것이다. 처음에는 부모가 내 아기를 받아들이려 하지 않을 테지만 나중에 내 누이들이 호기심에 아기를 팔로 안아 올리면서 소리칠 것이다. 〈아르투로와 완전 판박이네!〉 그리고 내 어머니는 눈물범벅이 되어 기뻐하며 아기를 쓰다듬으면서 한번 보라며 아버지를 부를 것이다. 하지만 그 노인은 격정에 사로잡혀 몸을 부르르 떨면서 자기 방으로 가버릴 것이다.

문학적으로 상당한 성공을 거둬 차츰차츰 내 과오를 용서받게 될 것이다. 어머니는 내게 유감이 있었지만 내가 대학을 졸업한 후 모든 것을 잊었다고 했다. 내 행동거지에 매료되었던 여자 친구들조차도 이렇게 말하면서 내 과거를 묵인해줄 것이다. 아르투로의 그런 엉뚱한 짓들은……!

"이봐 몽상가, 이리 와서 내 배낭에 든 마지막 브랜디 맛 좀 보게나." 돈 라포가 소리쳤다. "행운과 사랑을 위해 우리 셋이서 건배하세."

몽상가들! 우리는 고통과 죽음을 위해 건배했다!

* * *

부에 대한 생각은 그 며칠 동안 나를 지배하는 강박관념이 되었다. 이미 나는 금융업을 추진하기 위해 야노스로 와서 근사한 거부가 되었다고 믿었고 그런 권력을 꿈꾸었다. 나는 알리시아의 말투에서도 현재의 풍요로움으로 지탱되는 미래를 예상하는 사람 특유의 무사태평함을 발견했다. 사실 그녀는 계속해서 자신의 비밀주의에 둘러싸여 있었지만, 나는 이렇게 확신하며 즐거워했다. 이건 부잣집 여자의 비상식적인 태도야. 피델이 계약 성사를 알려줬을 때 나는 조금도 놀라지 않았다. 재산관리인이 내 의지가 정확하게 완수된 사실을 내게 보고하고 있다고 생각했다.

"프랑코, 이 거래는 훌륭하게 이루어질 거예요! 설령 실패한다 해도 나는 만반의 대응책을 갖고 있어요!"

그러고 피델은 내가 대평원에 온 목적을 처음으로 물었다. 나는 내 동반자 돈 라포가 뭔가 무분별하게 행동하진 않았는지 궁금해하며 대답했다.

"그거라면 돈 라파엘과 얘기하지 않았나요?" 그의 부정적인 대답을 듣고서 나는 덧붙였다.

"변덕쟁이들, 변덕쟁이들! 나는 아라우카를 구경하고, 오리노코로 내려가서 유럽으로 갈 생각이었어요. 하지만 알리사의 몸 상태가 안 좋아서 어떻게 해야 할지 모르겠다고요! 게다가 거래가 썩 나쁘지 않아 보여요. 우리는 뭔가를 할 겁니다."

"거칠고 상스런 그리셀다가 당신 부인을 디자이너로 삼고 싶어 한다는 게 애석하군요."

"걱정 말아요. 알리시아는 학교에서 배운 것을 실습하는 데 재미를 붙이고 있으니까요. 집에서는 여러 가지 일을 하며 시간을 보내요. 그림 그리고, 피아노 치고, 자수 놓고, 레이스를 만들고……"

"궁금한 점이 하나 있어요. 돈 라포가 가져온 말들은 당신이 준 겁니까?"

"내가 그분을 얼마나 존경하는지 다들 알아요! 나는 안장이 채워진 가장 좋은 말과 모든 짐을 도둑맞았어요."

"그래요. 돈 라포가 얘기해줬어요…… 하지만 괜찮은 몇 마리는 남아 있잖아요."

"평범한 것들이에요. 우리가 탈 것들이죠."

"수비에타 노인은 그것들을 좋아할 겁니다. 이토록 의심 많은 남자와 사업을 한다는 게 참 뜻밖이었죠! 아마도 그 노인은 경쟁에서 바레라가 자기를 이길 거라 예상하고 우리에게 그런 제안을 했을 겁니다. 노인이 그렇게 대규모로 판매한 적은 결코 없었거든요. 그가 구매자들에게 이렇게 말했어요. 난 이제 팔 게 없다니까요! 잔챙이 네 마리밖에 없어요! 가축 거래를 통해 돈을 벌 수 있다고 확신한 구매자들은 가축을 팔도록 자극하려고 노인에게 계약금을 미리 지불했지요. 언젠가 소가 모소에 사는 경험 많고 약삭빠른 가축 장사꾼이 그런 전술을 썼는데, 그는 노인의 환심을 살 요량으로 여러 날 노인과 술을 마셔댔죠. 하지만 그들이 구매한 소들을 따로 떼어놓았을 때, 수비에타는 바예톤을 가축우리 밖에 펼쳐놓고, 구매자가 자신에게 맡긴 배낭을 내려놓으며 충고했어요. 〈내가 숫자를 잘 모르니 소 새끼 한 마리가 나갈 때마다 여기 내 바예톤에다 모로코타 한 닢을 던지시오.〉 던질 돈이 떨어지자 내륙 지방에서 온 구매자가 넌지시 말했어요. 〈돈이 부족하네요! 나머지 소들은 외상으로 주세요!〉 수비에타가 미소를 지으며 말했지요. 〈동업자 양반, 당신 돈이 부족한 것이 아니라 내 소가 많은 거요!〉 그리고 수비에타는 바예톤을 집어 들고 단호하게 돌아가 버렸어요."

나는 내 행운에 만족스러워하면서 그 얘기를 들었다.

"프랑코." 내가 그의 어깨를 툭 치며 말했다. "당신은 놀랄 게 전혀 없어요! 그 노인은 자신이 뭘 하는지 아는 사람이에요. 그가 내 이름을 들었을 거예요……!"

* * *

"변덕쟁이, 변덕쟁이, 당신 참 많이 변했어!"

"이봐요, 그리셀다 아가씨, 말투가 왜 그런답니까?"

"당신, 사업 능력을 자만하는 거죠? 모로코타를 갖고 싶으면 비차다로 가는 게 나아요. 날 데려가요. 난 당신과 함께 가고 싶다고요!"

그리셀다가 나를 껴안았으나 나는 팔꿈치로 밀어버렸다. 그녀가 놀라며 멈칫했다.

"이제 알았어, 이제 알았다고요! 당신, 내 남편을 무서워하고 있어요!"

"난 당신이 싫어요!"

"배은망덕한 사람! 알리시아 아가씨는 아무것도 몰라요. 나더러 당신을 믿지 말라는 말만 했어요."

"대체 무슨 말을 하는 겁니까? 무슨 말을 하는 거냐고요?"

"야노스 사람들은 진실한데, 고원지대에서 온 사람들은 상대에게 손도 내밀지 않는다는 말이죠."

나는 분노로 얼굴이 하얗게 질린 채 거실로 가버렸다.

"알리시아, 당신이 그리셀다 아가씨와 친하게 지내는 건 좋지 않아요. 그 여자의 천박함에 당신이 물들 수 있다고요! 당신이 계속해서 그 여자 방에서 자는 건 좋지 않아요!"

"당신을 위해 그리셀다가 방에 혼자 있었으면 하는 거예요? 당신은 집주인 남자를 모욕하는군요?"

"발칙한 여자! 그 웃기는 질투심이 또 발동한 거요?"

나는 울고 있는 알리시아를 놔두고서 카네이*로 갔다. 세바스티아나 노파가 물라토의 셔츠에 헝겊쪼가리를 덧대서 꿰매고 있었고, 반 벌거숭이 상태의 물라토는 두 손을 깍지 끼어 베개처럼 머리를 괸 채 짐승 가죽 위에 드러누워 옷 수선이 끝나기를 기다렸다.

"백인 양반, 그 해먹에서 더위 좀 식히세요. 날씨가 푹푹 찌네요!"

한숨 자려고 했지만 허사였다. 암탉 한 마리가 더그매에서 바닥을 헤집으며 꼬끼오 울어댔다. 그사이에 다른 암탉들은 수탉이 다가와 자신들의 날개를 끌어당기면서 구애를 하는데도 아랑곳하지 않고 부리를 벌린 채 어둠 속을 정탐했다.

"이런 사악한 것들 때문에 통 잠을 못 자겠네!"

"물라타 아주머니." 내가 그녀에게 말했다. "아주머니는 고향이 어디예요?"

---

* 카네이caney는 야자 잎사귀나 밀짚으로 만든 지붕을 여러 개의 기둥으로 받쳐 지은 거대한 오두막이다. 흔히 벽이 없다.

"내가 있는 곳이 고향이지요."

"콜롬비아에서 태어났어요?"

"난 마나레 쪽 야노스 여자예요. 사람들은 나더러 크라보 출신이라고 하지만, 나는 크라보에서 태어나지 않았어요. 사람들은 나더러 파우토 출신이라고 하지만, 나는 파우토에서 태어나지 않았어요. 내가 태어난 곳은 이 야노스 전체예요. 야노스가 참으로 아름답고 참으로 넓은데 뭐 하러 더 많은 조국이 필요하겠어요? 아주 적절한 속담이 있어요. 당신의 하느님은 어디에 계시나요? 당신에게 해가 뜨는 곳에 계시죠!"

"그럼 당신 아버지는 누구죠?" 내가 안토니오에게 물었다.

"엄마가 알겠죠."

"아들아, 중요한 건 네가 이 세상에 태어났다는 사실이란다!"

나는 쓸쓸한 미소를 머금은 채 캐물었다.

"물라토, 비차다로 갈 건가요?"

"며칠 동안 비차다에 홀딱 반해 있었는데, 이 집 주인이 그걸 알고서 나를 나무랐어요. 사람들 말마따나 거긴 어디나 숲만 있어서 말을 타고 갈 수도 없는데, 그런 델 가서 뭐하게요! 내 삶은 가축의 삶과 같아요. 내가 좋아하는 건 그저 파하 브라바 초원과 자유뿐이에요."

"밀림은 인디오들에게나 좋죠." 노파가 덧붙였다.

"빈털터리들도 사바나 지역을 좋아해요. 그 사람들이 사바나에 끼치는 피해가 그걸 말해주잖아요. 그들은 언제든 황소 한 마리는 거뜬히 포박할 수 있어요. 그렇게 하려면 말 위에 제대로 앉아 말이 앞으로 밀고 나가게 할 필요가 있죠. 그리고 그 사람들은 서서 또는 뒤쫓아 달려가서 소를 붙잡아 한 마리씩 뒷다리 오금을 잘라버리는데, 정말 재미있어요! 하루에 소 40마리까지 잡아서 한 마리는 먹어 치우고, 나머지는 검은대머리수리*와 매에게 주죠. 그리고 빈털터리들은 기독교도들을 불손하게 대해요. 죽은 하스페는, 그러니까 그 사람들이 그가 타고 온 말 아래 수풀에서 튀어나와서는 별안간 그를 덮쳐 죽여버렸죠. 그가 그들에게 소리를 질렀지만 소용이 없었어요. 그리고 스무 명 정도 되는 그 사람들이 사방에서 비무장한 우리에게 화살을 쏘아댔어요!"

노파가 관자놀이에 묶어둔 수건을 질끈 동여매면서 이런 식으로 끼어들었다.

"그러니까 하스페가 목동들과 사냥개들을 데리고 그들을 쫓아갔어요. 그는 어디서든 사람을 죽여서 불을 피워 마치 구운 인육을 먹는 것처럼 행동했는데, 도망자들이나 모리체 야자나무 위에서 망을 보던 감시꾼들에게 보여주기 위해서 그랬죠."

"엄마, 인디오들이 그의 가족을 죽여버렸는데요, 여기는 관청이 없어서 누구든 자기 문제는 혼자 해결해야 해요. 여러분은 아티코에서 무슨 일이 일어났는지 이미 알 거예요. 모든 사람이 목검에 맞아 죽었고, 화재의 잔해에서 여전히 연기가 나고 있어요. 백인 양반, 그 사람들을 찾으려면 우리가 뭉쳐야 해요!"

---

* 중남미에서는 '사무로zamuro' '출로chulo' '구알라guala' '가이나소gallinazo' '우루부urubú' 등으로 불린다. 평원이나 밀림에서 주로 죽은 동물을 먹어 치워 청소를 하기 때문에 사람에게 이로운 새라고 할 수 있다. 암탉만 한 크기에 털은 검은색인데, 머리는 노란색이거나 빨간색이다.

"안 돼요, 안 돼. 그 사람들을 동물처럼 사냥하자고요? 그건 비인간적인 짓이에요!"

"당신이 그들에게 대항하지 않으면 그들이 당신에게 그런다니까요."

"논쟁 좋아하는 삼보야, 이 양반 말에 반박하지 말거라! 이 백인 양반은 너보다 글을 더 많이 읽었다. 차라리 이 양반이 담배를 씹는지 물어보고 한 입 씹게 해주렴."

"고맙습니다만, 사양하겠습니다, 할머니. 나는 그런 걸 하지 않습니다."

"네 해진 옷 다 수선했다." 노파가 물라토 안토니오에게 셔츠를 던져주면서 말했다. "혹 밀림에서 찢어질지도 모른다. 너 벵가벵가*는 가져왔니? 얼마 전에 가져다 달라고 부탁했잖아?"

"커피를 주면, 가져다줄게요."

"그런데 벵가벵가라는 게 뭡니까?"

"이 집 안주인이 부탁한 거예요. 사랑에 빠지게 하는 어떤 나무껍질이에요."

* * *

감수성이 예민해 신경질적인 나는 커다란 위기를 겪을 때면 이성이 뇌에서 빠져나오려고 안간힘을 쓴다. 몸은 활력이 있는

---

* 세바스티아나 노파에 따르면 '벵가벵가vengavenga'는 어느 나무의 껍질인데, 사랑의 묘약이다. 즉, 껍질 달인 물을 마시면 그 물을 준 사람을 사랑하게 된다. '벵가venga'는 '오다'를 뜻하는 동사 'venir'의 명령형이다.

데도 주기적으로 생겨나는 나쁜 생각으로 마음이 약해졌다. 잠을 자는 동안에도 상상에서 비롯되는 환상에서 자유롭지 못하다. 그런 느낌은 내가 흥분 상태에 있을 때 자주 최고의 힘을 발휘하지만 하나의 느낌은 늘 그 느낌을 받은 지 불과 몇 분만에 퇴화해 사그라진다. 그래서 나는 음악을 들으면서 흥분 단계를 체험하고 나중에 흥분이 가라앉으면 가장 정제된 우울감을 느낀다. 분노를 표출하다가 온전히 온순해지고, 신중하다가 분별없이 격앙된다. 내 영혼 깊은 곳에서는 만(灣)에서 일어나는 현상, 즉 조수가 간헐적으로 올라갔다가 내려가는 것 같은 현상이 발생한다.

알코올이 여러 가지 고통을 마비시켜준다 할지라도 내 몸은 알코올이 주는 자극에 잘 반응하지 않는다. 나는 한가할 때나 호기심이 발동할 때 어쩌다 술에 취한다. 심심풀이로 또는 술꾼을 짐승처럼 만들어버리는 그 압제적인 느낌이 어떤 건지 체험하려고 술에 취한다.

돈 라포가 우리와 헤어진 날 나는 막연한 슬픔을 느꼈는데, 그것은 불길한 일이 곧 일어나리라는 조짐, 그가 영원히 우리와 함께하지 못할 것이라는 조짐이었다. 그가 떠나리라는 사실을 알고서 나는 사업에 대한 그의 열정을 함께 나누었다. 그가 자신에게 맡겨진 업무를 수행하면서 사업은 시작되었다. 하지만 연무가 산꼭대기로 올라가듯이 슬픔의 기운이 내 영혼에 차올라 눈시울을 적셨다. 나는 돈 라포와 이별하기 전에 술을 거나하게 마셨다.

나는 잠시나마 술기운에 힘입어 변덕스러운 활기를 되찾았다. 하지만 내 마음은 알리시아의 흐느낌 소리의 강한 메아리와 함께 계속해서 우울해졌는데, 그때 알리시아가 돈 라파엘을 와락 껴안으며 말했다.

"오늘 저는 황야에서 길을 잃을 거예요."

나는 황야가 내 마음과 어떤 관계가 있다고 이해했다.

나는, 바레라의 졸개들이 여행 중인 돈 라포를 공격할 것에 대비해 피델과 코레아가 돈 라포를 타메*까지 바래다주기로 한 사실을 기억한다. 거기서 그들은 우리의 가축을 골라 모으는 데 필요한 노련한 목동들을 채용할 예정이고, 그들이 라 마포리타로 돌아오는 데 일주일 이상이 걸리지 않아야 했다.

〈내 집을 당신들 손에 맡기겠소.〉 프랑코가 이렇게 말했고, 나는 그가 맡긴 임무를 떨떠름하게 받아들였다. 그들이 왜 나를 그 일에 끼워주지 않았던 걸까? 내가 자기들보다 못하다고 생각했던 걸까? 아마도 그들이 일솜씨에서는 나보다 뛰어날 수 있겠지만, 과감성과 열정은 나보다 못할 것이다.

그날 나는 그들에게 돌연히 앙심을 품었고, 알코올에 취해 소리를 지를 뻔했다. 여자 둘을 보살피는 남자가 그녀들과 함께 자는 거야!

그들이 떠나자 나는 알리시아를 위로하려고 방으로 들어갔다. 알리시아는 간이침대에 엎드려 팔로 얼굴을 가린 채 딸꾹질을 하면서 흐느끼고 있었다. 내가 알리시아를 쓰다듬어주려고 상체를 숙이자 그녀가 드레스 밑단을 종아리 위로 잡아당기

---

* 타메Tame는 카사나레 북부에 위치한 아라우카의 정주지다.

려고 몸을 살짝 움직였다. 그러고 나서 무뚝뚝한 태도로 나를 거부했다.

"저리 가요! 나에겐 오직 취한 모습만 보여주는군요!"

그 순간 알리시아의 눈앞에서 여주인 그리셀다를 껴안아버렸다.

"당신이 날 진정으로 사랑한다는 게 사실이오? 사실 술은 두 잔밖에 안 마셨소."

"키니네 껍질을 곁들여 술을 마시면 열이 나지 않을 거예요."

"그래요, 내 사랑! 당신 좋을 대로 해요! 당신 좋을 대로 하라고요!"

그때 그리셀다가 술병을 들고 부엌으로 가서 거기에 벵가벵가를 넣었음에 틀림없다. 하지만 나는 알리시아의 발밑에서 깊이 잠들어버렸다.

그날 오후 나는 더는 술을 마시지 않았다.

＊ ＊ ＊

나는 영혼에 슬픔의 그림자를 드리운 채 무뚝뚝하고 안절부절못하며 잠에서 깨어났다. 미겔이 입에 물린 재갈을 잘근잘근 씹어대며 보조 고삐를 단 망아지를 타고 목장에서 돌아와 세바스티아나와 이야기하고 있었다.

"내 수탉을 가져가려고 왔는데, 안토니오가 자기 티플레를 빌려줄지 물어봐야겠어요."

"지금 여기서 지시를 내리는 사람은 그 백인이네. 자네 닭을 가져가려면 그 사람에게 허락을 받게. 그 레킨토*는 지금 주인이 없어서 빌려줄 수가 없구먼."

사내가 말에서 내려 소심한 태도로 내게 다가왔다.

"이 수탉은 제 건데요, 이번에 열리는 투계에 내보낼 준비를 할 겁니다. 제가 수탉을 가져가는 걸 허락해주신다면, 장대에 오른 수탉을 잡아갈 수 있도록 어두워질 때까지 기다리겠습니다."

막 도착한 사내는 어딘가 의심스러워 보였다.

"바레라 씨가 메시지를 보내지 않았나요?"

"당신한테는 없는데요."

"그럼 누구에게?"

"아무에게도 안 보냈어요."

"누가 당신에게 그 안장을 팔았어요?" 나는 그것이 내 안장, 내가 비야비센시오에서 도둑맞은 바로 그 안장임을 알아차리고 이렇게 물었다.

"내륙의 고지대에서 온 남자에게서 바레라 씨가 2주 전에 산 건데요. 그 사람이 말하길, 자기 말이 뱀에 물려 죽었기 때문에 판다고 했어요."

"그 사람 이름이 뭐죠?"

"저는 그를 보지 못했고 얘기만 들었을 뿐이에요."

"당신은 늘 바레라의 안장을 사용해요?" 나는 그의 목 뒷덜미를 잡고서 소리를 질렀다. "그 사람이 어디에 있는지, 어디에

---

* '레킨토requinto'는 티플레보다 작은, 네 줄짜리 리듬악기다.

숨어 있는지 당장 털어놓지 않으면, 몽둥이로 흠씬 두들겨 팰 거요! 하지만 내 질문에 충실히 대답하면 당신에게 수탉과 티플레, 그리고 2리브라를 주겠소."

"내가 당신에게 밀고했다고 사람들이 나를 비난하지 않게 그만 놔주세요."

내가 그를 가축우리 구석으로 데려가자 마침내 입을 열었다.

"바레라는 숲 반대편 기슭에 숨어 있어요. 그 이유는 그가 합의 표시, 즉 가축우리의 문에 빨간면이 드러나도록 펼쳐진 바예톤을 보지 못했기 때문이에요. 그래서 나더러 위험한 상황이 아니면 말의 안장을 벗기고 자기를 기다리라고 당부하며 나를 보냈던 거예요. 밤이 되면 그가 올 거고요, 나는 티플레를 쳐서 그에게 신호를 보낼 건데요, 하지만 그 여자와 얘기할 수는 없었어요."

"그 여자에게는 아무 말도 하지 말아요."

그러고 나서 나는 그더러 말의 안장을 벗기게 했다.

이미 날이 어두워졌고 대평원의 경계 부분에만 황혼의 핏빛 흔적이 흩어져 있었다. 세바스티아나 노파가 부엌에서 등유 등에 불을 밝혀 들고 나왔다. 다른 여자들은 음울하고 낮은 목소리로 묵주기도를 올리고 있었다. 나는 사내더러 기다리라 하고 레킨토를 가지러 안토니오의 누추한 방으로 갔다. 어둠 속에서 고리에 걸려 있는 레킨토를 내리고 쌍대엽총을 꺼냈다.

기도가 끝났을 때 나는 빈손으로 그리셀다 아가씨 앞에 모습을 드러냈다.

"어떤 남자가 마당에서 당신을 기다리고 있어요."

"아하! 미겔리토*군요! 티플레를 찾으러 온 거죠?"

"그래요. 그걸 빌려주는 게 좋겠어요. 당신이 갖다 주세요. 저기 구석에 있어요."

그리셀다 아가씨가 나가자 나는 공연히 알리시아의 눈에서 어떤 공범의식을 발견하려고 애를 썼다. 알리시아는 피곤한지 일찍 잠자리에 들고 싶어 했다.

"알리시아가 달 뜨는 걸 보고 싶어 하지 않나요?" 세바스티아나가 말했다.

"네." 내가 대답했다. "달 뜰 시각이 되면 그녀를 부를게요."

나는 몰래 루아나 속에 술병을 집어넣었다. 얼굴에 비극적인 의도가 드러나지 않게 주의하며 방금 전에 돌아온 그리셀다 아가씨에게 알렸다.

"세바스티아나가 여기 이 방에 머무를 거예요. 내 해먹은 카네이의 복도에 매달 거예요. 신선한 바람이 필요하거든요."

"그래요, 그거 좋은 생각이네요. 이런 더위에는 잠을 잘 수가 없으니까요." 물라타 세바스티아나가 견해를 밝혔다.

"원한다면 문을 활짝 열어놓아요, 세바스티아나." 여주인이 제안했다.

그 말을 듣고서 나는 심술궂은 만족감을 느꼈다. 나는 "잘 자요"라고 한 뒤 다음 문장을 강조해서 말했다.

"미겔이 내게 코리도** 한 곡을 불러주겠다고 했거든요. 늦지

* 미겔리토Miguelito는 미겔Miguel의 애칭이다.
** 코리도corrido는 스페인어권에서 즐겨 부르는 노래를 뜻한다.

않게 잘게요."

잠시 후 집 안의 불이 꺼졌다.

* * *

나는 무엇보다 마당에 개들이 있는지 신경이 쓰였다. 낮은 목소리로 개들을 불러본 후 각별히 조심하며 사방을 돌아다녔다. 한 마리도 없었다. 다행스럽게도 개들이 여행을 떠난 사람들을 따라간 모양이었다.

나는 남자가 피우던 담배 냄새를 따라 카네이에 도착했다.

"미겔리토, 한잔할래요?"

미겔리토는 한 잔을 마신 뒤 침을 탁 뱉더니 내게 술병을 되돌려주었다.

"이 럼, 참 독하네요!"

"말해봐요. 바레라가 누구와 약속이 있는 거요?"

"누구랑 있는지 모르겠어요."

"두 여자랑?"

"그럴 거예요."

큰북이 둥둥 울리듯 내 심장이 두근거리기 시작했다. 마른 목소리가 잠겼다.

"바레라는 관대한 신사인가요?"

"사기꾼이에요. 그는 구매자가 원하는 물건은 무엇이든지 준다고 말하고는 구매자더러 장부에 서명하게 한 뒤에 아무 물건 쪼가리나 건네주면서 이렇게 말하죠. 〈그 밖의 것은 비차다에서 넘겨줄게요.〉 그래서 난 더 이상 그를 좋아하지 않아요."

"그런데 그가 돈은 얼마나 줬어요?"

"5페소였는데 내게서 10페소짜리 영수증을 받아갔어요. 새 옷 하나를 준다고 했지만 아무것도 주지 않았어요. 모든 사람에게 그렇게 해요. 그가 나무로 만든 큰 거룻배를 무꼬강에 띄울 수 있도록 이미 산페드로데아리메나로 사람들을 보냈어요. 목장은 거의 텅 비어 있어요. 헤수스까지도 이미 떠나버렸어요. 수비에타 노인이 관청에 보내는 메시지를 가지고 오로쿠에* 마을로 보냈어요."

"좋아요! 레킨토 받고 노래해봐요."

"아직은 일러요."

우리는 거의 한 시간을 기다렸다. 알리시아가 나에게 충실하지 못하다는 생각을 하니 화가 솟구쳤지만 눈물을 터뜨리지 않으려고 손가락을 깨물었다.

"바레라를 죽이려는 거예요?"

"아니, 아니오! 그저 그 사람이 뭐 하러 여기에 오는지 알고 싶어서."

"만약 바레라가 당신 아가씨를 만난다면요?"

"그래도 죽이지 않을 거요."

"하지만 바레라가 아가씨를 만나는 건 당신에게 꼴사나운 짓이 될 거예요."

---

* 오로쿠에San Pedro de Arimena y Orocué는 라 마포리타 남쪽, 메타 강변에 위치한 야노스 마을이다.

"내가 그 사람을 죽여야 한다고 생각해요?"

"그건 당신 일이에요. 당신이 신경 써야 할 건 내게 해를 주지 않아야 한다는 거예요. 나는 노래를 할 테니 당신은 가축우리의 문에 숨어서 그가 오는지 염탐하세요."

나는 미겔리토의 말에 따랐다. 잠시 후 그가 덧붙였다.

"술에 취하지 마세요. 목표물을 정확히 겨냥하세요."

바나나 농장 위로 은은한 달빛이 천천히 펼쳐졌는데, 달빛은 광활한 대평원을 휘감을 정도로 퍼져 나갔다. 미겔리토가 노래를 부르기 전에 스트로크 주법으로 연주하는 티플레의 구슬픈 전주 소리가 높이 올라갔다.

가련한 작은 비둘기,
매가 비둘기를 잡았으니.
비둘기를 데려가는 곳을 따라
여기 작은 핏방울이 가는구나.

나는 내 눈에 영혼을 실어서 엽총을 개천 쪽으로, 가축우리 쪽으로, 사방으로 겨누었다. 공작새가 부엌 용마루에서 시끄러운 소리를 질러대며 밤의 정적을 깨뜨렸다. 밖에서는 파하 브라바 초원의 어느 오솔길에서 개들이 짖어댔다.

비둘기를 데려가는 곳을 따라
여기 작은 핏방울이 가는구나.

여자들 방에 불이 켜졌다. 세바스티아나 노파가 구천을 떠도는 영혼처럼 문지방에 나타났다.

"이봐, 미겔. 그리셀다 아가씨가 그만 주무시게들 하라고 하더라."

미겔이 노래를 멈추고 내게 다가왔다.

"바레라에게 카누를 갖다 주기로 했다는 걸 깜박 잊고 당신에게 말하지 않았군요. 나는 갑니다. 우리가 돌아올 때 맨 앞에서 오는 남자를 쏘세요. 만약 그를 명중시키면 내가 그를 악어들에게 던져버리고, 그러면 모든 계산이 끝나는 거예요."

나는 미겔이 달빛 비치는 강물 위로 배를 타고 멀어지는 것을 바라보았다. 강 주변의 나무들이 강에 정지된 그림자를 드리웠다. 그는 만처럼 생긴 어두운 곳으로 들어갔고, 나는 아주 넓은 신월도新月刀처럼 황금빛을 내뿜는 넓은 노가 일으키는 반짝거리는 잔물결만 볼 수 있었다.

나는 새벽까지 기다렸다. 아무도 돌아오지 않았다.

무슨 일이 일어났는지는 신만이 알리라!

* * *

날이 밝자 나는 미겔의 말에 안장을 얹고, 집의 더그매에 엽총을 갖다 놓았다. 그리셀다 아가씨가 양동이를 들고 화초에 물을 주다가 불안한 눈초리로 나를 응시했다.

"뭐하는 거예요?"

"근처에서 밤을 보낸 바레라를 기다리고 있는 거요."

90

"허풍쟁이! 허풍쟁이!"

"이봐요, 그리셀다 아가씨. 내가 당신에게 갚을 돈이 얼마죠?"

"이봐요, 대체 무슨 말을 하는 거예요?"

"당신이 들은 대로요. 당신 집은 점잖은 사람들이 머물 곳이 아니오. 집에 대나무 평상이 있는데도 파하 브라바 초원에 눕는다는 건 당신에게도 합당한 일이 아니죠."

"입 닥쳐요! 당신 술 마셨군요."

"하지만 바레라가 당신에게 준 술은 아니오."

"바레라가 나를 위해 가져온 술이라고 생각하는 거예요?"

"그럼 알리시아에게 가져온 거라고 말하고 싶은 거요?"

"애정은 바람 같은 것이어서 아무 데로나 불 수 있으니 당신이 알리시아더러 복종하라고도, 당신을 사랑하라고도, 당신을 따라오라고도 강요할 수 없어요."

이 말을 듣고서 나는 태도를 바꿔 술을 병째 들이켜며 총을 내려놓았다. 그리셀다 아가씨가 달려 나갔다. 내가 문을 밀었다. 알리시아는 옷을 반쯤 입은 상태로 간이침대에 앉아 있었다.

"당신 때문에 무슨 일이 일어나고 있는지 알기나 해요? 옷 입어요! 갑시다! 서둘러요! 서둘러!"

"아르투로, 세상에!"

"당신이 보는 데서 바레라를 죽여버릴 거요."

"당신이 어떻게 그런 범죄를 저지르겠다는 거예요!"

"울지 말아요! 그놈이 죽을까 봐 벌써부터 마음이 아픈 거요?"

"맙소사! ……누가 좀 도와주세요!"

"그놈을 죽일 거야! 죽일 거라고! 그러고 나서 당신을, 나를, 그리고 다 죽일 거야! 나 미치지 않았어! 내가 술에 취했다고도 말하지들 마! 미쳤다고? 아냐! 당신이 거짓말을 하고 있어! 당신이 내 뇌를 태우고 있는 이 열기 좀 식혀줘! 당신, 어디 있는 거야? 나 좀 만져줘! 당신, 어디 있는 거야?"

세바스티아나와 그리셀다 아가씨가 나를 붙잡으려고 했다.

"당신이 가장 사랑하는 것을 위해 진정해요, 진정해. 나예요. 나 모르겠어요?"

그녀들은 나를 해먹에 올려놓고 밖에서 묶으려고 했다. 하지만 나는 격렬하게 발버둥을 쳐 용설란으로 만든 해먹 줄을 끊어버렸고, 그리셀다 아가씨의 머리끄덩이를 잡고는 마당까지 끌고 갔다.

"뚜쟁이! 뚜쟁이!" 그리고 내가 그녀의 얼굴을 주먹으로 치자 피가 줄줄 흘렀다.

나는 정신착란증에 걸려* 바닥에 주저앉아 웃기 시작했다. 집에서 나는 윙윙 소리가 나를 즐겁게 했는데, 소리는 빠르게 원을 그리듯 내 주위를 돌면서 머리를 개운하게 해주었다. 〈그렇게, 그렇게! 내가 미쳐 있으니 멈추지 마!〉 나는 내가 독수리인 줄 알고 팔을 흔들어댔고, 바람을 타고 야자나무 위로, 평원 위로 떠다니고 있다고 느꼈다. 발톱으로 알리시아를 움켜잡아 바레라와 악으로부터 멀리 떨어진 구름 위로 데려가기 위

---

* 이런 상태에서 아르투로 코바는 자신이 새매 또는 '이카로스'가 되는 환각에 빠진다.

해 하강하고 싶었다. 나는 너무 높이 올라가는 바람에 날갯짓이 하늘에 닿았고, 태양이 내 머리카락을 태웠다. 나는 태양의 활활 타오르는 빛을 들이마셨다.

몸의 경련이 위험한 상태에 이르렀을 때 나는 걸으려고 했지만 땅바닥이 내 발바닥과 반대 방향으로 내달리는 것처럼 느껴졌다. 몸을 벽에 기대어가며 아무도 없는 방으로 들어갔다. 그들이 도망쳤어! 목이 말라서 다시 병나발을 불어 술병을 비워버렸다. 달아오른 뺨을 식히려고 엽총을 집어 들어 총열에 갖다 댔다. 알리시아가 나를 버린 슬픔에 복받쳐 울기 시작했다. 그러고는 소리를 질렀다.

"당신이 나를 혼자 내버려 둔다고 해도 상관없어! 그 정도는 능히 감당할 수 있으니까. 나는 당신에게서도, 당신 남자에게서도, 그 누구에게서도 아무것도 원하지 않아! 당신의 사생아가 죽어서 태어나면 좋겠어! 그 애는 내 아들이 아닐 거야! 당신을 원하는 놈과 함께 꺼져버려! 당신은 내가 좋아하는 숱한 여자들 가운데 하나일 뿐이야!"

나는 총을 쏘았다.

"프랑코는 자기 암컷을 지키지 않고, 대체 어디 있는 거야? 나 여기 있어! 나는 경비대장의 죽음에 복수할 거야! 어떤 놈이든 내 눈에 띄면 죽여버릴 거야! 알리시아가 바레라와 함께 떠나도록 바레라는 죽이지 않을 거야, 그는 죽이지 않을 거라고! 나는 알리시아를 브랜디, 술 한 병과 바꿀 거야!"

가지고 있던 술병을 집어 든 나는 망아지를 타고 엽총을 어깨에 비스듬히 걸어 멘 채 말을 몰아 무심한 대평원을 전속력으로 내달리면서 허공에 대고 미친 듯이 악마처럼 소리쳤다.

"바레라, 바레라! 알코올, 알코올!"

* * *

반 시간 후에 목장 사람들이 내가 지나가는 것을 보았다. 그들이 개천 건너편에서 소리를 지르고 신호를 보냈다. 나는 그들이 가리키는 여울 쪽으로 망아지를 채찍질했고, 망아지가 마당으로 뛰어들어 사람들을 밀쳐 분산시키자 사람들이 왁자지껄 항의했다.

"자! 여기 우두머리가 누구요? 왜 바레라는 숨어 있는 거요? 바레라 나오라고 해요!"

나는 엽총을 안장에 걸어두고 비무장 상태로 뛰어내렸다. 모두 어안이 벙벙한 채 기다리고 있었다. 몇 사람이 서로를 쳐다보며 씩 웃었다.

"아이고, 총각! 원하는 게 뭐요?"

몸집 작은 여자가 도발하듯 말했다. 볼연지 때문에 천박해 보이는 얼굴에 과산화수소로 표백한 머리, 번지르르한 드레스 허리띠에 손을 짚고 팔꿈치를 옆으로 벌린 자세였다.

"주사위 놀이를 하고 싶소! 그냥 놀이만 하고 싶다고요! 이 호주머니에 돈이 있소."

내가 금화 몇 개를 꺼내 높이 던지자 금화들이 땅바닥으로 흩어졌다.

그때 수비에타 노인이 마당 옆에 있는 방에서 쉰 목소리로 명령했다.

"클라리타! 그 신사 양반 들어오시라고 해요."

셔츠에 반바지 차림으로 양발을 해먹 밖으로 내놓고 등을 기댄 채 비스듬히 드러누워 있는 목장주 수비에타는 배가 불룩하고, 눈은 살쾡이 같고, 얼굴에 주근깨가 있고, 머리카락이 붉그스레했다. 그가 내게 두 손을 내밀었는데, 거친 손은 부은 것처럼 보였고, 콧수염 사이로 거친 웃음소리를 냈다.

"신사 양반, 내가 몸을 일으켜 세울 수가 없어 미안하오!"

"나는 프랑코의 동업자로, 천 마리 소를 사려고 해요. 원한다면 소 값을 현금으로 지불하겠소."

"그거 좋지요, 그거 좋아요! 하지만 내가 데리고 있는 삼보들은 말을 갖고 있지 않고, 또 아무 쓸모가 없어 당신이 말을 잡아서 모아야 해요."

"내가 말을 잘 타는 목동들을 구할게요. 누가 그들을 비차다로 빼내 가게 하지는 않을 겁니다."

"당신 마음에 드는군. 지당한 말이오!"

나는 마구를 치워놓으려고 밖으로 나왔다가 클라리타를 보았다. 그녀는 바가지에 담긴 물을 내 적의 손에 부어주면서 그와 소곤거렸다. 두 사람은 나를 보자 집 뒤쪽으로 숨었다.

"내가 여기 던져놓은 금화를 어떤 인간이 훔쳐 간 거야?" 내가 소리를 질렀다.

"이리 와서 나한테서 금화를 뺏어가봐요." 한 남자가 대답했는데, 나는 그가 돈 라파엘의 물건을 몰수하려고 했던, 윈체스터 라이플을 가진 남자라는 사실을 알아차렸다. "그래, 이제야 우리 지난날의 문제를 정리할 수 있겠군! 철면피 같은 인간, 이제야 내 앞에 나타났군!"

그가 자신의 우두머리인 바레라로부터 명령을 기다린다는 듯이 바레라가 숨어 있는 곳을 쳐다보면서 위협적인 태도로 앞으로 나섰다. 나는 그가 내 앞으로 다가올 시간을 주지 않고 그에게 주먹 한 방을 날려 제압해버렸다.

바레라가 소리를 지르며 나타났다.

"코바 씨, 무슨 일이오? 이리 와보세요. 일꾼들 일에 간섭하지 말아요! 당신 같은 신사가……"

공격을 당한 사내는 벽 앞에 놓인 돌 벤치로 가서 앉더니 내게서 눈을 떼지 않고 코피를 닦았다.

바레라가 그를 엄한 말로 꾸짖었다. 〈싸가지 없는 인간, 무도한 인간! 코바 씨를 존중해야지!〉 하지만 바레라는 나를 복도로 들어오라고 초대하면서 금화를 확실하게 돌려주겠다고 약속했다. 그 사내는 내 말의 안장을 벗기고 엽총을 간수했는데, 그 후 나는 엽총을 까맣게 잊어버렸다. 부엌에 있던 사람들이 수군거렸다.

내가 방에 들어섰을 때 클라리타가 방금 전에 일어난 일을 수비에타 노인에게 전하고 있었는지, 두 사람은 나를 보자마자 입을 다물어버렸다.

"저 신사 양반 오늘 돌아가시나?"

"아니에요, 수비에타 친구. 내가 원치 않아요! 나는 술을 마시고, 놀고, 춤추고, 노래하러 왔거든요."

"그건 우리에게는 과분한 영광이지요." 바레라가 단언했다.

"코바 씨는 우리나라의 자랑거리예요."

"영광이라고요, 왜요?" 노인이 물었다. "코바 씨가 말을 탈 줄 아나요? 동물에 올가미 밧줄을 던져 붙잡을 수 있어요? 소를 다룰 줄 아나요?"

"그래요! 그래!" 내가 소리쳤다. "당신이 원하는 것은 뭐든지요!"

"난 그런 걸 좋아해요. 난 그런 걸 좋아해!" 그리고 노인은 해먹 아래에 있는 재규어 가죽을 향해 상체를 숙였다. "클라리타, 브랜디 몇 잔 가져와요." 노인은 데미존을 가리키면서 말했다.

바레라는 술을 마시지 않으려고 복도로 나갔고, 잠시 후 돌아와서 내게 금화 한 주먹을 내밀었다.

"이 금화들은 당신 것이오."

"아니오! 지금부터는 클라리타 것이오."

그녀가 씩 웃으며 금화를 받았고, 다음과 같이 예의 바르게 말하며 내게 고마움을 표했다.

"다들 배우세요! 신사를 만나는 건 행운이죠!"

수비에타가 생각에 잠겼다. 그는 이내 탁자를 가져오라고 명령했다. 우리가 술 몇 잔을 비웠을 때 앞 벽에 붙은 뿔에 걸려 있는 작은 자루를 가리켰다.

"클라리타, 폴로니아 성녀의 어금니* 좀 가져다줘요."

클라리타가 탁자 위에 주사위를 내려놓았다.

---

* '폴로니아 성녀의 어금니'는 성녀인 폴로니아가 고문을 당하면서 이빨이 뽑혔다는 데서 유래한 것으로, 주사위를 의미한다.

＊ ＊ ＊

의심할 바 없이 새로운 여자 친구가 그날 밤 내가 모르던 그 서민적인 놀이를 할 때 나에게 호의를 베풀었다. 나는 불안하게 주사위를 던졌고, 가끔은 주사위가 해먹 아래에 떨어지기도 했다. 그때 수비에타 노인이 껄껄 웃더니 기침을 해대며 물었다. "이 사람이 날 이겼나? 날 이겼어?" 그러면 클라리타는 담배 연기 사이로 바닥에 남포등 불빛을 비추면서 대답했다. "두 개 다 6점이네요. 운 좋은 청년이군요."

바레라는 여자의 말을 믿는 척하면서 그녀의 판정을 인정했다. 그는 술이 부족하지 않도록 계속 신경 썼다. 술에 취한 클라리타가 은근슬쩍 내 손을 잡았다. 술에 취한 노인은 음탕한 노래 한 곡을 흥얼거렸다. 내 경쟁자는 흔들거리는 등잔불 위에서 비꼬듯 씩 웃었다. 나는 의식이 반쯤 남아 있는 상태에서 내기를 계속했다. 찌는 듯 덥고 누추한 방의 문밖에서 일꾼들이 게임을 관심 있게 지켜보았다.

내가 서로 합의해서 칩으로 사용하던 많은 강낭콩을 거의 다 차지했을 때 바레라가 조끼 주머니에 들어 있던 모로코타를 꺼내면서 내기를 단판으로 끝내자고 제안했다. 〈소 100마리를 주사위 두 번에 반씩 베팅합시다!〉 노인이 탁자를 세게 치면서 소리쳤다. 그때 나는 내 상대가 자기 발로 클라리타의 발을 누르고 있다는 사실을 알아차렸고, 그가 사기를 치려 한다는 것을 예감했다.

나는 기지가 넘치는 말로 클라리타에게 내 생각을 밝혔다.

"우리 이걸 짝을 지어 합시다."

그 순간 그녀가 강낭콩 더미 위로 탐욕스런 손을 뻗쳤다. 그녀의 반지에 박혀 있는 루비가 핏빛으로 빛났다.

내가 그 판에서 수비에타를 이기자 그가 자신의 운을 저주했다.

"이제 당신 차례요." 내가 소리도 요란하게 주사위를 던져 바레라에게 건네면서 말했다.

바레라가 표정 하나 바꾸지 않고 주사위를 집어 들어 흔들어 대면서 야한 농담으로 우리의 주의를 분산시키려고 했다. 하지만 그가 탁자 위에 주사위를 던졌을 때 내가 순식간에 손으로 주사위를 덮쳤다.

"이런 망나니, 이 주사위는 가짜야!"

바레라가 갑자기 싸움을 걸어왔고, 남포등이 바닥에 나뒹굴었다. 고함 소리, 위협, 저주가 난무했다. 노인이 해먹에서 떨어져 도움을 청했다. 나는 어둠 속에서 남자의 목소리가 들리는 곳이면 어느 방향이든지 그 쪽을 향해 좌우로 주먹을 휘둘러댔다. 누군가 총 한 방을 쏘았고, 개들이 짖어댔으며, 사람들이 우르르 도망치려고 애를 쓰는 통에 문이 삐걱거렸고, 나는 방 안에 누가 있는지도 모른 채 몸으로 문을 쾅 밀어 닫았다.

바레라가 마당에서 소리를 질렀다.

"이 깡패가 날 죽이고 수비에타 씨의 물건을 훔치려고 왔어! 어젯밤에 저놈이 숨어서 나를 노리고 있었어! 고맙게도 미겔은 범죄를 반대하기 때문에 저놈이 나를 노린다는 사실을 알려 주었지! 저 파렴치한 놈을 붙잡아요! 살인자, 살인자!"

내가 방 안에서 바레라에게 심한 욕설을 퍼붓자 클라리타가 나를 말리면서 애원했다.

"몸을 다칠 수 있으니 나가지 말아요. 나가지 말라고요!"

수비에타 노인이 놀라서 흐느꼈다.

"피를 토할 것 같으니 불을 켜요."

사람들이 나를 도와 문에 빗장을 걸었을 때 나는 내 손목 하나가 젖어 있다고 느꼈다. 왼팔에 칼침을 한 방 맞은 것이다.

우리와 함께 방 안에 갇힌 남자가 윈체스터 라이플을 내 손에 내려놓았다. 그가 나를 찾고 있다고 느껴 그를 붙잡으려 했는데, 그가 내게 반복해서 속삭였다.

"조심해요! 난 모든 사람의 친구인 애꾸눈 마우코예요."

밖에서는 사람들이 방문을 밀어댔고, 나는 이리저리 옮겨 다니며 문에 총을 쏘아 판지에 구멍이 뚫렸다. 총을 쏠 때마다 번갯불 같은 섬광이 방을 환하게 비추었다. 마침내 공격이 멈췄고 무시무시한 침묵이 이어졌다. 어둠 속에서 나는 신경을 곤두세우고 귀를 쫑긋했다. 내가 쏜 총알로 생긴 구멍으로 밖을 예의 주시했다. 달빛이 비친 마당은 인적 없이 황량했다.

하지만 때때로 어딘지 모를 곳에서 사람들의 목소리와 웃음소리가 들려왔다. 나는 상처가 심해 기력이 떨어진 데다 알코올로 인한 현기증 때문에 바닥에 쓰러져버렸다. 그 자리에 함께 있던 사람들은 공포에 질렸고 하느님이 원할 때까지 피를 흘렸는데, 어느 구석자리에서 사람들이 이렇게 말하고 있었다. 〈죽음의 고통을 겪고 있는 것 같아요.〉

"물, 물! 나 부상당했어요. 갈증 나 죽겠어요!"

동이 트자 방 안에 있던 사람들이 방문을 열었고, 나는 홀로 남겨졌다. 목장 주인 수비에타가 그 소동 와중에 일꾼들이 자신을 구하려 하지 않았다면서 일꾼들의 게으름을 나무라며 소리를 질렀다. 나는 실신할 것 같은 고통을 느끼며 잠에서 깨어났다.

"구아테*가 고맙군!" 수비에타가 반복해서 말했다. "구아테 덕분에 내가 살아서 지금 진실을 밝히고 있어! 그 사람 말이 맞았어. 주사위는 가짜였고, 사기꾼 바레라가 그 주사위로 내 돈을 속여서 빼앗았어. 여기 탁자 아래서 내가 주사위 하나를 찾아냈어! 당신들 그걸 알아야 해! 주사위 속에 수은이 들어 있어."

"우리는 총알 때문에 가까이 갈 수 없었다고요."

"코바는 누가 다치게 했지?"

"누가 알겠어요?"

"바레라에게 여기 있는 걸 원치 않는다고 가서 전해. 자기 천막에서 머무르라고 해. 만약 바레라가 그러길 원하지 않으면 구아테가 카빈총을 들고 여기 있다고 말해."

클라리타와 애꾸눈 마우코가 뜨거운 물이 담긴 솥을 들고 나를 도와주러 왔다. 그들은 부어오른 내 팔을 건드리지 않고 서

---

* 구아테guate는 베네수엘라, 콜롬비아의 야노스 지역 사람들이 내륙(안데스 산지) 지역 출신을 부를 때 사용하는 말이다. 번역하자면 '내지 사람'이 될 것이다. 여기서는 아르투로 코바를 가리킨다.

츠를 벗기기 위해 소매의 실밥을 풀었다. 피가 응고되는 바람에 상처 부위에 들러붙은 천의 가장자리를 물로 적셔 떼어내자 어깨 근처 근육이 절개된, 작지만 깊은 상처가 드러났다. 두 사람은 소주로 상처를 씻어냈다. 미지근한 습포를 펴서 상처에 바르기 전에 애꾸눈 마우코가 의식을 행하듯 경건하게 소리쳤다.

"상처가 낫도록 기도할 테니, 믿음을 가져요."

나는 감복해서 그 나이 든 사내를 뜯어보았다. 흙색의 피부에 뺨은 축 늘어져 있고, 입술은 보랏빛을 띠었다. 그는 자신이 짚고 다니는 지팡이를 세심하게 배려하듯 조심스럽게 바닥에 내려놓고는 지팡이 위에 챙이 닳고 기름때에 절은 모자를 올려놓았다. 모자에는 말라비틀어진 용설란 가지가 테두리처럼 붙어 있었다. 누더기처럼 해진 옷 속에 수종에 걸린 살이 보였는데, 특히 아랫배가 불룩 튀어나와 있었다. 그가 방 안을 들여다보는 소년들을 꾸짖기 위해 작은 애꾸눈을 깜박거리면서 문 쪽으로 시선을 돌렸다.

"이건 장난이 아니야! 믿음이 없으면 약발 떨어지니까, 썩들 꺼져!"

그 게으름뱅이들은 성당에 있는 것처럼 열성적이었고, 마우코 노인은 허공에 대고 뭔가 주술적인 신호를 한 뒤에 〈공정한 판단을 위한 기도〉라 불리는 주문을 중얼거렸다.

그는 자신이 행한 직무에 만족감을 드러내면서 모자와 지팡이를 집어 들었고, 내가 누워 있던 황소 가죽 위로 상체를 기울이면서 말했다.

"통증에 겁먹지 말아요. 내가 빨리 치료해줄게요. 기도를 한

번 더 하면 좋아질 거요."

나는 대체 무슨 일이 일어나고 있는지 알아보기 위해 놀란 눈으로 묻듯 클라리타를 쳐다보았다. 그녀는 그런 주술을 광신하는 여자였다. 그녀가 나의 의구심을 풀어주려고 다음과 같이 설명했다.

"이봐요, 총각! 마우코는 의술을 알아요. 소의 상처에 생긴 구더기를 기도로 죽이는 사람이라고요. 사람과 짐승을 치료해요."

"그뿐만이 아니오." 그 기이한 사내 마우코가 덧붙였다. "나는 모든 것에 소용되는 수많은 기도를 알고 있소. 기도를 통해 잃어버린 소를 찾고, 땅속에 파묻힌 보물을 꺼내고, 적들에게 내 모습을 보이지 않게 해요. 큰 전쟁이 벌어져 징병관들이 나를 찾으러 왔을 때 나는 플라타노나무로 변했소. 언젠가 내가 기도를 끝내기도 전에 사람들이 나를 붙잡아 방에 가둬놓고는 이중 열쇠를 채워버렸소. 하지만 나는 개미로 변해 도망쳤다오. 만약 내가 없었더라면 어젯밤 싸움판에서 우리에게 무슨 일이 일어났을지 누가 알겠소. 사람들이 방 안으로 들어오면 내가 증발해서는 안개로 그들 모두를 감쌀 준비가 되어 있었소. 당신이 다친 것을 알자마자 내가 〈병 고치는 노래〉*를 읊어서 당신의 출혈이 멎은 거요."

나는 천천히 몽유병자의 평온 상태에서 잠을 자고 싶다는 막연한 욕망에 빠져들었다. 사람들의 목소리가 내 귀에서 멀어져 갔고, 내 눈은 어둠으로 채워졌다. 나는 결코 바닥에 도달하지

---

* '병 고치는 노래(Sana que sana)'는 동요 형식의 민요다.

못할 것 같은 깊은 구덩이 속으로 빠지는 느낌을 받았다.

* * *

앙심으로 알리시아를 미워하게 됐는데, 그녀는 당시 일어난 일에 대해 책임이 있는 여자였다. 만약 그 불행한 위기에 대한 책임이 내게 있다면, 그건 그녀에게 엄격하지 못했다는 것이고, 어떤 대가를 치르더라도 내가 그녀에게 내 권위와 애정을 투여하지 않았다는 것이다. 그래서 나는 이치에 맞지 않는 이런 추론으로 내 영혼을 해쳤고, 마음에 분노를 일으켰다.

그녀가 진정으로 내게 불성실했을까? 바레라의 유혹이 그녀의 영혼을 어느 정도까지 뒤흔들었을까? 그런 유혹이 있었을까? 다른 남자의 영향력이 몇 시에 그녀에게 도달할 수 있었을까? 그리셀다 아가씨의 폭로성 발언은, 내가 내 동반자를 비방하면서 그리셀다 자신에게 유리한 결정을 내리게 하려는 교활한 메시지는 아니었을까? 아마도 내가 불공정하고 폭력적이었을 것이다. 하지만 내가 알리시아에게 용서를 구하든 말든 그녀는 나를 용서해야 할 것이다. 그 이유는 나는 장점과 단점을 가진 채 그녀에게 속해 있었고 그녀가 그중 하나만 고를 수는 없기 때문이다. 그리셀다가 내 술에 탄 벵가벵가 때문에 내가 미쳐버렸다고 생각하니 마음의 부담이 줄어들었다. 내가 정상이었을 때, 알리시아에게 불평을 유발했던가? 그렇다면 왜 알리시아가 나를 찾아오지 않았던 거지?

나는 알리시아가 축 늘어진 깃털 장식이 달린 모자를 쓰고 와서 흐느끼면서 내게 팔을 뻗은 모습을 가끔 보았던 것 같다.

〈어떤 무자비한 인간이 나 때문에 당신에게 상처를 주었나요? 당신은 왜 바닥에 누워 있나요? 어찌 해서 사람들이 당신에게 침대 하나 내주지 않는 거죠?〉 알리시아가 내 머리맡에 앉자 흘러내린 눈물이 내 얼굴을 적셨고, 파르르 떨리는 자신의 허벅지를 베개 삼아 내 머리를 올려놓은 뒤 다정하고 사랑스런 손길로 내 머리카락을 뒤로 빗어 넘겼다.

나는 환각 상태에서 클라리타에게 몸을 기댔다가 그녀를 알아보고서 몸을 떼었다.

"총각, 내 무릎에 머리를 기대고 좀 쉬지 그래요? 열을 식히게 레모네이드를 좀더 마실래요? 붕대를 바꿔줄까요?"

가끔 나는 복도에서 들리는 수비에타의 자지러지는 기침 소리를 들었다.

"이 여자야, 그렇게 하다간 환자의 열을 오르게 할 테니 저리 가 있어. 그 사람이 당신 남편이라도 그러지 말라고!"

클라리타가 어깨를 으쓱했다.

그런데 왜 저 여자는 나를 가만 내버려 두지 않고서, 매음굴의 쓰레기 같은 여자, 저질 쾌락의 찌꺼기 같은 여자, 굶주린 채 떠돌아다니는 암늑대 같은 여자처럼 구는 거지? 그런데 그녀가 요조숙녀처럼, 알리시아처럼, 나를 사랑했던 모든 여자처럼, 수줍은 다정함으로 나를 받아들였을 때는 대체 어떤 불가사의가 그녀의 영혼을 구원했기에 그렇게 된 걸까?

언젠가 그녀가 내 호주머니에 들어 있는 돈이 몇 리브라인지 물었다. 얼마 되지 않았는데, 그녀가 가슴에 그 돈을 보관했다.

하지만 우리 둘만 남겨졌을 때 그녀가 내 귀에다 어떤 종이에 쓰인 내용을 읽어주었다. 〈수비에타가 당신에게 250마리의 황소를 갚아야 해요. 바레라는 당신에게 100리브라를 갚아야 하고, 나는 당신 돈 25리브라를 보관하고 있어요.〉

"클라리타, 당신은 내가 도박에서 딴 돈은 사기성이 없다고 말한 적이 있죠. 당신은 내게 아주 좋은 사람이니 그 돈은 모두 당신 거요."

"총각, 무슨 말을 하는 거예요? 내가 이득을 보려고 당신에게 봉사한다고 생각하지 말아요. 나는 고향으로 돌아가서 부모님께 용서를 빌고 그분들과 함께 늙어가고 싶을 뿐이라고요. 바레라는 내가 베네수엘라로 가는 경비를 대주기로 했는데, 그 대가로 자신의 욕심만 채울 심산으로 나를 욕보이고 있어요. 한편 수비에타는 나와 결혼해 늙으신 내 부모가 계시는 시우닷 볼리바르*로 데려가겠다고 했어요. 나는 이 약속을 믿었고, 그가 말하는 한결같은 신부의 기준, 즉 〈누가 내 아내가 될까? 나와 함께 술을 마셔주는 여자지〉라는 점을 계속 일깨워 난 거의 두 달 내내 술에 취해 살았어요."

〈카이카라를 점령했던 베네수엘라 출신 전사 인판테 대령이 나를 이곳에 데려왔어요. 여기 사람들이 나를 단순한 물건처럼 트레시요**에 걸었고, 푸엔테스라는 남자가 나를 땄으나, 도박

---

* 시우닷 볼리바르Ciudad Bolívar는 이키토스와 마나우스처럼 오리노코강 유역에 위치한 상업의 요충지다.

** 트레시요tresillo는 세 사람이 하는 카드놀이.

판이 끝났을 때 인판테가 내 몸값을 깎아서 샀어요. 그 후 그는 전투에서 패해 콜롬비아로 도망치면서 나를 여기다 버렸지요.〉

〈그제, 당신이 말을 타고 안장에 총을 묶은 채 도착해서는 모자를 벗어 목 뒤로 매단 상태로 사람들을 때려눕혔을 때 당신이 내 남자로 보이더군요. 나중에 시인이라는 사실을 알고 나서 더욱 호감을 느꼈어요.〉

* * *

마우코가 내 상처를 치유하는 기도를 하러 방으로 들어왔다. 나는 그의 기도가 효험이 있다고 믿는 것처럼 보여야 한다고 생각했다. 그는 해먹에 앉아 둘둘 만 쇠고기 육포처럼 보이는 담배를 씹었고, 바닥에 침을 몇 번 탁 뱉었다. 그러고서 바레라에 관한 정보를 알려주었다.

"그 사람은 몸에 열이 있어 천막에 처박혀 시간을 보내고 있어요. 당신이 언제 이곳을 떠나는지만 캐묻는데, 대체 뭣 때문에 그 사람에게 해로운 일을 하려는 건가요?"

"왜 수비에타는 자기 해먹으로 오지 않은 거죠?"

"그건 그 사람이 조심스러운 사람이라서 또 싸움이 벌어질까 봐 두려우니까요. 그 사람, 문에 빗장을 걸어놓고 부엌에서 자요."

"그런데 바레라는 라 마포리타로 돌아갔나요?"

"몸에 열이 있어서 자리에서 일어나질 못해요."

이 말을 듣자 마음이 차분해졌다. 내가 알리시아와 심지어는 그리셀다에게도 질투심을 느끼고 있었기 때문이다. 두 여자는 무얼 하고 있을까? 그녀들은 내 행동에 대해 뭐라고 할까? 언제쯤 나를 찾아올까?

스스로 몸을 일으킬 만큼 기운을 되찾은 첫째 날 손수건으로 삼각건을 만들어 팔을 지탱하고서 복도로 나왔다. 클라리타는 수비에타 노인이 낮잠을 자고 있는 해먹 옆에서 카드를 뒤섞고 있었다. 밀짚으로 지붕을 이어 엉성하게 지은 집은 청소가 전혀 되어 있지 않았고, 내가 차지하던 공간만 겨우 사람이 거주할 수 있을 정도였다. 부엌 벽은 그을음으로 뒤덮였고, 지저분하고 땀범벅인 출입구는 누더기를 걸친 식모들이 뿌려대는 설거지 뒷물 때문에 생긴 진창으로 막혀 있었다. 울퉁불퉁하고 잡초가 우거지고 바닥이 갈라져 험상궂은 마당에는 도살된 소들의 가죽이 왕파리가 윙윙거리는 가운데 햇볕에 말려지고 있었는데, 검은대머리수리 한 마리가 가죽에서 피투성이 고기 조각을 떼어내고 있었다. 목동들의 카네이에서는 홰에 묶여 있는 싸움닭들이 아래를 내려다보고, 개와 돼지들이 마당에서 놀고 있었다.

나는 사람들 눈에 띄지 않게 가축우리의 문으로 다가갔다. 굵은 통나무를 땅에 박아 만든 울짱으로 된 가축우리에 갇힌 소 떼는 물을 마시지 못해 배가 홀쭉했다. 집 뒤에서는 농장 일꾼 몇몇이 쓰레기 더미에 바예톤을 펼쳐놓고 그 위에서 잠을 자고 있었다. 얼마 떨어지지 않은 개천 기슭에는 내 경쟁자의 천막들이 보였고, 라 마포리타 촌락 쪽 수평선에는 모리체 야자나무 숲의 곡선이 희미하게 보였다. ……알리시아는 내 생각을 하고 있을 거야!

클라리타는 나를 보자 하얀 물결무늬 천으로 만든 양산을 들고 달려왔다.

"총각, 햇빛이 상처에 염증을 일으킬 수 있어요. 그늘 밑으로 와요. 그런 바보 같은 짓일랑 다시는 하지 말아요."

그녀는 온통 금으로 때운 이를 드러내며 씩 웃었다.

그녀가 일부러 큰 소리로 말해 수비에타 노인이 해먹에서 상체를 일으켰다.

"그렇고말고! 젊은이들은 누워 지내면 안 되지."

나는 벤치로 사용되는 가로대에 앉았고, 깊이 생각했던 바를 수비에타에게 물었다.

"소를 나한테 얼마에 줄 생각입니까?"

"어떤 소 말이오?"

"프랑코와 거래한 소 말입니다."

"그 사람과는, 정확히 말해, 합의한 바가 전혀 없어요. 그 사람이 담보로 내놓은 그 촌락은 값이 아주 보잘것없어요. 하지만 당신이 언제든 소 값을 지불할 테니 말을 가지고 있다면 소를 잡아가도 좋소. 소 값은 우리가 나중에 매기면 됩니다."

클라리타가 우리의 대화에 끼어들었다.

"그런데 코바가 당신에게 딴 250리브라는 언제 줄 건데요?"

"뭐라고! 웬 250리브라?"

수비에타 노인이 몸을 똑바로 일으켜 세우면서 내게 따졌다.

"그런데 만약 당신이 졌다면 뭘로 갚았을까요? 당신이 가져온 돈 나부랭이를 보여주시오.”

“그게 뭔 소리예요?” 여자가 대꾸했다. “혹시 당신만 부자라는 거예요? 내기에 진 사람이 돈을 내는 거라고요!”

수비에타 노인이 해먹의 그물눈 사이로 손가락을 집어넣었다. 갑자기 그가 제안했다.

“내일은 일요일이오. 투계에서 내게 만회할 기회를 주시오.”

“아주 좋습니다!”

* * *

존경하는 코바 씨.

알코올이 대체 무슨 사악한 힘을 지녔기에 인간의 이성을 무너뜨려 아둔한 짓과 범죄를 행하게 하여 인간의 이성을 욕보이는 걸까요? 어떻게 나처럼 천성이 온화한 사람조차 논쟁의 열기 속에서 말문이 막혀 당신처럼 고귀한 사람의 품위를 훼손하게 된 걸까요?

만약 귀하가 사람들이 보는 데서 나를 귀하의 발밑에 끌어다 놓고서 비난받아 마땅한 나의 무례를 용서하기 전에 나를 발로 짓밟을 수 있다면, 나는 지체하지 않고 그런 은총을 귀하께 호소할 거예요. 하지만 귀하께 그런 만족감을 줄 수 있는 권리가 내겐 없으므로 나는 여기서 겁에 질리고 몸이 아픈 상태로 지난 과오를 저주하고 있습니다. 다행스럽게도 그런 과오는 귀하가 향유해야 마땅한 명성을 훼손하지 않았습니다.

내가 실수를 저질러서 망신을 당했으므로 귀하가 관대함을 발휘해 내 위신을 세워주지 않는다면, 문제를 해결하려는 서툰 시도조차 당신에게는 저속한 부르주아가 시의 천상의 영역에 침범하려는 것으로 보일 겁니다. 그리고 내 불손을 용서해주세요. 사실 우리의 좋은 친구인 수비에타 씨가 내게, 돈이건 물건이건 상당한 빚을 지고 있었는데, 그는 지금 가축우리 안에 있는 황소 몇 마리로 그 빚을 갚았고, 나는 귀하가 그 황소들이 필요할 수 있으리라 생각하고서 받았습니다. 그럼 그 황소들을 보고 가격을 책정해주신다면, 내가 얻는 가장 큰 이익은 귀하께 뭔가 유용한 일을 하는 사람이 되는 것이라는 점을 알아주시기 바랍니다.

　귀하를 존경하는 불행한 사내가 당신의 발에 열렬히 입을 맞춥니다.

바레라

이 편지는 클라리타 앞에서 전달되었다. 편지를 가져온 남루한 소년은 분노로 내 얼굴이 하얗게 변하고 편지에 대한 답을 지체하자 조심스럽게 뒤로 물러났다.

"그 철면피가 나와 단둘이서 만나게 될 때 자신이 내게 한 아부의 대가가 뭔지 알게 될 거라고 전해주게!"

그사이 클라리타는 그 편지를 다시 읽고 있었다.

"총각, 바레라가 당신에게 빚진 것도, 당신을 칼로 찌른 것도, 당신에게 총을 쏜 것도 전혀 언급하지 않았군요. 그가 당신을 다치게 했잖아요. 그날 당신이 온 것을 보더니 그가 권총을 준비하고 단도에 기름칠을 했어요. 당신이 마당에서 때려눕혔던 그 미얀이라는 남자를 매의 눈으로 쳐다보았지요. 미얀이 바레라의 단호한 명령을 받았거든요. 그리고 수비에타는 그 고무 채취업자에게 진 빚이 전혀 없다는 거 알아요? 고무 채취업자는 내가 나중에 자기에게서 모로코타를 훔쳐 갈 거라 생각하고서 수비에타에게 모로코타 몇 개를 주면서 보관하라고 했어요. 하지만 노인이 모로코타를 땅에 묻어버렸어요. 그러자 바레라가 당신이 아는 그 주사위로 노인을 속인 거예요. 바레라가 매일 아침 나에게 물었어요. 〈노인네에게서 그 금화들을 빼냈나요? 일부는 여행 경비로 당신에게 주겠소.〉 그는 또 〈멋진 조국으로 돌아가고 싶은 마음이 사라졌군요.〉 그 남자는 음험한 계획을 가지고 있어요. 당신이 여기에 없었더라면……"

"편지를 수비에타 노인에게 보여주게 이리 줘요."

"그 노인네는 아주 영리한 사람이니 아무 말도 하지 말아요. 노인네는 바레라가 위험한 인물이라는 사실을 알고, 그가 나쁜 짓을 못 하게 가축우리에 있는 황소들을 그에게 준다고 했던 거예요. 하지만 바레라가 황소들을 데려가지 못하도록 노인이 말들을 숨기라고 명령했어요. 노인은 올해 사방에 심부름꾼을 보내 그 누구에게도 소를 팔지 않겠다는 소식을 전한 뒤 바레라에게는 일당 일꾼 몇 명만 남겨주었어요. 바레라가 그 사실을 알았기 때문에 노인은 자신이 했던 행위를 부인하려고 피델 프랑코와 위장 거래를 했는데요, 그 거래가 바레라를 속이기 위한 단순한 책략이라는 사실을 피델 프랑코에게는 알리지 않았어요."

"그럼 그 노인이 우리에게 소를 단 한 마리도 팔지 않을까요?"

"노인이 당신을 맘에 들어 하는 것 같아요."

"그의 환심을 사려면 어떻게 해야 할까요?"

"아주 단순해요. 노인이 바레라에게 준 소들을 풀어놓는 거죠. 소들은 조금만 놀라게 해도 가축우리를 부숴버릴 거예요."

"오늘 밤에 내가 그렇게 할 때 도와줄래요?"

"원한다면 언제든 도울게요. 소들이 가축우리에서 맹렬하게 도망치게 하려면 내가 이 흰옷을 입고 가축우리 문에 나타나기만 해도 충분할 거예요. 중요한 건 소를 가두어놓은 곳 주변을 감시하는 일꾼들이 소에게 짓밟혀 죽지 않도록 하는 거예요. 근데 다행스럽게도 그들은 그곳에서 일찍 철수하죠."

"그 사람들이 우리를 발견할까요?"

"전혀 못 해요. 노인이 부엌에서 문을 잠근 채 잠들자마자 노인에게 소속되어 있지 않은 남녀 몇이 카드놀이를 하러 바레라의 천막으로 갈 거예요. 허위 증언을 못 하도록 나도 갈 거예요. 내가 그쪽으로 돌아갈 때쯤 해서 거실에 있는 수비에타의 빈 해먹 아래 깔린 재규어 가죽을 가지고 복도에서 나를 기다려줘요. 재규어 가죽을 가져가서 가축우리 앞에서 흔들어봐요. 나중에 누군가 우리를 봐도 이렇게 생각할 거예요. 소들이 우르르 도망치면서 내는 굉음 때문에 저들이 자다가 일어났군."

* * *

나는 복수의 책략을 영혼 깊숙이 묻어두었는데, 이는 매 순간 나를 물려고 깨어나는 전갈을 가슴에 품는 것과 비슷했다.

초원에 해가 질 무렵 목동들이 소 떼를 이끌고 돌아왔다. 목동들은 오후에 소들에게 풀을 먹이려고 데려갔는데, 소들이 무성한 그라마* 풀밭에서 풀을 뜯고 잔잔한 연못에서 물을 마시면서 주둥이로 황혼에 떠 있는 어느 별을 가렸다. 전위 역할을 하는 목동이 앞장서 왔다. 그는 거친 소들을 진정시키는 송아지들을 자신이 탄 암말의 발걸음에 맞춰 따라오게 했다. 우람한 머리와 거대한 뿔을 지닌 황소들이 자유를 박탈당한 상태에서도 거드름을 피우며 목동을 따라왔다. 코로 실 같은 거품을 뿜어내고, 분노가 치솟아 갑작스런 불꽃을 피워 졸음 가득한 눈이 충혈됐다. 졸음에 겨운 거대한 소 떼 후위 좌우에서 일꾼들이 단조롭게 호루라기를 불면서 말의 보폭에 따라 줄지어 가고 있었다.

일꾼들은 소 떼가 흩어지지 않도록 주의하면서 끈기 있게 솜씨를 발휘해 다시 소 떼를 가두었다. 소 떼를 안내하는 목동의 울적한 손뼉 소리가 희미하게 들렸는데, 그 소리는 내 고향의 축사에서 불어대는 뿔피리 소리보다 더 효과적이었다. 그들은 축사 문에 빗장을 건 뒤에 아주 단단한 쇠침으로 고정시켰다. 날이 어두워지자 일꾼들이 소들과 친해지기 위해 축사 주위에 마른 쇠똥으로 화톳불을 피웠다. 소들은 별자리들의 보호를 받으며 평온하게 되새김질을 하면서 불빛과 연기를 넋을 잃고 바라보았다.

그 사이에 나의 관자놀이를 서늘하게 하고 눈살을 찌푸리게

---

* 그라마grama는 목초의 일종.

114

하는 두려움을 느끼며 자정에 행할 계획을 곰곰이 생각했다. 하지만 보복에 대한 확신, 즉 내 적에게 어떤 상해를 입힐 수 있다는 점이 내 눈에 생기를, 내 말에 기지를, 내 결정에 열기를 불어넣었다.

여덟 시경에, 애꾸눈 마우코가 화톳불 때문에 싸움닭들이 밤새 잠을 자지 못한다며 항의했다. 하지만 아무도 화톳불을 끄려 하지 않아 마우코는 싸움닭들을 내 방으로 가져왔다.

"훌륭한 이 닭들의 잠자리 좀 마련해주세요. 얘들이 잠을 못 자면 아무짝에도 소용없잖아요!"

잠시 뒤 목장이 고요해졌다. 천막에 켜놓은 등불 빛이 근처의 파하 브라바 초원 위로 펼쳐졌다.

클라리타가 거의 취한 상태로 돌아왔다.

"총각, 힘을 내 날 따라와요!"

우리는 플라타노나무를 통과해 가축우리의 울짱에 도달했다. 무한한 평온이 가축을 잠재우고 있었다. 밖에서는 보초들이 타는 말들이 재채기를 했다. 그때 클라리타가 내 무릎을 딛고 서서 가축우리 울짱 위로 황금빛이 감도는 가죽을 흔들었다.

갑자기 소들이 놀라 서로 뿔을 부딪치고, 현기증을 일으키는 파도처럼 압도적인 추진력으로 가축우리의 울짱을 밀어붙여 소용돌이치기 시작했다. 어떤 소는 가축우리 문에 부딪쳐서 가슴이 찢어져 쓰러졌다가 혼란스럽게 움직이는 소들에게 짓밟혀 즉사했다. 보초들이 말을 타고 달려오면서 노래를 부르기 시작하자 소 떼가 동작을 멈추었다. 하지만 이내 더 거칠어진 파도처럼 다시 움직여 가축우리의 문을 삐걱거리게 하더니, 울부짖고, 힘껏 밀어붙이고, 뿔로 들이받았다. 산사태가 거친 오솔길을 덮치듯 공포로 가득 찬 밤에 으르렁거리는 소 떼가 대격변의 굉음을 내며, 밀려드는 노도처럼 강렬하게 감옥 같은 가축우리의 통나무를 부수고 평원에서 우르르 쓰러졌다.

일꾼과 여자 들이 등불을 들고 도와달라며 달려왔다. 부엌에서 문을 잠그고 잠자던 수비에타까지도 무슨 일이 일어났는지 큰 소리로 물었다. 개들이 소 떼를 뒤쫓았고, 공포에 질린 암탉들이 꼬꼬꼬 울었으며, 근처 세이바나무에 앉아 있던 검은대머리수리들이 둔탁하게 날아오르면서 어둠을 갈랐다.

가축우리의 쪽문에는 소 열 마리가, 더 멀리 떨어진 곳에서는 말 네 마리가 소 떼에 짓밟혀 쓰러져 있었다. 클라리타가 다가와 이런 사실을 낱낱이 얘기하면서 우리의 용의주도한 공모를 추켜세웠다.

내가 재규어 가죽을 본래 있던 곳에 갖다 놓았을 때도 도망가는 소 떼의 발굽 소리가 여전히 울려 퍼지고 있었다.

*　*　*

다음 날 나는 지난밤에 일어난 사건에 관한 노인의 논평, 허세와 위협을 들으며 잠자리에서 일어났다. 노인은 고소해하는 속마음을 욕설로 위장했다.

"빌어먹을! 소들이 도망친 건 내 잘못이 아니야. 혹시 말을 가지고 있으면 바레라더러 소 떼를 잡으러 가라고 말해줘. 하지만 바레라가 죽은 말 값을 먼저 나한테 치러야 해! 빌어먹을!"

"바레라 씨가 어젯밤 사건 때문에 아저씨와 얘기하러 이리 오고 싶어 해요."

"구아테가 무장하고 있으니까 바레라가 이곳에 접근할 수 없을 테고, 나는 내 사유지에서 더 이상 싸움이 벌어지는 걸 원치 않아."

"죽은 훌리안 우르타도의 귀신이 소 우리에 나타나서 소들이 도망쳤다는 생각이 번득 드네요." 어떤 남자가 생각을 밝혔다. "훌리안 우르타도가 보물을 숨겨놓았다고들 하는 쪽의 울짱 위에서 하얀 물체 하나를 어느 보초가 보았대요."

"사실일 수 있어요."

"그래요. 훌리안 우르타도가 어느 날 밤에 사바나 언저리에서 작은 등불을 손에 들고 땅을 밟지 않고 걸어서 우리 앞에 나타났거든."

"그런데 그가 뭘 원하는지 왜 묻지 않았죠?"

"그가 등불을 꺼버렸고, 우리는 거의 실신 상태였거든요."

"날강도들!" 수비에타가 고함을 쳤다. "그래, 당신들이 캐럽*나무의 뿌리 주변 땅을 팠잖아. 내가 훌리안 우르타도처럼 방랑하면서 당신들을 만나 총을 쏠 수 있으면 좋겠구면."

마당으로 나오자 많은 사람이 모여 있었으나 바레라는 보이지 않았다. 아무것도 모르는 척하면서 가축우리를 들여다보니, 그곳에서 남자 여럿이 배가 터져 내장이 밖으로 드러난 소들을 해체하고 있었다.

---

* 캐럽(Ceratonia siliqua, carob tree)은 콩과 식물이다.

"내가 어둠 속에서 말을 타고 질주하면서 소들을 진정시키려고 노래를 불러주며 소들을 앞질러 갔지만 아무 소용이 없었어요." 남자들 가운데 하나가 말했다. "아주 멀리까지 갔는데, 내 말 덕분에 소들에게 밟혀 죽지 않았어요."

잠시 후 집으로 돌아와 보니 클라리타가 코코넛 껍질을 깎아 만든 작은 잔에 럼을 따라 사람들에게 팔고 있었다. 낯선 남자들이 있었고, 바예톤을 씌워놓은 수탉들이 울어댔다. 남자들은 은근슬쩍 돈 내기를 유도하거나 챔피언 수탉들의 쇠발톱을 예리하게 갈아주거나 날개를 잡아 들어 올리면서 입에 머금고 있던 소주를 수탉들의 옆구리에 뿌렸다. 털이 화려하고 목이 불룩한 경쟁자 싸움닭들이 노끈에 다리가 묶인 상태에서 땅바닥을 후비며 경합했다. 마침내 수비에타 노인이 숯을 집어서 카네이 바닥에 삐뚤삐뚤한 원을 그렸다. 노인이 앉은 의자를 어느 기둥에 비스듬하게 기댄 채 술을 병째로 들이켜더니 거칠게 너털웃음을 터뜨리면서 제안했다.

"나는 저 카나구아이*와 싸우는 진홍색 닭에게 어린 황소 백 마리를 걸겠소."

사람들 무리 뒤에 있던 클라리타가 나더러 내기를 하지 말라는 표시로 고개를 가로저었다. 하지만 나는 근거 없는 교만을 부리며 앞으로 나가 말했다.

"나도 수탉을 선택하겠소. 그리고 내가 주사위 게임에서 당신에게 딴 소 250마리를 걸겠소."

---

* 카나구아이canaguay는 싸움닭으로 사용되는 품종 가운데 하나.

118

노인이 내기를 철회했다.

그러자 한 사내가 주먹을 쥐면서 노인에게 말했다.

"나는 여기 있는 리브라나 내 전대에 들어 있는 나머지 리브라를 걸 테니 황소 열 마리를 거세요."

수비에타는 그 제안 역시 받아들이지 않았다. 하지만 그 사내가 끈덕지게 요구했다.

"보세요, 주인장. 이건 주인장이 토포초 플라타노나무 옆에 묻을* 독수리와 여왕 문양의 금화라고요."

"거짓말! 하지만 만약 그 금화가 진짜라면 지폐로 바꿔주겠소."

"난 그런 위험한 짓은 하지 않습니다."

"감별 좀 해보게 리브라 하나만 빌려줘요."

노인은 굶주린 눈으로 리브라를 이리저리 뜯어보고, 문양을 손으로 만져보고, 두들겨서 소리를 들어보더니 이빨로 가져갔다. 그가 만족해하며 소리쳤다.

"좋소! 카나구아이를 상대하는 닭에게 걸겠소."

"하지만 애꾸눈 마우코가 내 닭에게 주문을 걸 수도 있으니 그가 이 자리에 없다는 조건에서 하는 겁니다."

"난 주문은커녕 아무 짓도 하지 않아요!"

그럼에도 불구하고 사람들은 투덜거리는 마우코를 자신들 무리에서 떼어놓기 위해 부엌에 가두어버렸다.

싸움닭을 관리하는 사내들은 관중을 만족시키려고 각자의

---

* 당시에는 나무 근처에 모로코타, 동전, 귀중품 등을 묻는 풍습이 있었다.

닭을 들어 올려 쇠발톱을 입으로 빨고* 나서 레몬으로 문질렀다. 투계를 시작할 준비가 되자 그들은 심판의 말에 따라 원 안에 닭을 마주 보게 세워놓았다.

싸움닭을 키운 사내가 나무 울타리 위로 상체를 숙이고 소리쳤다.

"영차, 닭아! 눈을 벌겋게 뜨고, 다리를 유연하게 하고, 날개를 활짝 펴고, 부리로 왕성하게 쪼아 먹고, 목덜미를 꼿꼿하게 세우고, 다리 관절을 강건하게 해서 상대를 죽여라."

싸움닭들은 분노에 찬 눈으로 서로를 노려보다가 일단 바닥의 모래를 쪼았다. 그런 후, 털이 뽑혀 핏빛으로 물든 등 위쪽의 파르르 떨리는 알록달록한 깃털로 이루어진 목 부위를 스펀지처럼 부풀렸다. 파르스름한 광채를 풍기는 싸움닭들이 동시에 뛰어올라 서로 부리로 쪼고 날개의 가격을 피하면서 각자 머리 위 허공을 부리로 찔렀다. 판돈을 건 관객들의 함성 소리가 퍼지는 가운데 화가 난 싸움닭들이 부리와 쇠발톱으로 공격하며 서로의 몸에 상처를 입히고, 숨을 헐떡거리며 상대의 몸을 붙들고 늘어졌다. 부리로 공격했던 곳에 상대를 죽일 정도로 집요하게 쇠발톱이 다시 들어갔다. 싸움닭들의 깃털이 번쩍거리고, 진홍색 피가 튀었다. 경기장 안에 동전 소리가 가득했다. 마침내 카나구아이이가 두개골을 드러낸 채 바닥에 나뒹굴며 승리한 싸움닭의 발밑에서 몸을 파르르 떨었다. 그 모습을 본 사람들이 박수갈채를 보내는 가운데 승리한 싸움닭은 죽어가

---

* 이것은 쇠발톱에 독이 묻어 있지 않다는 것을 보여주기 위한 행위다.

는 싸움닭의 몸 위에서 의기양양하게 '꼬끼요' 소리를 한 번 내
지르며 자신의 승리를 알렸다.

이 순간 나는 얼굴이 하얗게 질려버렸다. 프랑코가 말을 탄
몇 사람을 거느리고 가축우리의 문을 넘어왔던 것이다.

* * *

수비에타는 막 도착한 사람들을 쳐다보고 적잖이 놀랐다. 그
가 발을 질질 끌면서 그들을 맞이하러 나갔다.

"동지 여러분, 어디 좋은 데 가고 있소?"

"바로 여기입니다." 프랑코가 말에서 내리며 말했다.

그가 다가와 나를 와락 껴안았다.

"내 목장 소식은 못 들었나요? 팔은 어떻게 된 거요?"

"아무 일도 아니오! 혹시 라 마포리타에서 오는 길이오?"

"우리는 타메에서 곧장 오는 거요. 하지만 어제 내가 물라토
코레아더러 따로 내 집으로 가서 당신과 함께 말을 가져오라고
명령해놓았어요. 이건 돈 라파엘이 당신에게 보낸 포옹이오.
그분은 하느님 덕분에 별 탈 없이 여행을 계속하고 계시오. 안
장은 어디에다 내려놓을까요?"

"여기 카네이에 내려놓아요." 수비에타가 퉁명스럽게 대답했
다. 그러고 나서 투계꾼들에게 소리를 질렀다. "이제 이 헛간이
필요하니까 당신네들은 그만 멀리 가시오."

각자 자신들의 싸움닭을 집어 들고서 티플레와 마라카*를
연주하고 노래를 부르면서 천막이 있는 곳으로 갔다. 그러자

목동들이 말에서 안장을 내렸다.

"어젯밤에 가축 떼가 우르르 도망쳤다는 게 사실이오?"

"왜 그걸 묻는 거요?"

"오늘 아침부터 소 떼가 자기들끼리 달려가는 것을 보았어요. 그래서 우리는 '소들이 우르르 도망치거나 인디오들이 습격했다!'고 생각했어요. 하지만 지금 가축우리를 지나치며 보니……"

"그렇소! 바레라가 내 소들을 도망치게 했소. 그 사람은 가진 말도 없는데 어떻게 수습할지 모르겠소."

"우리는 그 사람이 지불하는 돈에 따라 소를 잡아가게 할 겁니다." 프랑코가 대답했다.

"나는 내 사바나 안에서 소를 쫓는 걸 더 이상 허용하지 않을 거요. 짐승들 버릇이 나빠지기 때문이오."

"우리는, 우리가 구입한 황소를 잡아 모으는 작업을 내일부터 시작하겠다는 말인데요……"

"나는 서류에 서명한 적도 없고, 그 어떤 계약서도 기억나지 않아요!"

그는 이 말을 반복하며 자기 다리를 툭툭 쳤다.

노인이 해먹을 차지했을 때 투계에서 진 투계꾼이 찾아와 우리에게 말했다.

"여러분, 방해해서 미안합니다."

"내가 당신에게 딴 리브라 이리 내놔요."

---

* 마라카maraca는 작고 둥그런 박이나 호박의 속을 꺼낸 뒤 옥수수 알갱이를 넣어 흔듦으로써 박자를 맞추는 악기.

"그 문제에 관해 말하려고요. 그 사람들이 카나구아이를 미치게 만들었어요. 카나구아이에게 키니네를 먹였다니까요. 어제부터 애꾸눈 마우코가 천막에서 알약을 팔았고, 아저씨가 직접 그 알약을 옥수수 알갱이와 섞었잖아요. 그런데도 바레라 씨는 당신이 정직하지 않다는 것을 보여주기 위해 코바 씨 앞에서 나더러 아저씨와 내기를 하게 했던 거예요."

"이 문제는 두 분이 나중에 정리해야 할 것 같네요." 프랑코가 화를 내는 노인의 몸을 잡아 흔들면서 끼어들었다. "거래에 관해 아저씨가 지금 당장 확실히 말해주세요. 나를 만만하게 봤다면 아저씨가 착각한 거예요."

"프랑키토,* 자네가 나를 죽이러 온 건가?"

"나는 아저씨가 나에게 판 소를 가지러 왔고요, 그러려고 목동들을 데려왔어요. 어떤 대가를 치르더라도 소를 잡아가겠다고요! 그렇게 하지 못한다면, 우리를 배신하는 거지요!"

프랑코가 데려온 목동들이 새로운 볼거리가 생기자 기대에 가득 차서 해먹 주변으로 모여들었다. 수비에타가 목동들을 보며 소리를 질렀다.

"여러분, 이 친구가 나를 놀리고 있는데, 증인이 되어주시오."

그러고 나서 시체처럼 창백해진 노인은 프랑코가 가지고 있던 권총을 보더니 눈물을 글썽이며 시선을 내게 돌렸다.

"구아테, 제발 좀! 자네 소 값을 주겠네. 프랑키토, 그런 식으로 말하지 말게, 날 위협하지 말라고!"

---

* 프랑키토Franquito는 '프랑코Franco'의 애칭.

논쟁에 자신만만한 그 침입자가 선언했다.

"법은 모든 사람에게 적용되지요! 바레라 씨에게도 돈을 지불하세요. 그러면 우리는 평화롭게 지낼 거예요. 그는 지금 비차다로 떠날 채비를 하는데, 아저씨 때문에 늦어져서 손해를 보고 있어요."

노인이 해먹에서 내려와 피델 프랑코와 나 사이에서 버럭 화를 내며 꾸짖었다.

"사기꾼, 사기꾼! 자넨 여기에 어떤 사람들이 있는지 아는가? 우리가 자네를 몽둥이질해서 쫓아내기를 바라는가? 이 신사들은 내 손님이고 친한 친구들인데, 왜 이 신사들 일에 간섭하려는 건가? 자네의 왕초 바레라에게 날 괴롭히지 말라고 전하게. 이 신사들은 나를 존중해주잖아!"

그러고는 노인이 우리의 어깨를 짚고서 프랑코를 발끝으로 찼다.

* * *

내 팔에 난 상처를 본 프랑코에게 그 사건에 관해 얘기했고 그 말을 듣자마자 그는 바레라와 대적하기 위해 윈체스터 라이플을 들고 달려 나갔다. 클라리타가 마당에서 그를 붙들었다.

"뭘 하려고요? 우린 이미 보복했어요." 클라리타는 프랑코에게 소 떼가 도망친 것에 관해 이야기했다.

나를 위해 목숨을 무릅쓰는 그 의리 있는 사내의 단호한 태도를 보자 후회가 엄습했다. 그가 나를 죽여도 괜찮으니 라 마포리타에서 일어난 일을 고백하고 싶어졌다.

"프랑코." 내가 그에게 말했다. "나는 당신과 우정을 맺을 자격이 없어요. 내가 그리셀다 아가씨를 때렸어요."

그가 당혹스러워하며 따져 물었다.

"그리셀다가 당신에게 뭘 잘못했어요? 아니면 부인에게?"

"아니오, 아니오! 내가 술에 취해 아무런 이유 없이 두 여자에게 무례한 짓을 했어요. 그녀들만 남겨두고 떠난 지가 벌써 일주일이 되었네요. 그 카빈총으로 나를 쏴버려요!"

프랑코는 총을 땅바닥에 던지더니 나를 껴안았다.

"그럴 만한 이유가 있었겠죠. 내가 당신 편이 되어줄게요."

이윽고 우리는 말없이 헤어졌다.

그때 클라리타가 내 손을 잡고 흔들었다.

"부인이 있다는 말은 안 했잖아요?"

"우리가 그녀에 관해 얘기할 필요는 없었으니까요."

클라리타는 눈을 내리깐 채 열쇠 하나가 달린 고리를 손가락에 끼워 돌리면서 생각에 잠겼다. 나중에 그녀가 내게 열쇠를 주면서 말했다.

"당신 황금 저기 있어요."

"그건 내가 당신에게 준 거요. 만약 당신이 그걸 선물로 받아들이지 않는다면, 아픈 나를 보살펴준 대가로 쳐요."

"당신이 죽었더라면 좋았을걸."

나는 그녀가 악사들이 구아라포*를 마시던 부엌 쪽으로 멀

---

* 구아라포guarapo는 사탕수수나 옥수수 즙을 발효해 만든 술 또는 파인애플

어져 가는 모습을 바라보았다. 그녀는 내가 들을 수 있게 부엌에서 큰 소리로 말했다.

"내가 무슨 일이 있어도 바레라와 함께 갈 거라고 그에게 전해줘요."

그러고는 치맛자락을 무릎 위로 들어 올리고 야유의 말을 내뱉더니 손뼉을 치면서 분데* 춤을 추기 시작했다.

불안감의 압박에서 벗어나자 심장이 빠르게 뛰기 시작했다. 알리시아의 감정을 상하게 한 괴로움 말고는 내게 다른 괴로움은 없었기에, 그녀와 화해를 한다는 생각은 아주 감미로웠다. 그러나 화해는 씨앗을 뿌린 땅에서 풍기는 냄새 또는 새벽녘의 아스라한 풍경처럼 희미할 뿐이었다. 우리의 영혼은 나무의 몸통과 같아서** 지나간 개화開花를 기억하지 못하고 껍질에 난 상처만 기억하기 때문에 우리의 과거는 슬픔과 고통의 흔적만이 오래오래 남을 것이다. 하지만 불행이든 행복이든 최대치를 겪어야 한다. 그 이유는 나중에 숙명적으로 각각 다른 길로 가게 된다면, 우리가 예전에 찔려서 피를 흘린 적이 있던 가시나무에 다시 찔렸을 때, 또는 서로 사랑했고 사랑은 변치 않는다는 환상을 가졌던 과거에 서로에게 미소를 지었던 기대를 다시

껍질을 넣어 발효한 음료.

* 분데bunde는 중남미에 이주한 흑인들이 추는 춤으로, 원형을 이루어 치마를 들어 올린 채 발바닥으로 박자를 맞춘다. 일반적으로 안데스, 야노스에서 추며, 태평양 연안 지역에서는 장례식이나 수호성인을 찬양할 때도 춘다.

** 이 소설에서 인간과 나무의 관계는 아주 다양한 관점에서 자주 등장하는 메타포다.

품게 되었을 때, 그 기억을 되살리기 위해서다.

나는 불투명한 물이 흐르는 개천이나 야자나무 옆에 맑고 푸른 우물이 있고 녹음이 우거진 아담한 언덕에 내가 손수 지은, 웃음이 만발하는 집에서 알리시아와 함께 살면서 그 매혹적인 평원에 영원히 나를 가두어놓고 싶다는 생각까지 했다. 오후에는 그곳에 소 떼가 모여들 것이고, 주변 풍경 때문에 마음이 울적해진 나는 원시시대의 족장처럼 문지방에서 담배를 피우면서 밤이 태동하는 머나먼 지평선에 해가 지는 모습을 바라볼 것이다. 이제 헛된 열망으로부터, 허무한 승리의 속임수로부터 벗어나 내 눈이 미치는 지역을 돌보고, 시골 일을 즐기고, 고독과 조화를 이루는 것으로 내 욕망을 제한할 것이다.

무엇 하러 도시를 동경하나? 아마도 내 시詩의 원천은 원시림이 간직한 비밀에, 미풍의 애무에, 사물의 낯선 언어에 있었을 것이고, 흘러가는 강물이 바위산에, 노을이 습지에, 별이 신의 침묵을 간직한 그 광활한 공간에 들려주는 노래에 있었을 것이다. 그곳 평원에서 알리시아와 나는 우리의 성장하는 자식들 사이에서 늙어가고, 떠오르는 태양 앞에서 쇠락하고, 수백 년 묵은 나무들의 원기 왕성한 수액 사이에서 심장이 피로해지는 것을 느끼면서, 어느 날 내가 알리시아의 시체 위에서 또는 알리시아가 내 시체 위에서 울게 될 그 날까지 알리시아와 함께하는 모습을 꿈꾸었다.

* * *

프랑코는 내 상처가 곪으면 팔에 괴사가 생길 수 있으니 나더러 사바나로 떠나지 말라고 했다. 게다가 망아지의 수가 부족하니 실력을 인정받는 목동들에게 맡기는 편이 좋겠다고 했다. 그 말을 듣자 몹시 속상했다.

열다섯 명이 전통 블랙커피를 서둘러 마시고 새벽 두 시에 말을 타고 목장을 떠났다. 안장 옆, 말 옆구리 위에 대평원에서 쓰는 밧줄을 둘둘 말아 걸어놓았고, 밧줄 끝은 말꼬리에 묶여 있었다. 목동들은 자주 들이받는 소로부터 자기 몸을 보호하려고 몸 양옆에 각각 검은색과 빨간색의 바예톤을 걸쳐 넓적다리 위로 펼쳐놓았고, 소의 뿔을 자르기 위해 허리띠에 톱칼을 차고 있었다. 프랑코가 내게 권총을 주었으나 자신의 윈체스터 라이플은 안장가리개에 매달아두었다.

잠시 뒤 졸음이 밀려왔다. 아아, 당시에 일어날 일을 내가 예감했더라면!

해가 뜬 지 얼마 되지 않아 물라토 코레아가 돈 라파엘의 말들을 일렬로 묶어 끌면서 라 마포리타에서 그곳에 도착했다. 나는 그를 만나러 천막촌 앞을 지나가면서 바레라가 면도하는 모습을 보았다. 클라리타가 트렁크에 앉아 두 손으로 거울을 들어 바레라를 비춰주었다. 나는 그들의 인사를 받지 않은 채 코레아 옆에 붙어 서서 함께 가축우리로 들어갔다.

"당신, 알리시아는 보았소? 혹시 내게 무슨 전갈이라도 가져왔소?"

"알리시아가 방에 틀어박혀 울고 있어서 얼굴을 볼 수가 없었어요. 그리셀다 아가씨가 당신들에게 이 옷 가방을 보냈는데, 갈아입을 옷이 들어 있는 것 같아요. 그리셀다 아가씨는 당신들이 돌아오는지 보려고 시시각각 밖을 내다보아요. 가방을 꾸리고 있었는데, 오늘 여기로 올 거라고 말했어요."

이 소식을 듣고 나는 기뻤다. 마침내 내 동반자가 나를 찾아오는군!

"카누를 타고 오나요?"

"여주인이 말 세 마리를 내주라고 했어요."

"그런데 사람들이 나에 관해 묻던가요?"

"당신이 집주인 프랑코의 머리에 온갖 얘기를 채워 넣을 것이라고 엄마가 말했어요."

"사람들이 내 팔 부상에 대해 알고 있나요?"

"무슨 일이 있었던 거예요? 짐승에게 받혔나요?"

"살짝 상처가 났는데, 이제 괜찮아요."

"당신, 내 모로차*는 어디에 두었어요?"

"당신 엽총 말인가요? 천막에 놓아둔 내 안장과 함께 있을 거요. 가서 찾아봐요."

혼자 남겨지자 의구심이 나를 쿡쿡 자극했다. 바레라는 라마포리타로 돌아갔을까? 나는 마우코를 시켜 바레라를 밤낮으로 감시하도록 조치해 놓았었다. 하지만 그 애꾸눈이 내게 진

---

* '모로차morocha'는 '쌍대(이중 총열) 엽총'을 의미하며, '동전'을 가리키기도 한다.

실을 애기할까? 그래서 생각해보았다. 바레라가 옷을 잘 차려입은 걸 보니 알리시아가 도착할 것이다. 그럴 수도 있고, 아닐 수도 있다.

하지만 알리시아는 자신이 어떻게 행동해야 할지 알 것이다. 게다가 바레라는 나를 두려워하고 있었다. 알리시아가 나를 찾아온다는 행복한 예감에 몰두하려면 내 머릿속에서 바레라를 치워버려야 하는데 왜 그렇게 안 되는 거지? 만약 알리시아가 나를 찾는다면 사랑을 따르기 때문인데, 그녀는 성마르고 자존심 센 태도로 나를 다시 정복하고 영원히 자기 것으로 만들기 위해 올 것이다. 그녀는 심각한 말투로, 비난하는 어조로 나의 과오를 나무랄 것이다. 그리고 내 과오를 더 과장하려고 입을 닫을 때 입술을 오므려 양쪽 뺨에 매력적인 보조개를 만들던 그 잊지 못할 표정을 지을 것이다. 그러고 나를 용서해주고 싶지만 용서할 수 없다는 말을 되풀이할 터인데, 물론 그녀가 의도하고 내가 간청해도 그녀가 마음을 바꾸기는 쉽지 않을 것이다.

나로서는 깊은 신음과 함께 화해의 키스를 할 순간을 연출하기 위해 내 역량을 발휘할 것이다. 개천 기슭에서 나는 알리시아가 카누에서 내리는 걸 도와주려고 예의 바르게 손을 내밀고, 그녀가 내 오른팔에 감긴 붕대를 알아차리도록 신경을 쓸 것이다. 얼마 지나 그녀가 "다쳤어요? 당신 다쳤냐고요?"라고 다급하게 묻는 말을 애써 무시할 것이다.

"전혀 심각하지 않소, 부인. 오히려 당신의 창백한 얼굴이 안쓰럽소!"

그녀의 일행이 육로로 온다면 나는 그녀의 말에 다가가 똑같이 행동할 것이다.

당시 그녀는 나를 보려고 하지 않았기 때문에 내가 그녀에게 모습을 드러내야겠다고 생각했다. 나는 옷도 아무렇게나 입고, 헝클어진 머리에 거뭇한 수염이 얼굴을 뒤덮은 상태였는데, 마치 악취를 풍기는 일꾼 같은 용모였다. 마우코가 짐승 가죽을 자르는 칼로 늘 내 수염을 깎아주었지만, 그날은 경쟁자와 다르게 보이려고 그에게 내 수염 깎는 일을 맡기지 않기로 작정했다.

나는 여자들을 기다리지 않고 목장을 떠났다가 어느 날 오후에 목동들과 함께 내 말의 꼬리에 매달린 밧줄에 사나운 황소 한 마리를 묶어 데려오겠다고 작정했다. 황소가 씩씩거리며 내 뒤를 따라와 내가 탄 말을 쓰러뜨릴 수 있는데, 일꾼들이 그 광경을 놀라서 바라보는 동안 내가 바예톤으로 황소를 제압해서 꼬리를 잡아 단번에 넘어뜨릴 것이다. 뿔이 땅에 처박혀 꼼짝 못 하는 모습을 알리시아가 공포 속에서 기진맥진하여 보게 하려는 의도였다.

물라토가 천막에서 총과 안장을 가지고 돌아왔다.

"바레라 씨가 몹시 미안해하고 있어요. 그는 이 물건들이 그곳에 있었다는 사실을 몰랐어요. 그는 흩어진 소들을 잡아들이려고 사람들을 보낼 거예요."

"나는 당신이 그들과 함께 가는 걸 허락하지 않겠소. 만약 혼자 가기 싫으면 내가 함께하겠소."

"그들은 어디서 밤을 보낸대요?"

"마타네그라요."

"돈 피델은 파우토강 유역의 평야라고 말하던데요. 밤이 되면 내 말들이 뿔뿔이 흩어져버리기 때문에 나는 곧 떠날 거예요."

"그 옷은 그 방에 보관하고 내게 카빈총 좀 가져다줘요. 우리 어디든 갑시다. 나도 당신과 함께 가겠소."

나는 수비에타 노인에게 작별을 고하려고 부엌으로 갔다. 여러 번 그를 불렀지만, 아무런 대답이 없었다.

* * *

물라토 코레아와 나는 목장에서 아주 멀리 떨어진 도가머리처럼 생긴 야자나무 가지만 보이는 곳에 이르렀다. 물라토가 말에서 내려 엽총을 장전했다.

"늘 준비를 단단히 하고 다니는 게 좋아요. 화약이 적으면 탄환을 총구 가까이에 장전해야 해요."*

"그렇게까지 조심하는 이유가 뭐요?"

"바레라가 보낸 사람들이 우리를 뒤쫓아 올 수 있으니까요. 그래서 문을 수선하던 그 청년들이 내 말을 들을 수 있게 반복해서 우리가 파우토의 평야로 갈 거라고 말했던 거예요. 이제 우리는 당신이 말했던 마타네그라로 가는 겁니다."

3레구아 정도 걸었을 때 코레아가 말을 걸어 나는 알리시아

---

* 매사를 정확하게 행하기 위해서는 확실한 방법과 도구를 선택하라는 의미의 속담이다. 원어는 "Pólvora, poca, y munición hasta la boca"다.

생각을 잠시 멈추었다.

"미안하지만, 자문 좀 구하고 싶어요. 클라리타가 나한테 눈길을 주었어요."

"그녀를 사랑해요?"

"바로 그 문제예요. 보름 전에 그녀가 이 꽃다발을 주었어요. '참 잘생긴 흑인이네!'라면서요. 그래서 그만 내 마음이 흔들려버렸어요!"

"뭐라고 대답했어요?"

"부끄러워서……"

"그래서요?"

"그것도 상담 거리예요. 그녀가 나더러 수비에타 노인을 매달아버리고 멀리 떠나자고 했어요."

"왜죠? 어떻게요? 뭐하게요?"

"그 노인더러 황금을 묻어놓은 곳이 어딘지 실토하게 하려고요."

"불가능해요! 불가능하다고요! 그건 바레라의 제안이에요."

"맞아요. 왜냐하면 바레라가 나중에 나더러 이렇게 말했거든요. '이 물라토 청년은 옷을 잘 입고 있으면 정말 멋져. 따라다니는 여자가 많을 것 같은데. 내가 자네를 아주 좋아하는 젊은 여자에 관해 알지'라고요."

"그래서 뭐라고 대답했어요?"

"'그 젊은 여자가 당신과 자잖아요!' 내가 그렇게 말했지만 그 못돼먹은 인간은 전혀 불쾌해하지 않았어요. 그 인간은 수비에타가 자기 일꾼들에게 임금을 지불하지 않았다며 화를 냈어요. 그리고 수비에타가 누군가에게 뭔가 줘야 할 게 있을 때면 도박을 해서 그걸 주지 않으려고 주사위를 꺼낸다고 했어요. 그건 정말 사실이에요."

더위 때문에 숨이 막혀 갈증을 달랠 연못 근처로 나를 데려가달라고 물라토에게 말했다.

"이 근방 어디에도 물이 있을 만한 곳은 없어요. 사람들에게 알려진 우물은 흔히 사구 옆에 있거든요."

우리는 태양 빛 때문에 물이 바싹 말라 딱딱하게 굳어버린 광대한 '테로날' 지대 몇 군데를 건너기 시작했는데, 그 땅이 말의 발굽을 줄로 갉듯 갉아댔다. 우리는 그 지대를 통과해 앞으로 나아가야 했는데, 왜냐하면 미로처럼 얽힌 수랄에서 바닥이 드러난 수로가 사방으로 뻗쳐 있고, 그곳에 특히 재규어와 뱀이 많았기 때문이다.

마침내 짭짤하고 탁한, 시럽처럼 걸쭉한 물웅덩이가 나왔는데, 그 지역에 서식하는 네발짐승들로 인해 더럽혀진 상태였다. 웅덩이를 보자 본능적으로 혐오감이 일었으나 코레아가 먼저 시범을 보이며 나를 유혹했다. 그가 등자鐙子 위로 상체를 숙이더니 갈증이 난 말의 다리 사이에서 물이 뚝뚝 떨어지는 뿔을 꺼냈다.

"손수건이 거름망 역할을 하게 뿔 입구를 덮으세요."

나는 축축한 손수건 표면에 달라붙은 벌레를 털어내면서 그가 시키는 대로 여러 번 물을 채웠다.

"백인 양반, 이곳에 외지인들이 돌아다녔네요. 여기 편자를 박은 노새 자국이 있어요. 땅바닥에 돌이 없는 이런 사바나에서는 노새에게 편자를 박지 않거든요."

물라토 코레아의 말이 맞았다. 우리는 우물에서 그리 멀리 떨어지지 않은 곳에서 저 멀리 움직이는 점 두 개를 보았던 것이다.

"저건 길을 잃고 헤매는 사람들이에요."

"오히려 소처럼 보이는데요."

"돈을 걸라면 나는 저 사람들이 백인이라는 데 걸겠어요."

저들이 우리 쪽으로 오는 것으로 봐서 아마도 그들도 우리를 본 모양이었다. 우리는 빨간 우산을 쓰고서 말에 박차를 가하며 앞장서 오던 사람을 보았는데, 그는 시골의 부인들처럼 커다란 시트를 둘러쓰고 있었다. 우리는 호기심과 의구심을 품고 비좁은 모리체 야자나무 그늘에서 그들을 기다렸다.

물라토 코레아가 말을 바꿔 타는 사이에 낯선 사내들이 도착해 큰 소리로 인사를 했다.

"재판관이 길을 잃었는데, 좀 도와주세요."

"오늘뿐만 아니라 늘 그렇죠." 재치 있는 물라토 코레아가 대답했다.

"수비에타의 목장으로 가는 길 좀 가르쳐주세요. 이 박사*님은 오로쿠에의 판사님이고요, 저는 이 분의 임시 비서, 그러니까 길 안내인이에요!"

나는 그 말을 듣고 그 판사가 호세 이사벨 링콘 에르난데스

---

* 콜롬비아에서는 박사학위 소지 여부와 무관하게 공사公私 조직의 지위가 높은 사람을 존경하는 의미로 '박사(doctor)'라고 칭하기도 한다.

인지 찬찬히 살폈다. 도로 유지 보수를 하다가 지방 악단의 음
악가로, 나중에는 카사나레의 순회판사가 되어 그 지역에서 권
한을 남용하기로 꽤 유명한 사람이 있었는데, 혹시 그 사람인
지 판사에게 물었다.

"예!" 우산을 쓴 남자가 대답했다. "나는 박사고, 이 사람은
단순한 필경사예요."

판사 나리의 폐병 환자 같은 얼굴은 쓰고 있는 셀룰로이드
안경처럼 누렇게 떠서, 치석이 잔뜩 끼어 있는 그의 이빨만큼
이나 혐오스러웠다. 원숭이처럼 익살맞게 생긴 그가 우산을 어
깨에 걸쳐놓고 수건으로 목에 맺힌 땀을 닦으며 자신에게 수많
은 희생을 강요하는 재판관으로서 책무를 저주했다. 그 희생이
란 다름 아닌 인디오와 맹수의 위협을 받으며 무식하고 천하게
태어난 사람들과 불가피한 거래를 하기 위해 거칠고 황량한 땅
을 초라하게 말을 타고 돌아다니는 일 같은 것이었다.

"지금 당장 우리를 코바라는 자가 매일 온갖 범죄를 저지르
는 그 지옥 같은 목장으로 안내하라." 판사가 노새 머리를 자
신들이 왔던 방향으로 돌리면서 웅변조로 명령했다. "유력가인
내 친구 바레라가 목숨과 재산을 날릴 위험에 처해 있다. 도망
자 프랑코는 품행을 바르게 하라는 나의 관대한 판결을 악용하
고 있으니 자네들은 무조건 법을 따르라. 그리고 이 노새들은
더 좋은 것들로 바꿔주고!"

"나리는 뭔가 착각하고 있습니다. 여기에는 목장도 없고, 나
리가 말한 사람들이 모두 나리의 생각과 같지도 않죠. 내 말들
의 주인이 명확하지 않다고 해서 국가에 귀속되지도 않습니다."

"이봐, 무례한 젊은이." 판사가 버럭 화를 내며 대꾸했다. "우리는 칭찬받아 마땅한 열정으로 이 대평원을 단독으로 모험하고 있다. 수비에타가 바레라를 상대하는 걸 도와달라며 나에게 심부름꾼을 보냈다. 그런데 바레라가 사악한 코바에게 담보물을 요구하려고 보낸 심부름꾼이 그 심부름꾼을 뒤따라갔지. 우리는 보증 업무를 보려고 왔지만, 정의는 하늘과 같아서 우리 모두를 보호해주니 자네들도 보증 혜택을 누릴 수 있다. 만약 천국이 무료로 우리를 보호해준다는 게 사실이라면, 다양한 인간관계에서 공동선이 만장일치로 유지되어야 할 필요가 있다는 건 더더욱 확실시. 모든 분담금은 합법적이고 공적인 법체계에 속한다. 자네들이 안내해주지 않는다면, 선의를 가진 길 안내인이 편의를 봐주고 요구할 수 있는 대가에 상응하는 요금을 나한테 내라."

"지금 우리에게 벌금을 부과하는 겁니까?"

"이는 취소 불가, 항의 불가예요." 임시 비서가 말했다. "지금 우리가 급료를 못 받고 있다는 사실을 기억하세요."

"이봐요들." 내가 야유하듯 심술궂게 대꾸했다. "우리는 코로살로 가고 있어요. 목장은 가까이 있으니 사바나를 건넌 뒤에 숲 가장자리를 따라가고, 개천을 건너고, 습지를 둘러가면 거기서 30분 이내로 그 집을 보게 될 겁니다."

"내 말 듣고 있나?" 판사가 비서에게 호통을 쳤다. "내가 그렇게 말했잖아! 당신이 지리를 아는 사람을 무시해 내가 여기, 낯선 길에서, 무시무시한 파하 브라바 초원에서 땡볕에 고생하고 있잖아. 당신에게 5페소의 벌금을 부과해야겠어!"

우리가 담배와 성냥을 제공하자 우리에게 부과했던 벌금을 면제해준 뒤에 그들은 반대편 쪽 지평선을 향해 나아갔다.

* * *

코레아는 프랑코가 아라우카에서 일으킨 문제 중 일부를 내게 고백했다. 당시 카라카라테 개천에서 개척 이주민으로 거주하던 엘리 메사라 불리는 젊은이가 언젠가 라 마포리타로 와서는 코레아와 함께 밭에서 잡초를 제거하는 동안에 프랑코의 사건을 목격한 증인으로서 코레아에게 얘기해주었던 것이다. 아라우카 경비대의 중위로 복무하던 프랑코는 병영에서 멀리 떨어진 강변에 집을 짓고 살았다. 그리셀다 아가씨에게 마음이 있던 경비대장이 자기 마음대로 그녀에게 구애하려고 부하인 프랑코 중위더러 병영에서 근무하게 했다. 경비대장의 의도를 이미 알아차린 프랑코 중위는 어느 날 밤 근무지를 벗어나 자기 처소로 갔다. 닫혀 있던 문 안에서 무슨 일이 일어났는지 아는 사람은 아무도 없었다. 경비대장은 가슴에 두 차례 칼에 찔려 출혈이 심해 기력이 소진한 상태로 나타나서는 사법당국에 용의자 프랑코에게 유리한 진술을 한 뒤 그 주에 고열로 사망했다.

비록 프랑코와 그의 부인이 그 불행한 사건이 일어난 날 밤에 사라졌다고 해도, 두 사람 가운데 누구도 기소되지 않았다. 황금이 법적인 문제를 해결해주는 아주 뻔뻔스런 관습 때문에, 우리가 방금 전에 만났던 오로쿠에의 판사가 환어음이나 다름

없는 소환장을 자의교서* 형식으로 그들에게 발송했을 뿐, 이제 사법적인 명령은 다음과 같은 내용으로 제한되었다. 〈당월분 금액을 송금하시압.〉

우리가 광야에서 말을 타고 가면서 대화하고 있을 때 부드러운 서풍이 불어와 말갈기를 흐트러뜨리고, 머리에 쓴 모자와 장난을 치기 시작했다. 잠시 후, 험상궂게 생긴 구름이 해를 향해 올라가더니 햇빛을 삼켜버리고, 땅 밑에서 굉음이 울리며 땅이 흔들렸다. 곧 격렬한 스콜이 쏟아질 거라고 코레아가 말했다. 말이 전속력으로 평원을 내달리며 각자 자유롭게 비를 피할 수 있는 곳으로 흩어졌다. 산에서 은신처를 찾던 우리는 야자나무가 아주 강력한 오만을 부리는 폭풍우에 흔들거리며 신음하는 어느 평원으로 나왔는데, 폭풍우는 야자나무의 경련을 일으키고 목초지의 먼지를 쓸어가려고 고개를 숙이더니 그곳에서 사라져버렸다. 산의 경사면에서는 황소들이 포효하고 꼬리를 흔들며 지휘하는 바에 따라 소 떼가 질서정연하고 신속하게 한데로 모였는데, 황소들은 강풍을 막아주면서 겁먹은 암소들을 한 군데로 모으고, 주변에 명확하고 방어적인 돌파구 하나를 열어주었다. 거꾸로 흐르는 강물 위에서 오리 떼가 바람에 따라 흩어지는 낙엽처럼 방향을 바꾸어 휙 틀었다. 무시무시한 먹구름이 갑작스레 막을 펼침으로써 저 멀리 하늘과 땅 사이를 닫아버렸는데, 구름은 번갯불로 인해 찢어지고, 천둥소

---

* 자의교서自意敎書(라틴어: Motu proprio)는 로마 가톨릭교회의 교황이 자신의 권위에 의거하여 교회 내의 특별하고 긴급한 요구에 응하기 위해 자의적으로 작성해 발표한 문서를 말한다.

리에 기겁을 하고, 어둠을 밀어내면서 다가오던 폭풍우에 경련을 일으켰다.

허리케인이 어찌나 격렬했던지 우리는 하마터면 안장에서 떨어질 뻔했고, 우리가 탄 말은 걸음을 멈추더니 엉덩이를 폭풍우가 불어오는 쪽으로 돌렸다. 폭우가 쏟아져 우리는 재빨리 말에서 내려 바예톤을 뒤집어쓴 채 파하 브라바 초원에 엎드렸다. 우리와 야자나무 사이 공간이 어두워져 줄기가 굵고 잎이 기다란 야자나무 한 그루만 겨우 볼 수 있었다. 야자나무는 바람 부는 곳에 깃발처럼 서 있었고, 번개로 인해 불이 붙자 일종의 부싯깃처럼 불똥을 튀기면서 윙윙 귀를 울리는 소리를 냈다. 그 웅대한 야자나무의 자태가 멋지면서 한편으로 무서웠는데, 나무는 균열이 생긴 몸통 주위로 불타는 관모를 흔들어대고, 그 자리에서 굴욕을 당하지도 잠자코 있지도 않은 채 죽어갔다.*

폭풍우가 지나간 뒤 소 떼가 사라진 것을 알고 그 뒤를 추적하기 위해 말을 몰았다. 비에 흠뻑 젖은 몸으로, 험악한 돌풍을 가르며 수십 리를 가고 또 갔으나 소 떼를 찾지 못했다. 검은 담처럼 흘러가는 구름을 뒤따라가면서 강폭이 넓은 메타강의 바위 절벽 강변에 도달했다. 강변은 펄펄 끓듯이 파도가 거칠었다. 번개가 파도의 물마루에 지그재그로 기세 좋게 젖어드는 사이에 강변의 벼랑이 원시림의 나무들과 함께 강으로 무너져 내리면서 쓰러진 나무만큼 높다란 물기둥이 치솟았다. 벼랑

---

* 야노스에 부는 허리케인에 대한 묘사와 야자나무에 대한 의인화다.

이 무너지면서 굉음이 들린 뒤에 이어서 덩굴식물들이 흔들리고 마침내 숲이 거친 파도에 휩싸여 거대한 뗏목처럼 빙빙 맴돌았다.

우리는 야자나무들이 두려움에 떨며 몸을 꼿꼿하게 세우던 비에 젖은 수풀을 헤치고 정처 없이 여기저기를 돌아다니며 소 찾는 작업을 계속하다 보니 밤이 찾아왔다. 개 모이노는 비가 그친 뒤에 간헐적으로 쳐대는 번개 불빛을 받으며 코레아의 뒤를 총총걸음으로 따르고, 우리는 물이 차오른 저지대에 배를 끌고 들어갔다가 마침내 고지대로 올라갔다. 저 멀리서 산을 불태우는 것처럼 보이는 화톳불이 타올랐다. 〈저기서 우리 동료들이 노숙을 하고 있어. 거기 있다니까!〉 나는 몹시 기뻐하며 소리를 질렀다.

"아이참, 저들은 인디오니까 입 다물어요!"

우리는 다시 어둠에 휩싸인 황야로 나아가 그곳으로부터 멀어졌다. 그곳에서 쉬지도 못하고, 은신처도 찾지 못하고, 정처 없이 헤매는 상황에서 표범들이 으르렁거리는 소리가 들려왔다. 마침내 서서히 찾아온 여명이 우리의 사그라지는 희망에 황금 성의 문을 열어주었다.

* * *

동이 트자마자 몇몇 목동이 조련된 거세 수소로 이루어진 길잡이 소들을 앞세워 찾아왔다. 길잡이 소는 막 포획한 거친 황소를 진정시키는 데 쓸모가 많아 목축에 꼭 필요했다. 이미 해는 떴고, 소들은 평원에 퍼져 있던 환한 햇빛 위로 풀을 뜯으며 나아가고 있었다.

우리에게 인사를 한 목동 가운데 피델은 없었으나, 코레아가 목동들의 이름을 불러가며 갑자기 폭풍우를 만났던 일, 소들이 사라져버린 일, 인디오를 만난 일에 관해 허겁지겁 자세하게 얘기했다.

"우헤니오 형제, 내가 사바나에서 한밤에 처음으로 속수무책이 되었지 뭐요. 더욱이 멀쩡한 팔도 없이 몹시 체념한 이 백인과 함께 말이오. 이제 당신은 내가 한심한 삼보라고 생각할 거요."

"안투코 형제, 그건 우리 모두에게 일어나는 일이에요. 대평원 사람은 국물을 마시지도 않고 길을 묻지도 않아요.* 하지만비, 천둥, 번개를 만나면 아무것도 보장할 수 없어요."

"그러니까 당신들이 소를 포획하러 다녔던 거요? 어땠어요?"

"더럽게 힘들었어요. 비가 오면 반갑게도 소 떼가 들판으로 나올까 싶어 우리가 오후 늦게 온 겁니다. 밤새 불침번을 섰지만 소 한 마리 제대로 보지 못했어요. 정작 소들은 폭풍우에 놀라 산에서 내려오려고 하지 않았거든요. 새벽에 작은 소 떼가 나왔지만, 길잡이 소가 음매 하고 그 소들을 제대로 구슬렸다 해도 포획할 수가 없었어요. 당시 우리는 포획하려던 게 뭔지 보려고 말에 박차를 가했어요. 완전히 늙은 소들이어서 쓸

---

* 이는 대평원 야노스Llanos에 관한 속담으로, 대평원 사람은 '부지런하고, 의욕적이면서, 신중하고, 독립적이고, 대범하다'는 의미다. "국물을 마시지 않는다"는 표현은 그들이 주로 고기만 먹지, 국물 따위는 마시지 않는다는 뜻.

모가 없었어요. 내륙 지방의 그 삼보 청년이 어둠 속에서 말을 잃어버렸기 때문에 그를 제외하고 우리 모두가 함께 했지만 얻은 게 없었어요. 그래서 청년이 말안장을 겨드랑이에 낀 채 걸어서 온 거예요."

"바티스타 형제." 코레아가 소리쳤다. "다리 좀 풀고 싶으니 이리 와서 이 망아지 좀 타봐요."

몹시 피로해 기운이 빠져버렸다고 생각하지 않도록 나는 기운을 차리기 위해 알리시아에 대한 기억을 떠올리면서 말했다.

"시도로 형제, 어제 올가미로 소 몇 마리나 잡았소?"

"한 50마리 정도요. 하지만 오후에는 주먹다짐이 벌어졌고, 미얀과 피델 프랑코가 서로 다툴 뻔했어요."

"무슨 일이라도 있었던 거예요?"

"미얀이 허겁지겁 도망치는 황소들을 가두려고 마타네그라의 가축우리가 필요하다며 사람들과 함께 나타났는데요, 왜냐하면 그들은 황소들을 다시 포획하려고 왔거든요. 프랑코는 그에게 아무런 대답도 하고 싶지 않았지만, 그들이 개들을 데리고 온 걸 보고는 미얀에게 후레자식이라고 욕을 퍼부었어요. 그사이 실제로 준비가 덜 된 다른 사람들은 길잡이 소를 살펴보았고 귀에 표식이 달리지 않은 상태로 포획된 소들은 돈 바레라에게 보내진 바로 그 소들이었기 때문에 강제로 빼앗아야겠다고 말했어요. 그러고서 우리는 서로 주먹다짐을 했고, 프랑코가 미얀에게 카빈총을 겨누었어요."

"바레라 측 사람들은 어디서 올가미 밧줄을 던지나요?"

"일부는 돌아와버렸어요. 다른 사람들은 마체테를 들고 그곳에 있어요. 이건 추한 짓거리예요. 설상가상으로, 당신들은 말들을 보내버렸어요."

"나쁜 건 그게 아니오." 하비안이라고 불리는 남자가 소리쳤다. "더 심각한 건, 사람들 말에 따르면, 판사가 목장에 있다는 거죠. 사람들은 판사가 길을 잃었다는 사실을 알았고, 미얀이 어느 목동더러 그를 집까지 데려다주게 했어요. 그리고 무전유죄이니까 우리는 법에 개입하지 않아요. 우리는 떠나고 싶어요."

"동지들." 내가 반론했다 "단언컨대, 아무 일도 일어나지 않아요."

"사법당국이 찾는 사람은 당신인데, 누가 당신을 책임져 주겠소?"

* * *

피델 프랑코는 우리의 불운에도 불구하고 풀이 죽지도 않았고, 물라토 코레아를 책망하지도 않았다. 내가 상처 입은 팔로 말 고삐 잡는 것을 보고는 즐거워하기까지 했다. 소 떼는 자신들이 익숙한 목초지로 되돌아가고 우리는 라 마포리타에서 그 소 떼를 만나게 되리라는 것이 피델의 생각이었다.

피델은 미얀과의 싸움에 관해 말하면서 반감을 드러냈다. 〈그런 다툼은 쓸데없는 짓이죠. 더욱이 이런 사바나에서는 사람 묻을 데가 아주 많아요. 주의할 점은 죽는 건 다른 사람들이고, 우리는 그들을 묻어주는 사람이 되어야 한다는 거죠.〉 피델이 씩 웃으며 말했다. 하지만, 자신이 타메에서 데려왔던 목동들이 우리만 남겨두고 떠나길 원한다는 소식을 들었을 때는 깜짝 놀랐다. 〈그들은 모두 가축을 훔쳐서 사법당국의 처벌을 받아야 하는 처지이므로 떠날 것이 분명합니다.〉

"그런데 우리 포획 작업은 몇 시에 할 겁니까?" 내가 점심 식사로 준비한 구운 고기를 게걸스럽게 먹으면서 그에게 물었다. 고기는 등걸불 위에서 지글거리는 갈비 부위에서 내가 직접 잘라온 것이었다.

"우리는 길잡이 소를 기다리고만 있었죠. 거기서는 인디오들이 목축업을 한다는 사실을 알고, 또 그런 이유로 소 떼가 숲속에 있다는 사실을 알면서도 길잡이 소를 구아나팔로로 데려간 건 실수였어요. 하지만 강 이쪽에는 성우成牛가 적어도 2천 마리나 있어요. 말들이 아직도 두어 차례 포획 작업을 해낼 수 있고요, 목동들이 올가미 밧줄 던지기에 실패하면 벌금을 물기 때문에 황소 서른 마리를 포획했어요."

"바레라가 보낸 사람들은 어디에 있습니까?"

"저 사람들을 보세요. 저 언덕배기에서 자고 일어났어요. 저들은 소의 꼬리를 잡아 쓰러뜨리는 기술이 뛰어난 미얀을 제외하고는 전문가가 아니에요. 만약 저 사람들의 개가 내 소를 놀라게 한다면 그들을 지옥으로 보내버릴 거예요. 악마에게 의탁해 우리의 안부를 전하게 될 거라고 그들에게 으름장을 놓았죠."

그사이 길잡이 소들을 데리고 다니는 사람들이 소를 저 아래 평원으로 이끌어 얕은 연못들이 있는 풀밭에 데려다 놓자 소년 목동 몇몇이 소에게 풀을 뜯겼다. 모리체 야자나무 숲 반대편 끝에서 한가하게 풀을 뜯는 소의 뿔이 보였다. 목장 십장들의 고함 소리가 들리자마자 우리는 소를 덮치기 위해 반원형 대오를 이루어 우르르 앞으로 나아갔다. 하지만 소들이 우리의 냄새를 맡고는 산 쪽으로 도망쳐버려 도전적인 수컷 한 마리만 남았다. 수컷은 말을 타고 다가오는 사람들을 위협하려고 뿔을 곧추세웠다.

그때, 말들이 하라* 밭과 흰개미집 위로 흩어지고 있던 소들을 현기증 나는 속도로 덮쳤고, 도망치는 소들은 자신들의 뿔을 걸기 위해 쫙 펼쳐진 상태로 공기를 가르던 올가미 밧줄의 윙윙거리는 소리에 이내 피곤해했다. 목동들은 각자의 황소에게 올가미 밧줄을 걸자마자 얽어맨 밧줄의 나머지 부분을 안장에서 멀리 떨어지게 하고, 겁을 먹지도 힘이 빠지지도 않은 말이 꼬리 부분의 근육 수축을 견딜 수 있도록 왼쪽으로 방향을 틀었다.

길들지 않은 그 짐승은 자신이 붙잡혔다고 느끼자 무성한 덤불 숲에서 사납게 펄쩍펄쩍 뛰더니 분기탱천해 초승달 모양의 칼처럼 생긴 뿔을 기울여 목동을 위협했다. 황소가 계속 뿔로 말을 들이받자 말은 적의 뿔 위로 목동을 쓰러뜨리려고 등을 구부린 채 미친 듯이 껑충 뛰어올랐다. 그때 바예톤이 도움을 주었다. 그러니까 말이 갑자기 동작을 멈추는 바람에 황소 뿔에 들이받히거나 말에서 떨어진 목동의 손에서 바예톤이 바닥에 떨어지며 펼쳐졌다. 마치 꼬리가 잡힌 소가 쓰러질 때까지

---

* 하라jara는 시스투스 속屬의 식물.

투우사가 현란한 기술로 휘두르는 카포테*처럼 바예톤은 붉은 빛을 띠었다. 목동은 솜씨 좋게 소의 앞다리를 밧줄로 묶고 칼로 코청을 뚫어서 밧줄을 끼운 뒤 소가 바르르 떨리는 두 겹 밧줄 올가미에 콧구멍의 연골뼈가 닿아 꼼짝하지 못하게 하려고 밧줄 끝을 말의 꼬리 갈기에 묶었다. 그렇게 소가 길잡이 소에게 인도되어 길잡이 소들 사이에 끼여 들어갔을 때, 목동은 다시 말 궁둥이 위로 올라가서 거친 가죽끈 한쪽 끝을 풀어서 상처로 피가 나는 코에 뚫린 구멍에 집어넣어 확 잡아당겼다.

나는 즐거운 마음으로 진홍색 망아지를 탔는데 먼 거리를 신나게 달리고 싶던 말은 자신의 동료들이 소 떼 위로 쇄도하는 것을 보고는 그들을 쫓아 전속력으로 내달렸다. 어찌나 민첩하고 맹렬하던지 자신의 발굽으로 순식간에 평원을 휩쓸고 지나갔다. 관습에 따라 제대로 조련된 망아지는 하얀 털과 갈색 털이 섞인 황소를 뒤쫓아 갔는데, 굴레가 강력한 소리를 내며 작동하는 것을 말의 등에서 바라보면 참으로 대단했다. 나는 미숙한 손으로 올가미 밧줄을 던지고 또 던졌다. 하지만 황소가 갑자기 나를 향해 몸을 돌리더니 내가 탄 망아지의 아랫배에 뿔 두 개를 들이박았다. 기운이 빠진 망아지는 격렬하게 몸을 비틀어 나를 땅바닥에 부려놓고는 내장이 배 밖으로 튀어나온 상태로 도망치려 했지만 분기탱천한 황소가 망아지를 뿔 끝으로 박아 땅에 내동댕이침으로써 망아지의 목숨을 끊어버렸다.

목동 둘이 위기에 처한 나를 도와주러 부리나케 달려왔다.

---

* 카포테capote는 투우사가 투우를 다룰 때 사용하는 천.

황소가 사막처럼 건조한 지대로 도망치자 코레아가 내게 자신의 망아지를 주었고, 조바심이 난 내가 재빨리 프랑코를 뒤따라 나서자 미얀이 경쟁하듯 분주하게 자기 말을 도망치는 황소 곁에 갖다 붙였다. 하지만 황소는 미얀이 자신의 꼬리를 잡아채려고 상체를 숙이자 뿔 하나를 그의 귀에 박아 한쪽 귀에서 다른 쪽 귀로 꿰었다. 그를 헝겊 인형처럼 안장에서 공중으로 치켜들어 그 불행한 사내의 넓적다리를 이용해 파하 브라바 초원에 깊은 지름길을 열어나갔다. 우리가 고래고래 소리를 질렀는데도 황소는 들은 척도 하지 않고 죽은 사내를 질질 끌고 뛰어가서는 끔찍하게도 사내의 몸을 짓밟아 단번에 머리를 떼어내더니 저 멀리 던져버렸다. 머리가 잘린 몸통을 발과 뿔로 공격하기 시작하자 결국 피넬은 윈체스터 라이플 두 발로 그 살인 황소의 머리를 꿰뚫어버렸다.

우리가 도와달라고 소리를 질렀지만 아무도 오지 않았다. 나는 그 소식을 전하려고 사방으로 뛰어다녔지만 아무도 만나지 못했다. 마침내 나는 각각의 밧줄 끝에 말과 소를 묶어 데리고 있던 목동 몇몇을 만났다. 그들은 나를 보더니 나의 부름에 응하려고 소지한 칼로 밧줄을 잘랐다.

우리는 시체보다 더 창백한 얼굴이 되어 내달렸다.

* * *

우리가 비극의 현장에 도착했을 때, 사람들은 바예톤의 네 모서리를 잡아 들어 작은 해먹처럼 만들어서 희생자의 유해를 산 쪽으로 옮기고 있었다. 셔츠가 피범벅이 된 프랑코는 아무 말이 없던 한 무리의 일꾼에게 심란한 마음을 떠들어대고 있었다. 사람들은 쓰러진 모리체 야자나무 위에 사체를 눕힌 뒤에 그가 생전에 걸치던 루아나로 덮어주고는 사지가 경직되기를 기다렸다.

우리는 밟아 뭉개진 마투하 풀숲으로 그의 머리를 찾으러 갔지만 어디서도 찾을 수가 없었다. 죽어 쓰러져 있는 황소 곁에서 개들이 소의 뿔을 핥고 있었다.

해가 중천에 떠 있을 때 우리는 숲으로 돌아왔다. 코레아가 사체에 달라붙는 파리를 나뭇가지로 쫓아냈다. 프랑코는 근처에 있는 웅덩이에서 몸에 엉겨 붙은 피를 씻어냈다. 미얀의 동료들은 애도 기간에 철야를 하면서 추는 위령무에 대한 계획을 세우고 있었다.

"어제 그가 우리 면전에서 목이 잘렸더라면 내가 고마워했을 거요." 한 사내가 투덜거렸다. "하지만 우리가 총소리를 확실하게 들었는데도 황소가 그를 죽인 건 정말 이상해요. 그를 질질 끌고 가서 목을 자를 필요까진 없잖아요. 그토록 잔인하게 구는 건 신을 모욕하는 짓이에요."

"그 불행한 일이 어땠는지 당신 몰라요?"

"압니다, 선생. 살인자는 황소예요. 죽은 사람은 미얀이고요. 공모자는 우리고, 당신들은 죄가 없어요. 사람들이 묘혈을 파고, 음악과 술을 준비하고, 망자가 입을 수의를 장만하도록 내가 이 소식을 전하러 갈 겁니다."

그는 그렇게 답하더니 위협적인 말을 중얼거리면서 서둘러 그곳을 떠났다.

나는 망자를 보고 싶지 않았다. 훼손되고, 목이 잘려 불완전하고, 창백해진 몸을 상상만 해도 역겨웠다. 적대적인 영혼이 깃든 그 몸을 내 손이 징벌했던 것이었다. 어디서든 기습적으로 나를 노려보던 벌겋게 원한에 사로잡힌 그 눈에 대한 기억이 따라다녀 늘 허리에 권총을 차고 있는지 손으로 더듬었다. 그 눈들은 어디에 떨어졌을까? 텅 비어 있고, 혐오스럽고, 물을 뚝뚝 떨어뜨리면서 부서진 이마에 붙어 바위와 잡초가 무성한 황야에 걸려 있을까? 적의와 복수, 악행과 증오로 가득 찬 그 뭉툭한 머리는 과연 어떻게 되었을까? 나는 굽은 쇠뿔이 그의 머리에 부딪쳐 반대편 관자놀이로 뚫고 나올 때의 우두둑 소리를 느끼는 순간 턱에 끈을 묶게 되어 있는 챙 넓은 모자가 저 멀리 공중으로 튀어 오르는 것을 보았다. 황소가 그 머리를 목덜미에서 떼어내서 털이 어지럽게 헝클어진 공처럼 위로 내던지는 것을 보았다. 그 머리는 어떻게 되었을까? 어디에다 피를 뿌리고 있었을까? 맹수가 시체를 보호하면서 발로 가시나무와 잡초 무성한 땅을 짓뭉갰을 때 그 머리를 묻어주었을까?

장례 행렬이 천천히 내 앞을 지나갔다. 남자 하나가 사체를 실은 장례용 말을 끌며 걸어가고, 목동들이 말없이 뒤따라왔다. 메스꺼움 때문에 내 살갗이 오싹해졌음에도 나는 유해에 눈길을 주었다. 배에 햇빛을 받으며 목이 잘린 몸이 안장에 가로로 눕혀져 있었는데, 마지막으로 잡초를 잡아보려는 듯 굳은 손가락으로 잡초를 헤치며 가고 있었다. 그 누구도 벗길 생각을 하지 못했던 박차가 맨발의 뒤꿈치에 매달려 팅팅 소리를 내고, 반대편에는 막 뽑아낸 가녀린 뿌리 같은 누르스름한 신경섬유 다발이 무성한 잘린 목의 그루터기에서 묽은 피가 괄호 모양으로 흘러나와 축 처져 있는 팔들 사이로 뚝뚝 떨어졌다. 머리뼈 바닥과 그 아래에 붙어 있는 아래턱뼈가 없었고, 비틀어진 위턱뼈 아랫부분이 우리를 조롱하듯 웃고 있었다. 얼굴도 영혼도 없고, 그 웃음을 보정할 입술도 없고, 인간적인 것으로 만들어줄 눈도 없어 내게는 복수심으로 가득하고 고통을 주는 웃음으로 보였고, 심지어는 며칠이 지나는 동안 그 찡그린 얼굴이 저세상으로부터 내게 반복해서 나타나 공포로 전율하게 했다.

* * *

나중에 조문객들이 담배를 피우기 시작하고, 시끄럽게 대화가 오고 갈 때 프랑코가 제안했다.

"상황이 정상화될 때까지 소 포획하는 일을 중단할 필요가 있으니, 말을 찾으러 돌아가는 게 좋아요. 말을 잘 타는 목동들이 여기로 오고, 다른 목동들은 망자의 뒤를 따라 길잡이 소를 데려가게 하고요. 밤이 되면 우리가 거기서 여러분을 따라잡을 겁니다."

일꾼 일곱 명만이 그의 말에 따랐다. 우유부단한 사람들과 헤어지기 전에 나는 알리시아가 장례 행렬의 존재를 알아차렸을 때 마음을 단단히 먹고 놀라지 않게 하려고 어느 청년더러 우리 소식을 가지고 먼저 떠나라고 부탁했다. 그때 장례 행렬은 지붕이 없는 바실리카의 기둥들 사이를 통과하듯 저 멀리 모리체 야자나무 숲으로 들어가고 있었다. 길잡이 소인 수소들이 긴 행렬을 이루었다.

물라토 코레아가 우리가 전날 밤을 보냈던, 그리 넓지 않은 사바나 지역을 내게 가리켰건만 나는 그 지역이 다른 사바나 지역과 비슷해서 알아보지 못했다. 하지만 흐트러진 나뭇가지에서, 일부 야자나무의 벼락에 그을린 몸통에서, 바람에 못 이겨 쓰러진 목초에서 강풍의 흔적을 알아차렸다. 그동안 목 잘린 사내에 대한 기억이 떠올랐고, 나는 결코 겪어보지 못한 고통을 느끼면서 호전적인 열기가 퍼지고 죽음이 중간 크기 말의 궁둥이에 걸터앉은 그 거친 평원을 벗어나고 싶었다. 악몽 같은 분위기가 내 가슴을 옥죄었다. 나는 문명화된 땅으로 돌아가야 했다. 안락하고 꿈과 평온함이 있는 삶으로.

마음이 초조하고 불안해진 나는 동료 무리에서 뒤처졌다. 우리를 따라잡은 사냥개들이 갑자기 코를 치켜든 채 키 큰 부들에 가려진 연못 주위를 맴돌았다. 목동들이 불을 지르면서 연못을 향해 달려 나가는 동안 나는 한 무리의 인디오가 기어서 수풀 사이로 흩어져 도망치는 것을 보았다. 그들이 어찌나 신속하고 숙련되게 움직이던지 파하 브라바 풀의 흔들림으로 겨우 움직이는 경로를 파악할 수 있었다. 인디오 여자들은 비명을 지르지도 슬퍼하지도 않고 자신들을 죽이게 내버려 뒀다. 활시위가 파르르 떨리도록 잡아당기던 사내는 총을 맞고 쓰러져 사나운 개들에게 발기발기 찢겨졌다. 하지만 갑자기 인디오들이 사방에서 결연하게 튀어나와 양날 검처럼 깎은 단단한 곤봉으로 망아지들의 오금을 강타해 꼼짝 못 하게 만들고 목동들과 육박전을 벌여 그들을 제압하려 했다. 첫 습격에서 많은 수가 죽었고, 살아남은 인디오들은 우리가 탄 말과 긴 경주를 벌이며 흩어져 마침내 무성한 밀림 속으로 도망쳐버렸다.

"돌라르, 이리 와, 마르텔*, 이리 와!" 나는 맹견 두 마리의 공격으로부터 교묘하게 몸을 피하면서 맹견을 교란하는 날렵한 인디오 사내를 방어해주려고 다급하게 소리쳤다. 그가 커브를 그리며 가는 길과 평행으로 계속해서 그를 따라가는데, 그가 줄에 꿴 물고기를 포기하지 않은 채 기민하게 기어서 갔던 길을 되돌아오는 것이 보였다. 나와 마주친 그가 무성한 덤불 뒤로 몸을 숨겼고, 나는 그의 계략을 의심하며 말의 고삐를 당겼다. 하지만 그는 무릎을 꿇고서 팔을 벌렸다.

"인텐덴테 님, 인텐덴테 님! 저 피파예요. 저를 불쌍히 봐주세요!"

그는 개들을 무서워하면서 내 대답을 기다리지도 않은 채 내가 탄 밤색 말의 궁둥이 쪽으로 뛰어와 슬픔과 괴로움이 뒤섞인 눈빛으로 나를 껴안았다.

"용서해주세요, 당신의 말을 가지고 가서 미안해요! 지금 그건에 관해 말씀드리겠습니다!"

불쌍하고 무기력한 인디오 사내가 나를 공격한다고 생각한 동료들이 나를 도우러 왔고, 코레아는 총의 개머리판으로 사내

---

* '돌라르Dólar'와 '마르텔Martel'은 개의 이름인데, 이들은 소설에서 늘 아르투로 코바 일행과 함께한다.

를 쳐서 땅바닥에 쓰러뜨렸다. 한참 동안 쓰러져 있던 그가 다시 일어서더니 큰 소리로 말했다.

"우린 친구예요! 저는 부인의 하인이고요!"

"이 소도둑에, 구아히보 인디오 대장에, 촌락을 약탈하는 놈 좀 보세요. 우리가 여러 번 추격했던 놈이죠. 이제 넌 즉시 대가를 치러야 할 거야!"

"신사 양반, 실수하지 마시고, 경솔하게 처신하지 마시고, 날 오해하지 마세요. 인디오들이 나를 붙잡아 옷을 벗겼는데, 인텐덴테 나리께서 나를 해방시켜 주셨어요. 그분은 나를 잘 아시고, 그분의 부인이 나를 필요로 하신다고요."

모든 사람이 아티코 지역에서 발생한 화재의 책임이 그에게 있다고 비난했기 때문에 그는 비방을 듣고 괴로워서 펑펑 우는 시늉을 했다. 그러고서는 내 허리를 껴안았고, 벌거벗은 몸을 내보이는 것을 부끄러워하는 체하면서 개들이 자신을 물지 않도록 자기 다리를 내 다리 위로 올렸다. 나는 동료들의 항의에도 불구하고 놀라움을 억누르고 관용을 베풀어 그를 내 말 궁둥이에 태워 목장으로 향했다. 동료들은 그가 저지른 죄과에 대한 보복으로 그를 거세해버리겠다고 위협했다.

* * *

그 포로는 신뢰를 회복하자마자 자신의 거짓된 이야기를 늘어놓기 시작했는데, 그는 목동들에게 앞장을 서라고 명령해달라며 잠시 하던 이야기를 중단했다.

"저를 위해서가 아니라 나리를 위해섭니다." 포로가 말했다. "저 사람들이 우리에게 총을 쏘면 총알이 우리 등을 관통할 수 있다니까요!"

그러고서는 귀에 속살거리는 애인 같은 목소리로 덧붙였다.

"인텐덴테 나리께서 합당한 대접을 받지 않고 수도에 도착하시는 게 가능키나 하겠습니까? 그날 밤에 이런 생각이 들어서 마을에 소식을 전하려고 나리의 말에 올라탔는데요, 금방 돌아오겠다는 생각이 확고해서 제가 안장 얹은 제 암말을 나리께 놔드렸습니다. 하지만 나리께서 부인을 데려와 곤란해하고 있다고 들어서 제가 이런 식으로 머리를 썼습니다. 그러니까 그들이 나리를 투옥하면 아무도 저를 제 대부님으로부터 구해주지 못하고요, 만약 그들이 나리의 짐을 조사하면 전부 차지해 버릴 텐데요, 수말이 어린 암말보다 비싸지만, 그들은 두 마리를 다 빼앗을 거고요, 그래서 제가 카사나레 지역을 돌아보고 여름이 끝나갈 무렵에 나리의 말과 안장을 모두 가지고 돌아와 나리께 되돌려주는 것이 더 낫습니다. 하지만 제가 이 사바나 지역으로 내려오자 바레라라는 자의 목동들이 저를 제지하더니 소 떼를 훔쳤다며 저를 체포해 아티코로 데려가려 했고, 저의 모자까지 몽땅 훔쳐 갔기 때문에 제가 말[馬]도 없이 걸어다니다가 구아이보 인디오들에게 붙잡혔던 겁니다. 그런데 나리께 부인에 관해 묻는다는 걸 깜박했군요. 부인은 어떻게 지내시는지요?"

내 상황이 달랐다면 그가 늘어놓은 현란한 변명을 즐거이 들어주었을 것이다. 하지만 거의 밤이 다 된 상황에 나는 알리시아가 망자를 보지 못하게 하려고 장례 행렬을 따라잡을 생각만 하고 있었다.

어스름한 평원 지역으로 말을 탄 사내 둘이 천천히 걸어가고 있었다.

사내들의 얼굴을 보고 나는 그들이 누구인지 몰랐지만, 프랑코가 알아보았다.

"사체를 운반하는 사람들은 어디쯤 있나요?"

"십장들이 사체에서 나는 악취를 견디다 못해 개천에 던져버리기로 했어요. 그러고 나서는 더 이상 일하고 싶지 않다며 자기 마을로 돌아가버렸어요."

"우리도 당신을 따라가지 않을 겁니다." 몇 사람이 말했다.

"나는 철면피들이 싫어서 차라리 혼자 남고 싶네요. 그 사람이 주는 급료를 받고 일당 일을 하고 싶은 사람은 나를 따라와요." 프랑코가 말했다.

그들이 이렇게 허풍스레 말했다.

"우리는 자유가 더 좋아요."

"동료들은 어느 쪽으로 갔나요?"

"구아치리아 강변 쪽으로 갔어요."

"그럼, 잘 가요."

그리고 그들은 어두워지기 전에 말을 몰아 떠났다.

남은 우리 넷은 희미하게 보이는 목장을 찾아 길을 재촉했다. 그 목장에서 불빛 하나가 반짝였다. 은신처를 요구하는 피파에게 나는 말에서 내리라고 했다. 그는 해거름 참에 시꺼먼 유령처럼 우리를 뒤따라왔다.

* * *

우리가 가축우리에 가까이 다가갔을 때 알 수 없는 공포가 나를 오싹하게 했다. 가축우리의 무성한 나뭇가지들은 침묵했고, 커다란 화톳불이 마당을 밝히고 있었다. 바레라의 천막들을 찾아보았지만 이제는 보이지 않았다. 말을 몰아 가축우리 앞에 도달했으나 말이 앞발을 치켜들며 안으로 들어가기를 거부했다. 마우코와 여자 몇몇이 달려 나왔다.

"아이고! 이러다 잡힐 수 있으니,* 빨리들 가요!"

"무슨 일 있나요? 알리시아는 어디 있죠? 알리시아 어디 있냐고요?"

"수비에타 노인이 땅속에 묻혀 잠들어 있어서 촛불을 밝혀놓고 애도하고 있습니다."

"무슨 일 있었어요? 빨리 말해봐요!"

"당신 계획이 그들에게 제대로 먹히지 않았다고요."

마우코에게 똑바로 말하라고 다그쳤다. 전날 밤 사건이 발생했다. 수비에타가 해먹에서 일어나지 않는다는 사실을 안 사람들이 부엌문을 떼어내고 들어갔다. 노인은 자신의 해먹 줄에 팔이 묶인 채 여전히 살아 있는 상태로 몸이 흔들거렸는데, 혀뿌리가 삼 노끈에 묶여 있어서 신음 소리를 내지도, 말을 하지도 못했다. 바레라는 수비에타를 보려고 하지 않았다. 하지만 판사

---

* 다른 인물들과 마찬가지로 아르투로 코바 역시 추적자이면서 추적을 당하는 사람이다. 여기서 그를 추적하는 것은 법이다.

가 목장에 도착하자 터무니없이 우리에게 혐의를 씌웠다. 그는 우리가 며칠 전에 노인더러 자기 보물을 감춰둔 곳이 어디인지 밝히라며 위협했다고 말했다. 노인이 죽은 날 밤, 사람들이 술을 마시려고 천막으로 떠나자마자 우리가 몇 명씩 조를 나누어 플라타노 밭, 노인의 방, 가축우리에서 동시에 땅을 파 보물을 찾으려고 용마루를 통해 집 안으로 들어와서는 그 잔인한 짓을 저질렀다고 단언했다. 판사는 그곳에 있던 모든 사람에게 앞서 말한 바레라의 진술에 대한 증인으로 서명하도록 했고, 그날 오후에 바레라와 바레라 부하들의 호위를 받으며 오로쿠에로 돌아갔다. 사람들은 살해된 노인을 새 대마 샌들도 신기지 않은 채, 턱뼈를 수건으로 동여매지도 않은 채, 망자에게 '산토 디오스'* 기도도 바치지 않은 채, 9일 밤 동안 위령무도 헌정하지 않은 채 땅에 판 구덩이 가운데 거대한 망고나무 아래에 있는 구덩이에, 아마도 모로코타가 담긴 항아리들 위에 묻었다. 그리고 설상가상으로 언젠가 돼지들이 망자의 팔 하나를 파내서 무시무시하게 꿀꿀거리면서 삼켜버린 적이 있었기 때문에, 그들은 돼지들이 무덤을 파헤치지 못하도록 보살펴야 했다.

나는 그 이야기를 듣고 망연자실한 나머지 그곳에 있던 여자들 가운데 세바스티아나가 있다는 사실을 알아차리지 못했다. 뒤늦게 그녀를 알아보고 공포심 어린 목소리로 말했다.

"알리시아는 어딨어요? 알리시아는 어디 있냐고요?"

"그 사람들 떠났어요! 우릴 남겨두고 떠났다고요!"

---

* 산토 디오스Santo Dios는 '성스러운 하느님'이라는 뜻이다.

"알리시아가요? 알리시아가? 지금 무슨 말을 하는 거예요?"

"그리셀다 아가씨가 알리시아를 데려갔다고요!"

나는 가축우리의 문 위에 팔꿈치를 괸 채 흐느끼는 소리를 내지도, 어깨를 들썩이지도 않고서 조용히 눈물을 흘렸다. 내 불행의 원천이 내 눈에서 쏟아져 나와 아주 낯선 방식으로 내 마음을 편하게 해주었기 때문에 나는 한순간 모든 것에 무감각해졌다. 눈물을 흘린 데 대한 수치심도 없이 슬픔과 고통으로 일그러진 얼굴로 동료들을 쳐다보았고, 그들이 나를 위로하는 것을 꿈인 양 바라보았다. 모두 나를 에워싸고 있었다. 피파는 내 옷을 입고 있었고, 여자들은 고기를 굽고 있었으며, 프랑코는 나더러 잠을 자라고 했다. 하지만 알리시아와 그리셀다는 더 좋은 다른 여자들로 대체할 수 있는 난잡한 계집들이라고 프랑코가 말했을 때, 나의 분노는 화산처럼 폭발했고, 나는 그녀들을 쫓아가 죽이려고 말 위로 튀어 올라 미친 듯이 출발했다. 그렇게 전속력으로 말을 달려 나가느라 순간적으로 정신착란에 빠져 바레라를 본 것도 같았는데, 그는 미얀처럼 머리가 잘린 상태로 발목이 내 말의 꼬리에 묶여 있었고, 사지가 무성한 잡초에 흩어져서는 마침내 미립자가 되어 사막의 먼지 속으로 사라져버렸다.

나는 분노에 완전히 눈먼 상태로 프랑코 뒤를 따라 말을 몰았고, 우리가 라 마포리타에 도착하게 되리라는 것을 나중에서야 비로소 알아차렸다. 알리시아가 그곳에 없다는 것은 사실이었다! 그녀가 내 적수의 해먹에 요부처럼 누워 있을 거라고 생각하자 절망감에 빠진 나는 고함을 질러 무한한 침묵을 깨뜨렸다.

프랑코가 자기 집에 불을 지른 것은 바로 그때였다.

* * *

혀를 날름거리는 성냥 불꽃이 팔미차 야자나무*의 잎사귀를 파르르 떨게 하면서 파도처럼 소리를 내며 퍼져 나가 마을을 보라색 불빛으로 가득 채웠다. 잠시 후 시꺼멓게 그을린 플라타노나무에서 불붙은 잎사귀가 날려 불꽃이 부엌과 카네이를 태워 피해를 키워갔다. 이빨로 꼬리를 무는 마파나레 독사처럼 화염은 몸을 휘어서 청명한 밤을 연기로 채우고 평원에 탁탁 불꽃을 튀기기 시작했는데, 악마 같은 동맹자인 바람이 불에 날개를 달아주었다.

깜짝 놀란 우리의 말들은 주홍빛 물이 흐르는 개천으로 후퇴했고, 그곳에서 나는 부富와 가장으로서의 행복을 이루겠다는 나의 꿈을 품어주던 주거지가 무너져 내리는 것을 멍하니 바라보았다. 알리시아가 거주하던 방의 벽들 사이에서 불이 요람처럼 흔들거렸다.

얼이 빠진 나는 위험을 감지하지 못한 채 그 파괴적인 불바다를 응시했다. 하지만 프랑코가 삶을 저주하며 그 집에서 멀어지는 것을 보자 나는 함께 불길 속으로 뛰어들자고 소리를 질렀다. 나의 광기에 놀란 프랑코는 그 엄청난 모욕에 대한 복

---

* 팔미차palmicha는 지붕을 이거나 모자를 만드는 데 쓰이는 야자나무의 일종.

160

수를 할 때까지 도망친 그녀들을 추적해야 한다고 내게 상기시켰다. 우리는 드넓은 공터 사이로 말을 몰아 달려가면서 목장의 집이 불타는 광경과 사람들이 숲속에서 아우성치는 모습을 바라보았다.

뜨거운 불이 강 양안의 파하 브라바 초원을 황폐화시키고, 덩굴식물이 자라는 곳에 지그재그로 나아가서 모리체 야자나무들을 타고 기어올라 폭죽처럼 파열했다. 활활 타오르는 폭죽이 멀리 솟아올라 후방 지역의 윤곽선에 가연물을 나르자 늘어뜨린 머리털 같은 연기가 뒤쪽으로 깔리면서 굶주린 듯 대지의 경계를 덮치고, 너울거리는 깃발 같은 불꽃이 구름 속에서 펄럭였다. 탐욕스런 불의 부대가 검게 변한 평원과 불에 탄 짐승들의 몸 위로 화염을 남기며 퍼지고, 둥그런 지평선 전역에서 야자나무 몸통들이 거대한 촛불처럼 불타올랐다.

관목이 타닥타닥 불타는 소리, 거대한 뱀과 맹수가 합창하듯 울부짖는 소리, 겁에 질린 소들이 우르르 몰려가는 소리, 불에 탄 살에서 나는 매캐한 냄새가 나의 오만을 부추겼다. 나는 나의 꿈을 뒤따라 사라져가는 모든 것에, 나를 밀림으로 내던져 내가 알고 있던 세계로부터 나를 격리시키는 그 자줏빛 바다에, 내가 가는 길 위에 재를 퍼지게 하는 그 불길을 보며 만족감을 느꼈다.

내 노력, 내 이상 그리고 내 야망에서 남은 것은 무엇인가? 운명에 관한 인내의 결과로 내가 얻은 것은 무엇인가? 하느님은 나를 돌보지 않고 사랑은 떠나버렸어……

화염 속에서 나는 사탄처럼 웃기 시작했다!

2부

오, 밀림, 침묵의 아내, 고독과 안개의 어머니! 어느 심술궂은 운명이 나를 그대의 푸른 감옥에 가두어놓았는가? 누각처럼 우거진 그대의 나뭇가지는 거대한 돔 같은 형상으로 항상 내 머리 위에, 나의 열망과 청명한 하늘 사이에 있고, 나는 고뇌에 찬 황혼녘에 그대의 흔들리는 수관樹冠들이 파도처럼 일렁이는 모습을 엿볼 뿐이다. 저녁에 언덕을 산책하는 사랑스런 별은 어디에 있을까? 서쪽의 천사가 입은 저 황금빛, 자줏빛 구름은 왜 그대의 돔형 천장에서 떨지 않는가? 내 영혼은 저 먼 곳, 즉 잊을 수 없는 평원들, 그리고 꼭대기 바위에 오르면 산맥만큼 높게 느껴지던 하얀 관을 쓴 산 정상이 있는 내 조국 쪽을 자줏빛으로 물들이던 그 별빛을 그대의 미로들을 통해 보면서 몇 번이나 한숨을 내쉬었던가? 달은 자신의 은은한 은빛 등을 어느 곳 위에 매달아놓을까? 그대는 지평선에서 피어난 내 꿈을 앗아갔고, 그대의 지붕이 지닌 단조로움만을 내 눈에 보여주었는데, 그곳에는 그대의 축축한 가슴에 쌓인 낙엽을 결코 비추지 않는 평온한 여명이 흐르노라!

번민의 대성당인 그대 안에서는 미지의 신들이 속삭이는 어투로 낮게 말하면서 위풍당당한 나무들에게 장수를 약속하는데, 나무들은 낙원이 현재화된 것으로서 첫번째 부족이 지상에 나타났을 때는 이미 최고령이 되어, 다가올 세기들의 침몰을 초조하게 기다리고 있나니. 그대의 초목은 결코 스스로를 배신하지 않는 강력한 가족을 지상에 형성하노라. 그대의 가지들이 하지 못하는 포옹을 여러 가지 덩굴식물이 하고, 그대는 떨어지는 잎사귀들의 고통까지도 공유하노라. 그대의 다채로운 목소리가 땅으로 쓰러지는 나무들을 위해 울 때면 단 하나의 메아리가 되고, 각각의 갈라진 틈새에서 새로운 싹이 서둘러 터오르도다. 그대는 우주적인 힘의 엄격함을 지녔고, 창조의 신비를 구현하는구나. 그럼에도 불구하고 나의 정신은 그대의 영속성의 무게를 견디기 때문에 오직 잠시 나타났다 사라지는 것과 합치되고, 튼실한 가지를 지닌 떡갈나무를 사랑하는 대신에 활기 없는 난초를 사랑하는 법을 배웠다. 난초가 인간처럼 단명하고, 인간의 꿈처럼 쉬이 시들기 때문이다.

오, 밀림이여, 그대의 위엄을 포기함으로써 죽었던 존재들의 숨결과 더불어 이루어진 그대의 병약한 그늘로부터 내가 도망치도록 해주오! 그대는 스스로 썩고 부활하는 거대한 묘지처럼 보인다오. 나는 비밀이 그 누구도 놀라게 하지 않고, 예속이 불가능하고, 삶이 장애물을 가지지 않고, 정신이 자유로운 빛 속에서 고양되는 지역으로 돌아가고 싶도다. 나는 모래밭의 온기를, 시리우스의 반짝거림을, 활짝 펼쳐진 대평원의 파르르 떠는 공기를 원하노라! 내가 한 여자의 자취를 뒤쫓아, 무덤들 위에서만 웃는 무자비한 여신인 '복수'를 찾아 산과 사막을 헤매던 때인 불길한 어느 날, 내가 지나왔던 눈물과 피로 얼룩진 그 길을 되밟을 수 있도록 내가 떠나온 곳으로 돌아가게 해주오!

* * *

우리가 노상강도처럼 무리 지어 도피하면서 사막을 방랑하던 그 비참한 시기가 잊히기를 바란다. 다른 사람이 저지른 범죄의 혐의자가 된 우리는 불의에 대항해 싸우고 반역의 기치를 올렸다. 내 가슴에서 솟구치는 거친 분노에 누가 감히 맞서겠는가? 누가 우리를 진정시킬 수 있었겠는가? 우리의 말들이 내달렸던 그 며칠 동안 대평원의 여러 오솔길에 난 풀들이 짓밟혔고, 우리가 다양한 장소에서 노숙을 하면서 잠시라도 불을 피우지 않은 밤은 없었다.

나중에 우리는 얽히고설킨 모리체 야자나무 아래에 임시 은신처를 마련했다. 마우코와 세바스티아나 노파가 화재 현장에서 구해 온 집기가 그곳에 쌓여 있었다. 그들은 우리를 추적하는 사람들의 움직임을 염탐하기 위해 오로쿠에로 떠나기 전에 그것들을 우리 손에 넘겼다. 하지만 우리는 추적자들에게 무슨 일이 일어났는지 모르고 있었다. 피델과 물라토, 피파와 나는 매일 밤 교대로 야자나무에 올라가서 지평선에 누군가 나타나는지, 우리가 정한 신호인 삼각형 연기가 보이는지 감시했다.

아무도 우리를 찾거나 추적하지 않았다! 모두 우리를 잊은 것이다!

나는 온갖 열병과 고통의 인간적 찌꺼기였을 뿐이다. 밤에는 허기가 뱀파이어처럼 우리를 깨어 있게 했다. 곧 우기가 시작되기에 우리는 각자 흩어져 베네수엘라에 피해 있기로 합의했다. 그때쯤이면 돈 라포가 라 마포리타로 되돌아올 것이고, 그러면 우리가 그와 함께 보고타로 돌아갈 수 있으리라 생각했다. 우리는 여러 날 타메 마을 근처 평원에서 그를 기다렸다.

하지만 프랑코가 자신은 민사재판에 대한 불신 때문이 아니라 군법회의가 자신을 탈영병으로 처벌할 수 있어서 유랑 생활을 계속하겠노라고 선언하자마자 나는 떠나려는 생각을 포기했다. 이는 같은 불운으로 하나가 된 우리가 장차 어떤 나라에 있든지 실패할 수밖에 없었기 때문에 사막에서 힘을 합쳐 좋은 일이든 나쁜 일이든 함께 대처하기 위해서였다.

우리는 비차다강 쪽으로 가기로 했다.*

* * *

피파는 구아나팔로 강어귀를 지난 뒤 탁한 물이 흐르는 메타강 주변에 위치한 마쿠쿠아나 마을의 야생 플라타노 군락지로 우리를 인도했다. 그곳 숲에는 반 미개인인 구아이보 부족이 살았는데, 그들은 우리가 자신들의 구아유코** 착용 관습을 인

---

* 이들은 타메(아라우카주)에서 라 마포리타(카사나레주)를 거쳐 남동쪽의 비차다강을 향해 구아나팔로강과 메타강 쪽으로 계속해서 이동한다.

** 구아유코guayuco는 생식기를 가리는 천 조각 따위를 가리킨다.

정하고, 부족 아가씨들을 존중해주고, 윈체스터 라이플이 〈천둥치는 소리를 내지 않게〉 하는 조건으로 우리를 받아들였다.

오후에 피파가 인디오 다섯 명을 데리고 나타났다. 그들은 우리가 사냥개들을 묶어두지 않는 한 가까이 다가오기를 거부했다. 무성한 잡초 사이에 웅크리고 있다가 일이 조금만 잘못되어도 도망칠 준비를 한 채 우리를 관찰하려고 일어섰다. 그러자 영악한 통역자인 피파가 그들의 손을 잡아 우리 무리에게 데리고 왔고, 그들은 다음과 같은 의례적인 말을 하면서 평화를 상징하는 포옹을 받아들였다. 〈친구, 나 친구 많이 좋아하는데, 개가 아무 짓도 하지 않으면, 내 마음 좋아요.〉

그들은 모두 초콜릿 색깔 피부에 헤라클레스 같은 어깨를 지닌 건장한 젊은이들이었음에도, 총이 무서웠는지 몸을 파르르 떨었다. 활과 화살통을 카누 안에 두었는데, 카누는 두려움을 유발하는 숨겨진 은신처를 향해, 즉 반항적인 사람들이라는 죄 말고는 없고 불행한 사람들이라는 결함 말고는 없는데도 가혹한 운명이 우리를 데려가는 곳을 향해 어느 거친 강의 낯선 물 위에서 우리를 흔들어댈 터였다.

역경을 겪을 때 우리에게 도움을 주었던 말들을 자유롭게 놓아줄 순간이 왔다. 말들은 순결한 대평원으로 돌아갔고 우리는 말들이 즐겁게 돌아간 그곳을 잃어가고 있었는데, 대평원은 우리가 희망과 젊음을 위태롭게 하면서 무익하게 고통을 받으며 싸운 곳이었다. 말안장을 벗기자 땀에 젖은 내 밤색 말이 몸을 부르르 턴 뒤에 멀리 떨어져 있는 물 마실 곳을 찾아 떨리는 울음소리를 내며 전속력으로 달려갔다. 나는 무방비 상태로 홀로 남겨졌다. 체념한 채 죽음을 받아들인 후 자신의 유년 시절 어느 날처럼 석양이 빨갛게 물들이던 풍경을 바라보는 사형수와 같은 비애를 느끼면서 내 시야 끝에 펼쳐진 광경을 서글픈 두 눈에 새겼다.

나는 카누와 우리 사이를 갈라놓은 벼랑으로 내려가 부드러운 실안개에 파묻힌 대평원의 경계 쪽으로 고개를 돌렸다. 그곳에서는 야자나무들이 내게 작별 인사를 하고 있었다. 그 광활한 공간이 상처를 주었는데도 나는 그 공간을 껴안아주고 싶었다. 그 공간은 내 현존에 결정적인 요소였고, 내 존재에 이식되었다. 나는 죽어가는 순간에 가장 생생한 이미지들이 나의 흐리멍덩한 눈동자에서 지워질 것이라는 사실을 이해한다.

하지만 내 정신이 날개를 펄럭이며 통과해 올라갈 그 영원한 대기에는 사랑스러운 황혼의 오묘한 색조가 드리워져 있을 것이다. 황혼은 우호적인 하늘 위에 내 영혼이 최상의 별자리를 향해 가는 오솔길을 자신의 오팔 빛, 장밋빛 필치로 이미 내게 그려주었다.

* * *

해가 기울면서 그림자를 길게 드리울 때 카누는 물에 떠 있는 관처럼 강물을 따라 계속해서 떠내려갔다. 흘러가는 강 한 가운데서는 저 멀리 평행하는 양쪽 강변이 아련하게 보였는데, 강변에는 음울한 초목과 적대적인 해충들이 있었다. 파도도 물거품도 없는 강은 침묵을, 불길한 전조처럼 음울한 침묵이 감돌았는데, 무無의 소용돌이를 향해 이동하는 어두운 길이라는 인상을 풍겼다.

우리가 말없이 나아가는 사이에 대지는 해가 지는 것을 슬퍼하듯 어슴푸레한 태양 빛이 강변 백사장 위에서 창백해지고 있었다. 가장 작은 소음이 주변 분위기와 완연히 일체가 된 내 안에 반향을 일으켰다. 신음 소리를 낸 것은 내 자신의 영혼이었고, 불투명한 렌즈처럼 모든 사물을 어스름하게 만든 것은 내 슬픔이었다. 황혼의 전경 위로 나의 비애가 밤처럼 넓게 퍼져 나갔고, 짙은 어둠이 정적에 휩싸인 숲의 윤곽, 움직이지 않는 강물, 노를 젓는 사람들의 실루엣……지워버렸다.

우리는 나루터로 내려가는 계단 때문에 완만해진 벼랑 기슭에서 하선했다. 만처럼 강물이 고여 있는 곳에 카누 몇 척이 모여 있었다. 우리가 덤불 속으로 사라지는 진흙투성이 오솔길을 통해 나무들이 쓰러져 있는 작은 공터로 나오자 지붕을 밀짚으로 이은 오두막이 나타났다. 그 순간 오두막에 인적이 전혀 없었기 때문에 어떤 계략이 숨어 있을지도 몰라 들어가기를 주저했다. 피파는 우리를 그런 집으로 인도한 원주민들에게 항의한 후, 알아듣기 힘든 원주민 말을 우리에게 통역해주었다. 그의 말에 따르면, 오두막에 거주하는 사람들은 우리가 데려온 사냥개를 보고서 흩어져버렸다. 노를 젓는 사람들은 자신들이 카누에서 자도록 허락해달라고 내게 요청했다.

그들이 떠나자 피델이 코레아한테, 혹 그날 밤에 피파가 우리를 배신할지도 모르니 피파와 함께 대나무 평상에서 자라고 명령했다. 피델은 개들의 목줄을 벗긴 뒤 어둠을 틈타 우리의 해먹 곁으로 데려왔다.

나는 내 카빈총을 옆구리에 두고 잠이 들었다.

* * *

피파는 늘 내게 무조건 충성하겠다고 다짐했고, 결국 자신이
겪어온 무시무시한 이야기를 내게 들려주었다. 미늘촉 화살을
쏘는 손재주가 있던 그는 화살 끝에 공처럼 만든 페라만 나무
수지樹脂를 매달아 불을 붙여 쏘았는데 화살은 구슬프게 윙윙
거리고 불이 타는 소리를 내면서 혜성처럼 허공을 갈랐다.

그는 자신의 적에게서 벗어나기 위해 종종 악어처럼 연못 밑
바닥에 납작 엎드렸다가 다시 숨을 쉬려고 골풀 사이로 슬그
머니 떠올랐다. 만약 그를 쫓는 개들이 그의 머리 위로 헤엄을
치고 있으면, 연못 언저리에 있는 목동들이 멀리 떨어진 연못
가운데서 일부 흔들리는 골풀 외에 다른 것은 보지 못할 때 그
는 개들의 창자를 꺼내 물속에 처박아버릴 것이다.

산에믹디오 목장이 전성기였을 때 막 사춘기에 이른 피파는
야노스로 와서 거기서 여러 달 동안 소년 조리사로 일했다. 하
루 종일 야노스의 주민들과 더불어 일하고, 밤에는 땔감을 모
으고 물을 긷고 불을 피우고 고기를 굽느라 피로가 쌓였다. 새
벽에는 목장의 십장들이 그더러 전날 준비해둔 커피를 데우라
며 발로 차서 깨웠다. 그들은 커피를 마신 뒤에 피파가 버릇없
는 말들의 안장을 채우는 것을 도와주지도 않고, 어느 평원으
로 가는지 말해 주지도 않고 떠나버렸다. 그는 국솥과 식량을

실은 노새의 고삐를 잡아끌고 어두운 평원을 빠르게 걸어가면서 말 탄 사람들의 목소리를 들으려고 귀를 쫑긋 세워 그들이 있는 곳을 알아낸 뒤에야 뒤를 쫓아 그들과 함께 갔다.

그것도 모자라, 피파는 헛간의 부엌일을 도왔는데, 숯검정으로 더러워지고 누더기를 걸친 채 상황에 자신을 맡겼다. 언젠가 그가 대나무 평상의 식탁보로 사용하던 신선한 잎사귀에 코시도*를 쏟아부었을 때 일꾼들이 굶주린 부이트레**처럼 모여들었는데, 그도 다른 사람들처럼 나이프로 고기 조각 하나를 썰기 위해 게걸스런 손을 뻗었다. 못생기고 남자 같은 하녀의 애인, 즉 공격적이고 호전적인 노인이 어리석게도 피파를 질투해 허리띠로 피파를 때린 적이 있었는데, 그가 두번째 음식을 빨리 갖다 주지 않았다는 이유로 음식을 씹으면서 소리를 지르기 시작했다. 그런데 조리사 피파가 노인의 말에 따르려고 애쓰지 않자 노인은 피파의 한쪽 귀를 잡아당기고 뜨거운 국물을 그의 얼굴에 끼얹어버렸다. 피파는 화가 나서 단 한 번의 칼질로 노인의 배를 갈라버렸고, 그러자 그 먹보 노인의 창자가 김을 내뿜으며 대나무 평상에 놓인 음식물 사이로 쏟아졌다.

목장 주인은 피파를 체포한 뒤 섬유로 만든 밧줄로 목과 팔을 묶어서 사내 둘에게 그날 당장 야구아라포 강가의 개흙 아래로 데려가 죽이라고 명령했다. 다행스럽게도 그곳에 인디오 몇 명이 낚시를 하고 있었는데, 그들은 피파를 죽이려는 남자들

---

* 코시도cocido는 고기, 절인 돼지고기 및 채소를 넣은 전골 또는 냄비 요리.
** 부이트레buitre는 수리목 맹금류.

을 도륙하고 죽임을 당할 처지에 놓여 있던 피파를 데려갔다.

피파는 밀림에서 벌거벗고 방랑하며 20년 이상을 살면서 카파나파로강과 비차다강 유역에서 거대한 부족들의 군사 교관으로 일했다. 이니리다강과 바우페스강 유역, 오리노코와 구아비아레 지역에서는 피아포코 족과 구아이보 족, 바니바 족과 바레 족, 쿠이바 족, 카리호나 족과 우이토토 족과 더불어 고무 채취 노동자로 살았다. 피파가 지대한 영향을 미친 부족은 구아이보 족이었는데, 그는 그들에게 소규모 전투 기술을 제대로 가르쳤다. 그는 그들 부족과 더불어 살리바 족의 마을들과 파우토강 유역의 촌락들을 기습 공격했다. 즉 어느 민물 가오리가 그의 다리에 침을 쏘아 상처를 입혔을 때 또는 열병에 걸렸을 때 몇 차례 체포되어 갇히기도 했다. 하지만 운이 나빠 베네수엘라의 목장에서 자유를 박탈당한 목동이 되었다. 다양한 감옥을 체험했는데, 감옥에서는 곧 자유의 몸이 되어 무자비한 황무지로 돌아가기 위해, 그리고 반항적인 부족들을 통솔하기 위해 행동거지를 나무랄 데 없이 유지했다.

"나리의 탐험을 제게 맡기신다면 이 국경 지역의 안내인이 되겠습니다." 피파가 내게 말했다. "저는 지름길, 물이 흐르는 계곡, 도로를 잘 알고 있으며, 일부 개천 주변에 친구들이 있습니다. 우리는 세상 끝까지 가더라도 어디서든 고무 채취 노동자를 찾을 겁니다. 하지만 나리께서 다시는 물라토 코레아가 저와 함께 자지도, 그토록 심술궂게 저를 비꼬지도 못하게 하세요. 이건 그리스도를 믿는 사람들끼리 할 짓이 아니고, 감정을 가진 사람이라면 누구든지 기를 꺾는 짓입니다. 언젠가는 제가 그를 할퀴어버릴 거고, 그러면 우리가 평화롭게 살게 될 겁니다!"

* * *

그 당시 나는 사람을 싫어하는 증세 때문에 사고력이 흐릿해지고 의지가 박약해졌다. 고뇌와 비탄으로 인한 몽유병 증세로 허물을 벗는 뱀처럼 어리석게, 그리고 선잠이 든 상태에서 울분을 삼켰다.

내 뇌리에서 알리시아를 지우도록 그 누구도 그 이름을 입에 올리지 않았다. 하지만 그런 섬세한 처신으로 인해 패배자가 된 나를 사람들이 동정하고 있다는 생각이 들자 내 가슴에 쌓인 모든 증오가 더욱 솟구쳤다. 그때 모욕적인 말이 내 입술을 누렇게 태웠고, 피막이 내 눈 위를 빨갛게 덮었다.

그런데 그 집요한 기억이 피넬도 괴롭히고 있었을까? 아마도 그는 내 슬픔에 공감하면서 내게 내밀한 말을 할 때만 슬퍼하는 것 같았다. 예기치 않은 순간에 그는 모든 것을 잃었음에도 그때부터 마치 불운이 그의 정신에 고인 죽은 피를 뽑아낸 듯이 자신이 더 자유롭고 더 강해졌다고 했다.

그런데 왜 나는 유약한 사람처럼 서글퍼하는가? 다른 여자들에게서 발견하지 못한 뭔가가 알리시아에게 있었다는 것인가? 그녀는 나의 광기 어린 삶에서 하나의 단순한 사건이었는데, 그 사건은 마땅히 닥칠 종말이었다. 바레라는 나의 감사를 마땅히 받을 만해!

게다가 나의 애인이었던 여자는 결점이 있었다. 무식하고, 변덕스럽고, 욱하는 기질을 가진 데다 인간적인 매력이 별로 없었다. 사랑의 열정이라는 안경 없이 바라본 그녀는 평범한 여자였고, 그녀가 가진 매력은 그녀를 추종하는 남자들에 의해 부여되었을 뿐이다. 눈썹은 빈약하고, 목은 짧고, 몸매는 약간 평범했다. 키스를 멋지게 할 줄도 모르고, 손은 최소한의 애무도 할 줄 몰랐다. 자신을 돋보이게 하는 향수도 전혀 사용할 줄 모르고, 다른 여자와 똑같은 냄새를 풍겼다.

그녀 때문에 괴로워하는 이유가 무엇인가? 그만 잊고, 웃으며, 새롭게 시작해야 했다. 나의 운명이 그렇게 하라고 요구했고, 나의 동료들이 암묵적으로 그렇게 하기를 원했다. 피파는 의뭉스럽게 자신의 의도를 숨긴 채, 위로가 되는 아이러니한 어조로 야노스에서 흔히 불리는 아주 기발한 노래를 마라카스의 반주에 맞춰 불렀다.

일요일 미사에서 나는 그녀를 보았어,
월요일에 그녀를 사랑하게 되었어,
화요일에 그녀에게 청혼하고,
수요일에 결혼했어,
목요일에 그녀가 날 버렸고,
금요일에 그녀를 갈망하고,
토요일에 환멸을 느끼고,
일요일에 다른 여자를 찾았어,
혼자서는 적응이 되지 않기 때문이야.

그사이 내 마음속에서 고통스러울 정도의 강력한 반응이 시작되었다. 분노와 회의, 완고함과 복수심이 함께 일어났다. 나는 사랑과 미덕, 아름다운 밤들과 멋진 나날을 조롱했다. 그런데도 한 줄기 섬광 같은 과거가 꿈, 애정, 평온에 대한 추억을 간직했던 나의 뜨거운 가슴을 다시 식혀주었다.

* * *

보이오*에 사는 토착민들은 유순하고, 기민하고, 소심한 데다, 한 나무에서 열리는 과일처럼 서로 닮아 있었다. 그들은 벌거벗은 몸으로 캄부르,** 마뇨코***를 야자나무 섬유로 짠 바구니에 담아 선물로 가져와서는 휴경지의 눈에 띄는 곳에 내려놓았다. 인디오 가운데 카누를 조종하던 두 사람이 훈제한 물고기를 가져왔다.

우리는 개들이 으르렁거리지 않도록 신경을 쓰면서 겁 많은 토착민 무리를 만나러 갔다. 그들은 에스파냐어의 동명사와 단음절 단어를 사용해 편안하게 대화를 한 뒤에 방문자들이 숲과 벼랑 옆에 있는 기다란 오두막의 한쪽 끝을 차지할 수 있게 했다.

---

* 보이오bohío는 목재와 나뭇가지나 갈대, 밀짚으로 만든 아메리카의 오두막으로, 출입문 외에 채광창이 없다.

** 캄부르cambur는 크기가 작고 달콤한 바나나.

*** 마뇨코mañoco는 유카yuca(일명 '만디오카' 또는 '카사바')의 뿌리를 가루로 만들어 볶은 것으로, '타피오카tapioca'라고도 부른다.

그들과 함께 온 여자가 한 명도 없었기 때문에 나는 경솔한 호기심이 발동해 여자들은 어디에 있는지 그들에게 물었다. 피파는 그런 쓸데없는 질문은 질투심 많은 인디오에게 경계심을 유발할 수 있는 경솔한 짓이라고 내게 서둘러 설명했다. 구아이보 원주민 여자들은 오랜 경험에 따라 항상 음탕하고 파렴치한 외부의 백인 남자들에게 부주의하게 자신들의 벌거벗은 몸을 보여주기를 거부했다. 피파는 머지않아 인디오 노파들이 찾아와 우리가 자제력 있고 존중할 만한 남자들인지 인정할 때까지 우리의 행동거지를 관찰할 거라고 덧붙였다.

이틀이 지난 뒤 원주민 노파들이 나타났는데, 낙원의 옷차림을 한 그녀들은 늙고 혐오스러웠으며, 걸을 때마다 수세미처럼 매달려 있는 빼빼 마른 젖가슴이 위아래로 흔들거렸다.

그녀들은 각자 머리에 시큼하고 톡 쏘는 치차*가 든 호리병박을 이고 있었는데, 끈적끈적한 액체가 시큼한 땀처럼 주름진 뺨을 타고 뚝뚝 떨어지고 있었다. 그녀들은 근엄한 표정을 지으며 우리더러 호리병박 주둥이로 술을 마시라고 하더니 피파만 그 시큼하고 맛없는 음료를 마실 수 있다는 사실을 알고는 기분이 나쁘다는 듯이 투덜거렸다.

잠시 후 빗소리가 들리자 그녀들은 미라가 된 고릴라처럼 부뚜막 곁에 웅크리고 앉았고, 그사이 남자들은 무기력한 기면 상태에 빠져 말없이 해먹에 누웠다. 우리 또한 오두막 반대쪽 끝부분에 말없이 있으면서 어둠에 휩싸인 광야에 내리는 비를

---

* 치차chicha는 설탕물에 옥수수를 넣어 발효한 술.

바라보았다. 광야는 안개와 먹구름과 더불어 우리의 정신을 억눌렀다.

"일부 계획을 실행해서 이 상황을 매듭짓는 것이 시급해요." 프랑코가 별안간 말을 꺼냈다. "우리는 다음 주에 이 은신처를 떠날 거요."

"원주민 여자들이 우리에게 먹을 것을 준비하려고 이미 와 있습니다." 피파가 대꾸했다. "우리는 강을 거슬러 올라가, 호수 바로 위에 있는 카비오나 앞에서 강을 건널 겁니다.* 거기서 비차다강까지 가는 오솔길이 있는데요, 그 길로 7일이 걸립니다. 짐을 지고 가야 하는데, 이 친구들은 단 한 사람도 짐을 지려 하지 않습니다. 제가 그들을 설득하려고 애쓰고 있습니다. 그리고 오로쿠에서 이런저런 살림살이를 사는 것이 시급합니다."

"그런데 무슨 돈으로 그런 걸 구한다는 거요?" 내가 걱정되어 물었다.

"그건 제가 알아서 하겠습니다. 여러분은 내 말을 믿고 원주민 부족을 계속해서 부드럽게 대하길 부탁할 뿐입니다. 우리는 소금, 낚싯바늘, 낚싯줄, 담배, 화약, 성냥, 연장과 모기장이 필요합니다. 저는 필요한 게 전혀 없으니까 이 모든 건 여러분의 것입니다. 그리고 그런 외딴 곳에서는 무엇이 우리를 기다리고 있을지 아무도 모르기 때문이고요……"

---

* 피파가 제안한 경로는 메타강을 거슬러 올라 오로쿠에와 카비오나까지 가서 육로로 비차다강 유역에 가는 것으로 추정된다.

"우리가 안장과 마구馬具를 팔아야 할까요?"

"누가 그런 걸 사겠습니까? 그리고 그걸 팔려다가 사기를 당하지 않을 사람이 누가 있겠습니까? 이제 그것들을 버리고 가야 할 판입니다. 여기서부터는 말이 아니라 카누밖에 없습니다."

"그런데 당신 계획을 실행하기 위한 황금은 어디에 숨겨둔 거요?"

"라스 에르모사스의 백로 서식지입니다. 일이 제아무리 잘못된다 해도 아주 좋은 백로 깃털 4리브라*는 있을 겁니다. 매주 깃털 한 주먹과 물건을 바꿀 겁니다. 여러분이 원하면 언제든지 제가 길 안내를 할 텐데요, 하지만 그곳은 아주 멉니다."

"그건 중요하지 않아요! 내일 당장 떠나요!"

* * *

하얀 새들이 훨훨 나는 지역으로 우리를 인도했던 그 까칠한 평원이여, 축복을 받으라! 물에 잠겨 있는 백로 서식지 숲에는 백만여 마리의 백로가 있었는데, 마치 목화꽃이 피어 있는 목화밭처럼 보였다. 모리체 야자나무 꼭대기 위, 터키석 색깔의 하늘에는 날개가 하얀 백로 떼가 행렬을 이루어 물결 모양으로 한가로이 날고 모리체 야자나무에는 털을 곤두세운 병아리 같은 백로가 시끌벅적 우글거리고 있었다. 우리가 다가가자 눈같은 백로 떼가 나선형으로 날아올라 특이한 소리를 내며 하

---

* 1리브라는 약 460그램, 약 1파운드 정도의 무게.

늘을 선회한 뒤에 몇 마리씩 흩어져 하얀 비단 돛 같은 날개를 천천히 접으면서 소택지로 내려갔다.

목이 붉은 실린더형 군모를 쓴 것처럼 빨갛고 키가 장대하고 용모가 호전적이며 부리가 검처럼 넓고 긴 검은머리황새가 물가에서 생각에 잠긴 채 서 있었다. 검은머리황새 주위에는 그 아름다움이 이집트따오기를 부끄럽게 만들 홍따오기부터 파란색을 띤 날개를 가진 황금빛 브라질쇠오리, 그리고 야노스의 새벽녘 불그레한 여명 속에서 자신의 깃털 색을 물들이는 장밋빛의 멋진 오리까지, 다리가 길고 물갈퀴가 있는 새들의 떠들썩한 세계가 퍼덕거렸다. 그 소란스런 날갯짓 위로 백로들이 묵주 모양 대형을 이루어 다시 공중을 선회하더니 습지 위에 깃털을 꽃잎처럼 떨어뜨렸는데, 내 정신은 유년 시절에 경험한 성체, 천사의 목소리 같은 합창, 흠 하나 없는 하얀 초를 떠올릴 때처럼 현혹되었다.

우리가 둥지와 깃털이 있는 곳으로 다가가는 것은 불가능해 보였다. 호수의 물이 투명해서 야자나무 주변에 잠수해 있는 악어 떼가 보였는데, 악어들은 백로들이 요란스레 소리를 지르고 부리로 뭔가를 쪼는 사이에 자신들의 무게 때문에 앉아 있던 나뭇가지가 휘어지는 바람에 물로 떨어진 새끼 백로들과 알을 줍는 데 몰두해 있었다. 배가 불그스레하고 비늘이 납빛을 띠는 무수한 피라냐 떼가 사방을 헤엄치며 서로 잡아먹고, 자신들이 거주하는 곳의 물결을 가로지르는 생물이 있으면 뭐든지 순식간에 살을 발라버렸기 때문에 사람이든 네발짐승이든 물속으로 들어가기를 거부했다. 심지어 몸에 상처가 있을 때는 피가 즉각적으로 그 무시무시한 물고기의 식탐을 자극했기 때문에 더더욱 들어가려 하지 않았다. 아교질 지느러미와 독침을 지닌 음험한 가오리가 보였는데, 가오리는 진흙바닥에서 방패처럼 쉰다. 전기뱀장어는 자신을 만지는 동물에 전기를 쏘아 몸을 마비시킨다. 달처럼 둥근 모양을 하고 자개 색깔과 황금 색깔을 띤 팔로메타*는 물 밑바닥으로 내려와 민물 돌고래의 이빨을 피하기 위해 물을 탁하게 만든다. 수면에 탐나는 백조 털이 떠 있어 백랍의 호수처럼 보이는 그 광대한 어항이 지평선 쪽으로 펼쳐져 있었다.

우리는 실재하지 않는 것 같은 작은 뗏목을 저어가며 그 비싼 보물을 모으러 여기저기 돌아다녔다. 가끔 인디오들은 거대한 물뱀과 악어가 무서워 상앗대로 어둠을 휘저으며 하얀 깃털한 줌을 모을 때까지 소택지의 무성한 수풀 안으로 들어갔는데, 수많은 남자가 낯선 여자들의 아름다움을 고양해 주는 그 깃털을 멀리 떨어진 도시로 가져가려고 목숨을 바쳤다.

* * *

그날 오후, 어떤 낭만적인 감정에 사로잡힌 나는 괜히 울적해졌다. 왜 나는 늘 예술과 사랑 속에서만 사는 걸까? 그리고 나는 고통스럽게도 현실과 맞지 않는 생각을 했다. 지금 하얀 가시를 닮은 이 하얀 깃털 다발을 선물할 만한 사람이 있다면

---

* 팔로메타palometa는 식인 물고기.

좋으련만! 무지갯빛이 감도는 뱀목가마우지의 이 커다란 날개 털로 부채질할 수 있다면 좋으련만! 새들과 온갖 색깔이 한창 때인 깨끗하고 순수한 백로 서식지를 함께 감상할 사람이 있다면 좋으련만!

나는 내 꿈의 베일 속에 알리시아가 가려져 있다는 사실을 나중에 굴욕적인 고통을 느끼며 깨달았다. 애써 내 모진 현실을 떠올리며 침입자 그 여자가 생각 속에서 되살아나려는 것을 막았다.

다행스럽게도 질퍽질퍽한 평원과 깊은 개천을 힘들게 통과한 뒤에 우리는 카누가 정박해 있는 곳에 도착했고, 상앗대를 이용해 구불구불한 강을 거슬러 올라가기 시작해 마침내 초저녁에 오두막이 있는 나루터로 가게 되었다.

산들바람이 멀리서 어린 사내의 울음소리를 실어왔고, 우리가 오두막에 도착했을 때, 젊은 원주민 여자들이 오두막에서 뛰어나왔는데, 피파가 육지 말로 우리는 친구라고 그녀들에게 소리를 질렀지만 신경 쓰지 않았다. 들보와 Y자형 나무기둥에는 무수한 해먹이 걸려 있고, 잔불이 남아 있는 부뚜막의 솥에서는 허브를 달이는 물이 보글보글 끓고 있었다.

애석하게도, 양초에 막 불이 붙자마자 새로운 인디오들이 부인을 대동한 채 우리에게 모습을 드러냈다. 여자들은 자신들이 유부녀라는 사실을 알려주려는 듯 오른손을 남자들의 왼쪽 어깨에 올려놓았다. 혼자 온 여자가 남편의 해먹을 우리에게 가리켰고, 팽팽하게 부은 유방에서 젖을 짜내며 자신이 그날 출산을 했다는 사실을 알렸다. 피파가 그녀 앞에서 부족의 출산에 관한 풍습을 우리에게 설명하기 시작했다. 산모는 출산이 임박했다고 느끼면 숲으로 들어가 아기를 낳고 몸을 씻은 뒤에 돌아와 남편을 찾아서 아기를 넘겨준다는 것이었다. 아기의 아버지는 그 즉시 식이요법을 하기 위해 해먹에 드러눕고, 그 사이 여자는 구역질과 두통에 좋은 탕약을 준비한다고 했다.

그 젊은 여자는 이런 설명을 이해했고 피파가 언급한 것을 모두 인정한다는 듯이 고개를 끄덕였다. 붕대처럼 잎사귀로 머리를 감싼 게으른 남편은 해먹에 드러누운 채 투덜대면서 자신의 고통을 덜어줄 치차를 야자 열매 잔에 넣어달라고 요구했다.

원주민 여자들은 젊었고 우리 각자는 마음에 드는 여자를 취할 수 있었는데, 그것은 부족의 장, 즉 므두셀라처럼 나이가 많은 추장이 우리가 그들에게 보여준 연대에 대한 보상 방식이었다.

하지만 그녀들이 우리의 구애를 다정한 말과 가벼운 미소로 받아들일 거라는 기대는 순진한 생각이다. 가젤처럼 잘 관찰하고 굴복시킬 때까지 숲속에서 그녀들을 따라다녀야 했다. 왜냐하면 사내가 지닌 힘의 우위를 증명해야 그녀들이 순종하고 상냥한 태도를 보이기 때문이었다.

나는 그 어떤 희망도 가질 수 없다고 느꼈다.

* * *

그 부족의 추장은 내게 냉소적인 침묵을 지키며 약간 쌀쌀맞은 태도를 보였다. 나는 그더러 자신의 전통, 전투의 노래, 전설을 가르쳐달라고 하려고 다양한 방식으로 그의 기분을 좋게 하려고 애썼다. 예의 바른 나의 태도는 별 소용이 없었다. 유목 생활을 하는 그들 원시 부족에게는 신도, 영웅도, 조국도, 과거도, 미래도 없기 때문이었다.

당시 나는 백로 서식지에서 비둘기처럼 작은 잿빛 오리 두 마리를 배낭에 넣어 가져왔었다. 다음 날 살펴보니 한 마리가 죽어 있어서 개들에게 먹이려고 부뚜막 곁에서 털을 뽑았다. 나를 본 추장이 화살을 집어 들었고, 함성과 장송곡을 부르며 양날 검처럼 깎은 곤봉으로 나를 위협했는데, 마침내 겁에 질린 여자들이 깃털을 모아 아침 공기 속으로 불어 날렸다.

내 동료들이 나를 둘러싸더니 내가 그 도발적인 노인을 위협하지 못하도록 내게서 카빈총을 빼앗았다. 노인은 땅바닥에 엎드려 두 손으로 얼굴을 가린 채, 간질 환자처럼 경련을 일으키며 몸을 비틀더니 작별의 흐느낌을 시작하고, 땅에 입을 맞추고, 입에서 나온 거품으로 땅에 얼룩을 만들었다. 그러고서 노인은 자신의 벌거벗은 여자들이 놀라는 가운데 몸이 뻣뻣하게 굳어갔다. 피파는 노인이 죽음의 부름을 듣지 못하도록 노인의 두 귀에 꺼져가는 재를 넣었다.

그때 우리의 통역자 피파가 야만인들의 영혼은 여러 동물에게 머무는데, 추장의 영혼은 잿빛 오리와 닮았다고 내게 알렸다. 아마도 추장이 죽어 있는 오리를 보았기 때문에 자기암시로 인해 죽은 거라고, 그리고 그 부족이 나의 〈살인〉에 대해 복수를 할 거라고 했다. 나는 서둘러 다른 오리를 꺼내 오리가 날개를 퍼덕이며 오두막 사이를 날아다니도록 했다. 그것을 본 인디오 추장은 그 기적 앞에서 황홀경에 빠졌고, 새가 가까이 있는 넓은 강물 위를 지그재그로 나는 모습을 지켜보았다.

그 유치한 사건은 영혼과 숙명의 주인인 초자연적인 존재를 증명하기에 충분했다. 누구도 감히 나를 쳐다보려 하지 않았으나 나는 원주민들의 희망과 고통에 미지의 영향력을 행사하면서 그들의 정신을 지배했다. 내 발밑에 청년 둘이 엎드리더니 자기 부인들이 반대하지 않을 거라면서 우리의 탐험에 동참하겠다고 제안했다. 나는 부족 언어로 불리는 그들의 본명을 결코 기억할 수 없었고, 에스파냐어로 훌륭하게 직역하다시피 한 의미만 겨우 알았다. 〈산의 작은 새〉, 〈사바나의 구릉〉이었다. 내가 그들의 제안을 받아들인다는 표시로 그들을 껴안자 청년들은 천장에서 상앗대 몇 개를 떼어내 끝에 달린 Y자형 가지에 묶는 밧줄을 새로 바꾸었다. 이는 만처럼 물이 고인 지역의 시설물이나 강변 모래사장에 카누를 정박할 때 충격을 완화하기 위해서였다.

한편, 원주민 노파들이 황야를 여행하면서 우리가 먹을 카사베*를 만들려고 유카를 갈고 있었다. 여자들은 야자나무 잎사귀를 새끼처럼 꼬아 촘촘하게 엮어 만든 넓은 실린더처럼 생긴 체에 물기 흥건하게 갈아놓은 유카를 넣고는 체 밑을 막대기로 비틀어 전분이 들어 있는 즙을 짰다. 화톳불 주위에 벌거벗은 다른 노파들은 둥글고 반반한 질그릇 지짐판인 부다레를 달

---

* 카사베cazabe는 유카(만디오카) 가루로 만든 전병.

군 뒤에 침 묻힌 손가락으로 지짐판 위에 지저분한 반죽을 쫙 펴가면서 전병이 굳을 때까지 반반하게 만들었다. 노파들은 내 키와 성격에 맞는 새로운 해먹을 짜려고 모리체 야자나무 속살에서 뽑은 섬유를 허벅지에 올려놓고 꼬았으며, 그사이 추장은 내가 지닌 힘과 권위에 어울리는 환영식을 화려한 춤으로 거행하겠다는 사실을 몸짓으로 말했다.

나의 정신은 다음에 일어날 맵고 쓴 모험에 대해 묻고 있었다.

* * *

우리가 용품을 사오라며 오로쿠에로 보낸 인디오들이 그곳 상인들에게 사기를 당했다. 그들이 가져갔던 야자 해먹, 펜다레,* 깃털 같은 품목을 내주는 대가로 그보다 값이 천 배나 싼 싸구려 물건을 받았다. 비록 피파가 합리적인 물건 가격을 인디오들에게 공들여 설명해주었다 해도 그들은 이해하지 못했고, 착취자들의 대담성과 뻔뻔함은 속임수와 더불어 더욱 교묘해졌다. 푸석푸석한 소금 몇 자루, 파란색과 빨간색 손수건 몇 장, 그리고 칼 몇 자루가 그들이 가져간 것들을 내주고 받은 하찮은 물건들이었다. 심부름꾼들은 상인들이 과거와 달리 자신들에게 가게를 청소하고, 물동이를 옮기고, 길에서 잡초를 뽑고, 가죽을 포장하는 일을 시키지 않은 것에 기뻐하면서 돌

---

* 펜다레pendare 나무에 상처를 내면 달콤한 라텍스가 나온다. 라텍스를 서서히 끓였다가 식히면 굳는데, 이를 껌의 원료로 사용한다.

아왔다.

짐을 늘리겠다는 우리의 희망은 사라졌지만, 가볍게 여행할 수 있다는 점을 그나마 위안으로 삼았다. 그리고 마침내 보름달이 뜬 어느 날 밤에 부드럽게 흔들리면서 우리를 카비오나로 데려다줄 커다란 카누가 준비되었다.

몸에 뭔가를 더덕더덕 칠하고 행동거지가 자유분방한, 오십 명이 넘는 남녀노소 인디오가 몰려와서는 춤을 추고, 호리병박에 담긴 거품 부글거리는 치차를 마시며 널찍한 강변을 점유해갔다. 오후부터 그들은 썩은 나무 속에서 몸을 동그랗게 웅크리고 사는, 솜털과 주름이 있는 두툼한 모호호이 굼벵이를 모았다. 그들은 엽궐련의 끝부분을 자르는 애연가처럼 이로 굼벵이의 머리를 자르더니 버터 같은 내용물을 빨아먹고 나서는 빈 껍질로 머리칼을 문질러 윤을 냈다.

젖가슴이 도도하게 두드러진 젊은 여자들의 머리칼은 구아카마요 앵무새의 깃털로 만든 머리 장식 아래서, 그리고 코로소* 열매와 홍紅마노로 만든 목걸이 위에서 에나멜을 칠한 가죽처럼 반들거렸다.

아치코테**와 벌꿀로 얼굴을 빨갛게 칠해놓은 추장은 양 콧구멍에 관을 끼우고 환각을 일으키는 요포 가루를 흡입했다. 마치 급성 정신장애인 '진전섬망'에 걸렸다는 듯이 소녀들 뒤

---

* 코로소corozo는 송이 형태로 열리는 자잘한 열매로, 불그스레한 색깔을 띤다. 딱딱한 내과피는 맛이 좋다.
** 아치코테achicote의 씨앗을 빻으면 붉은 물질이 나오는데, 이는 화장용, 식용, 의료용 염료로 사용된다.

를 사납게 그러나 무기력하게 쫓아다녔다.

추장은 가끔 내게 와서 더듬더듬 축하의 말을 건넸는데, 피파에 따르면 자신도 나처럼 목동들의 적이었고, 목동들의 촌락을 불태운 적이 있었기 때문이다. 그런 사실은 나를 양날 검처럼 깎은 멋진 곤봉, 새로운 활과 같은 가치를 지닌 사람으로 만들었다.

떠들썩한 술잔치에서 아주 독하게 발효된 치차를 엄청나게 마셔댔고, 여자들과 소년들은 아우성을 지르며 그 주신제酒神祭를 자극했다. 이윽고 그들은 모래밭에서 포투토*와 갈대피리 소리에 맞춰 천천히 원을 그리며 돌기 시작했는데, 세 걸음째마다 왼발을 흔드는 원주민 전통 춤에 따라 돌았다. 그들의 춤은 오히려 단 하나의 길만 밟고 가야 하는 사람들처럼 시선을 바닥에 고정한 채 갈대피리의 구슬픈 탄식과 작은 북을 묵직하게 쳐대는 소리에 맞춰 거대한 원을 그리며 도는 죄수들의 느릿한 행진 같았다. 이제는 음악 소리와 달처럼 슬픈 댄서들, 자신의 백사장에 있는 사람들을 포용하는 강처럼 말이 없는 댄서들의 뜨거운 숨소리밖에 들리지 않았다. 원 안에서 조용하게 있던 여자들이 조급하게 애인의 허리를 껴안고서, 멍한 상태에서 상체를 숙인 채 동일한 걸음걸이로 행진하다가 마침내 숨을 토해내며 가슴에서 우러나오는 함성을 동시에 내질렀다. "아아이!…… 오에!……" 함성이 음울한 종소리처럼 밀림과 허공에 울려 퍼졌다.

---

* 포투토fotuto는 호른이나 소라고둥처럼 길고 강한 소리를 내는 원주민 악기.

나는 동료들이 술에 취해 춤판에서 빙빙 돌고 있다는 사실에
흡족해하면서 모닥불 빛에 발갛게 물든 모래밭에 팔꿈치를 괸
채 그 독특한 축제를 구경했다. 그렇게 춤을 추며 그들은 잠시
시름을 잊고 삶에 미소를 지을 것이다. 하지만 나는 이내 동료
들이 그 부족 사람들처럼 비명을 지르고, 마치 단 하나의 고통
이 영혼을 삼켜버리기라도 하듯 그들의 비탄이 내면의 고통을
드러내고 있다는 사실을 알아차렸다. 그들의 탄식에는 패배한
종족의 절망감이 배어 있었다. 그것은 비록 '아아이! 오에!' 소
리를 내며 위장해도 마음속에서는 반향을 일으키는 슬픔과 고
통이 뒤섞인 나의 흐느낌과 유사했다.

* * *

내가 비통한 심정으로 그곳을 떠나 해먹으로 돌아왔을 때 원
주민 여자 몇몇이 뒤를 따라오더니 내 해먹 곁에서 몸을 웅크
렸다. 처음에 그녀들은 약간 작은 소리로 대화를 했으나 조금
있다 한 여자가 대담하게도 내 해먹의 끝부분을 들어 올렸다.
다른 여자들은 동료의 어깨 위로 나를 살펴보면서 미소를 지었
다. 나는 두 눈을 감은 채 음탕한 욕망에서 벗어나 힘을 북돋
아주고 평온한 금욕의 피난처를 찾겠다는 소망으로 사랑의 유
혹을 물리쳤다.
  춤판을 벌이던 사람들은 새벽이 되어서야 오두막으로 돌아
갔다. 그들은 시체처럼 바닥에 드러누워 잠으로 만취의 악몽을
해소하고 있었다. 내 동료는 단 한 사람도 돌아오지 않았는데,

나는 원주민 아가씨 몇 명이 사라진 사실을 알고서 씩 웃었다. 내가 카누를 확인하려고 강으로 내려갔을 때 햇빛에 노출된 피파가 벌거벗은 채 인사불성이 되어 모래밭에 엎드려 있었다.

피파의 과도한 노출 욕망이 싫은 나는 그의 팔을 잡고 질질 끌어 그늘 밑으로 옮겼다. 피파는 자신의 몸에 새겨진 문신과 흉터를 자랑하고 싶어 나의 질책과 위협에도 옷을 입기보다는 구아유코 차는 것을 좋아했다. 나는 그가 술이 깨도록 잠자게 내버려 두었다. 그는 밤이 될 때까지 그곳에 있었다. 다음 날이 밝았지만, 그는 잠에서 깨지도 움직이지도 않았다. 나는 카빈총을 내려놓고 추장 노인의 머리채를 잡아 자갈밭에 무릎을 꿇렸고, 그사이 프랑코가 개들을 풀어놓는 시늉을 했다. 노인은 내 종아리를 붙든 채 내게 설명하려고 애썼다.

"아무것도 아니에요, 아무것도 아니라고요! 야혜*를 마셔서, 야혜를 마셔서……!"

나는 그 식물의 효능에 관해 이미 알고 있었는데, 내 나라의 어느 현자는 그것을 텔레파티나**라고 불렀다. 그 식물의 즙을 마시면 다른 곳에서 일어나는 것을 꿈에서 보게 된다고 했다. 그 식물은 어느 사바나에서 목동들이 가축을 몰고 있는지, 사냥감이 어디에 풍부한지를 아는 데 쓰인다고, 피파가 해준 말을 떠올렸다. 피파는 우리의 여자들을 납치해 간 사람이 있어

---

* 야혜yagé는 덩굴식물의 일종으로 껍질을 물에 담갔다가 마시면 강력한 환각 작용을 일으킨다. 이 음료는 의식을 행할 때만 마신다.

** 텔레파티나telepatina는 알칼로이드 성분이 들어 있는 '하르민harmine'의 다른 이름이다.

디에 있는지 정확한 지점을 알아내려고 그 즙을 마셨다고 프랑코가 말했다.

약물에 취해 환영을 보는 피파의 몸을 들어 은신처로 옮겨 어느 말뚝에 등을 기댄 상태로 놓았다. 수염이 나지 않은 특이하게 생긴 피파의 얼굴이 보라색으로 변해 있었다. 가끔씩 그의 배로 침이 흘러내렸고, 그는 눈을 감은 채 발을 움켜쥐려고 했다. 단순하고 우둔한 구경꾼들 사이에서 나는 그의 이마를 손으로 받쳤다.

"피파, 피파, 뭐가 보여요? 뭐가 보여요?"

그는 고통스럽게 딸꾹질을 하면서 신음 소리를 내기 시작하더니 과자를 먹을 때처럼 혀를 놀려댔다. 인디오들은 그가 깨어나야만 입을 열 것이라고 했다.

나는 확신이 서지 않아 불안해하며 다시 물었다.

"뭐가 보여요? 뭐가 보여요?"

"어느……. 강……. 남…… 자……. 두…… 남자……"

"또 뭐요? 또 뭐요?"

"카…… 누…… 한…… 척……"

"모르는 사람이에요?"

"우우우…… 우우우우우우…… 우우우우우우……"

"피파, 어디 안 좋아요? 뭘 원해요? 뭘 원해요?"

"잠…… 자고…… 잠…… 자고…… 잠…… 자고……"

그 몽상가가 본 환영은 엉뚱했다. 악어와 거북이가 행진을 한다느니, 늪에 사람들이 가득 차 있다느니, 꽃들이 비명을 지른다느니. 밀림의 나무들은 몸이 마비된 거인들이고, 그들이 밤이면 대화를 하고 서로 신호를 주고받는다고 했다. 그들은 구름과 함께 도망치고 싶지만 땅이 발목을 잡고서 그들에게 영원한 부동 상태를 요구한다고 했다. 나무들은 인간이 이해할 수 없는 무시무시한 종을 번식하지 않은 채 싹을 틔우고, 꽃을 피우고, 새롭게 자라나지만, 영속하도록 운명지어진 자신들의 몸에 상처를 입히고, 쓰러지도록 운명지어졌다고 불평했다. 피파는 나무들의 노한 목소리를 이해했는데, 그 목소리에 따르면 하느님이 우주 공간에서 여전히 눈물로 이루어진 성운처럼 부유하던 수천 년 동안의 창생 과정에서 그랬던 것처럼, 그들은 자신들의 땅에서 인간의 흔적을 지워버리고, 빽빽하게 뒤엉킨 상태에서 단 하나의 가지만을 흔들어댈 때까지 휴경지, 평원과 도시를 덮어야 했다.

예언자적인 밀림, 적대적인 밀림이여! 그대의 예언은 언제 이루어질까?

* * *

우리는 모기에게 물려가며 비차다 강변에 이르렀다. 그곳까지 가는 동안 우리 뒤를 모기가 고통스럽게 쫓아왔는데, 살짝 진동하는 밧줄처럼 너울거리는 모기떼가 불길하고 호들갑스런 빛 무리처럼 부유하며 밤낮으로 우리를 따라다녔다. 모기로부터 우리의 무기력한 피를 지키기가 어려웠다. 모기가 우리의 모자와 옷을 뚫고 피를 빨아먹으면서 열병과 불안의 바이러스를 몸속에 집어넣었기 때문이다.

예전에는 아주 풍요롭고 비옥하던 사바나가 황폐한 습지로 바뀌어버렸다. 우리는 물이 허리까지 차오르고, 이마는 땀으로 범벅이 되고, 등에 지고 가는 배낭이 축축해진 채로 바위와 잡초가 무성한 황야의 고원지대에서 모닥불도 간이침대도 은신처도 없이 밤을 보내느라 몸이 마르고 얼굴이 수척해졌지만 길 안내인들이 다니던 길을 계속해서 걸어갔다.

그곳의 가뭄기와 겨울의 기후 풍토는 무자비했다. 라 마포리타에서 알리시아가 여전히 나를 사랑하던 언젠가 나는 알리시아를 위해 젖먹이 아기 사슴을 잡으러 황야로 나갔었다. 여름이 찌는 듯 무더운 황야를 태워 석회로 만들었고, 소들은 불볕더위 속에서 물을 찾아 사방으로 내달렸다. 메마른 강의 굽이진 하천 바닥에서는 진흙밭에 코를 박고 죽어가는 노쇠한 수말 옆에서 암송아지들이 과거 자신들이 물을 마시던 땅을 파헤치고 있었다. 한 무리의 매가 아르마디요와 카피바라의 썩은 사체 사이에서 갈증으로 숨을 헐떡거리던 뱀, 개구리, 도마뱀을 잡고 있었다. 소 떼를 이끄는 황소가 연못을 찾아 다른 곳으로 가는 자기를 따라오라며 방어적인 배려를 하면서 뿔로 암소들을 들이받았고, 파하 브라하 풀이 자라는 반짝반짝 메마른 강바닥으로 암컷들을 몰아넣으면서 포효했다.

막 출산한 애송이 암소는 물을 얻기 위해 메마른 땅을 파헤치느라 발톱이 빠진 채, 젖꼭지 네 개를 자신의 송아지에게 물리려고 아기 송아지를 찾으러 돌아갔다. 어미 소는 송아지에게 가서 몸을 핥아주려다가 그 자리에서 죽었다. 나는 송아지를 들어 올려 품에 안았다.

그 후로 약간의 비가 내리자 그 영토는 자신의 적대감을 반전시켰다. 사방에서 파카,* 여우, 토끼 들이 나타나 통나무에 올라탄 채 넘실거리는 물 위를 떠다녔다. 암소들은 등까지 물에 잠긴 상태로 물 위로 나온 풀을 뜯어먹다가 피라냐의 이빨에 유방이 사라지기도 했다.

우리는 기후가 불순한 그 지역을 맨발로 통과했는데, 그것은 정복기의 전설적인 사람들이 하던 행위였다. 8일째 되던 날, 사람들이 비차다강의 밀림을 가리켰을 때 내 몸이 벌벌 떨렸고, 나는 음탕한 대화를 나누고 있을 알리시아와 바레라를 찾으면 먹잇감을 덮치는 매처럼 득달같이 달려들어 그들을 쓰러뜨리겠다고 생각하면서 카빈총을 움켜쥐고 앞으로 나아갔다. 그러고는 숨을 헐떡거리고 분노를 표출하면서 강변 벼랑에 몸을 숨겼다.

아무도 없다! 아무도! 침묵, 광활함······

* * *

우리가 누구에게 고무 채취 노동자들에 관해 물을 수 있었겠는가? 우리는 뭐 하려고 험난한 강변을 따라 강을 거슬러 오르며 계속해서 걸어갔을까? 모든 것을 포기하고, 어디든 누워버리고, 열병더러 우리를 죽여달라고 요청하는 편이 더 좋았을 터다. 현재도 나의 의지에 자신의 모습을 여전히 투사하고 있

---

* 파카paca는 굴에서 사는 몸집이 작은 동물이다.

는 냉혹한 죽음의 유령이 그 날 밤 내게 양팔을 벌렸다. 나는 해먹에 누워 총부리 위에 턱을 두었다. 내 얼굴은 어떻게 될까? 미얀이 보여준 장면을 내가 반복하게 될까? 이런 생각만 해도 겁이 났다.

어느 비극적인 악령이 천천히 애매모호하게 나의 의식을 지배하겠다고 나섰다. 불과 몇 주 전만 하더라도 그렇지 않았다. 하지만 범죄에 대한 관념과 선에 대한 관념이 곧 내 생각을 차지했고, 나는 연민에 사로잡혀 내 동료들을 죽이겠다는 병적인 의도를 품었다. 죽음이 불가피하고, 굶주림이 내 총보다 더 느리게 움직인다면 뭐 하러 무익한 고문을 한단 말인가? 그들에게 서둘러 자유를 주고 나서 죽고 싶었다. 나는 왼손을 호주머니에 집어넣고서 내가 가진 총알을 세기 시작했는데, 나를 위해서는 총알 끝이 가장 뾰족한 것을 선택했다. 내가 누구를 맨 먼저 죽여야 했을까? 프랑코가 내 곁에 있었다. 비가 내리는 밤에 나는 팔을 뻗어 열이 있는 그의 머리를 만져보았다.

"왜 그래요?" 프랑코가 말했다. "왜 윈체스터의 노리쇠를 풀어놓았어요? 열이 나서 미치겠어요."

내 손목을 눌러보고는 이어 말했다.

"불쌍하군요!…… 체온이 40도가 넘어요. 내 루아나를 두르고 땀을 쫙 빼요."

"오늘 밤은 끝나지 않을 것 같군요."

"곧 샛별이 나올 거요. 그 물라토가 죽을 수 있다는 거 알아요?" 그가 덧붙였다. "그의 불평이 어느 정도인지 못 느꼈어요? 그가 세바스티아나와 소몰이에 관해 헛소리를 늘어놓았다니까요. 그는 자기 간이 돌처럼 딱딱하다고 말해요."

"당신 잘못이에요. 당신은 그가 머무는 것을 원치 않았어요. 그가 고립무원의 신세로 죽는 걸 보고 싶어 안달을 했어요."

"나는 그가 피파에게 악감정이 있어서 간절히 돌아오고 싶어 한다고 믿었어요."

"내가 그들을 꼭 화해시킬 거요."

"피파가 코레아에게 저주를 내릴 거라고 위협했기 때문에 코레아가 피파를 두려워해요. 그는 지저귀는 새소리를 들으면 슬퍼했어요."

나는 세바스티아나의 묘약을 떠올리며 애매하게 대답했다.

"무지한 거예요! 미신이라고요!"

"어제 그가 부러진 핀을 교체하려고 티플레를 꺼냈어요. 하지만 연주하더니 울어버렸어요."

"말해봐요. 당신 보따리에 카사베 전병이 몇 개 들어 있지 않을까요? 이리 가져와 봐요."

"뭐 하게요? 다 끝났어요! 당신이 배고프면 내 맘이 몹시 아파요!"

"이 나무의 씨앗은 독성이 있을까요?"

"아마도요. 하지만 인디오들이 지금 물고기를 잡고 있어요. 우리 내일까지 기다려봅시다."

나는 총을 옆으로 치우면서 눈물이 그렁한 상태로 더듬더듬 말했다.

"좋아요, 좋아! 내일까지……"

우리를 깨우려고 개들이 모기장에 발길질을 해댔다. 강물이 계속 불어나고 있음이 분명했다.

우리가 강기슭 언덕배기의 반반한 바위에서 대피하고 있을 때 밀림 위에 별들이 떠 있었다. 강둑에서 개들이 짖었다.

"피파, 개들을 불러요. 저 개들이 악마를 본 것처럼 울부짖네요."

나는 개들을 향해 구슬프게 휘파람을 불었다.

프랑코는 피파가 원주민 여자들과 함께 있었다고 내게 설명했다. 그때 우리는 랜턴에서 나오는 것 같은 아주 희미한 불빛을 보았는데, 불빛이 강물 위에 일렁였다. 불빛은 간헐적으로 비쳤다가 사라지기를 반복했는데, 새벽녘이 되자 더는 불빛을 볼 수 없었다.

'숲의 작은 새'와 '사바나의 작은 언덕'*이 피로에 찌든 몸으로 이런 소식을 가져왔다.

"강으로 올라가요. 동료, 강변으로 카누를 뒤따라가요. 카누, 내빼고 있어요."

피파가 우리에게 정보를 가져왔다. 그것은 야자나무 가지를 엮어 지붕을 만든 작은 카누라고 했다. 카누에 탄 사람들은 어둠 속에 인디오들이 있다는 사실을 알아차리고는 등잔불을 끄

---

* '숲의 작은 새'와 '사바나의 작은 언덕'은 앞서 나온 구아이보 족 남자들의 이름이다.

고 항로를 바꾸었다. 우리는 숨어서 카누를 기다리다가 카누에 불을 질러야 했다.

오전 열한 시경에 카누가 상앗대를 이용해 강을 거슬러 올라가더니 강가의 만灣처럼 생긴 곳 주위에 늘어선 무성한 구아모나무* 밑에 은밀하게 숨었다. 카누는 급류를 거슬러 오르려고 애를 썼고, 소용돌이를 피하려고 강변에 접근하자 남자 하나가 카누에 매달린 줄 끝을 잡아끌었다.

우리는 상앗대를 젓는 사내에게 총구를 겨누었고, 그사이 프랑코는 마체테를 치켜들고서 그를 상대하러 갔다. 그 순간, 서 있던 키잡이가 소리를 질렀다.

"중위님! 친애하는 중위님! 저 엘리 메사예요!"

그가 강변으로 뛰어내렸고 서로 다정하게 부둥켜안았다.

그리고서 그는 굵은 밀기울처럼 간 마뇨코로 만든 유쿠타** 를 우리에게 나눠주었는데, 한 번 더 나눠주면서 설명했다.

"고무 채취 노동자들에 관해 물으시는데, 대체 무슨 계획이라도 있어요? 바레라라는 자가 그들을 훔쳐서 구아이니아강에서 팔려고 브라질로 데려갔어요. 2개월 전에 나 역시 그에게 붙잡혔는데요, 오리노코강에 접어들었을 때 십장 하나를 죽이고 도망쳐 나왔어요. 나를 따라온 이 두 명은 마이푸레스에서 온 인디오들이에요."

나는 열병으로 인한 현기증보다 더 소름 끼치는 어지러움을

---

* 구아모guamo나무는 아메리카산 콩과식물로 높이가 8~10미터 정도 된다.

** 유쿠타yucuta는 유카(카사바)의 가루인 '마뇨코'를 물에 타 발효시킨 음료수.

느끼면서 어안이 벙벙해져 내 동료들을 쳐다보았다. 우리는 전율하면서 생각에 잠겨 말없이 있었다. 메사는 불안한 표정으로 우리를 관찰했다. 프랑코가 침묵을 깼다.

"말해봐요. 그리셀다가 고무 채취 노동자들과 함께 간 거요?"

"그래요, 친애하는 중위님!"

"그리고 알리시아라는 아가씨도?" 나는 흥분한 목소리로 물었다.

"네, 그래요……"

＊ ＊ ＊

우리는 해충을 피하려고 백사장에 피워놓은 모닥불 옆에서 연기를 쐬었다. 자정 무렵 엘리 메사는 자신이 겪은 잔혹한 얘기를 요약해 들려줬고, 나는 바닥에 앉아 양 무릎 사이에 머리를 묻은 채 애기를 들었다.

"만약 여러분이 배를 탔던 날 무꼬강을 보았다면요, 그 파티가 끝이 없을 거라고 생각했을 겁니다. 바레라는 자신을 따라가는 사람들 때문에 마음이 흡족해서 과도하게 포옹을 하고, 미소를 짓고, 축하의 말을 건넸지요. 티플레와 마라카가 쉼 없이 연주되고, 폭죽이 부족해지자 권총을 쏘아댔어요. 노래, 술, 음식 모두 풍족했어요. 그러고 나서 아구아르디엔테가 담긴 데미존이 새로 나왔을 때 바레라는 약속과 애정이 넘치는 위선적인 말을 하면서 우리더러 즐거움이 지나쳐 어떤 불행한 일을 만들지 말라며 무기는 모두 봉고* 한 척에 실어 보내라고 했어요. 우리는 모두 군말 없이 그의 말에 따랐지요.

술을 아주 많이 마시긴 했지만 이곳에는 고무를 채취할 만한 밀림이 없다는 예감이 들어서 내 오두막을 찾았어요. 내가 두고 왔던 원주민 아가씨를 다시 만나기 위해 돌아가려던 참이었어요. 하지만 그리셀다 아가씨마저 나의 바람을 비웃었기 때문에 나는 배를 탔을 때 다른 사람들처럼 소리를 질렀어요. 〈진취적인 바레라 씨 만세! 우리 사장님 만세! 탐험 만세!〉

배를 몇 시간이나 타고 가면서 일어난 일에 관해서는 여러분께 이미 말했다시피, 우리는 겨우 비차다강에 도착했어요. 바레라의 심복인 팔로모와 마타카노가 어느 넓은 강변에서 남자 열다섯 명과 함께 야영을 하고 있었는데, 우리가 그곳에 도착하자 베네수엘라 영토를 침범했다면서 우리 모두를 수색했어요. 그 일을 지휘하던 바레라가 우리에게 명령했어요. 〈친애하는 애국자 여러분, 사랑스런 친구 여러분, 거부하지 마세요. 이분들이 우리가 평화로운 사람들이라는 사실을 이해하도록 봉고를 하나씩 수색하게 내버려 두세요.〉

그 사람들은 배에 타더니 내리지를 않았어요. 보초병처럼 선수와 선미에 자리를 잡더군요. 우리가 비무장이라는 사실을 확인한 뒤에 한곳에 모여 있으라고 명령하면서, 그렇지 않으면 총을 쏘겠노라고 했어요. 그러더니 반항하는 다섯 사람의 머리를 때려 상처를 냈어요.

그때 바레라가 이런 권력남용에 항의하고, 토마스 푸네스 대

---

* 봉고bongo는 카누의 일종으로, 카누보다 훨씬 더 크고 바닥이 반반하다.

령에게 상당한 배상금을 요구하기 위해 자신은 산페르난도데 아타바포로 갈 거라고 선포했어요. 그는 앞서 언급한 여자들, 무기, 식량을 실은 가장 좋은 봉고를 타고 있었어요. 그는 우리의 울부짖음과 비난을 들은 체도 하지 않고 떠나버렸어요.

팔로모는 우리가 술에 취해 있다는 점을 이용해 우리를 정렬시켜 조사한 뒤에 두 명씩 묶었어요. 그날부터 우리는 노예가 되었고, 그 어디에서도 하선할 수 없었어요. 그들은 호리병박으로 만든 용기에 마뇨코를 담아 던져주었고, 우리는 무릎 꿇리고 멍에를 쓴 한 쌍의 개처럼 짝을 이루어 손이 묶인 채 그릇에 얼굴을 처박고 마뇨코를 먹었어요.

여자들이 탄 봉고에는 어린아이들이 있었는데, 엄마들은 자식들이 한낮의 땡볕에 타 죽지 않게 하려고 머리를 물에 적셨어요. 아이들의 울음소리와 어머니들이 햇볕으로부터 자식들을 가려주려고 나뭇가지를 달라고 애원하는 소리를 들으니 정말 슬프더군요. 우리가 오리노코강으로 들어간 날 젖먹이 사내아이 하나가 배가 고파 울었어요. 마타카노는 모기에 물린 자국이 가득한 아기의 몸을 보고는 천연두에 걸렸다면서 아기의 다리를 잡아 거꾸로 들어 올려 강물에 던져버렸어요. 이내 악어 한 마리가 뾰족한 주둥이로 아기 몸을 덥석 물더니 헤엄을 쳐서 조용히 먹어 치울 강변을 찾아갔어요. 그만 정신이 나가버린 어머니는 강물에 몸을 던졌고, 아기와 같은 운명에 처해졌지요. 보초들이 그 광경을 보면서 재미있다고 손뼉을 치는 동안에 나는 결박을 풀고 내 옆에 있던 사람의 총을 빼앗아 총검을 마타카노의 콩팥 사이에 박아 그의 몸을 뱃전에 고정시키고 모든 사람이 지켜보는 가운데 강으로 뛰어들었어요.

악어들은 여자를 먹느라 딴 데 정신을 팔지 않았어요. 그 어떤 총알도 나를 맞히지 못했지요. 하느님께서 내 복수를 보상해주셨고, 마침내 내가 여기 있게 된 거예요!"

* * *

엘리 메사의 손이 내 원기를 북돋워주었다. 나는 조바심을 내며 그의 손을 부여잡았는데, 그 혐오스런 십장의 몸에 무시무시한 칼을 꽂았을 때의 전율이 맥박을 통해 그대로 전해졌다. 밀림을 어루만지고, 노나 상앗대로 강을 길들일 줄 아는 그의 손은 거친 젊은이들의 뺨에 난 것과 같은 황금빛 솜털로 뒤덮여 있었다.

"저를 치하하지는 마세요." 엘리 메사가 말했다. "제가 그 사람들 모두를 마땅히 죽여야 했으니까요."

"그랬다면 내가 뭐 하러 이렇게 여행을 하겠소?" 내가 그에게 대꾸했다.

"당신 말이 옳아요. 내 여자를 데려간 것은 아니지만 그저 인간적인 감정만으로도 그 사람들에게 화가 나지요. 친애하는 중위님도 잘 아시다시피, 저는 아라우카에서처럼 계속 중위님의 부하가 될 겁니다. 그래서 우리는 무법자들은 찾아내고, 붙잡혀 온 사람들은 자유롭게 해줄 겁니다. 그 사람들은 구아이니아강 너머 야구아나리의 고무나무 농장에 있을 겁니다. 그들은 오리노코강을 떠나 카시키아레강을 통과할 텐데, 거기엔 남자와 여자를 사려는 사람들이 아주 많다는 얘기가 있어서 현재 그들의 주인이 누구인지는 아무도 모릅니다. 팔로모와 마타카노는 이 장사에서 바레라의 동업자였습니다."

"그러니까 당신은 알리시아와 그리셀다가 노예처럼 살고 있을 거로 생각하나요?"

"제가 확실하게 보증하는 것은 그 여자들이 제법 가치가 있고, 그래서 부자라면 누구나 그녀들 중 하나를 사기 위해 고무 10퀸틀*까지 줄 수 있다는 겁니다. 그 가격은 보초들이 매긴 겁니다."

나는 고통과 만족감을 동시에 느끼며 음울한 기분으로 백사장을 걸어 내 해먹으로 돌아왔다. 노예처럼 사는 알리시아와 그리셀다를 그려보는 것이 어찌나 짜릿하던지! 그 여자들은 채찍질 당할 만하다! 그녀들은 헝클어진 머리에 삐쩍 마른 몸으로 고무가 가득 담긴 솥이나 생장작 더미나 해충을 쫓기 위해 연기를 피우는 데 사용하는 반구형 냄비 같은 것을 머리에 이고서 지저분한 밀림을 돌아다니고 있을 것이다. 십장의 악의에 찬 혀는 외설스런 언사로 그녀들을 찌를 것이고, 그녀들이 앓는 소리를 내기 위한 숨조차 못 쉬게 할 것이다. 밤이면 어두컴컴한 오두막에서 일꾼들과 악취를 풍기며 난잡하게 잠을 자면서, 감시자가 사내들의 음란한 행위에 순서를 정하듯 일!…… 이!…… 삼!……, 번호를 부르는 사이에 그녀들을 강제로 굴복시켜 소유하려는 사람이 누군지도 모른 채 자신들의

---

* 퀸틀quintal은 무게를 재는 단위로, 약 46킬로그램(100리브라)에 해당한다.

몸을 꼬집거나 만지지 못하게 신경 써야 할 것이다.

그런 광경을 상상하자 불길한 예감이 몰려들었고, 갑자기 가슴속 심장이 커지기 시작해 숨이 막히는 무기력증에 빠졌다. 알리시아가 박해를 당한 자기 자궁에 내 아들을 품고 있을까? 인간으로서 지금 나의 고통보다 더 참을 수 없는 고통이 있을까? 나는 예지몽을 꾸었는데, 내 머리가 손톱 밑에서 피를 흘리고 있었다.

나는 무의식중에 심술궂게 반응했다. 바레라는 정부情婦를 둘 수 있고, 정부를 등쳐먹고 살 수 있는 비열한 인간이었기 때문에 알리시아를 자기 침대와 사업을 위해 간직해두고 있었을 것이다. 그 인간이 그녀에게 어떤 음란한 타락, 어떤 관능적인 멋을 가르쳤을까? 그런데 만약 그 인간이 그녀를 팔아버렸다면, 좋아, 아주 좋아! 그녀를 산 사람은 고무 10퀸틀을 지불했을 거야! 그녀는 단 1리브라에 자신의 몸을 팔 거야!

그녀는 고무나무 농장에서 일꾼이 아니라 어느 사업가의 목재주택에서 비싼 비단옷과 고운 레이스를 몸에 두르고, 클레오파트라처럼 하녀들을 부리며, 내가 그녀의 육체가 느끼는 즐거움 말고 달리 줄 게 없었던 우리의 가난한 시절을 조롱하면서 여왕처럼 지내고 있을 것이다. 그녀는 향기 그윽한 복도에서 머리를 풀어 헤치고 보디스를 느슨하게 풀어놓은 채 고리버들 흔들의자에 앉아 거룻배들을 향해 땀을 뻘뻘 흘리며 고무 짐을 지고 운반하는 삐쩍 마른 인부들을 바라볼 것이고, 그사이에 그녀는 이라카 야자나무 가지로 만든 부채들 사이에서 한가하고 여유 있게 앉아, 마음을 진정시키는 목소리가 흘러나오는 축음기의 음악을 들으며, 자신이 아름답고 욕망의 대상이 되고 음란하다는 사실에 행복해하면서 푹푹 찌는 더위 속에서 눈을 지그시 감을 것이다.

하지만 나는 죽은 상태로 내 길을 가고 있어!

* * *

우크네 촌락의 토속 오두막촌에서 어느 추장이 우리에게 카사베 전병을 주고서 우리가 지나갈 경로를 두고 피파와 토론했다. 비차다강에서 부아 천川까지 광활한 황야를 건너고, 구아비 아레의 비옥한 평야로 내려와서 이니리다를 통해 파부나구아로 올라가서 포효하는 이사나강을 찾아 밀림의 지협을 건너고, 그곳을 흐르는 물더러 우리를 검은 물결 일렁이는 구아이니아강까지 데려가달라고 부탁해야 한다는 것이었다.

이 여정은 몇 개월 동안의 행군을 의미했지만 오리노코강과 카시키아레강을 거쳐 간 바레라의 고무 채취 노동자들의 경로보다 더 짧았다. 우리는 카누 바닥에 페라만 수지를 발라 수리를 하고 나서 개들과 식량을 싣고 무릎을 꿇고 앉아 순교를 하는 것처럼 불편한 자세로 순서를 정해 뻔뻔하고 무례한 빗물을 조개껍질로 퍼내면서 늪으로 변한 사바나 지역을 향해하기 시작했다.

계속해서 열병에 시달리던 물라토 코레아는 과거에 자신을 쫓아오는 황소들로부터 몸을 보호하기 위해 사용하던 야노스식 바예톤을 덮은 채 카누 안에서 몸을 웅크리고 있었다. 나는,

코레아가 자신의 가슴에 귀를 대고 바구미 한 마리가 자신의 심장을 갉아먹는 소리를 들어달라 청했을 때 연민의 정을 느껴 그를 껴안았다.

"힘내요, 힘내! 지금 당신은 내가 알던 사람 같지가 않아요!"

"백인 양반, 그 말이 맞아요. 과거의 나는 야노스에 있어요."

그는 티플레 기타를 빌려주지 않은 이유로 피파가 자신에게 〈나쁜 술책을 쓰려〉 했다고 내게 불평했다. 나는 그 교활한 자를 불러 몸을 잡고 흔들어댔다.

"이 불쌍한 청년을 그토록 많은 거짓말로 다시 한 번 더 놀라게 한다면 난 당신을 발가벗겨 개미굴에 묶어둘 거요."

"내가 그렇게 몹쓸 인간은 아니에요. 내가 도망치는 사람들에게 나쁜 술책을 쓴 것은 확실하지만, 이 동업자가 괜히 쓸데없는 짓을 하니까 그런 손해를 보는 겁니다. 내 말을 곧이곧대로 믿으세요." 그가 배낭에서 쓸모없는 빗자루처럼 중간 부분을 철사로 묶은 밀짚 한 단을 꺼내 쫙 펼쳤다. "바레라라는 인간이 자신의 허리가 꽉 조이는 것을 느끼고 몸이 잘릴 때까지 찢어지게 하려고 매일 밤 나는 그 인간을 생각하면서 밀짚을 비틀어댔어요. 그 인간의 몸을 손톱으로 할퀴어버릴 수만 있다면 좋겠네요! 그가 이 무식한 물라토를 두려워하기 때문에 살아났다는 걸 확실히 알아두세요" 이렇게 말하면서 그 주물_{呪物}을 멀리 던져버렸다.

가끔 급류가 흐르는 강변에서 우리는 카누를 멀리 떨어진 곳에서 우리가 찾으려 했던 미지의 주검이 들어 있지 않은 빈 상자라도 되는 듯 들것처럼 들어 올려 옮기거나 어깨에 져서 날랐다.

"이 카누가 관처럼 보이는군요." 피델이 말했다. 그러자 예지력이 있는 물라토 안토니오가 대답했다.

"충분히 우리의 관이 될 수도 있어요."

이름 모를 강에서 물고기를 풍성하게 낚을 수는 있었지만 소금이 부족해 식욕이 당기지 않았고, 모기에다 흡혈박쥐까지 달라들었다. 매일 밤 흡혈박쥐들이 모기장에서 시끄러운 소리를 냈고, 개들을 괴롭히지 못하게 뭔가로 덮어줘야 했다. 모닥불 주위에서는 재규어가 으르렁거렸고, 우리의 총소리가 끝임없이 울려 퍼져 공격적인 밀림을 놀라게 할 때가 있었다.

어느 날 오후, 날이 거의 저물어갈 무렵에 나는 구아비아레 강변에서 사람의 발자취를 발견했다. 점토에 찍힌 발자국은 뚜렷하고 작았는데, 그 어떤 곳에서도 다시 나타나지 않았다. 화살로 물고기를 잡던 피파를 부르자 그가 내게 다가왔고, 모든 동료가 순식간에 발자국을 에워싸고서 발자국이 걸어갔을 방향을 알아내려 애썼다. 하지만 엘리 메사의 한마디에 우리의 추정을 바꿔야 했다.

"이건 원주민 소녀 마피리파나*의 발자국이에요."

그날 밤, 엘리 메사는 쇠꼬챙이에 끼워 굽고 있던 거북을 뒤집는 동안 피파와의 논쟁을 매듭지었다.

---

* 마피리파나Mapiripana는 구아비아레강과 예전에는 마피리판Mapiripán 이라 불리던 시아레강의 합류 지점 근처에 있는 급류의 이름이다. 원주민 소녀 마피리파나의 전설은 밀림과 원주민의 세계, 여성의 세계를 연결하고, 풍요롭고 비옥한 물뿐만 아니라 파괴적인 물의 창조에 관해서도 설명한다.

"어젯밤 이 강변을 걸어간 이가 피오라*였다는 주장은 더 이상 하지 말아요. 피오라는 발이 비틀어져 있고 머리에 활활 타는 화로를 이고 다니는데, 강가의 만처럼 생긴 곳에 들어가도 불이 꺼지지 않기 때문에 어디에서든 피오라를 가리키는 하얀 재로 이루어진 줄이 보여요. 내가 원주민 소녀 마피리파나에 관한 애기를 해줄 테니까 우리 죽음과 숲의 정령들에게 바치는 봉헌 제물로 이 모래밭에 가운뎃손가락으로 나비 한 마리를 그립시다."

마이푸레스 지역 인디오 두 사람을 제외하고 우리는 모두 그 말에 따랐다.

* * *

〈원주민 소녀 마피리파나는 정적의 사제이고, 샘과 호수의 감시자예요. 밀림 한가운데 살면서 큰 강들에 투명한 보물을 주는 새로운 유역을 만들기 위해 작은 구름들을 짜고, 흘러나온 물의 길을 내고, 벨벳처럼 펼쳐진 강변의 벼랑에서 물로 만든 진주를 찾고 있지요. 그 소녀 덕분에 오리노코강과 아마존강이 지류들을 갖고 있어요.

이들 지역의 인디오들은 그 소녀를 두려워하고, 그녀는 인디오들이 시끄럽게만 하지 않는다면 사냥을 하도록 허용해주지

---

* 전설에 따르면 '피오라Piora'는 인간의 몸에 햇볕에 탄 코, 기다란 머리칼을 지니고 있다. 피오라는 예쁜 소녀, 아이, 소년, 특히 긴 머리를 지닌 이들을 훔친다고 한다.

요. 그녀의 말을 듣지 않는 사람은 사냥감을 전혀 잡지 못해요. 그녀가 동물들을 놀라게 하면서, 그리고 마치 거꾸로 걷는 것처럼 발뒤꿈치 자국이 앞에 나 있는 하나의 발자국만 남기면서 지나갔다는 사실을 확인하려면 축축한 점토만 봐도 충분해요. 그녀는 늘 손에 난초 한 송이를 들고 다니고, 야자나무 잎사귀 부채를 맨 처음으로 사용했어요. 밤이면 보름달이 강변을 비추는 가운데 그녀가 강에서 거북의 등을 타고 돌고래들에 이끌려 가면서 어둠 속에서 지르는 소리를 들을 수 있는데요, 그녀가 노래를 부르는 사이에 돌고래들은 지느러미를 움직이지요.

옛날에 이 지역에 남자 선교사 한 명이 왔는데, 그가 야자 술에 취해 미성년 원주민 소녀들과 백사장에서 잠을 잤어요. 그는 미신을 타파하라고 하늘이 보낸 사람이었기 때문에 원주민 소녀 마피리파나를 사제복의 노끈에 묶어 마녀들에게 하듯이 산 채로 불태우려고 어느 날 밤에 그녀가 추파베강의 만처럼 생긴 곳으로부터 강 아래쪽으로 내려오기를 기다렸지요. 이 넓은 강변의 어느 굽이, 즉 아마도 여러분이 지금 앉아 있는 백사장에서 그녀가 아마존노란점거북의 알을 훔치는 것을 보았는데, 그의 눈에 보름달 아래 드러난 그녀는 거미줄로 만든 옷을 입은 젊은 과부 같았어요. 음탕한 욕망이 생긴 그가 그녀를 뒤좇아 갔으나 그녀는 어둠 속으로 도망쳐버렸어요. 그가 다급하게 그녀를 부르자 사람을 속이는 메아리가 대답을 했어요. 그렇게 해서 그는 인적 없는 밀림으로 들어가게 됐고, 마침내 어느 동굴을 발견해 여러 해 동안 그곳에 갇혀 지냈어요.

그녀는 그의 음란죄를 벌하기 위해 그가 녹초가 될 때까지 입술을 빨았고, 그 불행한 남자는 자신의 피를 빼앗기면서 오랑우탄처럼 털투성이인 그녀의 얼굴을 보지 않으려고 눈을 감았어요. 그녀는 채 몇 개월이 되지 않아 임신을 했고, 혐오스러운 쌍둥이인 흡혈박쥐와 부엉이를 낳았지요. 선교사는 그녀가 그런 자식들을 낳은 것에 절망해 동굴에서 도망쳐 나왔으나 자식들이 그를 추적했어요. 밤에 그가 숨어 있으면 흡혈박쥐가 그의 피를 빨아먹었고, 불빛을 싫어하는 부엉이는 초록색 유리로 만든 작은 등처럼 두 눈을 깜박거리며 빛을 내뿜어 그를 비추었어요.

동이 틀 무렵, 그는 각종 과일과 야자 열매의 과육으로 빈속을 채우면서 계속해서 앞으로 나아갔어요. 그러고서 오늘날 마피리파나로 불리는 호수에서부터 육로를 통해 구아비아레강으로 나왔고, 여기서부터 위로는 어느 부두에 정박해 있던 카누를 타고서 갈 곳을 잃은 채 강을 거슬러 올라갔지요. 하지만 그 인디아 소녀가 거대한 돌들을 던져 넣어 물길이 거세져버린 마피리판 폭포를 거슬러 올라가는 것은 불가능했어요. 그래서 그는 나중에 오리노코강 유역의 분지로 내려갔다가 그의 적인 원주민 소녀의 심술궂은 작품인 마이푸레스 급류에 막혀버렸어요. 그녀는 이사나 폭포, 이니리다 폭포, 바우페스 폭포도 만들었어요. 구원받을 수 없다는 사실을 깨달은 그가 빛을 내뿜는 부엉이의 작은 눈을 따라 동굴로 돌아와 보니 그 원주민 소녀가 꽃이 피어 있는 덩굴손 그네를 탄 채 그에게 미소를 지었어요. 그는 그녀 앞에 엎드려 자식들로부터 자신을 보호해달라고 요청했는데, 그녀의 이 같은 잔인한 충고를 듣고는 정신을 잃고 쓰러져버렸어요. "그 누가 자책하는 사람을 구해줄 수 있 겠어요?"

그때부터 그는 기도와 참회에 전념하다가 늙고 쇠약해져 죽 었어요. 마지막 순간에 그 원주민 소녀는 잎사귀와 이끼로 뒤 덮인 침상에 드러누워 섬망 상태에 빠진 그가 마치 자신의 영 혼을 붙잡으려는 듯 허공에 손을 내두르는 모습을 보았지요. 그가 죽자 동굴 안에서는 대천사처럼 거대하고 빛을 내뿜는 파 란 날개의 나비 한 마리가 날아다녔는데, 이는 이 지역에서 열 병으로 죽은 사람들의 마지막 모습이에요.〉

* * *

내 뇌에서 환영을 보았던 그 날과 같은 공포는 결코 느껴본 적이 없다. 나는 일주일 넘게 나의 빛나는 이해력, 섬세한 감 각, 세련된 관념에 대해 자부심을 느끼며 보냈다. 나는 내 삶과 운명의 온전한 주인이라 느꼈고, 삶과 운명의 해결책을 아주 쉽게 발견했기 때문에 내가 특별한 것을 하도록 예정되어 있다 고 믿었다. 신비로움에 대한 관념은 내 존재로부터 비롯된 것 이었다. 나는 환상을 훈련하기를 즐겼고, 무엇이 꿈인지, 꿈이 주위 환경과 관련된 것인지, 망막과 관련된 것인지 알고 싶어 며칠 밤을 뜬눈으로 지새웠다.

내 정신 이상 증세는 어둠에 휩싸인 이니리다강에서 처음으 로 나타났는데, 그때 모래가 내게 간청하는 소리를 들었다. 〈우 리를 그렇게 세게 밟지 마세요. 꼼짝하지 않고 가만히 있는 데

지쳤으니 우리를 가엾게 여겨 바람에 날려주세요.〉

나는 모래 먼지가 소용돌이를 칠 때까지 격렬하게 손을 흔들어 모래를 흩날렸고, 프랑코는 흐르는 물의 목소리, 즉 〈그런데 우리를 불쌍히 여기는 마음은 없을까요? 불경스런 모래가 우리를 붙잡지 않기 때문에 그리고 우리가 바다를 두려워하기 때문에, 우리가 이 영원한 움직임을 잊을 수 있도록 당신 손으로 우리를 붙잡아주세요〉라는 목소리를 듣고서 내가 물로 뛰어들지 않도록 내 옷을 움켜잡아야 했다.

강물에 내 손을 대자마자 정신착란 증세는 사라졌다. 나는 내 존재 자체가 의구심을 일으킨다는 사실로 인해 고통을 느꼈다.

나는 가끔 근심을 잊으려고 노를 움켜쥐고는 지칠 때까지 저었다. 그러면서 친구들의 시선에서 내 건강을 어떻게 생각하는지 알아내려고 애썼다. 나는 종종 그들이 슬픈 눈짓을 한다는 사실을 발견했지만, 그들은 〈너무 지치게는 하지 말아요. 열병에 대해 알아야 해요〉라고 말하며 나에게 힘을 불어넣었다.

그런데도 나는 내 증세가 훨씬 더 심각하다는 사실을 깨달았고, 내가 정상이라고 확신하기 위해 자기암시를 하려고 엄청난 노력을 기울였다. 나는 재미있는 주제로 이야기를 풍요롭게 했고, 매우 이성적이라는 사실에 흡족해하면서 옛날에 즐겨 읽던 시구를 떠올리기도 했다. 그러나 이내 혼수상태 같은 무기력증에 빠져들었다. 그런 상태는 결국 이런 식으로 끝났다. 〈프랑코, 내가 어떤 헛소리를 내뱉었는지 말 좀 해봐요.〉

내 신경이 차츰차츰 되살아났다. 어느 날 아침 즐거운 기분으로 잠에서 깨어나 사랑 노래를 휘파람으로 흥얼거렸다. 조금 있다가 마호가니 나무의 뿌리 위에 드러누워 위의 꽃송이를 쳐다보면서 나의 병을 조롱하며 과거의 두려움은 신경쇠약 증세 때문이었다고 생각했다. 하지만 이내 내가 강경증*으로 죽어가고 있다고 느꼈다. 죽음의 고통으로 인한 현기증을 느끼면서 나는 내가 꿈을 꾸지 않았다는 사실을 깨달았다. 그것은 불가피하고, 치료할 수 없는 것이었다. 나는 불평하고 싶었고, 움직이고 싶었고, 소리를 지르고 싶었으나 강경증으로 죽어갔고 머리카락만이 난파되는 배에서 다급하게 흔들리는 깃발처럼 흐트러졌다. 얼음처럼 차가운 냉기가 내 발톱으로 스며들어 각설탕에 스며드는 물처럼 차츰차츰 위로 올라왔다. 내 신경은 결정체가 되어갔고, 내 심장은 유리 같은 상자 속에서 고동쳤고, 내 눈동자는 굳어가면서 반짝거렸다.

나는 공포에 사로잡히고 넋을 잃은 상태에서 나의 외침이 허공을 뚫지 못한다는 사실을 이해했다. 나의 외침은 내 뇌 속에서 반사하는 것처럼 방출되지 않은 채 사그라지는 정신적인 메아리였다. 그사이 내 의지는 움직이지 않는 내 몸과 무시무시한 싸움을 계속했다. 내 곁에서 어둠 한 자락이 자루가 긴 커다란 낫을 움켜쥔 채 내 머리 위에서 바람을 가르며 휘두르기 시작했다. 나는 두려움에 사로잡힌 채 타격을 기다렸으나 죽음은 우유부단했는데, 마침내 낫자루를 조금 더 치켜들더니 내 두개골을 향해 정확하게 내리쳤다. 정수리뼈가 가는 유리처럼

---

* 강경증强勁症은 긴장병에서 나타나는 증상의 하나로, 몸이 갑자기 뻣뻣해지면서 순간적으로 감각이 없어진다.

깨지면서 텅텅거리는 소리를 냈고, 저금통 속의 동전이 짤랑거리듯이 두개골 내부에서 울려 퍼졌다.

그때 마호가니 나무가 가지를 흔들어댔고, 나는 나뭇가지가 웅성거리는 소리에서 다음과 같은 저주를 들었다.

〈그대는 살아 있는 살에 도끼가 박히는 게 어떤 건지 경험할 수 있도록 그대의 칼로 그를 찌르라, 그를 찌르라. 비록 그가 무방비 상태에 있다 할지라도, 그 또한 칼로 나무를 파괴했으니 그를 찌르라. 그가 우리의 순교를 아는 것이 공정하도다.〉

숲이 내 생각을 이해한다는 가정 아래 나는 이런 생각을 숲에게 말했다. 〈나는 여전히 살아 있기 때문에 그대가 원한다면 나를 죽이라!〉

그러자 썩은 웅덩이가 내게 대꾸했다. 〈그럼 내 해로운 수증기는? 혹시 게으름을 피우고들 있는 건가?〉

무심한 발걸음들이 낙엽을 밟으며 앞으로 나아갔다. 프랑코가 미소를 머금은 채 내게 다가와 집게손가락 끝으로 넋이 나간 것 같은 내 눈동자를 만졌다. 〈나는 살아 있소, 나는 살아 있다고요!〉 내가 속으로 그에게 소리쳤다. 〈당신이 내 가슴에 귀를 갖다 대면 내 심장이 뛰는 소리를 들을 거요.〉

나의 무언의 간청에도 아랑곳 없이 프랑코는 내 동료들을 불러 모아 눈물 한 방울 흘리지 않은 채 말했다. 〈그가 죽었으니 무덤을 파요. 그에게 일어날 수 있었던 가장 잘된 일이에요.〉 나는 절망적인 고통을 느끼며 곡괭이가 모래밭을 내리치는 소리를 들었다.

그때 나는 죽어가면서 초인적인 노력을 기울여 이런 생각을 했다.

〈내가 살아 있을 때나 죽어 있을 때나 심장을 가지고 있다는 사실을 모르다니, 나의 불길한 별은 저주를 받을지니!〉

나는 눈동자를 움직였다. 프랑코가 내 몸을 흔들었다.

"당신이 왼쪽으로 누우면 무시무시한 악몽을 꾸니까, 다시는 그렇게 눕지 말아요."

하지만 나는 잠들지 않았어! 잠들지 않았다고!

* * *

엘리 메사와 함께 비차다강 유역에서 온 마이푸레스 인디오 둘은 벙어리 같았다. 그들의 나이를 알아맞히는 것은 바다거북의 나이를 계산하는 것처럼 요행을 바라는 작업이었다. 배고픔도, 피로도, 역경도 그들의 무감각한 듯한 무표정한 얼굴을 바꾸지 못했다. 두 인디오는 강변에서 자신의 잿빛 짝을 보여주고, 하늘을 날 때나 땅에서 쉴 때나 함께 조화를 이루어 살면서 물고기를 잡아먹는 청둥오리처럼 항상 함께였고, 외로울 때나 슬플 때나 함께 지내면서 중저음 목소리로 대화를 하고, 쉬기 위해 멈출 때면 우리와 떨어져 쌍둥이처럼 자신들끼리만 자리를 잡고서 모닥불을 피우고, 낚시용 화살을 모으고, 낚시와 낚싯줄을 연결한 뒤에 작은 그릇에 담긴 유쿠타를 홀짝홀짝 마셨다.

나는 두 사람이 마쿠쿠아나에서 온 구아이보 인디오들과 뒤섞이는 것도, 피파에게 자신들의 이야기를 하거나 알랑거리는 것도 보지 못했다. 그들은 무엇을 달라고 요구하지도 주지도 않았다. 카티레* 메사가 그들의 중재자 역할을 했기 때문에 그들은 메사를 통해 간략한 대화로 자신들의 유일한 재산인 카누를 되돌려달라고 요구했다. 그들은 강으로 되돌아가기를 열망했기 때문이다.

"당신들은 우리와 함께 이사나강까지 가야 해요."

"우리는 못 갑니다."

"그럼 카누를 되돌려줄 수 없어요."

"우리는 못 갑니다."

우리가 이니리다강으로 들어갔을 때 그들 가운데 연장자가 애원과 위협이 뒤섞인 어조로 내게 간청했다.

"우리가 오리노코강으로 돌아가게 해주세요. 이 강물은 사악하니 강을 거슬러 올라가지 마세요. 위에는 고무농장과 경비대가 있어요. 일은 무척 힘들고, 사람들은 사악해서 인디오들을 죽여요."

이 말은 우리가 구아라쿠의 오두막촌으로 가는 것을 단념시키려고 피파가 과거에 알려준 정보가 사실임을 확인해주었다. 오후에 나는 프랑코더러 그 두 사람에게 더 광범위한 질문을 해보라고 시켰고, 비록 그들이 질문에 소극적으로 답했다 할지라도, 파푸나구아 지협에는 푸투마요강과 아하후강, 아파포리스강과 마카바강, 바우페스강과 파푸리강, 티-파라나('피의 강'), 투이-파라나('거품의 강') 유역에 이르기까지, 미지의 고무

---

* 카티레catire는 백인과 흑백혼혈인이 낳은 자식으로, 머리가 황금색이다.

나무 농장에서 도망쳐 나온 사람들로 이루어진 다국적 부족이 살고 있는데, 그들은 무장 순찰대가 자신들을 추적할 때를 대비해 밀림에 이동로를 가지고 있다고 말했다. 그리고 몇 년 전부터 가이아나 출신 뜨내기 사내 몇몇이 이사나강 근처에 공장을 세워 도망친 사람들을 노예로 부리기 시작했고, 카예노*라고 불리는 코르시카 출신 사내가 그 공장을 운영하고 있다고 했다. 만약 그 도망자들을 만나게 된다면 그들이 우리를 적으로 대할 것이기 때문에 방향을 틀어야 한다는 것이었다. 만약 그 오두막촌으로 가게 된다면, 그들은 우리에게 평생 일을 시킬 것이라고 말했다.

오후의 마지막 햇빛이 강물에 비쳤다. 날이 어두워졌다. 걱정거리가 많아진 나는 불면과 싸워야 했다. 그 소식은 진짜든 가짜든 나를 슬프게 했다. 밀림에 어둠이 짙어지고 있었다. 내가 어둠 너머에 있다면 무슨 일들이 일어날까?

자정 무렵, 나는 개들이 짖는 소리와 사람들이 다투는 소리를 들었다. 다투는 소리는 카누 앞에서 들려왔다.

"그 사람 죽여버려요! 그 사람 죽여버리라니까!" 엘리 메사가 말했다. 프랑코가 나를 소리쳐 불렀다. 나는 권총을 가지고 급히 그곳으로 달려갔다.

"이 도둑들이 카누를 가지고 도망치려고 했어요. 우리를 이곳에 버려두고 굶어 죽이려고 한다니까요! 이 사람들 말이 피

---

* 카예노cayeno는 프랑스령 기아나의 수도 '카엔Cayenne'에서 왔다는 의미다. 즉, '카엔 사람'이다.

파가 사주했대요!"

"내게 누명을 씌우는 사람이 누구요? 말도 안 돼요! 내가 어떻게 그런 나쁜 조언을 할 수 있겠어요?"

마이푸레스 인디오들이 소심한 말투로 피파의 말을 반박했다.

"당신이 우리더러 당신 침상과 카빈총 두 정을 배에 실어달라고 했잖아요."

"유감스럽지만 오해예요! 내가 저 사람들의 의도를 알고 싶어서 저 사람들더러 도망치라고 해본 거예요. 저 사람들은 그렇게 하지 않겠다고 했어요. 그런데 결국은 그렇게 해버렸어요. 어찌 되었든, 나는 저 사람들을 고발하지 않았어요! 저 사람들을 해칠 수도 없었다고요!"

나는 말다툼을 중단시키고 피파를 매질하기로 결정했고, 그 일을 그의 공범들에게 맡겼다. 피파는 자신이 맞는 채찍보다 몸을 더 비틀어댔고, 울고불고하면서 용서해달라고 간청했으며, 마침내는 알리시아의 이름을 부르기까지 했다. 그래서 그의 몸에서 피가 터져 나왔을 때 나는 그를 피라냐에게 던져버리겠다고 위협했다. 그러자 그는 무서워 아연실색한 마이푸레스 인디오들과 구아이보 인디오들 앞에서 기절한 척했고, 나는 그 인디오들에게 앞으로는 예고 없이 해먹에서 일어나는 사람이 있으면 누구든지 규정에 따라 총을 쏴버리겠다고 엄중하게 경고했다.

이어지는 몇 주 동안 우리는 천둥소리를 내며 흐르는 격류를 이겨내느라 시간을 허비했다. 하지만 모든 격류를 거슬러 올라갔다고 생각한 그때 산의 메아리가 또 다른 떠들썩한 격류 소리를 우리에게 실어 보냈다. 저 멀리 거대한 바위 위로 휘몰아 치는 거친 물보라가 마치 휘날리는 깃발처럼 보였다. 계속해서 웅웅대는 소리를 내는 급류가 활처럼 휘어지며 흐르면서 바람이 일어 기슭에 있는 대나무의 갈기털 같은 가지를 마구 흔들어대고, 펄펄 끓는 것 같은 물에서 피어오른 안개 사이로 보이는 무중력 상태의 무지개를 파르르 떨게 만들었는데, 그 모습이 마치 움직이는 아치처럼 보였다.

협곡을 흐르는 격류에 깨진 현무암 파편들이 강 양쪽 기슭에 삐죽삐죽 솟아나 있었고, 오른쪽으로는 언덕이 소용돌이를 향해 팔을 내뻗친 것처럼 한 줄로 늘어선 거대한 바위들이 일련의 반짝거리는 폭포와 더불어 물 위에 드러나 있었다. 카누를 들어 올려 옮기기가 힘들어 왼쪽 기슭을 따라가야 했다. 우리는 이미 이런 작업에 성공한 적이 있어서 카누에 밧줄을 매달아 절벽의 뾰족하게 튀어나온 바위 위에서 잡아끌었으나 암초로 이루어진 삼각형 수역에 이르렀을 때, 카누는 귀를 먹먹하게 하는 소용돌이 속에서 전후좌우로 크게 흔들리면서 잡아당겨지지 않았다. 밸러스트와 키잡이가 필요했다. 초인적인 운송작업을 지휘하던 엘리 메사는 권총을 뽑아 들고서 마이푸레스 인디오들더러 바위 절벽을 타고 내려가 단번에 카누로 뛰어내린 뒤 선수와 선미에서 상앗대로 카누를 움직이라고 명령했다. 원기왕성한 원주민들은 엘리 메사의 명령에 따라 물거품 위를 지그재그로 미끄러지면서 움직이는 나무 배 안에서 안간힘을 다해 거세게 흐르는 물살 쪽으로 배를 밀었다. 하지만 카누에 묶어놓은 밧줄이 갑자기 끊어지면서 카누가 으르렁거리는 급류 위로 후퇴했고, 우리가 채 비명을 지르기도 전에 깔때기처럼 생긴 비극적인 소용돌이 속으로 빨려 들어갔다.

원주민 소녀 마피리파나의 나비가 날개를 펼치듯 자신의 꽃잎을 펼치는 무지개 아래 소용돌이 위에서 두 조난자의 모자가 빙빙 맴돌았다.

* * *

그들이 조난을 당하는 극적인 광경은 뜻밖에도 너무 아름다워 내 마음을 뒤흔들었다. 그 광경은 참으로 멋졌다. 죽음은 자신의 희생자들을 대상으로 새로운 형태를 선택했다. 피를 흘리지 않고, 혐오스런 검푸른 색으로 몸을 변화시키지 않고 우리를 집어삼킨 것에 대해 죽음에게 고마울 정도였다. 그들의 죽음은 아름다웠는데, 존재는 물거품 속에 든 깜부기불처럼 이내 사그라졌다. 그들의 영혼은 물거품을 뚫고 솟아오르면서 물거품을 즐거움으로 들끓게 했다.

뒤늦게 구조해야 한다는 절박함에 구명줄을 잡아당기며 벼랑 여기저기를 뛰어다니는 동안 나는 우리가 하는 어떤 작업이든 그 압도적 재난을 범속하게 만들 것이라고 생각했다. 강둑을 응시하면서 나는 조난당한 사람들의 몸이 부풀어 수면 위로 떠올라서 춤을 추듯 뱅글뱅글 맴도는 모자들과 뒤섞일 수도 있다는 끔찍한 공포를 느꼈다. 하지만 거품을 일으키며 들끓어 오르는 물은 상황을 결정짓는 강력한 파도와 더불어 그 불행한 일의 마지막 흔적을 지워버렸다.

나는 동료들이 바위에서 바위로 왔다 갔다 하면서 끈질기게 작업하는 모습을 지켜보며 초조한 마음에 소리를 질러댔다.

"프랑코, 당신은 멍청이야! 갑자기 죽어버린 사람들을 어떻게 구할 수 있단 말이오? 설령 그들이 되살아난들 당신이 그들에게 무엇을 해줄 수 있겠소? 그들을 그대로 놔두고, 우리는 그들의 죽음을 부러워합시다!"

기슭에서 부서진 카누의 판자를 줍고 있던 프랑코가 판자 하나를 집어 들더니 나를 치려고 했다.

"당신, 친구들은 전혀 중요하지 않나요? 우리에게 그런 식으로 갚는 거요? 나는 당신이 그토록 비인간적이고 그토록 가증스럽다고는 결코 생각하지 않았소."

그가 폭발적인 분노를 터뜨리자 나는 당황했다. 막연한 우려에 눈으로 내 카빈총을 찾았다. 메아리가 되어 울리는 격류 소리에 프랑코의 공격적인 말이 겹쳐졌는데, 프랑코는 내 얼굴 앞에서 주먹을 휘둘러대며 계속해서 소리를 질렀다. 나는 그토록 열렬하고 요란스럽게 표출하는 분노는 겪어본 적이 없었다. 프랑코는 내 변덕 때문에 자기 삶이 희생되었다고 했다. 나의 배은망덕, 나의 의욕적인 성격, 나의 깊은 원한에 관해 언급했다. 내가 라 마포리타에서 내 처지를 위장했을 때 나는 그에게 단 한 번도 정직했던 적이 없었다. 궁핍함이 낙인처럼 내 실상을 알리는데도 그에게 부자라고 말했고, 알리시아가 내 애인으로서 자신의 태도에 우유부단한 면모를 보여주었을 때도 나는 그에게 내가 기혼자라고 말했었다. 나는 그녀를 타락시키고 나쁜 길로 이끈 뒤에 그녀를 처녀처럼 감시했었다! 그리고 내가 그녀를 납치해 도망침으로써 그녀를 부정한 여자로 만들어놓고는 다른 사내가 그녀를 데리고 달아났을 때는 고래고래 악을 써댔었다! 도시에서 고분고분한 성격에 아름다운 외모를 지닌 조신하고 부지런한 여자들이 자신의 능력을 지켜위하며 살고 있을 때 나는 황야에서 계속 그녀를 찾아다녔었다! 그리고 나는 동료들의 비극적인 죽음에서 즐거움을 느끼기 위해 그 살인적인 여행의 모험에 그들을 끌고 다녔다! 그 모든 것은 내가 아주 충동적이고 허세가 넘치는 정신 이상 상태였기 때문이라고 했다!

이 마지막 문장이 망치질처럼 내게 떨어졌다. 내가 정신 이상 상태라고! 무슨 이유로? 무슨 이유로? 나는 서둘러 프랑코에게 반격했는데, 나의 공격은 꽤 만족스러웠다.

"정말 어리석은 인간! 무슨 정신이 이상하다는 거요? 내가 지금 알리시아를 위해 하는 것을 당신은 이미 그리셀다를 위해 했잖아요! 내가 그걸 모른다고 생각했던 거예요? 당신은 그녀 때문에 경비대장을 죽였잖아요!"

나는 그에게 더 큰 모욕을 주려고 유명한 구절을 모방해서 덧붙였다.

"잘못은 사랑하는 여자를 취하는 데 있는 것이 아니라 그녀와 결혼하는 데 있다고요!"

내가 조롱하듯 너털웃음을 터뜨려 프랑코에게 상처를 주는 동안에 그는 깎아지를듯 서 있는 바위에 등을 기대고 서 있었다. 어느 순간 그가 아래로 뛰어내릴 것만 같았다. 내 목소리가 창처럼 그를 꿰뚫어버렸기 때문이다. 바로 그때 나는 결정적인 폭로를 들었다.

"경비대장을 죽인 건 내가 아니오. 그리셀다가 직접 그를 칼로 찔렀소. 여기 있는 카티레 메사가 내게 와서 그 사실을 얘기해주었소. 내가 어두운 방으로 들어가 무슨 짓을 하는지도 모른 채 총을 쏜 건 사실이오. 그리셀다가 내게서 권총을 빼앗고 불을 켜더니 대담한 어투로 나를 일깨워주었소. '이 사람이 내게 달려들어 못된 짓을 하려고 촛불을 껐는데, 지금 여기 있어요.' 경비대장은 피를 흥건하게 흘리며 쓰러져 있었소.

그리셀다라는 여자는 죄를 저질렀을지언정 자신의 용기로 스스로를 구했소. 나는 그녀에게서 칼을 빼앗은 뒤 내가 그 모든 짓을 했다고 선언하고 체포되었소. 하지만 경비대장은 추문을 만들지 않았소. 단 한 사람도 고소하지 않았던 거요!

오로쿠에의 판사가 나를 어떻게 이용해 먹었는지는 지금 내 말을 듣고 있는 이 사람들이 당신에게 말해줄 거요. 그 판사는 나와 그리셀다의 내연관계를 기소하고자 했지만, 우리가 결혼할 수 있다는 생각에 망설였소. 그래서 영리한 여자인 그리셀다는 우리의 결혼을 공포하는 기회를 놓치지 않았소. 그녀의 거짓말이 우리를 구한 거요. 맹세컨대 난 진실을 말했소!"

나는 피델 프랑코가 밝힌 사실 때문에 어찌나 놀랐던지 정신이 혼란해지고 불안해지면서 현기증을 느꼈다. 피델은 계속해서 자신의 속마음을 털어놓고 내밀한 사건들, 가정의 불행, 살인자와 함께 사는 데서 비롯되는 불쾌함, 갈망하는 이별 계획을 드러냈다. 날마다 그는 그 여자가 자신을 버림으로써 자신이 정당한 동기 없이 그녀를 혐오하는 부끄러운 짓을 피할 수 있으면 좋겠다고 소망했다. 하지만 그녀는 유감스럽게도 그에게 불성실하지 않았다. 그를 존중하고 그에게 마음을 썼다. 그녀는 자신이 저질렀을 가장 심각한 과오를 압도하는 애정 어린 동정심으로 자신과 그를 아주 견고하게 연결시켰다. 그는 구슬땀을 흘려가며 그녀를 위해 라 마포리타 촌락을 만들어냈다. 그는 탈영범죄의 공소시효가 끝나면 안티오키아로 돌아가기 위해, 공소시효가 지속되는 동안 그녀에게 그럭저럭 살 만한 장소를 남겨주려고 했다. 하지만 바레라가 그녀를 원한다는 사실을 알았을 때는 질투심이 불타올랐다. 아마도 나의 해로운 전례가 없었더라면, 그녀를 단념하고 자유롭게 놔주었을 것이다. 하지만 나는 나의 혐오스런 분노를 그에게 전이시켰고, 이제 그는 큰 불행을 향해 나아가는 나를 뒤따랐다. 그리고 이제는 우리가 하던 일에 관해 성찰하는 것이 불가능했다. 그는 되돌아갈 수 없었다! 죽든 살든 자기를 버린 그녀를 받아들이지 않을 테지만 그녀에게 해를 끼치지도 않을 생각이었다. 사실, 그는 어떻게 해야 할지 몰랐다!

지금 나는 그가 했던 다른 말은 기억하지 못한다. 그의 말을 듣고 있었다 할지라도 새겨듣지 않았다. 과거의 베일이 내 눈앞에서 걷혔다. 그동안 잊고 있던 세부 사항들이 밝혀졌고, 모르고 있던 상황을 파악하게 되었다. 그리셀다 아가씨가 다른 곳으로 이주하고 싶어 했다는 것이 확실했다. 미얀이 돈 라파엘의 상품을 훔치지 못하게 하려고 내가 칼을 잡았던 날 그녀는 어떤 이유로 망연자실 비명을 질렀었다. 번득이는 칼이 내뿜는 번쩍거리는 섬광은 그녀를 유혹하던 경비대장의 피 위에

서 촛불을 켜 그를 비추었을 때의 그 무시무시한 광경을 상기
시켰다. 〈이 사람이 내게 달려들어 못된 짓을 하려 했는데, 지
금 여기 있어요.〉 나는 그녀가 남자들의 행위를 고발하던 말
또한 기억했고, 그녀가 나의 무모함을 제어하려고 했던 상투
적인 말까지 기억했다. 〈설령 당신이 나를 데려가지 않는다 해
도, 비열한 사람은 되지 말아요! 당신 무슨 생각을 하는 거예
요? 난 당신에게는 장난기 넘치는 여자였지만, 다른 남자들에
게는…… 품위 있게 처신했어요.〉 그리고 그녀는 내게 복수의
칼을 꽂으려는 것처럼 몸을 파르르 떨면서 주먹으로 내 가슴을
쳤다.

　알리시아는 유쾌하고 사나운 그 여자를 자신의 조언자, 막역
한 친구로 삼았었다. 친구 그리셀다의 유해한 영향력 아래서
알리시아의 내향적이고 경험이 부족한 영혼에 새로운 성격이
형성되어가고 있었다. 아마도 알리시아는 내가 어느 순간에든
자신을 거부할 수 있다고 생각했는지 자신의 희망을 후원자 그
리셀다의 보호에 맡긴 채 나의 질책을 받아들이지 않고 그리셀
다의 단점까지도 따라 하면서 자신은 혼자가 아니며 내가 원하
면 언제든지 자신을 버릴 수 있다는 사실을 내게 이해시키려고
했다.

　언젠가 내가 부재중이었을 때 그리셀다 아가씨가 알리시아
에게 총을 쏘아 목표물을 명중시키는 법을 가르쳐주었다. 나는
그녀들이 포연을 내뿜는 권총을 마치 바느질감을 손에 든 것처
럼 무신경하게 쥐고 있는 모습에 무척 놀랐다.

　"이게 뭐요, 알리시아? 대체 얼마나 겁을 잃어버린 거요?"

그녀가 대답 대신 어깨를 으쓱했지만 함께 있던 그리셀다는 씩 웃으며 자신의 견해를 밝혔다.

"우리 여자들은 모든 것을 알아야 한다니까요! 이제는 남편이 있어도 아무런 보장을 못 하거든요."

엘리 메사가 다가와 다음과 같이 조언하는 바람에 내 생각이 멈췄다.

"당신과 프랑코가 맺고 있는 우정 덕분에 갈등을 이겨낼 수 있어요! 이런 논쟁은 중요하지 않아요. 프랑코 중위의 손은 피로 더럽혀지지 않았어요. 당신은 그 손을 잡을 수 있어요."

나는 피델 프랑코의 손을 움켜쥔 채 카티레 엘리 메사에게 명령했다.

"당신 손은 정의로워서 피로 물들었으니, 그 손도 쥐봐요."

피파와 구아이보 인디오들은 그날 밤에 도망쳤다.

* * *

〈친구들이여, 내 운명 때문에 당신들의 행로를 구애받지 말고, 자유롭게 계속해서 자신의 별을 찾아가라고 내가 지금 이 순간에, 지난밤처럼, 말하지 않으면 내 양심과 내 충심을 거스르는 것이오. 내 삶보다는 당신들의 삶을 더 생각하시오. 내 운명은 자신의 궤도를 스스로 펼칠 테니까, 나를 혼자 놔둬요. 아직도 여러분이 원하는 곳으로 돌아갈 시간이 있어요. 나의 행로를 따라가는 사람은 죽음과 함께하는 겁니다.

만약 당신들이 나를 따라가겠다고 고집한다면, 각자 알아서 세상을 돌아다니는 거요. 우리는 우정과 공동의 이익을 위해 연대하는 거요. 하지만 각자 자신의 운명에 맞서야 할 거요. 그렇지 않으면, 나는 당신들과 함께 가지 않을 거요.

당신들은 구아비아레강 입구에서 이 물길을 타고 산페르난도의 마을까지 내려가는 데 한나절밖에 안 걸린다고 했소. 푸네스 대령이 당신들을 범죄 용의자로 체포할 수 있다는 사실을 두려워하지 않는다면, 이 급류의 기슭을 따라 되돌아가서 플라타노나무로 뗏목을 만들어 아타바포강까지 떠내려가보시오. 밀림에 가면 당신들이 먹을 세헤 야자 유액, 마나카 야자 싹이 있소.

내 바람은 우리가 반대편 기슭에 도달할 수 있도록 나를 도와달라는 것뿐이오. 마이푸레스 인디오들이 파푸나구아강의 합수부 삼각주가 이 폭포에서 불과 몇 킬로미터 거리에 있고, 거기에는 푸이나베 인디오*들이 살고 있다고 내게 확실히 말해주었소. 나는 그들과 함께 구아이니아강까지 내려가고 싶소. 그리고 이게 미치광이 짓처럼 보인다 할지라도 당신들은 내가 바라는 것이 무언지 이제 알 거요.〉

나는 이니리다강의 어느 바위에 남겨져 밤을 보내고 다음 날 아침에 내 동료들에게 이렇게 충고했다.

카티레 엘리 메사가 모두를 대신해 대답했다.

"우리 넷**은 일심동체가 될 겁니다. 우리는 유물이 되려고 태

---

* 푸이나베puinave 인디오들은 주로 이니리다강과 구아이니아강 유역에 거주한다.
** 네 사람은 아르투로 코바, 피델 프랑코, 물라토 안토니오 코레아, 그리고 엘

어난 게 아닙니다. 이왕지사 이렇게 된 이상 끝장을 봐야죠!"

그리고 엘리 메사는 강을 건너는 모험을 하기에 가장 좋은 장소를 찾아 깎아지른 듯한 강기슭으로 나를 인도했는데, 우리는 해먹과 총 말고 다른 짐은 없었다. 분명, 그날부터 나는 숙명을 예감하게 되었다. 당시까지 일어난 모든 불행이 그 순간 그것을 알려주었다. 그럼에도 불구하고 강기슭을 따라 당차게 위로 나아가면서 가끔씩은 진정한 열망을 가지고 건너편 기슭을 바라보고, 내 발이 밟았던 이 땅을 다시는 밟지 못하리라 확신했다.

피델 프랑코와 눈이 마주쳤을 때 그와 나는 조용히 씩 웃었다.

"피파가 줄행랑친 게 더 나아요." 코레아가 소리를 질렀다. "그 극악무도하고 혐오스러운 도둑은 위험한 인간이었어요. 우리가 나우켄 천 기슭의 벌목한 목재를 끌어내리는 길을 따라 구아이니아강으로 가게 된다는 놀림 투의 노래로 우리를 참 많이 괴롭혔어요. 그는 이 모든 밀림을 무서워했어요. 하지만 푸네스 대령을 더 무서워했어요."

"맞는 말이오." 내가 대답했다. "그는 이 황야에 숨어 있는 도망자 인디오 무리가 격류의 어느 지점에서든 튀어나와 공격할 거라고 두려워했어요. 이 황야에서는 급류와 빽빽한 덤불이 그들의 은신처거든요. 그는 깎아지른 듯 높은 바위에서 연기를 보았다는 말로 계속해서 우리를 힘들게 했어요. 그는 그게 폭포가 만들어낸 물보라라는 사실을 받아들이지 않았죠."

리 메사다.

"그러나 이곳에 사람이 있었다는 건 의심할 여지가 없어요." 엘리 메사가 소견을 밝혔다. "생선 뼈, 화로, 과일이나 채소 껍질 같은, 사람이 머문 흔적이 있어요."

"훨씬 더 특이한 게 있어요." 프랑코가 덧붙였다. "연어 통조림 깡통, 빈 병들. 그들은 인디오들이 아니에요. 최근에 이곳에 온 고무 채취 노동자들이에요."

나는 그 말을 듣자 바레라를 떠올렸는데 카티레 엘리 메사가 내 생각을 알아맞히듯 말했다.

"나는 바레라의 무리가 구아이니아강에 있다는 명백한 증거를 갖고 있어요. 게다가 사람의 흔적이 많지 않아요. 모래밭을 밟은 사람 수가 스무 명이 안 되고, 흔적이 모두 발이 큰 사람들 거예요. 그러니까 베네수엘라 사람들이에요. 더 많은 흔적을 찾아보려면 우리가 강 건너편 기슭으로 가는 게 좋겠어요. 저 밀림의 거무스름한 윤곽선에 비어 있는 곳이 보여요. 아마 파푸나구아강 어귀일 거예요."

그리고 그날 오후, 우리는 노가 부족했기 때문에 뗏목에 엎드려 물거품 속에 손을 집어넣어 저어가면서 비스듬이 통과한 햇빛에 빨갛게 변한 부드러운 물결 위를 통과해 강 맞은편 기슭으로 건너갔다.

* * *

나는 망을 보던 사람에게 엄격할 정도로 가혹했다. 그가 최소한의 반항이라도 시도했다면 죽여버렸을 것이다. 그가 가운데 더그매와 연결된 계단 구실을 하는 비스듬한 목재 사다리의 발판을 후들거리는 다리로 밟으며 내려오고 있을 때, 나는 그를 확 밀쳐 떨어뜨렸다. 이윽고 얼이 빠져 악의 없이 엎어져 있는 그를 보자마자 얼굴을 확인하려고 머리채를 잡아 들었다. 키가 큰 노인이었다. 그가 소심한 눈으로 나를 쳐다보더니 내가 마체테로 자신을 치지 못하게 팔을 머리 위로 치켜들었다. 애원하듯 입술을 파르르 떨며 그가 더듬더듬 말했다.

"제발! 날 죽이지 말아요, 날 죽이지 말아요!"

애원을 들은 나는 사람이 노년에 이르면 다들 공경받을 만하다는 생각을 하면서 노인이 된 내 아버지를 기억했다. 땅바닥에 엎어져 있던 그 포로를 일으켜 세워 고뇌 어린 심정으로 그를 껴안았다. 모자에 물을 담아 그에게 건넸다.

"용서해주세요." 내가 말했다. "노인인 줄 몰랐습니다."

그사이에 내 공격을 엄호하기 위해 막사를 포위하고 있던 내동료들이 제지할 새도 없이 더그매에 있는 물건들을 약탈했다.

더그매에는 아무도 없었다. 동료들이 포로의 카빈총을 가지고 내려왔다.

"이 마우저 소총은 누구 겁니까?" 프랑코가 포로에게 소리를 질렀다.

"내 것입니다, 나리." 늙은 포로가 불안한 목소리로 말했다.

"그런데 여기서 마우저 소총을 갖고 뭘 하는 거죠?"

"며칠 전에 몸이 아픈 나를 두고 다들 떠나버려서……"

"아저씨는 급류를 지키는 보초잖아요! 부인하려 들면, 아저씨에게 총을 쏠 겁니다."

그 남자는 프랑코 쪽으로 몸을 돌려 무릎을 꿇으려고 했다.

"제발 날 죽이지 말아요. 나를 불쌍히 여겨줘요."

"아저씨를 놔두고 떠난 사람들은 어디에 있습니까?" 내가 물었다.

"그제 이니리다강 상류 쪽으로 갔어요."

"그들이 강기슭 절벽 꼭대기에 매단 시체들은 누구죠?"

"시체라고요?"

"그래요, 아저씨. 그렇다고요, 아저씨. 오늘 아침에 검은대머리수리들이 그 시체들의 존재를 알려줘서 우리가 찾아냈어요. 벌거벗은 몸에 목이 철사로 묶인 채로 야자나무에 걸려 있었다고요."

"푸네스 대령이 늘 카예노와 싸우면서 살고 있거든요. 일주일 전에 배 한 척이 강을 거슬러 올라가는 걸 파수꾼들이 보았어요. 그런데 카예노에게는 전령들이 있었기 때문에 그다음 날 그에게 그 소식이 도달했지요. 카예노는 이사나강 유역에 장정 스물다섯 명을 데려와 그 배에 탄 사람들을 공격했어요."

"그 배가 바로 강변에 흔적을 남긴 거였어요." 금발이 대꾸했다. "피파가 보았던 연기가 바로 그 배의 사람들이 피운 것이었어."

"그들이 누구였는지 말해주시오."

"대령의 충복들인데, 고무를 훔치고 인디오를 사냥하려고 산페르난도에서 왔어요. 모두 죽었지요. 나머지 사람들을 엄하게 나무라기 위해 그들을 매달아두는 게 관습이죠."

"그런데 카예노는 어디 있죠?"

"다른 사람들이 와서 하는 짓을 똑같이 하고 있어요."

노인이 잠시 뜸을 들인 뒤에 덧붙였다.

"그런데 당신네 동료들은 어디 있나요? 어디로 왔기에 사람들 눈에 띄지 않았던 거죠?"

"일부는 밀림에서 정탐하고 있고, 다른 일부는 이미 파푸나 구아강을 거슬러 올라가고 있어요. 우리가 격류를 헤치고 오는 동안에 카예노가 우리의 선봉대원들을 죽여버렸어요."

"나리, 나리의 동료들이 비어 있는 카네이를 보게 되면, 그곳에 남아 있는 마뇨코를 먹지 말라고 말해주세요. 그 마뇨코에 독이 들어 있어요."

"여기 있는 마피레*에 든 것들도 마찬가지인가요?"

"그래요. 먹을 수 있는 마뇨코는 따로 숨겨놓았어요."

"그걸 가져와서 우리가 보는 데서 직접 먹어봐요."

노인이 내 명령에 따라 움직였을 때 나는 궤양이 가득 찬 그의 정강이를 주시했다. 내 시선을 의식한 노인은 겸손한 어조로 우리에게 권유했다.

"여러분이 직접 마피레 뚜껑을 여세요. 정말 구역질이 날 겁니다."

노인은 물라토 안토니오 코레아가 바가지에 담아 건넨 밀기울 같은 가루를 받아서 눈물을 감추지 않고 먹기 시작했다.

노인의 사기를 끌어올리려고 내가 조심스럽게 말했다.

"삶이 힘들더라도 슬퍼하지 마세요. 우리도 음식을 조금 맛보

---

* 마피레mapire는 야자 잎의 섬유로 엮은 주둥이가 넓은 원통형 바구니.

게 해주세요. 아저씨는 중요한 사람이에요! 이제 우리는 좋은 친구가 될 겁니다."

* * *

그날 밤에 번개가 어둠에 불을 지르고, 밀림이 음울한 소리를 내며 삐걱거렸다. 나는 비바람이 모닥불을 꺼버릴 때까지 동료들이 그 노인과 나누는 대화를 엿들었으나 무거운 졸음이 몰려와 대화의 맥락을 놓쳐버렸다. 노인의 이름은 클레멘테 실바*였고, 파스토** 출신이라고 했다. 16년 동안 밀림을 돌아다니며 고무 채취 일을 했는데, 돈은 땡전 한 푼 없었다.

내가 잠에서 깨어난 어느 순간에 으레 호의를 베푸는 사람에게서 또렷하게 드러나는 어조로 그가 우리에게 말했다.

"내가 당신네의 선봉대를 보았어요. 세 명이 헤엄쳐서 강을 건넜죠. 내가 그 사실을 발설하면 카예노가 돌아올까 두려워 입을 다물었어요. 그리고 오늘, 내가 그 지름길로 가야겠다고 작정했을 때……"

"잠깐만요." 내가 해먹에서 몸을 일으키며 말을 잘랐다. "몇 사람이나 보았는데요? 그리고 그게 언제죠?"

"분명히 이틀 전에 세 사람이 헤엄을 쳤어요. 오전 일곱 시 정

---

* 아르투로 코바가 클레멘테 실바Clemente Silva를 만난 것은 그의 모험과 이 소설의 방향 전환을 의미한다. 실바는 문명세계와 밀림, 고무농장을 합침으로써 인물, 역사적인 공간, 지리적인 공간 들을 연결시킨다.

** 파스토Pasto는 콜롬비아 나리뇨Nariño주의 수도다.

도였을 거예요. 더 정확히 말하자면, 그들은 옷을 벗어 머리에 질끈 묶은 상태였어요. 카예노가 그들을 체포하지 않은 게 기적이었죠. 이 지옥에서는 수많은 일이 일어나니까……"

"안녕히 주무세요. 그 사람들이 누구인지 나는 압니다. 그 얘기 그만하십시다."

나는 내 동료들이 혹시나 신중하지 못한 언사를 할까 봐 서둘러 말을 막았다. 하지만 이번엔 내가 피파와 인디오들을 생각하느라 잠을 이룰 수가 없었다. 우리를 둘러싼 여러 위험 앞에서 초조감과 무기력을 느꼈다. 내 목표의식이 약해지기 전에 내 안의 원한과 변덕을 어떤 식으로든 누그러뜨리면서 그런 놀랄 만한 일들로 이루어진 이 생활을 끝내야겠다고 결심했다. 왜 돈 클레멘테 실바는 내가 이런 생각으로 자기를 공격했는데도 총을 쏘지 않았을까? 카예노는 그의 악명 높은 고문 도구와 함께 어디서 어물거리고 있을까? 그가 나를 나무에 매달아 태양 빛에 내 살이 썩고 바람에 내 몸이 진자처럼 흔들리게 하면 좋으련만!

"돈 클레멘테 실바는 어디 있어요?" 날이 밝자 내가 카티레엘리 메사에게 물었다.

"개울에서 세수하고 있어요."

"혼자 두었다고요? 도망치기라도 하면……"

"두려워할 필요 없어요. 프랑코가 같이 있으니까요. 그 노인이 새벽 내내 자기 다리를 불평했어요."

"당신은 그 불쌍한 노인을 어떻게 생각해요?"

"그는 우리 동포인데, 그 사실을 모르고 있어요. 그에게 모든 걸 밝히고 도움을 청해야 한다고 생각해요."

개울로 내려가자 피델이 고통받는 실바의 궤양을 물로 씻어주고 있었다. 그 모습을 보니 연민이 느껴졌다. 내 인기척을 느낀 실바가 자신의 비참한 상황이 부끄러웠는지 바지 밑단을 발목까지 내렸다.

실바가 당황한 목소리로 내게 아침 인사를 했다.

"그 궤양은 어쩌다 생긴 겁니까?"

"아이고, 나리, 믿기지 않겠지만, 거머리에게 물렸어요. 고무를 채취하면서 습지대에 살다 보면 그 빌어먹을 해충이 우리를 불안하게 하지요. 어쨌든 고무 채취꾼은 고무나무의 피를 뽑고, 거머리는 고무 채취꾼의 피를 뽑지요. 밀림은 잔인무도한 인간들로부터 스스로를 보호하기 때문에 결국에는 우리가 집니다."

"아저씨 말대로 판단해보자면 결투는 곧 죽음이군요."

"모기로 인한 건 논외로 치고, 그런 실정이죠. '24시간 개미'*와 탐보차**라는 개미가 있는데, 이놈들은 전갈처럼 독성이 있어요. 더 나쁜 점도 있지요. 밀림은 인간에게 더 비인간적인 본능을 부추겨 변화시켜버려요. 잔인성이 뒤엉킨 가시처럼 영혼

---

* 총알개미('콩가conga개미'라고도 불린다)는 개미과에 속한다. '총알개미'라는 이름을 얻게 된 이유는 이들이 매우 아프고 강력한 침을 가지고 있어 마치 총알에 맞은 것 같은 고통을 유발하기 때문이다. 니카라과에서 파라과이까지 습한 저고도의 밀림에서 서식한다. 총알개미가 쏜 침의 고통이 24시간 지속되기 때문에 원주민은 '24시간 개미(Hormiga Veinticuatro: 오르미가 베인티쿠아트로)'라고 부른다.

** 탐보차tambocha는 약 5밀리미터 크기의 독성이 강한 개미다.

을 침범하고, 욕심이 열병처럼 영혼을 불태우죠. 재물을 향한 조바심은 탈진한 몸을 회복시키고 고무 냄새는 수백만 명의 미친 인간을 만들어내죠. 고무를 채취하는 품팔이 일꾼은 어느 날 대도시로 나가 그동안 채취한 고무를 탕진하고, 백인 여자들과 즐기고, 몇 달 동안 술에 취할 수 있는 사업가가 되고 싶은 욕망에 사로잡혀 고생을 하고 일을 해요. 이는 자신이 과거 주인에게 그랬듯이 자신에게 그런 쾌락을 주려고 목숨을 바쳐가며 애쓰는 노예 수천 명이 밀림에 있다는 사실을 알기 때문이죠. 다만 현실은 야망보다 속도가 느리고, 각기병은 나쁜 적이에요. 의지할 곳 없는 광야와 숲길에서 열병에 걸린 수많은 사람이 갈증을 부족한 물이 아니라 고무수액으로 달래려고 고무수액이 흐르는 나무를 껴안고, 굶주린 입을 나무껍질에 대고 있지요. 그리고 거기서 수백만 마리의 쥐와 개미에 갉아먹혀 마른 잎처럼 썩는데요, 그들이 죽어갈 때 옆에 있는 것은 쥐와 개미뿐이거든요.

또 다른 사람들의 운명은 운이 좋죠. 무엇보다 그들은 잔인한 성격 덕분에 십장 자리에 올라서 매일 밤 수첩을 손에 든 채 고무 채취꾼들을 기다렸다가 일꾼들이 자신들이 채취한 고무를 가져와 장부에 값을 기입하게 하지요. 십장들은 일꾼들이 행한 작업에 결코 만족하는 법이 없어요. 십장들이 휘두르는 채찍은 그들이 느끼는 불쾌감의 척도예요. 고무 10리터를 가져온 일꾼에게는 반만 기재하고, 십장들은 나머지 반으로 자신들의 밀매품 창고를 채웠다가 다른 지역의 고무업자에게 비밀리에 팔거나 고무나무 농장에 찾아오는 첫번째 행상인에게 고무를 주고 술과 물건을 사기 위해 땅에 파묻어두지요. 한편, 일부 품팔이 일꾼도 똑같은 짓을 해요. 밀림은 그들을 파괴하기 위해 그들을 무장시키고, 그래서 그들은 비밀이 유지되고 아무도 처벌받지 않지요. 서로 훔치고 죽이는데, 그들이 유발한 비극에 관해 나무들이 얘기를 한다는 소식은 없잖아요."

"그런데 아저씨는 왜 그 많은 불행을 참는 겁니까?" 내가 화를 내며 따져 물었다.

"아이참, 나리, 불행이 사람을 못 쓰게 만들잖아요."

"왜 고향으로 돌아가지 않는 겁니까? 우리가 아저씨를 자유롭게 하려면 어떻게 해야 합니까?"

"고맙습니다. 나리."

"우선은 궤양부터 치료해야 합니다. 상처 좀 봅시다."

노인이 놀라며 거부했지만 나는 그의 바짓단을 오금까지 걷어 올리고는 궤양을 보려고 무릎을 꿇었다.

"피델, 당신 눈이 없군요! 이 궤양에 구더기가 들끓잖아요!"

"구더기라고요? 구더기라니!"

"그래요, 구더기를 죽이려면 오토바*를 찾아야 해요."

노인이 불평하는 어조로 말했다.

"가능할까요? 무슨 창피람! 구더기라니, 구더기라니! 어느 날 잠을 자고 있는데 왕파리들이 날 덮쳤어요!"

막사로 그를 데려가자 다시 되뇌었다.

"산 몸에 구더기가 들끓다니, 구더기가 들끓다니!"

---

* 오토바otoba는 약용식물이다.

* * *

"내가 특이하게도 약자들과 슬픔에 빠진 사람들의 친구라는 사실을 알아주세요." 어느 날 내가 돈 클레멘테 실바에게 말했다. "비록 내일 당장 아저씨가 우리를 배반하리라는 사실을 알게 된다 해도 오늘 아저씨의 상처는 존중받을 겁니다. 아저씨가 내 말을 믿을지 모르겠으나 나는 아저씨가 카예노 같은 불량배들과 한패라는 사실만으로도 아저씨를 없애버릴 수 있어요. 우리가 아저씨를 어디에 가두려고 하는지, 그리고 아저씨가 깨끗한 옷을 입고 죽을 수 있도록 옷을 빨게 허락해달라고 나에게 부탁할 수도 있어요. 하지만 그래요, 우린 아저씨를 죽이지도 가두지도 않습니다. 그전에 우리는 아저씨와 같은 동포일 뿐만 아니라 이곳에는 우리끼리만 왔으니까 아저씨더러 우리의 운명을 맡아달라고 부탁하겠습니다."

노인은 꿈인지 생시인지 확인하려고 자리에서 일어났다. 못 믿겠다는 눈으로 집요하게 탐색하더니 우리에게 팔을 뻗으며 소리쳤다.

"당신들 콜롬비아 사람들이군요! 콜롬비아 사람들이에요!"

"들으신 바대로고요, 우리는 아저씨 친구들이에요."

그는 감격에 겨워 떨리는 가슴과 아버지 같은 태도로 우리를 끌어당겼다. 이윽고 조국에 관해, 우리의 여행에 관해, 우리의 이름을 닥치는 대로 물었다. 하지만 내가 그의 말을 잘랐다.

"무엇보다도 우리가 아저씨의 충심을 믿을 수 있게 맹세해주세요."

"하느님과 하느님의 정의의 이름으로 맹세하오."

"좋아요. 그런데 우리와 함께 무엇을 할 생각인가요? 카예노가 우리를 죽일 거라고 생각하세요? 그를 꼭 죽여야 할까요?"

나는 혼란스러워하는 그를 도와주려고 이렇게 덧붙였다.

"좀더 정확히 말해 카예노가 이리로 돌아올까요?"

"난 그렇게 생각하지 않아요. 그는 고무를 훔치고 인디오들을 잡아 오려고 그란데 천으로 갔어요. 마돈나*가 그에게 돈을 받으러 구아라쿠에 있는 그의 막사에 와 있어서 그는 거기로 곧 돌아올 생각이 전혀 없어요."

"아저씨가 말하는 그 마돈나는 누굽니까?"

"소라이다 아이람이라는 아랍계 여자인데요, 마나우스에서 유명한 식료품 잡화 가게를 해서 고무농장 일꾼들에게 잡동사니를 팔려고 이 지역 강들을 돌아다니지요."

"내 말 들어봐요. 카예노가 돌아오기 전에 우리가 소라이다 아이람 부인과 얘기를 해야 하니 아저씨가 우리를 구아라쿠로 반드시 데려가야 해요."

"내가 부인의 하인이었기 때문에 그녀를 아주 잘 알아요. 그녀가 나를 푸투마요에서 리오네그로**로 데려왔어요. 거기서 사람들이 나를 학대해서 내가 그녀의 발밑에 엎드려 나를 사달라고 애원했지요. 내가 진 빚이 2천 솔***이었어요. 그녀는 물건으

---

* '마돈나'는 원래 성처녀 마리아를 달리 부르는 말인데, 귀부인이나 애인을 높여 부르는 말이기도 하다.

** 리오네그로Río Negro는 구아이니아강의 일부로, '검은 강'이라는 뜻이다.

*** 솔sol은 페루 화폐 단위.

로 내 빚을 치르고는 나를 마나우스에서 이키토스*로 데려와서는 일을 시키고 품삯은 전혀 주지 않았어요. 그러고서는 나를 자기 동포인 미겔 페실에게 6백만 헤이스**에 팔아 나랑할과 야구아나리의 고무나무 숲에서 일하게 됐어요."

"이보세요. 그게 무슨 말이에요? 아저씨가 야구아나리의 고무농장에 있었다고요?"

프랑코, 카티레, 그리고 물라토가 갑자기 큰 소리로 떠들었다.

"야구아나리라……! 야구아나리! 우리 그리로 갑시다!"

"그럽시다, 여러분. 그리고 마돈나가 한 말에 따르면, 한 달 전에 그곳에 콜롬비아 남자 스무 명과 여자 여럿이 고무를 채취하러 도착했답니다."

"스무 명이라고요! 고작 스무 명! 일흔두 명이었는데요!"

결정을 내리지 못한 채 무거운 침묵이 흘렀다. 우리는 굳은 표정에 창백해진 얼굴로 서로를 쳐다보았다. 그리고 무의식적으로 되뇌었다.

"야구아나리! 야구아나리!"

* * *

"내 이미 여러분에게 말했다시피, 나는 더 이상의 정보를 제공할 수 없네요." 우리의 오디세이를 말해주자 돈 클레멘테 실

---

* 이키토스Iquitos는 페루의 아마존에 있는 도시.
** 헤이스Reis는 1942년까지 브라질에서 사용된 화폐.

238

바가 덧붙였다. "나는 바레라에 관해서는 소문으로 들어 알고 있지만, 그가 페실, 카예노와 더불어 거래를 하는데 마돈나가 그들에게 밀린 돈을 달라면서 기한을 더 이상 연장해주지 않으니까 그들이 회사를 처분하려고 애쓴다는 건 알고 있어요. 내가 이해한 바로는 바레라가 콜롬비아에서 장정 2백 명을 인부로 차출하기로 되어 있었어요. 그런데 그리로 오는 길에 자신이 데려오는 고무 채취꾼 가운데 일부를 묵은 빚을 갚으려고 빚쟁이들에게 내주는 바람에 고작 몇 사람만 데리고 나타났지요. 게다가 우리 콜롬비아 사람들은 이 지역에서 값이 나가지 않거든요. 우리더러 반항적이고, 돌아갈 생각만 하는 사람들이라고 한답니다.

당신이 마돈나와 얘기하고 싶어 한다는 건 이해하지만, 인내심을 가져야 해요. 내 감시 순번은 다음 주 토요일이 되어야 끝나거든요."

"그런데 아저씨와 임무를 교대하려고 오는 동료가 갑자기 우리를 발견하면 뭐라고 할까요?"

"그건 걱정할 필요 없어요. 그는 파푸나구아강으로 내려올 거고, 내가 이곳에 머물렀다는 표시로 그에게 모닥불을 피워놓고 우리는 새로 난 지름길로 돌아갈 겁니다. 이 더그매에서 강이 내려다보여서 배를 타고 가는 사람들을 볼 수 있어요. 여러분이 어떻게 나를 붙잡았는지 이해가 되지 않아요."

"우리는 길을 잃고 이 강변을 따라 왔어요. 그런데 개들이 사람 흔적을 찾아내는 바람에…… 하지만 그런 자잘한 건 그리 중요하지 않아요. 다만 우리가 기다릴 필요가 있다고 생각하세요?"

"카예노의 십장인 바키로*가 숲길에서 고무 채취꾼들을 감독하느라 자리를 비우면 그때 우리가 오두막촌에 나타나는 거죠. 그 십장은 성질이 아주 고약하거든요. 내가 카예노가 머무는 곳을 알려주면 여러분만 그리로 가서 신선한 마뇨코를 팔러왔는데 경비원 몇몇이 빼앗아갔다고 항의를 하세요. (그곳 사람들은 그 경비원들이 푸네스의 부하들이었는데, 카예노가 그들을 칼로 찔러 죽였다는 사실을 이미 알고 있어요.) 급류를 타고 오다가 그들이 여러분의 카누를 침몰시켜 강변과 숲을 따라 오던 중 나를 만나게 되었다고 그들에게 덧붙이세요. 도와달라고 해서 내가 여러분을 구아라쿠로 가는 길로 데려왔고, 그래서 여러분이 내 지시에 따라 보호를 청하려고 이곳에 왔노라고 그들에게 알리세요. 그렇게 말하면 회사의 신용을 높여주고, 그들을 비방하는 사람들의 잘못을 드러내기 때문에 그들을 흡족하게 할 겁니다."

"아저씨는 꾸며낸 얘기가 사실보다 더 효과적이라고 믿으세요?"

"그곳에는 여러분끼리만 갔고, 여러분이 그들을 불신하지 않았다는 사실을 강조하기 위해 나는 나중에 합류할게요."

"그런데 그들이 우리에게 일을 시키면요?" 코레아가 지적했다.

"이봐요, 물라토." 내가 선언했다. "두려워하지 말아요. 우린 목숨을 걸고 왔어요."

---

* 바키로Váquiro는 십장의 별명으로, '멧돼지'를 의미한다.

"그 문제는 여러분에게 뭐라고 조언해야 할지 모르겠네요. 카예노는 사냥꾼처럼 신중하고 잔인해요. 확실한 건 여러분이 그에게 빚진 게 전혀 없고 여러분은 브라질로 가는 중이라는 거죠. 하지만 그가 여러분이 다른 오두막촌에서 도망쳤다고 생각한다면……"

"설명해주세요, 돈 클레멘테. 우린 이런 일을 잘 몰라서요."

"고무 채취업자들은 각자 숙소와 창고로 사용하는 카네이를 갖고 있어요. 여러분은 이제 구아라쿠의 카네이들을 보게 될 거요. 그들 창고 또는 오두막촌은 결코 따로 있지 않은데요, 그곳에 고무나 장사할 물건과 생필품이 보관되어 있고, 십장들과 그들의 정부가 살고 있어요.

대부분이 인디오고 계약제 일꾼들이 모여 있는데, 그 지역 법에 따르면 그들은 2년이 되기 전에는 주인을 바꿀 수가 없어요. 이들 일꾼 각자는 장부를 가지고 있어요. 장부에다 그들에게 외상으로 지급된 잡동사니, 연장, 식량을 기입하고, 채취한 고무는 고용주가 책정한 하찮은 가격으로 기장해요. 업주의 의도는 일꾼을 영원히 빚쟁이로 만드는 방식이기 때문에 어떤 일꾼은 자신이 받은 물건값이 얼마인지도, 자신이 채취한 고무 값으로 얼마가 기장되는지도 전혀 몰라요. 그 빚이 일꾼들의 자식에게까지 양도되기 때문에 이런 새로운 종류의 노예제도가 일꾼들의 삶보다 더 오래 이어지지요.

십장들은 나름대로 다양한 착취 방법을 개발해요. 고무 채취꾼들에게서 고무를 훔치고, 그들의 딸과 부인을 빼앗고, 일꾼들을 고무가 거의 없는 산속으로 보내서 일을 시키는데, 그곳에서는 할당받은 고무의 양을 채취할 수가 없기 때문에 윈체스터 총알을 맞지 않으면, 욕을 얻어먹거나 채찍질을 당하게 되죠. 총으로 일꾼을 죽여놓고는 도망쳤다거나 열병에 걸려 죽었다고 말하면 그만이죠.

하지만 일꾼들도 배신을 하고 사기를 친다는 사실을 잊지 말아야 해요. 일꾼들이 모두 하얀 비둘기*는 아니거든요. 일부는 자신들이 받은 것들을 훔치려고 일꾼으로 지원하거나, 원수를 죽이려고 밀림으로 들어가거나, 다른 오두막촌에 팔아넘기려고 동료들을 빼내죠.

상황이 이렇다 보니 업주들은 그곳에서 자신의 신분을 정당화하지 못하거나 빚을 청산해 고용주로부터 자유로워진 사실을 입증하는 통행권이 없다면 누구든 붙잡아둘 수 있다고 약정한 엄격한 협정을 체결할 수 있었어요. 게다가 각 강의 경비대는 그 협정에 따라 엄격하게 경계를 서지요.

하지만 이런 조치로 인해 권력남용과 납치가 끊임없이 일어나지요. 만약 고용주가 통행권 발급을 거부한다면요? 만약 그를 체포한 사람이 통행권을 제시한 사람에게서 그것을 빼앗아버린다면요? 한 가지 덧붙이자면, 마지막 경우는 아주 빈번하게 발생해요.

그 경우에 붙잡힌 사람은 붙잡은 사람의 수중에 들어가게 되고, 붙잡은 사람은 붙잡힌 사람을 마치 탈주한 포로처럼 일을 시키려고 고무농장에 보내는데요. 그사이에 붙잡은 사람의 이

---

* '하얀 비둘기'는 예로부터 평온, 환희, 평화를 상징해왔다.

용 가치를 연구하지요. 수년이 흘러도 그런 노예제도는 절대 끝나지 않아요. 이게 바로 카예노가 내게 한 짓이에요.

그래서 내가 16년 동안 일을 해왔다고요! 고통의 16년! 하지만 나는 세상만큼 가치 있는 보물을 가지고 있는데요, 그 보물은 사람들이 훔칠 수도 없어요. 내가 자유인이 되면 고향으로 가져갈 거예요. 그건 바로 뼛가루가 가득 든 작은 상자지요!"

* * *

"여러분에게 내 이야기를 하려면 나의 불행을 수치스러워하지 않아야겠네요." 그날 오후 돈 클레멘테 실바가 우리에게 말했다. "각자의 영혼 깊은 곳에는 자신이 부끄러워하는 어떤 내밀한 일화가 있어요. 내 일화는 바로 가정적인 오점이에요. 내 딸 마리아 헤르트루디스가 팔이 비틀려버렸거든요.*"

돈 클레멘테의 말에 담긴 고통이 어찌나 큰지 우리는 선뜻 이해하지 못한 듯한 시늉을 했다. 프랑코는 호주머니칼로 손톱을 깎고, 엘리 메사는 이쑤시개로 땅을 헤집었으며, 나는 담배 연기를 내뿜어 동그라미를 만들었다. 물라토 안토니오 코레아만이 폐부를 찌르는 듯한 그 이야기에 빠져 있는 것 같았다.

"그래요, 친구 여러분." 노인이 말을 이었다. "그 몹쓸 놈이 내가 없는 사이에 내 딸하고 결혼하겠다는 약속을 하면서 딸을 속였어요. 내 어린 아들 루시아노가 학교 공부를 땡땡이치

---

* '팔이 비틀리다'는 '정조를 잃다'는 의미로 사용된다.

고 이웃 마을에서 변변찮은 일을 하던 나를 찾아 와서는 그 연인이 밤이면 공터에서 만나는데, 자신이 그 사실을 엄마에게 알리자 오히려 자신을 꾸짖었다고 말했죠. 아들의 얘기를 들은 나는 평정심을 잃고서 중상모략을 한다며 아들을 나무랐고, 마리아 헤르트루디스의 장점을 칭찬하고, 아들더러 젊은 남녀의 결혼에 대해 질투심과 악의를 가지고 더 이상 반대하지 말라고 했는데, 연인은 이미 약혼반지를 교환한 상태였어요. 아들은 절망해서 울먹이더니 수치스런 가정사 때문에 자신이 초등학교 친구들 앞에서 얼굴을 붉히기 전에 고향 땅을 떠나겠다고 내게 선언했어요.

나는 아내와 마리아 헤르트루디스에게 보내는 훈계와 조언이 가득 담긴 편지를 아들에게 주고는 일꾼 하나를 붙여 당나귀에 태워 돌려보냈어요. 마리아 헤르트루디스는 이미 내 딸이 아니었어요!

내가 그런 불명예를 겪으면서 내 슬픔이 어땠을지 여러분 생각해보세요. 나는 도망친 내 딸을 추적하려고 반쯤 미쳐서 가정을 잊었어요. 당국에 호소하고, 친구들에게 도움을 청하고, 유력 인사들의 관심을 부탁했어요. 눈물을 삼키며 치욕스러운 내용을 말했지만, 그들은 애석하다는 표정으로 '부모 책임이에요. 자식 교육하는 법을 알아야죠'라며 나를 비난할 뿐이었죠.

그 고통을 겪고는 치욕스러운 심정으로 집으로 돌아왔을 때, 새로운 고통이 나를 기다리고 있었어요. 벽에 루시아니토의 흑판이 걸려 있고, 그 옆의 뚜껑 달린 책상에는 찢어진 책장이 바람결에 파르르 떨고 있더군요. 서랍에서 나는 아들이 받은 상장과 장난감, 누나가 수를 놓아준 모자, 내가 선물한 시계, 엄마의 사진이 들어간 작은 메달을 보았어요. 흑판에 새겨진 십자가 밑에 두 번 겹쳐 쓴 글이 있었어요. '안녕! 안녕!'

몸이 마비된 불쌍한 아내는 병 때문이라기보다는 비통함 때문에 죽을 지경이었어요. 나는 침대 가장자리에 앉아 아내가 눈물로 베개를 적시는 걸 바라보면서 심심한 위로를 해주려 애썼어요. 아내는 가끔 내 팔을 붙잡고 실성한 사람처럼 소리를 질렀어요. '내 자식들 돌려줘요! 내 자식들 돌려달라고요!' 나는 아내의 고통을 덜어주려고 속임수를 썼지요. 딸은 결혼시키기로 했고, 아들은 학교 기숙사에 들어갔다고 아내에게 둘러댔어요. 죽음이 그녀의 슬픔을 음미하며 찾아왔어요.

어느 날 나는 친척도, 친구도, 그 누구도 나와 함께하지 않는다는 사실을 알고서 담장 너머로 옆집 여자를 불러 내가 의사를 찾으러 간 동안 집에 와서 아내를 보살펴달라고 부탁했죠. 집으로 돌아왔을 때 아내는 손에 루시아니토의 흑판을 아들의 사진이라 믿고서 뚫어지게 바라보고 있었어요. 그렇게 아내는 죽었어요! 아내를 관에 안치할 때 나는 흐느끼면서 이렇게 말했어요. '나는 루시아니토가 죽었든 살았든, 하느님과 하느님의 정의의 이름으로 루시아니토를 당신 무덤 곁으로 데려오겠다고 맹세하오!' 나는 아내의 이마에 입을 맞추고, 자식이 새겨놓은 십자가를 영원히 가져가도록 그 불행한 여자의 가슴에 딱딱한 흑판을 올려놓았어요."

"돈 클레멘테, 그런 기억은 해로우니 되살리지 마세요. 아저씨의 이야기에서 숭고한 것과 감상적인 것을 모두 생략하려 애써보세요. 밀림에서 탈출한 얘기를 해주세요."

어느 순간 돈 클레멘테 실바가 내 손을 부여잡으며 나지막한 소리로 중얼거렸다.

"그래요. 고통이 사람을 욕심쟁이로 만드는 법이죠. 나는 루시아니토의 흔적을 찾아 푸투마요까지 갔어요. 시분도이에서 사람들이 열두어 살쯤 되는 반바지 차림의 창백한 소년이 남자 몇몇과 함께 남쪽으로 내려갔는데, 소년은 손수건으로 동여맨 옷 말고는 다른 짐이 없었다고 했어요. 소년은 자신이 누구인지, 어디서 왔는지 밝히지 않았지만, 그와 함께 있던 남자들은 자신들이 라라냐가*의 고무농장을 찾아가고 있다고 신나게 떠들었는데, 파스토 출신의 비정한 라라냐가는 아마존의 분지에서 3만 명 이상의 인디오를 노예로 만든 페루 사람인 아라나**와 동업자였어요.

모코아에서 나는 처음으로 망설였어요. 아들 일행이 그곳을 지나갔는데, 그들이 교차로에서 어느 길로 갔는지 말해주는 사람이 아무도 없었거든요. 그들이 산호세 나루에서 조금 위쪽에 위치한 푸투마요로 가서 강을 타고 내려가 이가라파라나까지 가려고 육로를 통해 기네오 천으로 갔을 가능성이 있었어요.

---

* 벤하민 라라냐가Benjamín Larrañaga는 콜롬비아 출신으로, 1880년부터 푸투마요 지역에 들어와 19세기 말엽의 고무 사업을 지배했다.

** 훌리오 세사르 아라나Julio César Arana는 페루 출신의 기업가이자 정치인이다. 아마존 유역의 고무 사업을 대표하는 인물로 그의 회사가 인디오들을 상대로 저지른 인종 학살로 유명하다. 아마존에서 그의 잔인성, 정치·경제적 힘은 콩고독립국의 군주였던 벨기에의 레오폴드 2세의 그것과 비교된다.

하지만 그들이 모코아에서 아마존강의 지류인 카케타강에 있는 푸에르토 리몬까지 가는 숲길을 통과해 카케타강을 타고 내려갔다가 아마존강과 푸투마요강을 거슬러 올라 라 초레라 고무농장을 찾아갔을 개연성도 없지 않았어요. 나는 두번째 경로를 따르기로 했지요.

다행히 모코아에서 친절한 성품의 콜롬비아 출신 쿠스토디오 모랄레스 씨가 카누를 제공하고 나를 보호해주었는데, 그는 쿠이마니 강변에 정착한 사람이었어요. 그는 아라라쿠아라강의 급류가 위험하다는 사실도 알려주고, 나를 푸에르토 피사로에서 내려주어 계속해서 나아갈 수 있도록 해줬어요. 나는 거대한 숲을 통과해 카라파라나강에 위치한 플로리다항까지 갔는데, 그곳에는 페루 사람들이 오두막촌을 이루어 살고 있었죠.

나는 몸이 아픈 상태로 혼자 여행을 했어요. 플로리다항에 도착해 일꾼이 되겠다고 했고, 장부를 개설했지요. 그곳 사람들이 내 꼬맹이를 모른다고 이미 말했지만 나는 나 자신을 믿고 싶었고, 그래서 고무를 채취하러 나갔어요.

실제로 나와 함께 일한 일꾼 무리에는 아이가 없었지만, 다른 일꾼 무리에 있을지도 모르죠. 아이의 이름을 들은 고무 채취꾼은 단 한 명도 없었어요. 가끔은 루시아니토가 이런 악랄하고 부도덕한 제도 속에 있지 않다고 생각하자 근심이 사라지더군요. 하지만 그런 위안도 한순간이었어요! 애가 굴욕과 비참한 생활에 정신이 돌아버려 다른 고용주들 밑에서 잔인성과 천박함을 배우면서 멀리 떨어진 고무농장에 있을 거라는 확신이 들었거든요. 십장이 내 작업에 대해 불평을 하기 시작했어요. 어느 날 그가 내 얼굴을 채찍으로 갈기더니 막사에 가뒀어요. 내게 밤새 칼*을 씌워놓더니 그다음 날 밤에는 나를 엘 엔칸토로 보내더군요. 오히려 나는 원하던 바를 얻게 되었지요. 다른 고무나무 숲에서 루시아니토를 찾는 것 말이에요."

돈 클레멘테 실바가 입을 다물었다. 그는 지그재그로 가해지던 모욕적인 채찍질이 얼굴에 여전히 느껴지는 듯이 떨리는 손으로 이마를 만졌다. 그러고서 덧붙였다.

"친구 여러분, 내가 입을 다문 순간은 2년 동안 일어난 일에 해당하는 거예요. 그 후 나는 그곳에서 라 초레라로 도망쳤어요."

* * *

내가 도착한 날 밤에 사람들이 사육제를 연 기억이 나네요. 중앙 막사 복도 난간 앞에 불콰하게 술에 취한 군중이 모여들었어요. 다양한 인디오 부족과 콜롬비아, 베네수엘라, 페루, 브라질의 백인들, 안티야스 제도의 흑인들이 술, 여자, 자질구레한 것을 요구하면서 소리를 질러댔어요. 그러자 가게 뒷방에서 고용주들이 폭죽, 단추, 참치 통조림, 비스킷 상자, 씹는담배, 샌들, 융, 담배를 그들에게 던졌어요. 아무것도 집을 수 없었던 사람들은 장난삼아 동료들을 떨어지는 물건 쪽으로 밀며, 깔깔거리고 발길질을 하면서 떨어진 물건 위로 아주 요란하게 포도송이처럼 엉겨 붙었어요. 한쪽에서는 연기를 피우는 등잔불 곁

---

* 죄인에게 씌우는 형틀.

에 향수에 젖은 사람들이 고향의 선율을 선사하는 가수들의 노래를 듣고 있었죠. 밤부코, 호로포, 쿰비아-쿰비아였어요. 갑자기 성질머리가 사나운 털보 십장이 단상에 오르더니 허공에 윈체스터 라이플을 발사했어요. 사람들이 무슨 일인지 의아해하며 숙죽였어요. 모두 그 사내를 향해 고개를 돌렸지요. 그가 소리쳤어요. "고무 채취인 여러분, 여러분은 이제 새로운 고용주의 관대함이 어떠한지 알았을 겁니다. 아라나 씨가 라 초레라와 엘 엔칸토의 고무농장을 관장하는 회사를 만들었습니다. 다들 일을 해야 하고, 고분고분해야 하며, 복종해야 합니다. 식료품 잡화 가게에는 여러분께 드릴 게 더 이상 없습니다. 옷을 집어가지 못한 사람은 인내심을 가지세요. 여자를 요구하는 사람은 다음에 오는 거룻배들을 탄 여자 마흔 명이, 잘 들으세요, 마흔 명이 와서 뛰어난 작업자들에게 때때로 배분될 거라는 사실을 알아두세요. 게다가 곧 원정대 하나가 안도케 부족*을 정복하러 떠날 건데요, 원정대는 인디오 아가씨를 있는 대로 잡아올 거예요. 자 다들 내 말 잘 들으세요. 부인이나 딸이 있는 인디오는 누구든, 여자에게 무슨 일이 일어나는지 보려면 부인이나 딸을 이 정착지에 대령시켜야 합니다."

다른 십장들이 즉각 그 말을 각 부족의 말로 통역했고, 파티는 좀 전처럼 환호성을 지르고 박수를 치면서 무르익어갔어요.

나는 아들을 찾게 될까 봐 두려워하면서 사람들 사이를 뚫고

---

* 안도케Andoque는 아마존과 카케타 지역에 사는 원주민 부족으로, 고무 채취 열기가 한창이던 시기에 말살 지경에 이르렀다.

나왔어요. 내가 아들을 보고 싶어 하지 않은 건 그때가 처음이었어요. 그럼에도 불구하고 나는 사방을 둘러보았고, 아들에 관해 물어보기로 작정했죠. 이봐요, 루시아노 실바를 아세요? 이 사람들 사이에 파스토에서 온 누군가가 있습니까? 혹시 라라냐나 후안치토 베가가 이곳에 사나요?

내 질문에 사람들이 떠들썩하게 웃었음에도 나는 과감하게 복도로 들어갔어요. 경비원들이 나를 밀어냈죠. 한 남자가 내게 다가오더니 오두막촌에서 아구아르디엔테를 나눠준다고 알려주더군요. 그건 사실이었어요. 군중이 줄을 서서 손잡이가 달린 물병과 바가지를 아구아르디엔테를 나눠주는 경비원에게 내밀었어요. 괴짜 십장 하나가 장난을 치고 싶었는지 폰체*를 담는 단지에 석유를 부어 인디오 몇몇에게 마시라고 주었어요. 아무도 속임수에 넘어가지 않자 십장은 석유가 가득 담긴 그릇을 인디오들의 머리 위로 던져버렸어요. 누가 성냥불을 붙였는지는 모르겠지만, 그 순간 탁탁 소리가 나는 불꽃이 인디오들을 불태웠고, 그들은 혼란스러운 와중에 미친 듯이 비명을 지르며 보랏빛 불관을 쓴 채 사람들 사이를 뚫고 달려가 고통스러워하면서 강물에 뛰어들었죠.

라 초레라의 업주들이 포커 게임용 카드를 손에 든 채 베란다에 모습을 드러냈어요. "이거 뭐야?" "이거 뭐냐고?" 유대인 바르칠론이 말했어요. "이봐요, 형씨들, 촌스런 짓 좀 그만

---

* 폰체ponche는 럼주, 물, 레몬 및 설탕을 넣어 만든 음료다. 영어로는 '펀치'라고 부른다.

해요! 야자나무 잎사귀로 만든 우리 카네이의 벽을 다 태우겠네!" 라라냐가가 후안치토 베가의 명령을 따라 했어요. "이제 장난은 그만해요! 장난을 멈추라고요!"

그들은 사람의 살이 타는 냄새를 맡더니 군중 위로 침을 탁 뱉고는 태연하게 포커 게임장으로 들어가버렸어요.

수말이 마구간으로 들어가 암말들을 물어뜯고 발길질을 해 대 무리에서 떼어놓듯이, 십장들은 개머리판을 휘두르며 자기 일꾼들을 모아서 고통스런 소동이 벌어지는 가운데 각자의 막사로 밀어 넣었지요.

나는 폐에 온 힘을 주어 소리를 질렀어요. "루시아노! 루시아니토! 여기 아버지가 있다!"

* * *

그다음 날은 내 인내심을 시험하는 날이었죠. 오후 두 시쯤이었는데, 업주들은 여전히 자고 있었어요. 아침에 일꾼들이 일하러 나갔을 때 마르티니크에서 온 거구의 흑인이 가죽으로 만든 마체테집에 마체테를 문질러 날을 무시무시하게 갈면서 자신을 소개하더니 대뜸 물었어요. "이봐요! 댁은 왜 여기 있는 겁니까?"

"길잡이인데, 곧 탐사를 떠날 거요."

"도망자처럼 보이네요. 엘 엔칸토에 있었더군요."

"그렇다 해도 같은 주인인 것 아닌가요?"

"당신은 나무에다 글을 새겨놓은 철면피였잖아요. 그들이 당신을 용서해준 걸 고맙게 생각하시오."

그때 회계원이 사무실 문을 열고 들어오는 것을 보고 나는 그 위태로운 대화를 끝냈어요. 내가 회계원에게 인사를 건넸을 때 그는 나를 쳐다보지도 않고 카운터로 갔지요.

"로아이사 씨." 내가 겁먹은 어조로 말했어요. "혹시 가능하다면, 내 아들의 장부는 값이 얼마인지 알고 싶은데요."

"당신 아들요? 아들을 사고 싶은 거요? 업주들이 아들을 팔았다고 벌써 당신한테 말했나요?"

"계산을 해보려고요…… 아들 이름은 루시아노 실바예요."

그 남자가 커다란 장부를 펼치더니 펜을 잡아 계산을 했어요. 나는 감정이 북받쳐 올라 다리가 후들거렸어요. 결국 루시아니토가 어디에 있는지 알아낸 거잖아요!

"2,200솔이오." 로아이사가 확인해주었어요. "업주들이 이 액수에 추가 요금을 얼마나 요구하던가요?"

"추가 요금요? 추가 요금이라고요?"

"당연하죠. 우리는 일꾼을 팔 입장이 아니에요. 오히려 회사는 사람을 구하고 있다고요."

"아이가 지금 어디에 있는지 말해줄 수 있나요?"

"당신 아이요? 내가 어떻게 알겠어요? 그런 건 십장들한테 물어야죠."

불운하게도 그때 그 거구의 흑인이 사무실로 들어왔어요.

"로아이사 씨" 그가 큰 소리로 말했어요. "이 노인네와 괜히 입씨름하지 말아요. 엘 엔칸토와 라 플로리다에서 도망친 게으르고 나사 풀린 사람인데요, 고무나무를 긁는 대신 칼끝으로 나무껍질에 글을 새겼다니까요. 고무나무 숲에 가보면 알 겁니다. 모든 숲에 똑같은 글을 새겼다고요. '클레멘테 실바가 사랑하는 아들 루시아노를 찾아 여기에 있었노라.' 그처럼 쓸데없는 짓을 본 적이 있어요?"

나는 피고인처럼 눈을 내리깔았어요.

"이봐요들!" 내가 격정적으로 말했어요. "척 보니 당신들은 단 한 번도 아버지가 되어본 적이 없었군요."

"이런 뻔뻔한 노인네에게 사람들이 뭐라 할까요? 이 양반이 자신의 번식력을 과시하는 걸 보면 과거에 얼마나 여자를 밝혔을까요?"

두 사람은 그렇게 내 말에 응수하면서 껄껄대고 웃었어요. 나는 돛대처럼 벌떡 일어나서 쇠약해진 손으로 회계원의 뺨을 갈겨버렸어요. 그러자 흑인이 나를 발로 찼고, 문 앞에 고꾸라졌지요. 나는 자긍심과 만족감으로 눈물을 흘리며 일어섰어요!

* * *

옆방에서는 밤을 새운 것 같은 사람이 위협적으로 목소리를 높였어요. 얼마 지나지 않아 뚱뚱한 몸에 얼굴이 부어 있고, 가슴이 여자처럼 불룩하며, 피부가 질투심처럼 누리끼리한* 남자가 파자마의 단추를 채우면서 모습을 드러냈어요. 그가 말을 꺼내기 전에 회계원이 서둘러 그에게 그간의 경위를 보고하더

---

* 노란색은 흔히 배신과 질투를 상징한다고 한다. 노란 장미의 꽃말은 질투다.

군요.

"아라나 씨, 속상해 죽겠습니다! 죄송합니다! 여기 있는 이 사람이 자기가 회사에 진 빚의 액수를 뽑아달라고 왔습니다. 제가 막 정산 잔고를 알려주자마자 장부책을 찢고, 사장님을 도둑이라고 하더니, 우리를 칼로 찌르겠다고 위협했습니다."

흑인이 그 말이 맞다는 시늉을 했어요. 나는 어찌나 화가 나던지 어찌할 바를 모르고 가만히 있었죠. 아라나는 말이 없었어요. 하지만 그 말을 믿지 못하겠다는 눈초리로 두 불한당을 쏘아보는데 간담이 서늘했어요. 내 양 어깨를 잡더니 물었어요.

"당신 아들 루시아노 실바가 몇 살입니까?"

"만 열다섯 살이 채 되지 않았습니다."

"당신과 아들의 장부를 살 준비가 되어 있습니까? 빚이 얼마죠? 작업한 대가로 얼마가 적립되어 있죠?"

"모르겠습니다, 사장님."

"장부 두 개 값으로 내게 5천 솔을 지불하겠소?"

"네, 네. 하지만 지금은 돈이 없습니다. 파스토에 있는 저의 작은 집을 원하신다면…… 라라냐가와 베가가 제 동포입니다. 그들이 나와 학교 동창이기 때문에 사장님께 자세한 정보를 드릴 수 있을 겁니다."

"충고 하나 하겠는데요, 그 사람들에게는 인사도 하지 말아요. 현재 그들은 가난한 친구들을 좋아하지 않거든요." 아라나가 나를 마당으로 데리고 나가면서 덧붙였어요. "말해봐요. 빚 대신 지불할 고무는 없는 거요?"

"없습니다, 사장님."

"내게서 고무를 도둑질해가는 고무 채취꾼들이 누구인지 혹시 알아요? 도둑질한 고무를 은닉한 장소를 알려주면 그곳에 있는 고무의 반을 주겠소."

"모릅니다, 사장님."

"카케타에 숨겨둔 고무를 구해올 수 있을까? 당신이 그곳 막사를 기습할 수 있도록 사람을 붙여주겠소."

그 도둑질 계략에 혐오감을 느꼈지만 속으로 억누르고 교활하기보다는 의뭉스럽게 처신키로 했어요. 생각에 잠긴 듯 행동했지요. 내게 뇌물을 제안하며 거래를 성사시키려 노력했어요.

"당신은 정직하고, 입이 무겁기 때문에 쓰려는 거요. 당신 얼굴 자체가 이런 사실을 알려주거든요. 그렇지 않다면 내가 당신을 도망자로 대하고, 당신 아들을 팔지도 않을 것이며, 당신과 아들을 고무나무 숲에 매장해버릴 거요. 당신에겐 나에게 진 빚을 청산할 방법이 없으니, 내가 직접 당신에게 자유를 줄 방법을 알려주고 있다는 사실을 기억하시오."

"그건 사실입니다, 사장님. 그런 사실 때문에 인정받으려 애씁니다. 저는 더욱 제가 약속한 것을 지킬 수 있는지 확실히 하고 싶습니다. 우선은 길잡이로서 카케타로 가서 그 지역을 탐사하고 전략적으로 좋은 지름길 하나를 개척한 후 이야기하고 싶습니다."

"아주 좋은 생각이고요, 그렇게 될 겁니다. 당신은 그 일에 신경을 쓰고, 당신 아들은 내가 신경을 쓰겠소. 윈체스터 한 정, 식량, 나침반 하나를 요청하고, 짐꾼으로 인디오 하나를 데려가시오."

"고맙습니다, 사장님. 하지만, 그런 게 제 외상 액수를 증가시킬 텐데요."

"그 금액은 내가 내지요. 그건 내가 주는 사육제 선물이오."

* * *

업주 아라나가 내게 준 통행권은 십장들의 부러움을 샀고 화를 돋우었어요. 나는 원하는 곳 어디든 갈 수 있었고, 십장들은 내가 필요로 하는 것을 제공해야 했죠. 언제든지 내가 원하는 일꾼으로 사람 삼십 명을 선발할 수 있는 권한을 가졌으니까요. 나는 카케타 방향으로 가는 대신 푸투마요 분지로 우회하기로 결정했어요. 에레 천의 인근 숲길을 지키던 '판테로'*라 불리는 경비원이 나를 붙잡아놓고는 내 통행권의 조회를 의뢰했죠. 조회 결과가 호의적이었는데도 그가 내 권한을 변경해버렸어요. 어떤 경우에도 내가 루시아노 실바를 선발하지 못한다는 거였죠.

그건 아들을 찾아 데려가려던 내 계획을 땅바닥에 내팽개치는 것과 같았어요. 품팔이 일꾼들이 고무나무를 쓰러트릴 때 나는 굉음을 들을 때마다 자주 내 꼬맹이가 그들과 함께 다니다가 어느 나뭇가지에 깔릴 수 있을 거라는 생각이 들더군요. 당시에는 브라질 사람들이 '술 취한 고무'라 부르는 시링가만

---

* 판테로pantero는 흑표범 또는 수완이 좋고 대범한 사람을 가리킨다.

256

큼 검은 고무를 많이 채취했어요.* 시링가를 뽑아내려면 고무나무 껍질을 절개해서 유액을 작은 통에 모아 훈증을 해서 굳혀요. 검은 고무는 고무나무를 쓰러뜨려놓고 나무 몸통을 빙둘러 한 뼘 간격으로 껍질을 절개해서 유액을 채취한 뒤 통풍이 되는 구멍에 저장해 천천히 굳혀요. 그래서 도둑들이 검은 고무를 다른 곳으로 옮기는 게 아주 쉬워요.

어느 날 나는 한 일꾼이 검은 고무 저장소를 흙과 나무 잎사귀로 덮는 것을 보았어요. 내가 업주의 사주를 받아 고무 절도를 사찰한다는 헛소문이 돌았는데, 그런 얘기 때문에 엄청나게 미움을 사서 내가 큰 위험에 빠졌어요. 발각된 일꾼이 내 몸을 절단해버리겠다고 마체테를 움켜쥐었으나 나는 내 윈체스터를 그에게 겨누고 경고했어요.

"내가 첩자가 아니라는 사실을 증명하겠다. 이 사실을 전혀 발설하지 않겠다. 하지만 내가 침묵하는 대가로 넌 루시아노 실바가 어디에 있는지 말하라."

"아!…… 실비타**요?…… 실비타 말이에요?…… 후안 무녜

---

* 클레멘테 실바는 두 종류의 고무(나무)에 관해 설명한다. 콜롬비아와 베네수엘라에서는 고무(나무)를 '카우초caucho'라 부르고, 콜롬비아의 바우페스주와 인접한 브라질 지역에서는 '시링가siringa'라 부르며, 페루에서는 '카우초' '헤베jebe' '고마goma'라 부른다. 콜롬비아에서 생산되는 시링가(Hevea brasiliensis)에서 가장 좋은 고무가 생산된다. '검은 고무(caucho negro)'는 주로 아마소니아와 오리노키아 지역의 산기슭에서 자라는 품종으로, 쓰러뜨려놓으면 나무 몸통 전체에서 풍부한 유액(라텍스)이 나온다. 그렇기 때문에 고무 산업이 시작되고 얼마 후 거의 대부분이 사라져버렸다.

** 실비타Silvita는 '실바Silva'의 축소사, 애칭이다.

이로의 품팔이 일꾼들과 함께 나포강 유역의 카팔루크로에서 일해요."

그날 오후 나는 에레 천에서 탐보리아코까지 가는 지름길을 뚫기 시작했어요. 그 길을 뚫는 데 6개월이 걸렸죠. 마뇨코가 부족해서 야생 유카를 먹어야 했어요. 사람들이 없는 곳에서 한동안 혼자 쉬기로 결정했을 때 나는 정말 기진맥진한 상태였어요!

탐보리아코에서 나는 엘 펜사미엔토*라고 불리는 곳에 거주하던 일꾼들을 만났어요. 그 일꾼들의 십장이 나더러 막사에 들러 식량과 카누를 얻으라며, 자신과 함께 개천을 거슬러 올라가보자고 초대했어요. 그날 밤, 우리 둘만 남았을 때 그가 내게 묻더군요.

"그런데 업주들이 무녜이로에 대해서 뭐라고 하던가요? 그 사람을 추적하겠답니까?"

"혹시 무녜이로가……"

"다섯 달 전에 일꾼들과 고무를 가지고 도망쳐버렸어요. 고무 90퀸틀과 일꾼 열세 명이요!"

"어떻게요? 어떻게? 근데 그게 가능해요?"

"그들은 마지막으로 쿠베야노의 호수 근처에서 작업을 하고 카팔루크로로 돌아가서 나포강을 통해 빠져나갔는데, 아마존 쪽으로 가서 지금은 외국에 있을 겁니다. 무녜이로가 나더러 그 일을 함께하자고 제안했지만, 영리한 인간들은 고무 채취꾼

---

* 엘 펜사미엔토El pensamiento는 '생각', '의도' 등의 의미를 지닌다.

들과 함께 도망쳐서 일꾼들이 가져가는 고무를 처분한 뒤 일꾼들에게 돈을 나눠주고, 일꾼들을 자유롭게 해주겠다고 약속하는 일이 다반사인데 나는 약간의 의구심이 들었죠. 이렇게 일꾼들에게 환상을 심어주고서 그들을 다른 강으로 데려가 새로운 업주들에게 팔아버리거든요. 그 무네이로라는 인간은 아주 수다스런 협잡꾼이에요! 그리고 마산강 어귀에 경비대가 있어서……"

그 말을 들으니 허탈했어요. 더는 살아갈 이유가 없다는 생각이 들더군요. 그런데 어떤 서글픈 위안이 내게 원기를 불어넣었어요. 아들이 외국에 살아 있는 한 남은 인생을 내 조국에서 기꺼이 노예로 살겠다고요.

"하지만 그 인간이 아직 도망치지 않았다는 소문도 있어요." 상대방이 말을 이었죠. "사람들은 당신이 그 인간을 어딘가로 데려가버렸다고 생각해요."

"하지만 나는 나포강을 본 적조차 없어요!"

"참 특이한 일이네요. 당신은 잘 알 거요. 일꾼들이 서로 감시하면서 무슨 일이든 주인에게 알려야 한다는 사실을 말이오. 나는 〈무네이로가 사라졌음.〉이라고 엘 엔칸토에 사람을 보내 소식을 전했죠. 그랬더니 나더러 당신이 무네이로와 그 일꾼들을 카케타로 보냈는지 알아보고, 어찌 되었든 예방조치로 루시아노 실바를 붙잡아두라는 답이 왔어요. 엘 엔칸토에서는 오래전부터 당신을 기다리며 위임을 받은 여러 사람이 당신을 찾아다니고 있어요. 이제 당신은 이 사안을 해명하기 위해 돌아가는 게 좋겠네요. 거기로 가서 내게 식량도 없을뿐더러 일꾼들이 열병으로 죽어가고 있다고 전해주세요."

보름이 지난 뒤, 스스로 체포되기 위해 엘 엔칸토로 돌아갔죠. 8개월 전에 탐사를 하러 나왔잖아요. 나는 고무가 많이 있는 개천가 숲들을 찾아냈으며 후안 무네이로와 그의 일꾼들의 도주와는 무관하다고 주장했지만, 그들은 내게 아흐레 동안 매일 채찍 스무 대와 상처로 찢어진 살에 소금을 뿌리리라고 판결했어요. 닷새째 날, 계속 매질을 당하니까 도저히 일어설 수가 없더군요.

하지만 그들이 총알개미집 위에 깔아놓은 멍석으로 나를 질질 끌고 가자 나는 멍석에서 줄행랑을 쳐야 했어요. 나를 때린 사람들은 이 광경을 보고는 몹시 재미있어라 했죠.

나는 다시 노쇠하고 애처로운 고무 채취꾼 클레멘테 실바로 돌아왔어요.

내 희망을 이루지 못한 채 세월은 무심히 흘러갔죠.

루시아노는 열아홉 살이 되었을 겁니다.

* * *

그 당시 내 인생에서 아주 중대한 사건이 일어났어요. 모시우*라는 프랑스 신사가 탐험가이자 박물학자로서 고무농장을

---

* 모시우mosiú는 프랑스어로 '씨'를 가리키는 '므슈monsieur'를 중남미식으로 발음한 것이다. 이 인물은 유진 로부숑Eugène Robuchon이라는 실존 인물에 기반한 것으로, 프랑스 출신의 지리학자이자 사진가인데, '아라나 회사'와 계약을 맺어 아마존 지역을 탐사했으나, 1906년에 밀림에서 사라져버렸다.

찾아왔지요. 처음에는 그가 어느 거대한 박물관과 어딘지는 잘 모르지만 무슨 지리학회를 대표해 왔다고 막사촌 사람들이 수군거렸어요. 나중에는 고무 업자들이 그의 탐사비용을 댔다는 소문이 돌았죠.

라라냐가가 그의 식량과 일꾼 비용을 댔기 때문에 그랬을 겁니다. 최고로 숙달된 길잡이였던 나를 카우이나리강 유역에서 일하는 일꾼 집단에서 불러내더니 나더러 그가 원하는 곳 어디든 길을 안내하라고 시켰어요.

내가 빽빽한 수풀을 뚫으며 지름길을 열어가면 짐꾼들을 거느린 그 학자가 내 뒤를 따라오면서 각종 식물, 곤충, 수지를 연구했어요. 밤이면 드넓은 강변에서 경위의經緯儀를 가지고 하늘을 관측하면서 별을 관찰하고 기록했는데, 그러면 나는 그 도구들 옆에서 그에게 플래시를 비쳐주었죠.

그가 늘 서투른 에스파냐어로 내게 말했어요.

"내일 저 큰 별의 방향으로 진로를 정하세요. 저 별들이 어느 쪽에서 빛나는지 잘 알아두고, 태양이 이곳으로 뜬다는 사실을 기억하세요."

그러면 나는 즐거운 마음으로 대답했지요.

"어제부터 순전히 직감으로 그 방향을 계산해두었습니다."

그 프랑스 사람은 과묵했지만 관대했어요. 에스파냐어가 서툴러 과묵할 수밖에 없었지만 내게는 항상 친절하고 정중하게 행동했어요. 내가 밀림을 맨발로 걸어 다니는 걸 보고는 놀라워하며 부츠를 주었어요. 그는 내가 해충에 물릴까 봐, 더위 속에서 일을 너무 열심히 해서 숨이 막힐까 봐 마음 아파하며 여러 종류의 주사를 놓아주고, 자신의 컵에 포도주 몇 모금을 담아 남겨주고, 담배 한 개비로 나의 밤을 위로해주는 것을 결코 잊지 않았어요.

그때까지 그는 고무 채취꾼들이 노예라는 사실을 모르는 것 같았어요. 라 초레라와 엘 엔칸토에서 그를 맞이하러 나왔던 공손하고 부드러운 화술을 지닌 그 신사들이 우리에게 매를 때리고, 학대하고, 병신으로 만든다는 것을 그가 어떻게 생각할 수 있었겠어요? 하지만 어느 날 우리가 밀림의 고독 속에 방치된 막사촌으로 가는 옛길과 연결된 야쿠루마의 어느 저지대를 돌아다닐 때였어요. 그가 걸음을 멈추고서 어느 나무를 바라보았어요. 나는 늘 그랬듯이 카메라를 준비하고 그의 명령을 기다리며 그에게 다가갔지요. 예전에 고무 채취꾼들에게 난도질을 당한 적 있는 거대한 고무나무였는데, 껍데기에는 두껍고 불룩하고, 쥐어짠 종기처럼 부어오른 흉터가 많았어요.

"선생님, 사진을 찍고 싶으세요?" 내가 그에게 물었죠.

"예. 나는 지금 상형문자 몇 개를 관찰하고 있습니다."

"고무 채취꾼들이 써놓은 협박일까요?"

"분명합니다. 여기 십자가처럼 보이는 게 있군요."

애잔한 마음으로 가까이 다가간 나는 내가 과거에 새겨놓은 것을 알아보았는데, 껍데기에 주름이 잡혀 형체가 변형되어 있었어요. '클레멘테 실바가 여기에 있었다.' 반대쪽에는 루시아니토의 글씨가 있었어요. '안녕, 안녕……'

"아이, 모시우. 이건 내가 새긴 거예요!" 내가 중얼거렸어요.

그러고는 나무에 몸을 기댄 채 울기 시작했어요.

∗ ∗ ∗

그 순간부터 나는 처음으로 친구이자 보호자가 생겼어요. 그 학자는 나의 불행에 연민을 느끼고, 내 장부와 만약 내 아들이 여전히 노예 상태에 있다면 내 아들의 장부를 사서 주인들로부터 자유롭게 해주겠다고 했어요. 나는 그에게 고무 채취꾼들의 끔찍한 삶을 얘기해주고, 우리가 겪은 고통을 열거했어요. 그가 내 말을 의심하지 않도록 객관적으로 설명했죠.

"선생님, 제 등이 저 나무보다 고통을 덜 받았을까요? 말해 보세요."

나는 셔츠를 걷어 올려 내 등의 상처투성이 피부를 그에게 보여주었어요. 그는 같은 주인을 위해 각기 다른 즙인 고무 유액과 피를 흘렸던 나무와 나의 상처를 코닥 카메라에 담았어요. 그 이후로는 카메라에 일꾼들 사이에 벌어지는 고문의 고통을 고스란히 기록했어요. 십장들의 엄청난 불쾌감과 주인들로부터 예상되는 반응에 대한 심각한 위험을 박물학자에게 끊임없이 알리고 경고했지요. 박물학자는 동요하지 않고 신체의 일부가 절단된 몸과 흉터 들을 계속해서 카메라로 찍었어요. 그리고 내게 늘 이렇게 말했죠. "이런 범죄는 인류를 부끄럽게 하므로 각국의 정부가 서둘러 범죄를 단절시키도록 전 세계에 알려야 합니다." 그는 런던, 파리, 리마에 범죄를 고발하는 사진을 동봉한 서신을 보냈는데, 아무런 대책도 강구되지 않은 채로 세월이 흘렀어요. 그때 그가 업주들에게 증거 문서를 보여주고 항의하기로 작정하고, 내게 편지를 들려서 라 초레라로 보냈어요.

그곳에는 바르칠론밖에 없었어요. 그는 서류 뭉치를 읽자마자 나를 자기 사무실로 데려가라고 조치했어요.

"소체* 가죽 부츠는 어디서 구했소?" 그가 나를 쳐다보면서 투덜거렸어요.

"모시우가 내게 이 옷과 함께 주었어요."

"그런데 그 떠돌이는 어디에 있는 거요?"

"캄퓨야 천과 라가르도-코차 사이에 있어요." 나는 거짓으로 대답했어요. "30일 정도 되었어요."

"왜 그 모험가가 우리 사업에 끼어들려고 하는 거요? 누가 그에게 사진을 찍도록 허락해준 거요? 그 사람이 대체 왜 내 일꾼들을 선동하냐고요?"

"저는 모릅니다, 사장님. 그는 아무하고도 거의 말을 하지 않고요, 말을 해도 그 사람 말을 잘 알아들 수가 없어서……"

"그런데 왜 우리더러 당신을 팔라고 제안하는 거죠?"

"그건 그 사람 일이죠."

그 유대인은 화를 내면서 문으로 가더니 빛을 등지고 코닥 카메라로 찍은 사진들을 훑어보았어요.

"비참하군! 이 등은 당신 거 아니오?"

"아닙니다, 사장님! 아니라고요, 사장님!"

"당장 웃통을 벗어봐요!"

---

* 소체soche는 사슴의 일종이다. 체구가 작고 몸무게가 25킬로그램을 넘지 않는다.

그가 내 셔츠와 내의를 확 벗겼어요. 내가 몸을 벌벌 떨었기 때문에 다행히도 사진과 내 몸을 대조할 수 없었지요. 사내가 책상에 있던 펜을 집어 멀리서 나를 향해 던지자 펜이 내 어깨뼈에 그대로 꽂혀버렸어요. 내 넓적다리가 온통 붉은 피로 물들었죠.

"돼지 같은 인간. 내 사무실 바닥에 피 묻으니까 당장 꺼져버려."

그가 나를 베란다 쪽으로 밀어붙이고는 휘파람을 한 번 불었죠. 우리가 '왕뱀'이라 부르던 십장이 잽싸게 달려왔어요. 그들이 수천 가지를 물었는데, 나는 애매하게 대답했어요.

바르칠론이 명령했어요.

"저 인간, 부츠가 큰 게 확실하니까 쇠사슬 두어 개로 동여매."

그렇게 되었어요.

소문에 따르면, '왕뱀'이 그 프랑스인에게 대답을 전달하기 위해 인부 넷과 함께 떠났대요.

그 불쌍한 프랑스인은 결코 세상에 나오지 못했어요!

* * *

그다음 해는 고무 채취꾼들에게 아주 희망찬 시기였어요. 당시 이키토스에서 언론인 살다냐 로카가 발행한 신문 『라 펠파』* 한 부가 어떻게 해서 고무농장과 막사촌에 돌아다니기 시

---

* 라 펠파La Felpa는 '질책叱責, 質責'이라는 의미다.

작했는지는 잘 모르겠어요. 신문의 사설은 푸투마요에서 자행된 범죄행위를 성토하고 우리를 위해 정의를 요구하는 내용이었어요. 사람들이 하도 읽어 신문지가 너덜거려서 도끼 자루처럼 생긴 대나무통 속에 숨겨 숲길에서 숲길로 돌아다닐 수 있도록 우리가 알고돈 천 인근의 고무나무 숲에서 미지근한 고무로 수선한 기억이 나는군요.

신중하게 처신했음에도 불구하고 우리가 '사제'라 부르던 에콰도르 출신의 어느 고무 업자가 그 신문에 관한 사항을 경비원에게 밀고했고, 경비원들은 어느 날 아침, 치키치키 야자나무 사이에서 조심성 없이 그 신문을 읽어주던 일꾼과 신문의 내용을 듣는 데 빠져서 새로운 청중이 있다는 사실을 까맣게 몰랐던 다른 일꾼들을 기습적으로 찾아냈지요. 그들은 신문을 읽은 일꾼의 눈꺼풀을 쿠마레 야자나무 섬유로 꿰매고, 나머지 일꾼들의 귀에는 뜨거운 왁스를 들이부었어요.

그 십장은 사장에게 신문을 보여주기 위해 엘 엔칸토로 돌아가기로 작정했어요. 그런데 카누가 없었기 때문에 나더러 밀림 속 길로 자신을 안내하라고 명령하더군요. 그곳에는 새로운 놀랄 거리가 나를 기다리고 있었어요. 페루 정부가 보낸 방문조사관이 도착해서 고무회사 사무실에서 증언을 수집하고 있었던 거예요.

내가 방문조사관에게 내 이름을 밝히자 그가 내 개인정보를 적기 시작하더니 모든 참석자 앞에서 내게 물었어요.

"여기서 계속 일하길 원하나요?"

소심한 성격이었음에도 나는 이렇게 대답함으로써 사람들을 놀라게 했지요.

"아닙니다, 조사관님! 아니라고요, 조사관님!"

방문조사관이 기운찬 목소리로 강조했어요.

"내 명령에 따라 원할 때는 언제든지 떠날 수 있습니다. 몸에 어떤 표시 같은 게 있나요?"

"이겁니다." 내가 웃통을 벗고 등을 보여주었어요.

그곳에 있던 사람들의 얼굴이 하얗게 질렸죠. 방문조사관이 안경을 내 몸 가까이에 갖다 댔어요. 그는 아무것도 묻지 않고서 말했어요.

"내일 당장 떠나도 됩니다."

그러자 내 주인들이 고분고분하게 말했죠.

"조사관님, 명령을 내리세요, 조사관 나리!"

주인들 가운데 하나가 준비된 말을 하는 사람처럼 아주 쉽고 편하게 그 공무원에게 덧붙였어요.

"이 남자 등에 있는 흉터가 참 특이합니다, 그렇죠? 식물들이, 특히 이 지역 식물들은 참 많은 비밀을 간직하고 있죠! 조사관 나리께서는 고무 업자들이 '마리키타'라고 부르는 어느 해로운 나무에 관해 들어보신 적이 있는지 모르겠습니다. 프랑스 학자가 우리의 요청에 따라 그 나무에 관한 연구에 관심을 보였습니다. 그 나무는 작부처럼 특이한 향기를 내뿜는 그늘을 만듭니다. 하지만 나 원 참, 남자는 그 그늘의 유혹을 참지 못하죠. 그래서 몸에 붉은 반점이 생기고 극심한 가려움증을 겪으며 그늘에서 나오는데요, 연주창連珠瘡이 생겨 곪고, 나중에 흉터가 피부를 주름지게 만듭니다. 여기 있는 이 불쌍한 노인네처럼 많은 고무 채취꾼이 경험 부족으로 고생을 많이 했습니다."

"사장님……" 내가 반박하려고 했지만 그는 전혀 흔들리지 않고 말을 이었어요.

"별 의미 없는 그런 자잘한 것이 회사에 문제를 일으킨다고 누가 믿겠습니까? 이 사업은 장애물이 아주 많아서 그에 합당한 애국심과 인내심이 필요한데, 만약 정부가 우리에게 신경을 쓰지 않는다면 조국의 국경선 안에 있는 이들 거대한 숲은 주인이 없는 상태가 될 겁니다. 조사관 나리께서는 우리가 품팔이 일꾼들에게 가했다는 폭력, 매질, 고문이 어떤 건지 알아보려고 우리 회사의 각 작업반을 영광스럽게도 조사하셨는데요, 우리나라*가 자기 영토를 회복하고, 페루 사람들이 이들 국경에 있는 것을 방해하기 위해 수천 가지 방법을 모색하는, 질투심 많고 악의적인 우리의 이웃 나라 사람들의 말에 따르면, 그들에게는 자신들의 의도를 실현하는 데 돈을 주고 이용할 수 있는 엉터리 작자들이 결코 부족하지 않습니다.

이제 처음 다루었던 문제로 돌아가겠습니다. 회사는 재원이 필요하므로 노력을 통해 출세하고 싶은 사람이면 누구에게나 팔을 벌립니다. 이곳에서는 사방에서 온 착하거나 혹은 나쁘거나, 반항적이거나 게으른 일꾼들이 있습니다. 그들의 성격과 관습의 차이, 규율의 결여, 도덕관념의 부족 같은 그 모든 것은 마리키타에서 편안한 공범자 하나를 발견했지요. 왜냐하면

---

* 여기서 '우리나라'는 페루를 지칭한다. 당시 영토와 경제 문제 때문에 콜롬비아와 페루 사이에 갈등이 있었다.

일부는, 주로 콜롬비아 사람들인데요, 서로 싸우거나 때리거나 '나무 병'을 앓을 때, 모기에 물린 것부터 사소하게 긁힌 상처에 이르기까지 모든 부상, 모든 흉터를 경비원 탓으로 돌려 그들의 신용을 떨어뜨림으로써 자신들을 교정하는 회사에 복수를 하거든요."

그가 그렇게 말하고는 모여 있는 사람들에게 고개를 돌리더니 물었어요.

"이 지역에 마리키타가 많다는 게 사실입니까? 그 나무가 화농과 궤양을 유발한다는 게 사실입니까?"

모두 한목소리로 소리를 질렀어요.

"그렇습니다, 사장님! 그렇습니다, 사장님!"

"다행스럽게도 페루 정부가 우리의 애국적인 사업을 돌볼 겁니다." 그 교활한 사내가 말했죠.

"장교들과 상사들을 시켜 우리 작업반원들을 군대식으로 조련해달라고 우리가 당국에 요청했어요. 그들이 회사의 감독관 역할과 고무대장의 경비대원 역할을 동시에 수행해주면, 그들이 이 국경지대에 체재하는 비용을 두둑하게 줄 겁니다. 이렇게 되면 정부는 군인을, 노동자들은 확실한 보장을, 회사는 활력과 보호와 평화를 갖게 될 겁니다."

방문조사관이 만족스러운 표정을 지었어요.

* * *

독거미에 물려 오른쪽 다리를 잃은 가르손 출신의 노인 발비노 하코메가 해 질 무렵에 나를 찾아왔어요. 그가 내 해먹이 걸려 있는 막사의 처마 아래에 목발을 내려놓고는 낮은 소리로 말했죠.

"동포여, 당신이 기독교의 땅을 밟게 되면 나를 위해 미사를 봉헌해주시오."

"업주들의 후안무치한 진술을 당신이 확인해준 것에 대한 보상으로 말입니까?"

"아니요. 우리가 잃어버린 희망을 기억한다는 의미에서지요."

"당신은 나라는 인간을 이용하지 말아야 한다는 사실을 알아야 하고 이해해야 해요." 내가 대꾸했죠. "당신은 남 얘기 좋아하는 사람들 가운데 가장 비열했을 뿐만 아니라 후안치토 베가의 비열한 종복이에요. 무엇보다 우리나라를 비난하고, 콜롬비아 사람들을 깎아내리는 데 있어서도 그를 능가했어요."

"그럼에도 내 동포들은 나에게 빚이 있어요." 그가 대꾸했어요. "당신이 떠나니 허심탄회하게 얘기할 수 있겠네요. 나는 적들의 환심을 사는 데 수완이 아주 좋은 사람임에도 정말 잔인한 사람처럼 보이도록 채찍을 휘두르는 시늉을 했어요. 나는 그들이 진짜 능력이 있는 다른 사람을 첩자로 만들지 않도록 첩자 노릇을 해왔어요. 오직 스스로 상황에 맞춰, 투테* 게임에서 내 카드 모으는 일만 했다고요. 어떤 험담을 차단할 필요가 있었을까요? 나는 그런 사실을 알고 있었고, 일꾼들에게 해가

---

* 투테tute는 둘 또는 네 명이 참가해 왕 넷이나 말 넷을 모으는 사람이 이기는 카드놀이.

되지 않도록 시정했어요. 작업반에서 어떤 일꾼이 학대를 당했나요? 나는 불가피한 학대에는 박수를 쳤지만, 나중에 학대를 한 하수인에게 복수를 했어요. 왜 경비원들이 나를 그토록 호의적으로 대할까요? 왜냐하면 내가 영향력과 신용이 있는 사람이기 때문이오. 나는 그들 가운데 누군가에게 이렇게 말해요. '이봐요, 주인들이 뭔가를 알고 있어서……' 그러면 그 사람이 내 앞에서 무릎을 꿇고 이런저런 설명을 해요. 그렇게 해서 나는 그 누구도 얻지 못한 것을 얻어내죠. '내 동포들을 때리지 말아요. 당신이 저기서 그들을 괴롭힌다면, 내가 여기서 당신에게 대갈못을 박아버리겠소!'

이런 식으로 나는 아무런 거리낌도 영예도 없이, 그리고 그 누구도 내게 고마움을 느끼지 않는 희생을 해가며 선을 행하지요. 걸어 다니는 쓰레기인 나는 품팔이로 위장한 채 좋은 애국자로서 내가 할 수 있는 일을 해요. 당신은 나를 미워하고 저주하면서 곧 떠날 거고, 당신이 내 고향 땅처럼 비옥한 당신의 고향 땅을 밟을 때 내가 야만의 땅에서 속죄라는 선행을 행하는 것에 대해 당신은 즐거움을 느낄 것이오.

동포여, 솔직하게 얘기하시오. 당신이 카케타로 갔을 때 내가 도망치라고 간청하지 않았나요? 당신이 결정하는 걸 도와주려고 훌리오 산체스가 임신한 부인과 함께 카누를 타고 소금도 음식을 조리할 불도 없이 거룻배들과 경비대의 추격을 받으며 강가의 만처럼 생긴 웅덩이에 숨고, 어두운 밤에만 강을 거슬러 항해하면서 푸투마요강의 온 지류를 오랫동안 돌아다닌 끝에 모코아에 닿았을 때 그의 부인이 카누에서 태어난 아기를 안고서 성당으로 숨어 들어갔다는 얘기를 당신에게 해주지 않았나요?

하지만 당신은 많은 기회를 무시했지요. 만약 내게 그런 기회가 있었더라면, 이 불구 상태가 내게 족쇄를 채우지 않았더라면! 내 충고에 따라 도망친 사람들은 모두 나한테 와서 나를 업어 가겠노라고 약속했어요. 하지만 그들은 내게 알리지도 않은 채 도망쳐버리고, 도망치다가 붙잡히면, 그게 내 탓이 되었지요. 붙잡힌 그들은 나를 공범으로 지목해 나는 나의 약화된 영향력을 회복하기 위해 그들을 몽둥이로 때려달라고 요구할 수밖에 없어요. 누가 그 프랑스 학자더러 클레멘테 실바를 자신의 길잡이로 요청하라 부탁했을까요? 도망치기에 그보다 더 좋은 기회가 무엇이었을까요? 그런데 당신은 내 제안에 고마워하기는커녕 나를 박대했어요! 게다가 그 학자가 숱한 위험에 처하는 걸 막는 대신에 그를 혼자 놔두고, 편지를 가지고 고용주가 있는 곳으로 올 생각을 하는 통에 이런 일이 일어나버렸어요. 그런데 그 방문조사관이 우리를 버린 지금 당신은 주인들이 한 말에 내가 반박하길 원하는 거죠!"

"이봐요, 동포, 그에 관해 설명해줘요!"

"부엌에서 우리 말을 엿듣고 있어서 그건 안 돼요. 원한다면 조금 있다가 낚시 핑계를 대고 함께 카누를 타고 나갑시다."

우리는 그렇게 했어요.

＊ ＊ ＊

포구에는 배들이 많았어요. 내 동료 발비노 하코메가 어느 커다란 보트의 가장자리에서 잠자던 사공에게 다가가 얘기를 했어요. 그가 너무 지체하여 조바심을 느끼고 있는데, 두 사람이 헤어지는 소리가 들리더군요. 사공이 배의 모터를 켜고 전깃불을 밝혔어요. 커다란 전구 위에 있던 선풍기가 윙윙거리기 시작했죠.

그때 다리 역할을 하는 나무판자를 통해 풀을 먹인 옷을 입은 여러 사람이 배로 건너왔어요. 그들 중에는 보석과 레이스로 치장한 숙녀가 있었는데, 부잣집 여자처럼 웃었어요. 그때 동료가 내게 다가오더군요.

"이봐요, 주인 나리들은 차를 마시고 있어요." 그가 내게 작은 소리로 말했죠. "조사관 나리가 손을 잡아주고 있는 저 미인이 마돈나라 불리는 소라이다 아이람이오."

우리는 카누를 타고 노를 조금 저어 만처럼 강물이 고여 있는 곳에 매어두었는데, 거기서 강물에 반사된 그 배의 불빛이 보였어요. 발비노 하코메가 얘기를 시작하더군요.

"후안치토 베가가 해준 말인데요, 그 프랑스 학자가 외부로 보낸 편지들이 심각한 소동을 일으켰답니다. 게다가 그 프랑스 사람이 여기서 사람들이 사라지듯 사라져버렸어요. 하지만 아라나는 이키토스에 살고 있고, 그의 돈이 사방에 있어요. 약 6개월 전부터 아라나가 적들의 신문을 자기 회사로 보내 회사 관계자들이 신문을 읽고 상황을 파악해서 시간을 두고 예방조치를 강구하도록 했어요.

처음에는 그 신문을 내게 전혀 보여주지 않더군요. 나중에 그들이 내게 도움을 청할 수 있겠느냐고 물었고, 내가 자신들을 도와주는 대가로 식료품 잡화 가게의 운영을 맡겼어요.

언젠가 업주들이 라 초레라로 가고 없을 때, 몇몇 십장이 가게로 와서 키니네와 분(粉)을 달라고 하더군요. 나는 십장들이 글을 읽을 줄 모른다는 사실을 잘 알고 있었기 때문에 물건을 신문지로 싸서 오두막촌과 고무농장으로 보냈는데요, 이는 언젠가 그곳에서 물건을 꺼내려고 신문지를 펼쳤을 때 글을 읽을 줄 아는 사람이 그것을 읽어보게 하기 위해서였죠."

"동포여." 내가 소리쳤어요. "이제 당신을 믿겠소. 우리 사이에도 신문지 하나가 돌아다녔소. 그 신문지 때문에 내가 여기로 구원을 찾아온 거요! 당신 덕분에! 당신 덕분에 말이오!"

"좋아하지 말아요, 동포. 우리는 가망이 없어요!"

"왜요? 왜?"

"그 빌어먹을 조사관이 왔기 때문이오! 결과적으로 아무것도 하지 않은 그 조사관 때문이라고요! 잘 봐요. 조사관이 도착한 날 그들은 일꾼들에게 채웠던 칼을 풀어 다리를 만들었는데요, 조사관은 다리를 건너면서도 칼에 구멍이 뚫려 있고, 피가 묻어 있다는 사실을 눈치채지 못했어요. 우리는 그 고문 도구가 놓여 있던 마당으로 가보았는데, 조사관은 그곳에서도 죄수 일꾼들이 물을 달라고, 그늘로 데려다 달라고 발버둥을 치느라 마당 풀이 짓이겨진 걸 알아차리지 못했어요. 조사관을 놀려주려고 그들은 쇠꼬리 여섯 개로 만든 채찍 하나를 복도 난간 위

274

에 올려놓았는데, 그 단순한 남자는 그것이 우신牛腎으로 만든 거냐고 물었어요. 그러자 마레도가 아주 뻔뻔스럽게도 웃으면서 말했죠. 〈조사관 나리는 영리한 분이세요. 우리가 쇠고기를 먹는지 알고 싶으시군요. 소가 아주 비싸다 할지라도 물론 먹고요, 저 말뚝에 송아지를 묶어놓고 채찍질을 합니다.〉"

"조사관은 좋은 사람처럼 보이던데요." 내가 반론을 제기했죠. "하지만 그는 악의도 관찰력도 없어요. 자신에게 소리를 지르는 사람에게 달려드는 눈먼 황소 같다니까요. 그런데 여기서는 그 누구도 감히 그런 말을 못 해요! 여기서는 모든 것이 이미 아주 잘 정리되어 있고요, 작업반도 재조정되었어요. 불만이 있거나 유감이 있는 일꾼들은 아무도 모르는 곳으로 보내졌고, 에스파냐어를 모르는 인디오들이 근처 개천 주변에 배치되었어요. 그 공무원의 방문은 강 유역에서 일하는 백 개가 넘는 작업반 가운데 몇 개를 확인하는 것으로 제한되었고, 5개월 안에 이들 작업반을 모두 돌아다니면서 조사한다는 것은 불가능하죠. 그 조사관은 도착한 지 채 일주일도 안 되었는데, 벌써 돌아갔잖아요.

조사관 나리는 자신이 범죄가 들끓는 불명예스러운 밀림에서, 고무 채취업에 종사하는 사람들에게 인신보호청원*에 관해 얘기했고, 그들의 불만을 들었고, 자신의 권한으로 그들이 멀리 떨어진 집으로 돌아갈 수 있게 해주었다고 말하는 것으로

---

* 인신보호청원人身保護請願은 신체의 자유를 보장하는 제도다. 국민이 이유 없이 구금되었을 때 법원에 인신보호청원을 신청해 법원의 판단하에 풀려날 수 있게 된다. 원어의 발음대로 '헤비어스 코퍼스habeas corpus'라고도 한다.

만족할 테죠. 그래서 지금부터는 그 누구도 일꾼들에게 가해지는 고문과 착취를 믿으려 하지 않을 테고 또 설령 이미 공식적으로 거부된 사안에 집착하는 순진한 인간들이 있다 해도 조사관 나리가 제출할 보고서가 모든 항의에 대한 구속력 있는 대답이 될 것이기에 우리는 영원히 풀려나지 못한 채 죽게 될 겁니다.

동포여, 지금 한 말에는 내 견해가 들어가 있지 않으니 놀라지는 마세요. 이 말은 업주들한테 들은 거니까요. 그들은 포승줄에 목이 묶여 여기서 나간다는 생각에 벌벌 떨었어요. 그런데 오히려 자신들의 미래를 보장받았기 때문에 지금은 과거에 느낀 공포를 비웃죠. 그 조사관이 개천가 고무나무 숲을 방문해 업무를 보는 동안에, 우리는 하릴없이 집 안에 처박혀 회사의 학대를 고발하는 일꾼이 셋을 넘지 않을 것이고, 조사관 나리가 모든 일꾼에게 똑같이 〈당신은 원할 때면 언제든 떠날 수 있습니다〉라는 말을 할 거라며 심심풀이 내기나 하고 있었죠."

"동포여, 우린 자유의 몸이에요. 우린 자유를 얻었다고요!"

"그렇지 않다니까, 친구, 그건 꿈도 꾸지 마세요. 아마도 몇몇은 떠날 수 있을 테지만, 먼저 빚을 갚아야 하는데 방법이 없어요. 그들은 어디로, 어떻게 가야 할지도 심지어는 언제 가야 할지도 몰라요. 〈내일 당장.〉 시점이 참 그럴 듯하게 들리는군요! 그런데 남은 빚은, 배는, 경로는, 식량은? 여기서 나가려면 비용이 많이 드는데, 이곳에 머무는 건 특히 빚에 대한 이자를 오직 채찍질과 피로 갚으니 현재는 비용이 훨씬 덜 들죠."

"내가 그 사실을 잊고 있었군요! 조사관에게 얘기해보겠소!"

"어떻게요? 그가 마돈나와 나누는 잡담을 방해하려고요?"

"어떻게 해서든 나를 데려가달라고 부탁하려고요!"

"내일은 내일의 태양이 뜨니 조바심 내지 마세요. 내가 여기 와서 얘기했던 그 사공이 바로 오늘 밤에 배의 모터를 고장 낼 텐데, 고장은 내가 원하는 날까지 지속될 거예요. 그렇게 하려고 내가 식료품 잡화 가게를 수중에 둔 겁니다. 우리가 남 얘기 좋아하는 사람들을 좀 이용할 테니 두고 보세요."

"날 용서해주세요, 부디 나를 용서해주세요! 그런데 나는 뭘 해야 되죠?"

"하느님께서 시키시는 대로 믿고 기다리세요. 그리고 내가 시키는 대로 내 말을 따르세요!"

발비노 하코메가 나의 걱정은 아랑곳없이 말을 이어나갔어요.

"회사가 위험하다고 생각한 몇몇 사람, 즉 사람을 죽이거나 해친 사람이 아니라 도둑질을 한 사람 몇 명을 내준다고 해도 조사관 나리는 단 한 명도 체포해 가지 못해요. 조사관은 할 수 있는 게 더 이상 없어요. 조사관이 도착하기 전에 업주들은 오두막촌으로 밀정을 보내 회사가 질 나쁜 일꾼을 색출해 모두 목을 매달려고 하는데, 그렇게 하기 위해서 회사의 외국인 동업자들 가운데 하나가 예심판사*로 위장해 일꾼들의 진술을 들을 것이라는 소문을 은밀하게 퍼뜨렸어요. 이 방법은 완벽하

---

* '예심판사(Juez de Intrucción)' 또는 '수사판사'는 공판이 이루어지기 전에 사건을 담당해 수사를 하고 피의자를 기소하는 일을 담당한다.

게 성공했지요. 그래서 조사관 나리는 어디서든 행복하고 고마워하는 사람들을 만났으며, 그들이 살인에 대해서도 학대에 대해서도 말하는 걸 결코 듣지 못했던 겁니다.

하지만 영원한 범죄는 밀림이 아니라 '일일거래장'과 '금전출납부'에 있어요. 만약 조사관 나리가 그 두 장부를 보았더라면 대변貸邊보다 차변借邊에서 더 많은 것을 읽어냈을 텐데요. 그 이유는 많은 일꾼의 장부에 십장들이 알려준 대로 단순히 계산한 수치가 기입되어 있었기 때문이죠. 그럼에도 불구하고 조사관이 불공정한 데이터를 발견할 수 있는데요, 일꾼들이 고무 1킬로그램을 5센타보에 건네면 담요 하나를 20페소*에 받거든요. 6년 전부터 일을 해온 인디오들이 일을 시작한 첫 달에 받은 마뇨코를 여전히 빚지고 있어요. 죽임을 당한 아버지, 강제노역에 시달린 어머니, 심지어는 강간당한 누이에게서 비롯된 엄청난 빚을 물려받은 아이들은 평생 빚을 갚지 못해요. 그들이 사춘기가 되었을 때 자신이 어린 시절에 쓴 비용만 갚는 데도 반 세기의 노예생활을 해야 하죠."

동료가 잠시 말을 멈추더니 내게 담뱃갑을 건넸어요. 나는 그가 밝힌 수치스런 사실 때문에 망연자실했지만, 방문조사관을 옹호하고 싶어졌어요.

"아마도 조사관 나리가 그 장부들을 조사할 영장을 발부받지 못했을 겁니다."

"그가 영장을 발부받았다 해도 그 장부들은 잘 보관되어 있

---

* 1센타보centavo는 100분의 1페소peso다.

을 겁니다."

"그런데 조사관 나리가 널리 알려진 수많은 인권 유린의 증거들을 수집하지 못한다는 게 가능할까요?"

"설령 그렇게 된다 할지라도, 어떤 사람이 누군가를 죽이고, 또 다른 누군가의 물건을 빼앗고, 또 다른 누군가에게 상해를 입혔다는 증거로 우리가 얻는 게 뭘까요? 후안치토 베가가 말했다시피, 그건 이키토스는 물론이고 사람 사는 곳이면 어디서든 일어납니다. 경찰도, 사법당국도 없는 여기 정글에서는 훨씬 더해요. 어떤 범죄가 입증되는 걸 하느님도 원치 않으실 건데요, 고용주들은 어떻게든 자신의 큰 욕망을 실현하기 때문이죠. 고용주들의 욕망은 시청이나 감옥을 좌지우지하고, 불공정한 악행을 주도하는 거예요. 고용주들은 일꾼들을 군대식으로 관리하길 원해요. 또한 콜롬비아에서는 아주 심각한 무엇, 즉 라라냐가의 표현에 따르면 '지하 음모'에 대한 낌새가 있다는 점을 기억해야 해요. 콜롬비아 출신 개척 이주민들이 자신들에 대한 보호책이 부족해서 자신들의 정착지를 이 회사에 억지로 팔고 있잖아요? 그곳에 칼데론, 이폴리토 페페스와 다른 많은 사람이 있는데, 그들은 모든 것을 잃지 않고 자신의 짐꾸러미를 가져갈 수 있기만 해도 값을 잘 받은 셈이라고 생각하고서 회사가 주는 대로 받아요. 그리고 약탈자인 아라나가 실제적으로는 이키토스에서 계속 우리 콜롬비아의 영사가 아닌가요? 콜롬비아 대통령은 강 주변에 사는 개척 이주민들이 매일 요구하는 보호책에 대한 무언의 답으로 푸투마요와 카케타 지역에 군대와 수비대를 허가해주도록 벨라스코 장군을 파견했다고들 하지 않나요? 동포여, 친애하는 동포여, 우리는 가망이 없어요! 그리고 푸투마요도 카케타도 가망이 없을 겁니다.*

　내 충고를 들으세요. 아무 말도 하지 말라고요! 말을 하는 사람은 실수하고, 이들 비밀을 말하는 사람은 더 많은 실수를 한다고들 하잖아요. 당신이 사람들에게 거짓말쟁이에 중상모략자로 인식되고 싶으면 리마나 보고타로 가서 그 비밀을 얘기해버리세요. 만약 사람들이 그 프랑스 사람에 관해 묻거든, 회사가 그더러 미지의 지역을 탐험하도록 보내버렸다고 말하세요. 어느 날 어떤 능구렁이 같은 자가 프랑스 학자의 시계를 보여주었다는 소문에 관해 당신에게 물으면, 그 자는 불한당이고, 이미 죽었다고 말하세요.

　치스피타**에 관해 묻는 사람이 있으면 그가 예랄, 카리호나, 우이토토, 무이나네 같은 원주민 언어에 아주 밝은 십장이라고 대답하세요. 그리고 만약 당신이 대화를 각색하고 싶으면 어떤 일화를 언급해야 하지만, 비둘기처럼 순하고 조용한 그 친구가 인디오들의 난잡한 짓을 벌하려고 인디오들의 구아유코를 훔쳤다는 얘기도 하지 말고, 그가 인디오들에게 고무를 숨기도록 강요해놓고는 주인이 오기를 기다렸다가 우연을 가장해 주인에게 숨겨놓은 고무를 찾아줌으로써 자신이 정직하고 예리한

---

* 발비노 하코메Balbino Jácome가 콜롬비아인으로서 국경 지역에 대한 정부의 정책을 비판하는 것은 이 소설의 작가인 에우스타시오 리베라의 입장을 반영한다.

** 치스피타chispita는 '불꽃'이라는 의미로, '기지가 번뜩이는 사람'을 가리킨다. '피파Pipa'의 별명이다.

예언자라는 명성을 유지한다는 얘기도 하지 마세요. 그가 침처럼 날카롭게 다듬은 손톱으로 살짝 긁기만 해도 가장 힘센 인디오를 죽일 수 있었는데, 그것은 마술 때문도 염증 때문도 아니고, 손톱에 묻힌 쿠라레* 때문이었다고 말하세요."

"동포여." 내가 소리를 질렀어요. "마치 내가 여기를 떠날 수 있다는 걸 확신하듯이 리마와 보고타에 관해 말하는군요."

"그래요, 친구. 난 당신을 사서 데려갈 사람을 알고 있어요. 바로 마돈나 소라이다 아이람이에요!"

"사실이에요? 사실이냐고요?"

"지금이 밤인 게 확실한 것처럼 사실이에요. 오늘 아침에 조사관 나리가 당신을 불러 조사했을 때 마돈나가 난간에서 쌍안경으로 당신을 관찰했어요. 그리고 당신이 더 이상 일하고 싶지 않다고 큰 소리로 선언했을 때 그녀가 당신의 오만한 태도를 무척 흐뭇해하는 것 같았어요. 〈저 무모한 노인네는 누구냐고 내게 물었어요.〉 그래서 내가 대답했지요. '저 사람은 나침반이라 불리는 길잡이고요, 저는, 저 사람이 글을 읽고 쓸 줄 알고, 숫자에 아주 능하고, 고무 거래 전문가고, 오두막촌과 고무나무 숲 들을 알고, 밀수질을 예리하게 밝혀내고, 좋은 장사꾼이고, 좋은 선원이고, 필체가 뛰어난 사람으로 평가하는데요, 부인은 아름답기 때문에 아주 적은 대가를 치르고 저 사람을 사실 수 있을 겁니다. 후안 무네이로 사건이 발생했을 때 부인께서 저 사람을 가지셨더라면 그런 복잡한 문제를 겪지 않으셨

---

* 쿠라레curare는 식물에서 채취한 맹독이다.

을 겁니다.'"

"후안 무네이로 사건이라고요? 복잡한 문제라니요?" 내가 물었어요.

"그래요. 이미 지나가버린 사소한 실수였어요. 마돈나가 카발루르코의 고무농장에서 도망친 자들에게서 고무를 샀는데, 이키토스에서 사법당국이 고무를 압수하려고 했죠. 하지만 그녀가 이겼어요. 미인계가 통했죠! 사법당국은 경비대에게 그녀가 이들강으로 올라가는 것을 허용하지 말라고 조치했는데, 당신도 이미 보았다시피 조사관이 그녀에게 모든 것을, 심지어는 무료로 처리해주었어요. 그런데도 여자는 뭔가를 주고 뭔가를 요구하죠. 그리고 남자는 뭔가를 요구하고 뭔가를 주죠."

"친구여, 마돈나가 루시아니토에 관한 소식을 가지고 있을 거예요! 내가 그녀와 얘기해볼 겁니다! 비록 그녀가 나를 사지 않는다 할지라도!"

스무날 후 나는 이키토스에 있게 되었어요.

* * *

마돈나의 배가 고무 100퀸틀을 실은 봉고를 예인하는 동안 나는 봉고의 선미에서 뙤약볕을 견디며 노를 젓고 있었어요. 우리는 고무, 밤, 피라루쿠* 같은 그 지역 물건을 물물교환하려

---

* 피라루쿠pirarucú는 성체의 무게가 100킬로그램이 넘을 정도로 커다란 민물고기로 아마존 지역에 서식한다.

고 종종 아마존 강변에 있는 원주민의 오두막에서 배를 멈췄어요. 왜냐하면 그 당시 낙후된 지역에서는 농업이 정착되지 않았기 때문이죠. 도냐 소라이다가 직접 개척 이주민들과 물물교환을 했는데, 장사꾼으로서 입심이 좋은 그녀는 물물교환을 한 뒤 자신의 배로 돌아와 구입한 자잘한 물품을 내가 일일거래장에 기입하는 것을 흐뭇하게 바라보았어요.

내 여주인이 의전사제처럼 과격하고 성마른 성격이어서 견디기 힘든 여자라는 사실을 아는 데는 그리 오랜 시간이 걸리지 않았어요. 그녀는 내가 루시아니토의 아버지라는 사실을 인정하려 들지 않았고, 무네이로에 대해서는 경멸조로 말했어요. 나는 그녀에게 굴욕을 당해가며 도망자들에 관해 알게 되었는데, 그들은 〈도둑질한 최하급〉 고무를 가지고 그녀를 속인 뒤에 아마존 경비대를 농락하고, 카케타강을 거슬러 올라 아파포리스 지류까지 가서 그곳을 통해 바우페스까지 가는 지름길이 있는 타라이라강을 찾아 올라갔어요. 그녀는 자신에게 끼친 손해를 보상받으려고 도망자들을 찾아 그 강 유역으로 갔지만, 환멸만 느꼈고, 심지어는 감히 그녀의 연애를 날조하는 파렴치한 인간들이 있어서 처녀로서 품위를 훼손하는 비방을 들어야 했어요.

"노인 양반, 당신은 거지 하인이라는 비천한 조건을 잊지 말아요!" 어느 날 그녀가 내게 소리를 질렀어요. "여자 친구들 사이에서도 겨우 주고받을 내밀한 질문을 물어보는 건 난 못 참아요. 루시아니토가 수려한 외모의 청년인지, 콧수염이 나기 시작했는지, 건강이 좋은지, 몸가짐이 바른지 더 이상 내게 묻지 말아요. 그따위 것들이 내게 뭐 그리 중요하겠어요? 내가 잘생긴 남자들의 얼굴을 보려고 남자들 뒤를 따라다니는 것 같아요? 내 사업이 잘생기고 용감한 손님들을 선호하는 데 있는 것 같아요? 당신이 계속해서 그렇게 무모하고 우둔하게 행동하면 당신 장부를 원하는 사람에게 팔아버리겠어요."

"마돈나, 이제 우리가 고무농장에 있지 않으니 저를 그렇게 대하지 마세요! 배은망덕한 놈들 때문에 고생하는 게 지겹다고요! 내 뇌리를 떠나지 않는 아들을 8년 동안 찾아다녔는데, 아들은 아마도 내가 자기를 그리워하는 동안에 나를 찾을 생각은 절대 하지 않았을 겁니다! 그 고통은 내 슬픔을 끝내버릴 정도로 큰데요, 난 어느 때든 봉고의 키를 버리고 물로 뛰어들 수도 있거든요! 루시아노가 내가 자기를 찾는 걸 모르는지, 내가 나무의 몸통과 여러 길에 남겨둔 표식을 보았는지, 엄마를 기억하는지만이라도 알고 싶다고요!"

"아이참, 물로 뛰어들어! 물로 뛰어들라고요! 그렇게 할 수 있을까요? 그럼 내 2천 솔은? 내 2천 솔은? 내 2천 솔은 누가 지불한대요?"

"이제 난 죽을 권리조차 없다는 말인가요?"

"그건 사기잖아요!"

"하지만 당신은 내가 진 빚이 정당하다고 생각해요? 8년 동안 계속 일하면서 자신이 먹은 비용을 지불하지 않는 사람이 어디 있겠어요? 내 몸을 초라하게 만드는 이 누더기가 내가 항상 겪은 빈궁함에 대해 절규하고 있지 않나요?"

"그런데 당신 아들이 훔친……"

"내 아들은 물건을 훔치지 않아요! 비록 내 아들이 도둑들 사이에서 성장했다고 해도 말이에요! 내 아들을 다른 애들하고 혼동하지 말아요. 그 아이는 그 누구에게도 고무를 팔지 않았다고요! 당신은 후안 무네이로와 거래를 하고, 그에게서 고무를 받았고, 그에게 일부 빚이 남아 있잖아요. 내가 이미 장부를 검토해보았어요!"

"아이, 이 남자 첩자군! 엘 엔칸토 사람들이 나를 속였어! 발비노 하코메 노인이 날 배신했어! 하지만 당신은 날 우롱하지 못해요! 우리가 배에서 내리면 당신을 체포하라고 하겠어요!"

"그렇게 해요. 나를 발카르셀 판사에게 넘기면 그에게 몇 가지 심각한 폭로를 해버리겠어요!"

"알라신이여!* 더 복잡한 일에 나를 끌어들이겠다고요?"

"걱정 말아요. 나는 피해를 당해도 고발 같은 건 하지 않으니까요."

"내가 당신을 도울게요. 근데 나더러 아라나의 미움을 사게 할 건가요?"

"후안 무네이로 건은 발설하지 않겠어요."

"당신은 아주 강력한 적들을 만들 작정이로군요! 마노아스에서 당신을 자유롭게 해주겠어요! 바우페스로 가면 사랑하는 아들이 당신을 찾아다닐 테니 아들과 포옹하게 될 거예요!"

"나는 콜롬비아 영사와 반드시 얘기하겠어요. 콜롬비아는 내가 가진 비밀을 원해요! 내가 비밀을 밝히자마자 죽는다 해도

* 마돈나는 아랍계이기 때문에 알라신의 이름을 감탄사처럼 사용한다.

말이에요! 내 아들은 조국을 위해 투쟁하려고 그곳에 남을 거예요!"

몇 시간 뒤에 우리는 배에서 내렸어요.

* * *

마돈나와 실랑이를 하면서 나에게 권위가 생겼어요. 내가 그녀와 마지막으로 나눈 몇 마디 말로 나는 여주인이 두려워하고, 커다란 보트와 봉고의 선원들이 존경심을 표하며 바라보는 주인이 되었어요. 며칠 전까지만 해도 내게 자신들의 옷 빨래를 시키던 보트의 기관사와 키잡이는 〈실바 씨〉라는 호칭 때문에 난감해했어요.

내가 배에서 육지로 뛰어내리자 두 사람 가운데 하나가 내게 담배를 권하고, 나머지는 손에 모자를 받쳐 든 채 담뱃불을 대령하더군요.

"실바 씨, 어르신은 우리가 겪은 많은 모욕에 대한 복수를 해주셨어요!"

마돈나의 하녀인 메스티사* 파린틴스가 보트에서 그 남자들에게 커튼을 젖혀달라고 부탁했어요.

"부인이 머리가 아픈 것 같으니 빨리 젖혀주세요. 이미 아스피린 두 알을 드셨어요. 빨리 해먹을 매달아주세요!"

_____

* 메스티사mestiza는 백인과 인디오의 혼혈 여성이다. 남성은 '메스티소mestizo'라고 한다.

그녀의 말대로 선원들이 움직이는 동안 나는 내 계획을 가늠해보았죠. 내 나라의 영사관으로 가서 프레펙투라*나 재판소에서 상담할 수 있게 해달라고 영사에게 부탁하고, 밀림에서 일어난 각종 범죄를 고발하고, 프랑스 학자의 탐사에 관해 내가 아는 바를 모두 털어놓고, 거기에다 나의 본국 송환과 노예화된 고무 채취 노동자들의 자유, 라 초레라와 엘 엔칸토에 있는 서류책, 장부에 대한 조사, 인디오 수천 명에 대한 해방, 개척이주민 보호, 개천과 강에서 자유로운 무역을 요구할 계획이었어요. 그리고 내가 미성년자 아들의 합법적인 아버지 자격으로 내게 허용된 보호 명령을 취득한 뒤에, 비록 강제적일망정 작업반, 오두막촌, 밀림을 가리지 않고 어디에 있든 내 아들을 데려갈 작정이었죠.

마돈나의 하녀가 내게 다가왔어요.

"실바 씨, 여주인께서 당신더러 사람을 시켜 봉고에 싣고 온 짐을 꺼내 세관에 그 짐이 당신 것인 양 필요한 절차를 밟아달라고 부탁하셨어요. 당신은 신용이 있는 사람이니까."

"나는 지금 영사관에 간다고 부인께 전해요."

"가여운 아가씨, 〈루〉를 생각하면서 어찌나 우시던지요!"

"루가 누군데요?"

"루시아니토예요. 바우페스에서 아가씨가 그와 함께 있을 때 아가씨가 그를 그렇게 부르셨어요."

"함께라고요?"

---

* 프레펙투라Prefectura는 특정 지방의 행정, 치안 등을 담당하는 관청.

"예, 그래요. 서로 대화도 하고 입도 맞추었어요. 루시아니토는 아주 관대한 청년이어서 자신이 받은 고무를 그녀에게 가져다주었어요. 내 언니가 그 사실을 알고 있어요. 아랍계 십장 페실의 애인이 언니인데, 지금 리오네그로에 있어요. 나보다 먼저 마돈나의 하녀였지요."

나는 이런 내밀한 얘기를 듣고 씁쓸하고 원망스러운 생각이 들어 몸을 파르르 떨었어요. 분노를 숨긴 채 그 도시를 향해 고개를 돌렸어요. 내가 어느 순간에 길을 걷기 시작했는지 모르겠어요. 쑥덕거리는 선원들, 쭉 늘어선 부두의 일꾼들, 몇 무리의 경비대원 사이를 뚫고 지나갔죠. 사내 하나가 나를 붙들더니 통행권을 보여달라고 하더군요. 다른 사내가 나더러 어디서 오는지, 내 카누에 팔 만한 채소가 있는지 물었어요. 내가 어떻게 길거리, 외곽 지역, 다리들을 돌아다녔는지 모르겠어요. 어느 광장의 방패 모양 문장이 붙은 대문 앞에서 멈춰 섰어요. 그리고 문을 두드렸지요.

"여기가 콜롬비아 영사관입니까?"

"어디 영사관이라고요?" 한 숙녀가 물었어요.

"콜롬비아요."

"하, 하!"

어느 길모퉁이 건물 발코니에 깃대 하나가 보이더군요. 그 건물로 들어갔지요.

"실례합니다, 선생님. 여기가 콜롬비아 공화국 영사관입니까?"

"여긴 아닙니다."

나는 밤이 되도록 여기저기 돌아다녔어요.

"신사 양반." 내가 행인에게 물었어요. "프랑스 영사는 어디에 사나요?"

그가 즉시 그곳을 가리켰어요. 프랑스 영사관은 문이 닫혀 있었어요. 동판에 다음과 같이 씌어 있었죠. 업무 시간: 9시부터 11시까지.

* * *

나는 초기의 흥분이 사라지자 기가 많이 꺾여, 고무나무 숲의 야생성이 그리워지더군요. 그곳에서는 하다못해 〈아는 사람들〉이 있고, 내 해먹을 걸 만한 곳도 부족하지 않았지요. 내 일상의 습관대로 밤에는 그다음날 할 일이 무엇인지 알았고, 심지어는 어떤 고생을 할 것인지조차도 정해져 있었죠. 하지만 도시에서는 내가 웃는 법도, 자유롭게 행동하는 법도, 풍요와 편리함을 향유하는 법도 제대로 알지 못한다는 사실을 깨달았어요. 부적격자라는 두려움과 외지인이 느끼는 울적함을 안고 보도를 떠돌았어요. 누군가가 나더러 왜 하릴없이 돌아다니는지, 왜 계속해서 고무를 훈증하지 않는지, 왜 내 오두막을 떠났는지 물어볼 것만 같았어요. 누군가가 강한 어투로 말을 할 때면 내 등이 파르르 떨렸어요. 불빛이 있는 곳에서는 어둠에 익숙해진 내 눈이 부셨어요. 자유가 무척이나 낯설었는데, 내가 진정으로 자유롭지 않았기 때문이죠. 과거에 나는 채권자인 주인이 있었어요. 과거에는 족쇄가, 빚이 있었는데 이제는 직업도, 주거지도, 빵도 없었어요.

나는 그 도시가 크지 않다는 사실을 모른 채 몇 바퀴나 돌았어요. 마침내 건물들이 똑같이 생겼다는 사실을 깨달았어요. 어느 건물의 문 앞에서 사람들이 자동차에서 내리더군요. 건물 안에서 박수 소리와 음악이 흘러나왔어요. 마돈나가 뚱뚱한 신사와 함께 차에서 내렸는데, 신사의 콧수염이 밧줄처럼 굵고 휘어져 있더군요. 포구로 돌아가고 싶어 그곳으로 갔더니 어느 가게에 기관사와 키잡이의 모습이 보이더군요.

"실바 씨, 배에 아무 이상이 없어서 저희가 여기에 있습니다. 짐은 이미 모두 넘겼습니다. 내일 열두 시 정각에 리오네그로를 통해 마나우스로 가는 증기선이 출발합니다. 마돈나가 승선권을 샀습니다. 하지만 우리 셋은 커다란 보트를 타고 갈 겁니다. 우리는 어르신이 명령하실 때 떠날 겁니다. 마나우스에 도착할 때까지 비밀을 유지하시라는 말씀을 드리고 싶네요. 여기서는 사람들이 어르신의 말을 듣지 않거든요. 어르신의 나라 영사가 어떤 희망이라도 주던가요?"

"난 그 사람이 어디에 사는지도 몰라요."

"여러분, 콜롬비아 영사관이 어디 있는지 아나요?" 키잡이가 그 동네 사람들에게 물었어요.

"우린 모릅니다."

"아마도 영사는 아라나, 베가와 그들의 동료들이 있는 회사에 살고 있다고 생각됩니다." 기관사가 넌지시 말했다. "과거에 돈 후안치토 베가가 영사였죠."

솥에 든 컵을 씻고 있던 객줏집 여주인이 손님들에게 알렸어요.

"이웃의 놋쇠공 남자가 자신의 고용주를 '영사'라 부른다고 하더군요. 그들 가운데 한 명이 콜롬비아 사람인지 한번 물어보세요."

나는 명예를 걸고 정색하며 말했어요.

"당신들은 내가 누구를 찾는지 제대로 이해하지 못했군요!"

그럼에도 불구하고 나는 날이 밝자 그 놋쇠공을 찾아가기로 했어요. 마치 관찰자처럼 반대편 보도를 여러 번 지나다녔는데, 그사이 내가 프랑스 영사와 면담할 시각이 다가왔어요. 그 동네 사람들은 다들 일찍 일어났어요. 얼마 지나지 않아 객줏집 여주인이 알려준 집 대문이 열렸죠. 파란 앞치마를 두른 남자가 문설주 밖에 있는 쇠 화로에 커다란 풀무로 바람을 불어넣고 있었어요. 내가 도착했을 때 그는 증류기의 목을 접합하고 있었어요. 진열장에는 수많은 그릇이 진열되어 있었죠.

"사장님, 이 동네에 콜롬비아 영사가 있습니까?"

"여기 사는데요, 지금은 외출 중일 겁니다."

그가 셔츠 소매를 걷은 차림으로 잔에 든 초콜릿을 마시면서 나왔어요. 그는 성깔이 사나운 비사교적인 남자가 전혀 아니었어요. 그를 보자마자 나는 촌스런 방식으로 과감하게 말했지요.

"동포님, 동포님! 저의 본국 송환을 요청하러 왔습니다."

"나는 콜롬비아 사람이 아니고, 콜롬비아에서 월급을 받지도 않아요. 당신 나라는 그 누구도 본국으로 송환하지 않아요. 통행권 가격은 50솔이에요."

"나는 푸투마요에서 왔는데요, 내가 걸치고 있는 비참한 누더기, 채찍을 맞아 생긴 흉터, 병색이 완연한 누런 얼굴이 그걸 증명해줍니다. 내가 그곳에서 일어나는 범죄들을 고발할 수 있게 재판소로 데려가주세요."

"나는 변호사도 아니고 법도 모릅니다. 당신이 변호사 비용을 댈 수 없다면……"

"나는 프랑스 학자의 탐사에 관해 밝힐 게 있소."

"그럼, 프랑스 영사가 그 증언을 들어야죠."

"내 미성년 아들이 강에서 납치를 당했어요."

"그 건은 리마에서 다뤄져야 합니다. 당신 아들 이름이 뭔가요?"

"루시아노 실바예요, 루시아노 실바!"

"오, 오, 오! 그 입을 다무는 게 좋겠군요. 프랑스 영사가 그 이름을 알고 있어요. 그 성은 영사에게 그리 달갑지 않을 겁니다. 그 학자가 사라진 뒤에 실바라는 청년이 그 학자의 옷을 입고 라 초레라로 갔거든요. 청년을 체포하라는 명령이 곧 내려질 겁니다. 나침반이라는 별명을 지닌 길잡이를 아세요? 당신이 밝히고자 하는 게 무엇인가요?"

"내가 들은 것들을 말할 겁니다."

"아라나 씨가 이 사안에 관심이 있으니까 그것들을 확실히 알 겁니다. 영사에게 얘기하고 난 후, 내가 보냈다면서 일자리를 부탁해보세요. 그는 아주 좋은 사람이라서 당신을 도울 겁니다."

내 조바심을 알아차릴까 봐 나는 그와 악수도 하지 않고 헤어졌어요. 길거리로 나서니 포구가 어디인지 잘 분간되지 않더군요. 기관사와 키잡이가 일꾼 몇몇과 함께 배 안에 있었어요.

"출발합시다." 내가 그들에게 말했어요.

"이리 오셔서 어젯밤 마돈나와 함께 극장에 있던 뚱뚱한 신사인 페실 씨의 이 세 직원을 만나보세요. 우리 모두는 마나우스로 가는데요, 우리의 고용주들이 증기선을 타고 갔기 때문에 우리끼리만 가는 겁니다."

우리가 떠날 준비를 마치자 그 청년들 가운에 하나가 내게 말했어요.

"저희는 진심으로 당신의 불행을 애석하게 생각합니다."

"여러분의 위로에 나 역시 진심으로 고맙습니다."

"야바라테강*의 격류에 휩쓸리다 자카란다** 뿌리에 걸려버렸어요."

"지금 무슨 말을 하는 거죠?"

"당신이 뼈를 찾으려면 3년을 더 기다려야 한다는 말입니다."

"누구 뼈요? 누구 뼈냐고요?"

"당신의 불쌍한 아들 뼈요. 어느 나무가 아들을 죽였어요."

배 엔진 소리에 내 절규가 묻혀버렸어요.

"내 새끼! 나무 하나가 내 새끼를 죽였구나!"

---

* 야바라테Yavaraté는 콜롬비아와 브라질의 국경에 위치한 마을이다.

** '자카란다'는 서리가 내리지 않는 열대와 아열대, 난대 지역에서 주로 가로수나 정원수로 자란다. 원산지는 중남미지만 꽃이 아름다워 전 세계로 퍼져 있기 때문에 유럽, 아프리카, 호주, 미국 등 다양한 지역에서 볼 수 있다.

3부

나는 고무 채취꾼이었고, 지금도 고무 채취꾼이야! 나는 강가의 만처럼 생긴 질퍽한 웅덩이에서, 밀림의 고독 속에서, 말라리아에 걸린 작업반들과 함께 신神들처럼 하얀 피를 지닌 일부 나무껍질을 찌르며 살았어.

내가 태어난 집으로부터 1천 레구아 떨어진 곳에서 부재중인 아들의 원조를 기다리며 가난 속에서 늙어간 부모님에 대한 기억, 행운이 찌푸렸던 얼굴을 펴게 하지 않고, 오빠가 자신들에게 삶을 복원할 황금을 가져다주지 않아 실망스러운 상태에서도 미소를 짓던, 결혼할 때가 되어 아름다웠던 여동생들 등 모든 기억이 서글퍼서 저주를 퍼부었어!

살아 있는 고무나무 몸통에 손도끼를 꽂을 때 자주 동전을 만지면서도 움켜쥘 수 없었던 내 손을 도끼로 찧고 싶은 욕망을 느꼈어. 돈을 벌지도 않고, 물건을 훔치지도 않고, 사람을 구원하지도 못하고, 내 삶에서 나를 자유롭게 하는 데 주저하는 불운한 손! 생각해보면 이 밀림에 있는 수많은 사람이 똑같은 고통을 겪고 있어!

누가 현실과 결코 채울 수 없는 영혼 사이의 불균형을 만들었는가? 무엇을 위해 우리에게 날개를 주어 허공을 날게 했는가? 우리의 계모는 가난이었고, 우리의 폭군은 열망이었어! 우리는 높은 곳을 쳐다보느라 땅으로 넘어졌어. 우리의 굶주린 배를 채우느라 영혼이 파탄지경에 이르렀어. 평범한 것들이 우리에게 고통을 주었어. 우리는 진부한 것들의 영웅이었을 뿐이야!

행복한 삶을 엿본 사람은 그런 삶을 살 수단을 가진 적이 없어. 애인을 찾은 사람은 경멸을 받았어. 부인을 꿈꾼 사람은 애인을 만났어. 높이 올라가려고 시도했던 사람은 열병에 걸리고, 거머리 떼와 개미 떼 사이에서 굶주려서 기운을 잃은 우리를 쳐다보는 이들 나무처럼 아주 무감각하고, 무관심한 유력인사들에게 패배해 추락했어.

나는 꿈을 줄이려고 했지만 미지의 힘이 나를 현실 저 너머로 보내버렸어! 나는 피할 수 없는 어떤 추진력을 바로잡지 못하고 도중에 바닥으로 떨어지는 것 외에 다른 목표가 없어서 과녁을 벗어난 화살처럼 행운을 건너뛰어버렸어. 이것을 사람들은 '나의 미래'라고 불렀어.

실현 불가능한 꿈, 잃어버린 승리! 왜 그대들은 내가 수치심을 느끼길 원한다는 듯이 내 기억 속에서 유령처럼 떠돌아다니는가? 그대들은 이 몽상가가 멈춘 곳이 어디인지를 보라. 그가 꿈꾸지 않는 자들을 부자로 만들려고 무기력한 나무에 상처를 냈다는 사실을, 해 질 녘의 딱딱한 빵 한 조각을 얻으려고 모욕과 박해를 참았다는 사실을 알라!

노예여, 그대의 피로에 대해 불평하지 말라. 죄수여, 그대를 가두는 감옥을 고통스러워하지 말라. 그대들은 거대한 강들이 해자垓子처럼 둘러싼, 녹색의 둥근 천장이 덮고 있는 밀림 같은 어느 감옥에서 자유롭게 방랑하는 고문을 모르노라. 그대들은 우리가 결코 도달하기 힘든 반대편 강변을 비추는 태양을 어둠 속에서 바라보며 느끼는 고통을 모르노라! 그대들의 발목을 물어뜯는 쇠사슬이 이들 늪지의 거머리보다 더 자비롭도다. 그대들을 고문하는 간수들도 말없이 우리를 감시하는 이들 나무만큼 엄격하지는 않도다!

숲길에서 내가 담당하는 나무는 3백 그루고, 그 나무들의 살을 째는 데는 9일이 걸리지. 나는 그들 나무를 둘러싼 덩굴식물을 제거하고 덤불을 없애서 각각의 나무로 통하는 길을 만들었어. 나는 라텍스를 흘리지 않는 나무를 쓰러뜨리기 위해 교활한 식물들 사이를 돌아다닐 때, 고무를 훔치는 고무 채취꾼들을 항상 보았어. 우리가 서로 물어뜯고 마체테질을 하면서 싸울 때 분쟁의 대상인 라텍스에 빨간 핏방울이 튀었어. 하지만 우리의 피가 고무나무의 수액을 늘리는 데 그리도 중요한가? 십장은 매일 10리터를 요구하고, 채찍은 결코 용서를 모르는 고리대금업자야!

옆 수풀에서 작업하던 이웃이 열병에 걸려 죽는 게 뭐 그리 대수겠는가! 이제 나는 낙엽 위에 쓰러진 그가 자신을 편안하게 죽게 내버려 두지 않는 왕파리들을 내쫓으려고 몸을 흔들어 대는 모습을 보지. 내일 나는 시체에서 풍기는 악취를 못 이겨 이곳을 떠나야 할 거야. 하지만 나는 그가 채취한 고무를 훔칠 거고, 그러면 내 작업이 줄어들 거야. 내가 죽으면 다른 사람들도 그렇게 하겠지. 나의 늙은 부모를 위해 고무를 훔친 적이 없는 내가 나를 탄압하는 인간들을 위해 도둑질을 하고 있다!

나무에서 흐르는 비극적인 눈물이 컵 속으로 흘러들도록 내가 나무의 몸통에 물관처럼 만든 카라나* 잎사귀를 묶는 사이에, 나무를 보호하는 구름 같은 모기떼가 내 피를 빨고, 숲의 수증기가 내 눈을 흐리게 하지. 그렇게 나무와 나는 온갖 고통을 겪으며 죽음 앞에서 울먹이지만, 죽음에 굴복할 때까지 투쟁할 거야!

하지만 나는 항거하지 않는 유기체를 동정하지 않아. 나뭇가지가 흔들거리는 것은 내게 애정을 고취시키는 반란이 아니야. 비열한 채취를 벌하기 위해 왜 밀림 전체가 포효하지 않고, 우리를 파충류처럼 짓밟지 않는가? 여기서 나는 슬픔이 아니라 절망을 느껴! 함께 음모를 꾸밀 사람이 있으면 좋겠어! 모든 종種의 전투를 개시해, 내가 전투의 대격변 속에서 죽고, 우주적인 힘들이 전복되는 것을 보고 싶어! 만약 사탄이 이 반란을 지휘한다면……

나는 고무 채취꾼이었고, 지금도 고무 채취꾼이야! 그리고 내 손이 나무에게 한 짓은 인간에게도 할 수 있어!

* * *

"돈 클레멘테 실바, 아저씨가 대의를 위해 겪은 고난이 우리

---

* 카라나carana는 야자나무의 하나로, 잎사귀는 흔히 지붕을 이는 데 사용된다.

를 굴복시켰다는 사실을 알아두세요." 구아라쿠로 가는 지름
길로 접어들었을 때 내가 그에게 말했다. "아저씨의 해방이 우
리 삶의 계획을 이끌고 있어요. 내 안에 자기희생에 대한 열망
이 불타고 있는 걸 느낍니다. 하지만 순교자의 신앙심이 아니
라 사냥감을 포획하는 이 인간군과 대결하고자 하는 열망이 일
어나는데요, 나는 이들이 가진 것과 똑같은 무기로 이들에게
맞서 승리함으로써 악을 악으로 박멸할 겁니다. 평화와 정의의
목소리는 종속당한 사람들 사이에서 나오니까요. 아저씨는 스
스로를 희생자라고 느끼면서 무엇을 얻어냈습니까? 온순함은
폭정이 행해질 여지를 주고요, 착취당한 사람들의 수동성은 착
취의 동기가 됩니다. 아저씨의 관대함과 소심함은 아저씨를 탄
압했던 사람들과 무의식적 공범이었습니다.

운이 나빠 계획을 세워도 실패할 수 있지만, 이번에는 성공
할 거라는 예감이 듭니다. 미래의 일이 어떻게 이루어질지, 얼
마나 많이 인내력이 시험당할지는 잘 모릅니다. 내가 제때 죽
기만 한다면 여기서 죽든 말든 전혀 상관이 없습니다. 장애물
이 제아무리 크다 해도 용감한 사람이라면 스스로 충분히 극복
할 수 있는데, 왜 장애물 앞에서 죽음을 생각해야 하나요? 운
명을 믿으면 우리의 결심을 확고히 하는 데 도움이 되지요. 나
를 따르는 이 젊은이들은 용감합니다. 하지만 만약 아저씨가
앞으로 닥칠 재난과 맞서고 싶지 않다면, 이 젊은이들 가운데
마음에 드는 사람을 선택해서 뗏목을 타고 이 강으로 도망치세
요."

"그럼 내 보물은? 카예노가 루시아니토의 유품을 갖고 있다

는 걸 잊었나요? 내가 그것 없이 홀가분하게 돌아다닐 수 있을 것 같아요?"

그때 나는 전혀 대꾸할 수가 없었다.

"내 아들의 백골은 내 굴레라오. 아들의 백골에 볕을 쬐어줄 수 있게 하려면 내가 처신을 바르게 하며 살아야 해요. 내가 아들의 백골을 다 갖고 있지는 않아요. 아들의 뼈를 발굴했을 때 아직 탈골이 덜 된 손가락들은 무덤에 놔두어야 했어요. 뼈를 모포에 싸 가지고 다녔는데, 바우페스에서 돌아올 때 이사 나와 케라리를 연결하는 지름길에서 카예노가 나를 붙잡더니 뼈를 강제로 빼앗아 던져버리려고 했어요. 지금은 내 고용주의 대나무 평상 밑에 있는 등유 상자에 하얗고 깨끗하게 보관되어 있어요."

"돈 클레멘테, 그 유골에 대해 아저씨가 가진 증거가……"

"그래요! 그 유골은 내 아들 거예요! 두개골은 혼동할 수 없어요. 위턱의 이 하나가 다른 것들보다 더 높이 솟아 있어요. 내가 발굴할 때 곡괭이로 두개골을 찔렀기 때문에 이마 부위에 구멍이 뚫려 있어요."

잠시 침묵이 흘렀다. 그 순간에 내 동료들의 결심에 균열이 생겼는지는 알지 못하는데, 촘촘히 둘러앉은 그들은 말이 없었다. 물라토 안토니오 코레아가 돈 클레멘테에게 다가가면서 말했다.

"동무, 여하튼 우리는 돌아가는 게 좋을 것 같아요. 어머니가 홀로 계신데 내 소들이 사납거든요. 내가 처음으로 출산하는 암소 네 마리를 가지고 있는데 지금쯤 틀림없이 새끼를 낳았을 거예요. 불길하니까 그 백골 좀 버리세요. 죽은 사람 물건을 건드리는 건 나빠요. 그래서 이런 호칭기도가 있잖아요. 〈나는 여기에 당신을 묻고, 여기에 당신을 덮노니, 어느 날 내가 당신을 꺼내면 악마가 나를 데려갈지니.〉 이 신사들에게 부탁해서 카에노에서 백골을 받아 십자가 밑에 묻어달라고 하면 아저씨의 운이 좋아질 겁니다. 이제 늦었으니 빨리 결정하세요!"

"뭐라고! 우리가 푸네스 대령에게 잡히는 위험을 무릅쓰라고! 당신이 지금 어디에 있는지 잘 모르는군. 여긴 대령의 부하들이 득실거리오."

"이제 미적거릴 때가 아니에요." 내가 화를 내며 소리쳤다. "물라토, 계속합시다! 생각을 바꾸기에는 이미 늦었어요!"

그때 엘리 메사가 오두막을 불태우려고 다가갔다. 돈 클레멘테는 이의를 제기하지 않은 채 그를 바라보았다.

"안 돼요, 안 돼!" 내가 명령했다. "독을 친 마뇨코가 담긴 마피레들이 불에 타버릴 거요. 인디오들을 사냥하는 자들이 돌아올 수 있는데, 그들 모두 그걸 먹고 독살되면 좋겠소!"

* * *

상념이 나를 괴롭혀 내 친구들이 조금 요란하게 걸으면 좋겠다고 생각했다. 내 상황을 곰곰이 생각하자 일종의 공포가 엄습했다. 내 계획은 무엇이었지? 내 오만함은 어디서 나오는 거지? 나 자신의 불행도 큰데 남의 불행이 내게 뭐 그리 중요하지? 바레라와 알리시아가 진정 내 관심사인데 왜 돈 클레멘테에게 약속을 한다는 말인가? 프랑코가 가진 생각이 나를 불안하게 했다. 〈나는 충동적이고 과시적인 정신 이상자였다〉.

나는 차츰차츰 내 정신 상태에 의구심을 품었다. 내가 미친 걸까? 그럴 리가 없어! 몇 주 전부터는 열병도 없다. 내가 무엇 때문에 미쳐? 내 뇌는 건강하고 내 생각은 명료하다. 나는 우유부단한 마음을 감추는 것이 시급하다는 사실을 이해했을 뿐만 아니라 내게 일어난 세세한 사안까지 인식하고 있었다. 이에 관해서는 상황을 주시해가면서 확인할 수 있었다. 그 지역의 숲은 썩 높이 솟아 있지 않고 길도 없었는데, 돈 클레멘테는 길을 열어가면서 사냥꾼들이 그러하듯 길 표시를 하기 위해 잡초가 우거진 땅에 띄엄띄엄 자잘한 나뭇가지를 놓았다. 카빈총을 가슴에 사선으로 멘 피델의 쇄골 위로 솟아 있는 총구에는 마뇨코가 가득 담긴 천 배낭의 윗부분이 매달려 있었는데, 그 모습이 마치 등이 커다란 곰사등이 같았다.

물라토 안토니오 코레아는 해먹 꾸러미, 국솥, 노 두 개를 지고 있었다. 가재도구를 지고 가던 엘리 메사는 잘 익은 쿠에스코 야자 열매를 먹으면서 성냥 대신 오른손에 들고 가던 연기 나는 나무막대의 불이 꺼지지 않게 공중에 흔들어댔다.

내가 미쳤을까? 정말 터무니없군! 나는 논리적인 계획 하나를 이미 생각했었다. 그 계획은 내가 구아라쿠의 오두막촌에 인질로 잡혀 있는 동안 실바 노인이 나의 석방과 동포들의 구출을 위해 영사에게 제출할 고발장을 마나우스까지 비밀리에 가져가는 것이었다. 비정상적이라면 이토록 명쾌한 논리로 판단을 하겠는가?

카예노는 나의 유용한 제안을 받아들여야 했다. 그것은 쓸모 없는 노인 대신에 젊은 고무 채취꾼 하나 또는 둘, 그 이상을 얻게 되는 것이니까. 프랑코와 엘리 메사가 여전히 내 곁에 있기 때문이다. 나는 카예노에게 아첨하려고 프랑스어로 말해볼 것이다.* 〈사장님, 이 노인은 내 친척입니다. 노인이 빚을 갚을 수 없는 상황이라 그를 풀어주고 우리가 빚을 다 갚을 때까지 일을 시켜주세요.〉 그러면 카엔 출신의 옛 도망자는 주저 없이 동의할 것이다.

인내심과 시치미 떼기를 적절히 활용하면 그 사업가의 믿음을 얻는 것은 내게 쉬운 일일 터다. 그에게는 힘이 아니라 교활함이 먹힐 것이다. 우리는 얼마 동안 고생해야 할까? 두 달 또는 석 달. 바레라와 페실이 그의 동업자였으니까, 아마 그가 우리더러 고무를 채취하라고 야구아나리로 보낼 것이다. 그리고 설령 그렇게 되지 않더라도, 우리는 야구아나리 지역의 콜롬비아 사람들을 빼내서 그의 고무농장으로 보내는 것이 좋다고 그에게 설명할 것이다. 어찌 되었든, 그가 우리의 소망을 반대하면 우리는 이사나강을 통해 도망칠 것이고, 어느 날이든 내가 적과 대결해 알리시아와 일꾼들이 보는 앞에서 그를 죽일 것이다. 그러고 나서 영사가 우리에게 자유를 되돌려주기 위해 헌병대를 이끌고 구아라쿠로 가는 길에 야구아나리에서 하선하면 내 동료들이 소리칠 것이다. 〈불굴의 코바가 우리 모두의 복수를 하고 이 황야 속으로 들어갔어요.〉

---

* 카예노가 프랑스령 기아나 출신이기 때문이다.

이런 생각을 하는 사이에, 나는 내 종아리가 낙엽 속에 빠져들고, 나무들이 매 순간 쑥쑥 자라고 있다는 사실을 처음으로 알아차렸다. 웅크린 남자처럼 보이는 나무들은 푸르스름한 팔이 자기 머리 위로 올라갈 때까지 기지개를 켜면서 우뚝 솟아오르고 있었다. 순간순간 내 머리가 탑처럼 무겁게 나를 짓누르고, 내가 게처럼 옆걸음을 치는 것 같았다. 실제로 내 얼굴이 어깨 쪽으로 돌아가고, 어느 귀신이 계속 내게 말을 하고 있다는 느낌이 들었다. 〈그래, 너 잘 가고 있어. 그래, 너 잘 가고 있어! 다른 사람들처럼 걸을 이유가 어디 있어?〉

내 동료들이 곁에서 걷고 있었다 해도 나는 그들을 보지도 느끼지도 못했다. 아직도 뇌가 끓어오르는 것 같았다. 혼자라는 두려움과 갑자기 나를 쫓아오는 개들로 인해 공포에 사로잡혀 비명을 지르면서 정처 없이 내달렸다. 더 이상은 기억나지 않는다. 그물처럼 뒤엉킨 덩굴식물에 끼여 있던 나를 내 동료들이 꺼내주었다.

"아이고, 이런! 무슨 일이오? 우리 모르겠소? 우리라니까요!"

"내가 여러분에게 무슨 짓을 했나요? 왜 나를 위협하는 거요? 왜 나를 결박해놓은 거요?"

"돈 클레멘테." 프랑코가 별안간 말을 했다. "아르투로가 아프니까 우리 되돌아갑시다."

"안 돼요, 안 돼! 나 괜찮아요. 내가 하얀 다람쥐 한 마리를 잡으려고 했던 것 같소. 여러분의 얼굴이 나를 놀라게 했던 거요. 무시무시하게 인상을 쓰고 있어서……!"

그렇게 말하고 난 후 나는 앞장서서 숲을 통과해 나아갔다.

내 말을 듣고 모두가 하얗게 질린 표정이었지만 내 건강에 대해 딱히 의심하지는 않았다. 잠시 후 돈 클레멘테가 씩 웃었다.

"동포, 밀림의 마법에 걸린 거요."

"뭐라고요! 왜 그렇죠?"

"의구심을 품은 채 땅을 밟고, 매 순간 뒤를 돌아다보았기 때문이오. 쓸데없이 애를 쓰지도 말고, 두려움도 갖지 말아요. 어떤 나무는 사람을 우롱한다니까요."

"정말 이해가 되지 않는데요……"

"밀림을 돌아다닐 때 우리에게 정신착란을 일으키는 신비로운 현상의 원인이 뭔지는 아무도 몰라요. 그렇지만 설명은 할 수 있을 것 같아요. 공원이나 길가, 평원에서 각자 자라는 나무들은 인간들이 베거나 수액을 뽑거나 박해하지 않으면 인간들에게 우호적이고 심지어는 생글거리는 것처럼 보이죠. 하지만 밀림에서는 모든 나무가 사악하거나 공격적이거나 최면을 걸어버려요. 이 고요 속에서 이 그늘 아래서 나무들은 우리와 대적하는 방법을 갖고 있어요. 무언가가 우리를 놀라게 하고 경련을 일으키고 억누르면 답답함에 현기증이 나서 어디로든 도망치고 싶은데, 그러다 그만 길을 잃고 말아요. 그래서 고무 채취꾼 수천 명이 밀림에서 되돌아 나오지 못했소."

나 역시, 특히 야구아나리에서 각기 다른 경우에 그 사악한 기운을 느꼈다.

* * *

온통 공포에 휩싸인 비인간적인 밀림이 처음으로 내 눈앞에
펼쳐졌다. 뒤틀린 나무들이 외지에서 온 덩굴식물에게 포로로
잡혀 있었다. 덩굴식물이 그 나무들과 멀리 떨어진 야자나무들
을 연결해 엉성하게 펼쳐진 그물처럼 탄력성 있는 곡선을 이루
듯 매달려 있고, 여러 해 동안 쌓인 낙엽, 억새풀, 과일의 무게
때문에 축 늘어져 있다가 썩은 자루처럼 밑이 빠져 눈먼 파충
류, 곰팡이가 슨 도롱뇽, 털투성이 거미를 덤불 위로 쏟아낸다.

마타팔로*라는 덩굴식물, 한마디로 숲의 낙지처럼 끈적끈적
한 이 포복성 식물은 어디서든 자신들의 섬모纖毛를 주변 나무
의 몸통에 붙여서 자신들을 접붙이고, 고통스러운 환생을 통해
자신들을 옮기려고 나무를 교살하고 비틀어버린다.

바차코** 개미집은 수경京 마리의 파괴적인 개미를 토해내는
데, 밀림에 망토를 드리운 것 같은 개미 떼는 나무 잎사귀와
꽃으로 이루어진 깃발을 치켜든 채 토벌군의 기수처럼 넓은 숲
길을 지나 자신들의 터널로 돌아간다. 흰개미는 급격하게 번지
는 매독처럼 나무를 병들게 한다. 간절히 퍼지고 싶은 균을 자

---

* 마타팔로matapalo라는 이름에는 '팔로palo(목재, 몽둥이 등)'를 '마타mata(죽
이기)'한다는 의미가 있다. 마타팔로는 성장해감에 따라 다른 나무에 엉겨 붙어
그 나무에서 싹을 틔우고, 그 나무를 질식시켜 죽인다.
** 바차코bachaco 개미는 길이가 1센티미터에 색깔이 불그스름하다. 단 몇 시간
만에 나무의 모든 잎사귀를 갉아먹는 등 농작물에 큰 피해를 입히기 때문에 농
부들에게 공포의 대상이다. 날개가 날린 여왕개미의 불룩 튀어나온 배는 원주
민들과 개척 이주민들이 아주 좋아하는 음식이다.

기 몸속에 숨겨서 나무 몸통의 조직을 쏠아 먹고, 껍질을 가루로 만들어버림으로써 나무가 살아 있는 가지의 무게를 못 이겨 갑자기 쓰러지기도 한다. 그동안 땅에도 연이은 변화가 일어난다. 쓰러진 거대한 나무 옆에서 새로운 나무의 싹이 튼다. 축축하고 더운 땅에서 생기는 독한 기운 속에서 꽃가루가 날아다닌다. 사방에서 발효할 때 생기는 김, 어스름 속에서 피어오르는 뜨거운 수증기, 죽음 같은 졸음이 번식을 위해 부유한다.

여기서 시인이 노래하는 고독은 무엇이며, 반투명의 꽃 같은 나비, 경이로운 새, 노래하는 개울은 어디에 있는가? 길들여진 고독만 아는 시인들의 빈약한 환상이여!

사랑에 빠진 나이팅게일도 전혀 없고, 베르사유풍의 정원도 전혀 없고, 감상적인 파노라마도 전혀 없다. 여기에는 수종水腫에 걸린 두꺼비가 개굴개굴 기도하는 소리, 사람을 싫어하는 구릉의 무성한 잡초, 썩은 개천의 만처럼 생긴 웅덩이가 있다. 여기에는 최음성 기생충* 때문에 죽은 벌들이 땅을 뒤덮는다. 성적인 흥분으로 가슴을 두근거리게 하는 역겨운 꽃이 다양한데, 그 끈적거리는 냄새는 마약처럼 사람을 취하게 만든다. 해로운 만경목蔓莖木 식물의 솜털은 동물의 시력을 앗아간다. 피부를 빨갛게 부어오르게 만드는 쐐기풀, 무지개 색깔의 방울처럼 생기고, 안에 부식성 재만 들어 있는 쿠루후 열매, 설사를 유발하는 포도, 쓰디쓴 코로소 열매가 있다.

---

* 밀림에서 흔한 꽃인 난초와 기생충은 전통적으로 성적인 상징물인데, 이 상황에서는 주인공 코바에게 공포를 유발한다.

여기서는 밤이면 낯선 목소리가 들리고, 유령 같은 빛이 비치고, 음산한 고요가 있다. 그것은 삶을 잉태하는 죽음이다. 과일이 떨어지는 소리가 들리는데, 떨어지면서 자신의 씨앗을 남기겠다는 약속을 한다. 나뭇잎 떨어지는 소리가 밀림에 희미한 한숨을 채우면서 스스로 아버지 나무의 뿌리를 위한 거름이 된다. 턱에서 들리는 우두둑 씹는 소리는 잡아먹힐 수 있다는 두려움 때문에 내는 소리다. 주의를 환기하는 휘파람 소리, 죽어가면서 내는 비탄의 소리, 트림 소리. 새벽이 밀림에 자신의 비극적인 광휘를 흩뿌릴 때, 살아남은 자들이 와자지껄 떠드는 소리가 시작된다. 칠면조 암컷이 귀가 윙윙거릴 정도로 날카로운 소리를 내고, 멧돼지가 괴성을 지르고, 우스꽝스러운 원숭이가 웃는다. 모든 소리는 몇 시간 더 살 수 있어서 생기는 짧은 환희 때문이다.

이 가학적인 원시림은 다가올 위험에 대한 예감을 인간의 영혼에 제공한다. 식물은 민감한 존재여서 우리 인간은 식물의 심리를 잘 모른다. 이런 고독 속에서 식물이 우리에게 말할 때, 우리의 예지력만이 식물의 말을 이해한다. 식물의 영향력 아래서 인간의 신경이 활시위처럼 팽팽하게 당겨졌다가 공격, 배신, 계략을 향해 풀린다. 인간이 지닌 감각들은 자신의 능력을 착각한다. 눈이 느끼고, 등이 보고, 코가 탐색하고, 다리가 계산하고, 피가 소리친다. 달아나, 달아나!

그런데도 파괴의 옹호자는 바로 문명화된 인간이다. 일꾼들을 노예로 삼고, 인디오를 착취하고, 밀림과 맞서 싸우는 이 해적들의 서사시에는 장대한 가치가 있다. 불행에 짓밟힌 그들은 자신들의 척박한 삶에 그 어떤 목표라도 찾기 위해 도시의 익명성을 떠나 황야에 몸을 던졌다. 그들은 말라리아로 정신착란을 일으켜 제정신이 아니었고, 윈체스터와 마체테 외에는 다른 무기도 없이 각각의 위험한 환경에 적응해 늘 굶주리면서, 옷이 살 위에서 썩을 것이기 때문에 벌거벗은 상태로 가혹하고 거친 기후 속에서도 쾌락과 풍요를 열망하면서 가장 가혹한 결핍을 겪었다.

마침내 그들은 어느 날, 어느 강가의 바위에 오두막 하나를 지어놓고는 자신들을 〈회사의 주인〉이라 부른다. 그들은 밀림을 적으로 간주하면서 누구를 상대로 싸우는지도 모른 채, 서로를 공격하고, 서로를 죽이고, 만용을 부려 숲에 대항하는 동안 서로를 종속시킨다. 일부 장소에서는 그들의 흔적이 사태沙汰와 유사했다는 사실을 알아야 한다. 콜롬비아에 있는 고무 채취꾼들은 매년 백만 그루의 나무를 파괴한다. 베네수엘라 영토에서는 발라타*가 사라져버렸다. 이런 식으로 그들은 미래의 세대를 기만한다.

그 남자들 가운데 하나가 카옌의 유명한 교도소에서 도망쳤는데, 교도소는 바다를 해자로 삼고 있다.** 그는 상어들이 교도소 벽 주위를 돌아다니도록 간수들이 먹이를 준다는 사실을 알고 있었건만 자기 몸을 묶은 쇠사슬도 풀지 않은 채 바다로 뛰

---

* 발라타balatá는 아마존의 강변 침수 지역에서 서식하는 거대한 나무다. 열매는 식용으로, 유액은 고무 대용으로 사용한다. 껌처럼 산업화되었다.
** 프랑스령 기아나의 수도 '카옌' 인근 해안에 위치한 '악마의 섬'에 있던 감옥을 말한다. 정치범 수용소로 악명이 높았던 감옥은 1953년에 폐쇄되었다.

어들었다. 어떻게든 살아남은 그는 파푸나구아강 유역 평야 지대로 와서 타인들의 카네이를 습격하고, 도망자 고무 채취꾼들을 굴복시키고, 고무 채취업을 독점하면서 부하, 노예 들과 함께 구아라쿠의 오두막촌에서 살고 있었다. 우리가 예정보다 늦게 도착한 그 날 빽빽한 수풀 사이로 저 멀리 오두막촌의 불빛이 반짝거렸다.

그때 우리의 여정이 비슷한 방향으로 나아갈 것이라 누가 상상이나 했겠는가?

* * *

지름길을 통해 구아라쿠로 가는 며칠 동안 나는 굴욕적인 사실을 확인했다. 내 육체적인 힘은 겉으로만 그럴싸해 보일 뿐, 이전에 걸린 열병으로 근조직이 쇠약해진 데다 피로까지 겹쳐 축 늘어졌다. 동료들은 피로에 면역이 되어 있었고, 심지어는 클레멘테 노인마저도 나이와 상흔에도 불구하고 나보다 더 활기차게 걸었다. 그들은 자주 나를 기다리느라 지체했다. 내 배낭, 내 카빈총 등을 대신 들어줘 내 몸의 무게를 가볍게 해주었다. 땅바닥에 거꾸러져 동료들에게 나약함을 들키지 않는 것이 유일하게 내가 할 수 있는 일이었다. 나의 자존감만이 내가 주저앉는 것을 막아주었다. 나무들이 하늘 높이 치솟아 그 뿌리가 빛을 잊어버린 숲속의 소택지와 호수를 맨발로 다리를 드러낸 채 기분 나쁘게 건넜다. 우리가 다리로 이용하던 통나무를 밟았을 때 피델이 내 손을 잡아주었고, 그사이 개들이 사냥꾼들의 천국에 자신들을 풀어달라는 투로 괜스레 짖어댔음에도 나는 흥분하지 않았다.

허약한 몸은 나를 회의적이고, 성마르고, 반항적인 사람으로 만들었다. 그처럼 위급한 상황에서 우리의 우두머리는 의심할 바 없이 실바 노인이었고, 그래서 나는 그에게 은밀한 경쟁심을 느끼기 시작했다. 내가 카예노와 대적하기에는 육체적으로 밀린다는 사실을 스스로 깨닫게 하려고 일부러 그가 그 길을 선택했다고 나는 의심했다. 돈 클레멘테는 오두막촌에서 이루어지는 고생스런 삶과 그곳으로부터 어떤 식으로든 도망치는 것이 위험하다는 사실을 성찰할 수 있게 해주었다. 도주는 고무 채취꾼들의 영원한 꿈으로 그들은 꿈의 윤곽을 보지만 거의 시도된 적이 없었다. 죽음이 밀림의 모든 탈출구를 닫아버린다는 사실을 알고 있기 때문이다.

이런 교훈이 내 동료들에게 반향을 일으켜 내게 조언을 해주는 사람이 늘어났다. 나는 그들의 말을 듣지 않았다. 나는 이렇게 대꾸하며 만족했다.

"여러분과 함께 걷고 있다 해도, 나는 내가 혼자 간다는 사실을 알아요. 여러분은 지쳤나요? 당신들은 나만 따라오면 됩니다."

그들은 아무 말 없이 앞서가더니 뒤처진 나를 기다리는 동안 나를 흘겨보면서 쑤군댔다. 나는 몹시 화가 났고 그들에게 갑작스러운 증오를 느꼈다. 아마도 그들은 나의 자만을 조롱하고 있었을 것이다. 아니면 구아라쿠로 가는 길이 아닌 다른 길을 선택했을 것이다.

"이봐요, 실바 노인." 내가 그를 붙잡으며 소리쳤다. "만약 나를 이사나로 데려가지 않는다면 당신에게 총알 한 방을 박아버리겠소!"

노인은 내 위협이 농담이 아니라는 것을 알았지만 전혀 놀라지 않았다. 그는 황야가 나를 홀려버렸다고 이해했다. 사람을 죽인다고! 그래서? 왜 아니 되겠어? 그건 자연스런 현상이었어. 그게 나 자신을 방어하는 방식이었나? 그게 나 자신을 해방시키는 방식이었나? 매일 일어나는 갈등을 해결하는 가장 빠른 다른 방법은 뭘까?

오, 밀림이여! 그대의 소용돌이에 빠진 우리 모두의 운명을 보라!

* * *

누군가에게 발각될까 봐 두려워하면서 수풀 속에서 카빈총을 움켜쥐고 잔뜩 웅크린 채 오두막촌의 불빛을 살폈다. 우리는 은신처에서 불을 지피지 않고 밤을 보내야 했다. 어둠 속에서 낯선 강물이 흐느끼듯 흘러갔다. 이사나강이었다.

"돈 클레멘테." 내가 그를 껴안으면서 말했다. "이런 식으로 길을 찾는 데는 아저씨의 지식이 최고죠."

"그런데도 난 일이 두려워요. 야구아나리의 고무나무 숲에서 2개월 넘게 길을 잃고 헤맸어요."

"자세한 내용은 들어 알고 있습니다. 아저씨가 바우페스로 도망쳤을 때……"

"나와 함께 도망친 고무 채취꾼은 일곱 명이었소."

"그런데 그들이 아저씨를 죽이려고……"

"내가 일부러 길을 잃게 했다고 그들은 생각한 거요."

"몇 번인가는 아저씨를 학대하고……"

"그리고 몇 번인가는 무릎을 꿇고서 나더러 자기들을 살려달라고 빌었소."

"또 아저씨를 밤새 묶어두고……"

"내가 자기들을 버릴까 봐 두려워서 그랬어요."

"그리고 자신들이 길을 찾겠다며 뿔뿔이 흩어졌잖아요."

"하지만 그들은 죽음의 길을 만났을 뿐이오."

이 불행한 노인 클레멘테 실바의 삶은 늘 불운으로 가득했다. 이키토스에서 마나우스로 떠난 그 날, 그가 죽은 아들에 관한 소식을 들은 뒤부터 자신의 노예생활을 연장하는 데 희망을 걸었다. 땅이 자신에게 아들의 유골을 파도록 허용해줄 때까지 몇 년 더 고무 채취꾼이 되고자 했다. 밀림은 그를 도망자라고 간접적으로 주장했는데, 그더러 뒤를 돌아보라고 부탁한 것은 루시아니토의 유령이었다.

비록 마돈나가 그에게 자유를 주고자 했어도 가난 때문에 어쩔 수 없이 다시 고무 채취 노동 계약을 맺었을 테고, 새로운 주인이 그를 바우페스에서 멀리 떨어진 곳으로 보내버린다면 그 자유를 가지고 뭘 얻을 수 있겠는가. 마나우스에서 그는 외지인들이 일자리를 찾는 직업소개소를 돌아다녔다. 고용주들은 마데이라, 푸루스, 우카얄리로 보낼 사람들만 고용했기 때문에 노예 계약이 이루어지는 그 누추한 소개소를 의기소침해져서 나왔다. 그는 급류가 흐르는 곳 언저리에 돌 네가 놓인 잡초 무성한 무덤이 있던 그 불길한 강으로 가려고 했다.

아랍계 출신의 페실은 바우페스에서 고무를 채취할 일이 없었음에도 클레멘테 실바를 리오네그로 상부 지역으로 데려갔는데, 그건 대단히 좋은 일이었다. 페실은 클레멘테 실바를 사고 싶지 않은 척했으나 콜롬비아 출신 실바의 일솜씨가 자기 마음에 들지 않을 경우 마돈나가 그를 되사야 한다는 조건으로 마돈나와 합의하여 마침내 실바의 간청을 받아들였다. 페실은 야구아나리 반대편 강기슭에 자리한 아름다운 나랑할 별장으로 클레멘테 실바를 데려와서 일정 기간 그를 학대하거나 감금하지 않고 무슬림 남자 특유의 경멸적인 태도로 말없이 감시하면서 쉬운 일을 맡겼다.

하지만 언젠가 여자들이 부엌에서 싸우는 통에 낮잠을 자던 주인이 깨어났다. 돈 클레멘테는 복도에서 벽에 붙어 있는 밀림의 지도를 관찰하고 있었다. 주인이 그런 그를 보았다. 싸우는 여자들의 상의를 허리까지 벗겨 채찍으로 때리라고 돈 클레멘테에게 소리쳤다. 실바 노인은 명령을 거부했다. 그날 오후 돈 클레멘테는 고무 채취 일을 하라며 야구아나리로 보내졌다.

싸움으로 인해 곤란한 처지에 놓인 여자들 가운데 하나가 마돈나의 옛 하녀였는데, 그녀는 루시아노 실바가 도냐 소라이다의 정부였을 때부터 그를 알았었다. 그녀는 루시아노가 죽는 모습을 보지 못했지만 야바라테의 격류가 흐르는 강변에 있는 그의 무덤을 알고 있었고, 무덤을 찾는 데 필요한 모든 정보를 돈 클레멘테에게 이미 주었다.

돈 클레멘테가 주인의 채찍질 명령에 불복종했다고 해서 그녀가 받아야 할 채찍질이 면제되지는 않았다. 그 잔인한 아랍인이 양손에 채찍을 들고 그녀에게 휘둘러 온몸이 피와 타박상으로 뒤덮였다. 그녀는 식료품 저장실에 앉아 훌쩍훌쩍 울면서 고무나무 농장에서 일하는 애인에게 편지를 썼고 돈 클레멘테더러 편지와 함께 그 비열한 매질에 관해 단 하나도 빠뜨리지 말고 전해달라고 간청했다.

이름이 마누엘 카르도소인 그 사내는 유루바시 천 유역에 있는 어느 막사의 십장이었다. 자기 애인이 당한 봉변을 알게 된 그는 페실을 만나기만 하면 죽여버리겠다고 했는데, 대리 보복의 일환으로 고무 채취꾼들더러 카네이에 보관되어 있는 고무를 가지고 도망치라고 사주하여 고용주의 이익에 반하는 조치를 하려고 했다.

실바 노인은 그것이 자신에게 올가미가 될 수도 있어서 그의 생각에 반대했다. 그럼에도 불구하고 그다음 날부터 며칠 동안 그는 품팔이 일꾼들이 채취한 라텍스를 훈증하는 동안 그 십장이 암시한 내용을 그들에게 알렸다. 그들의 대답은 항상 같았다. 〈카르도소는 이들 숲에 도전할 수 있는 길잡이가 없다는 사실을 알고 있어요.〉

밤에 고무 채취꾼들이 그 가설에 관해 각자의 의견을 밝혔는데, 구미를 당기는 만큼이나 실현 불가능했기 때문에 대화를 나눌 필요가 있었다.

"리오네그로를 통해 도주한다는 것은 명백히 불가능해요. 주인의 보트들은 사냥개 같아요."

"하지만 카바부리강을 거슬러 올라가면 마투라카강으로 내려가서 카시키아레강으로 나가기가 수월해요."

"그래요. 하지만 리오네그로는 넓이가 4킬로미터에 달해요. 왼쪽 강변으로 나 있는 지류들은 배제해야 해요. 차라리 카누를 타고 유루바시 천을 거슬러 육십 며칠 동안 올라가면 카케타강으로 흘러드는 작은 강 하나가 있다고들 해요."

"그런데 바우페스강으로 직통하는 경로는 없나요?"

"누가 그런 어리석은 생각을 한답니까?"

물가 바위 위에 있는 막사는 그 밀림에서 유일한 은신처다. 매달 나랑할에서 배가 도착해 식량을 부려놓고 고무를 실어 갔다. 일꾼들은 부족했다. 열병 때문에 고무나무에 상처를 내기 위해 딛고 섰던 발판에서 습지로 뛰어내려 죽은 사람을 제외하고도, 각기병으로 일꾼 수가 갈수록 줄어들었다.

이런 상황에도 불구하고 수많은 일꾼이 십장의 얼굴을 보지 못한 채 아주 작은 오두막들에 은신해 몇 개월을 보냈다. 훈증을 마친 고무를 공 모양으로 만들어 카네이로 가져올 때만 돌아왔는데, 고무를 카누에 싣는 대신에 강물에 띄워 운반했다. 일꾼들은 늘 강변에서 그리 멀리 떨어져 있지 않았기 때문에 방향 감각이 떨어졌고, 이런 상황은 돈 클레멘테가 명성을 얻는 데 도움이 되었다. 그는 숲에서 모험을 할 때 아무 데나 마체테를 꽂아놓고는 며칠 뒤에 일꾼들더러 자신들이 원하는 데서 출발해 함께 마체테를 찾아보자고 했다.

어느 날 아침, 해가 뜰 무렵에 예기치 않은 재난이 닥쳤다. 카네이 주변에서 빈둥거리던 남자들이 찢어지는 듯한 비명 소리를 듣고 바위 위로 모여들었다. 공처럼 생긴 고무들이 거대한 오리처럼 강물에 떠내려오고 있었는데, 아주 작은 카누에 탄 고무 채취꾼 하나가 만처럼 강물이 고여 있는 곳에서 잘 내려가지 못하는 공들을 뒤에서 노로 밀어 몰아오고 있었다. 카네이 앞에서 일꾼은 자신이 몰고 온 검은 덩어리들을 작은 포구의 어귀로 밀어 넣으면서 소리쳤는데, 전쟁이 일어났음을 알리는 고함 소리보다 더 무시무시했다.

"탐보차요, 탐보차! 고무 채취꾼들이 고립되어 있어요!"

탐보차! 이 말은 작업을 중지하고, 숙소를 떠나 불의 장벽을 치고, 다른 곳에 피난처를 찾으라는 것이다. 육식성 개미들이 침범했는데, 어디서 태어났는지 모를 그 개미들은 겨울이 도래할 때 죽기 위해 이동하면서, 멀리서 숲이 불타는 것 같은 소리를 내며 수십 레구아에 달하는 숲을 초토화시킨다. 날개가 없고, 머리는 빨갛고, 몸이 레몬 색깔인 그 벌목 곤충들은 독성과 엄청난 수 때문에 공포를 불러일으킨다. 그 개미들이 빽빽하게, 악취를 풍기며 물결처럼 밀려와 모든 굴, 모든 틈새, 모든 구멍, 나무, 나뭇잎, 둥지, 벌집에 침투한다. 비둘기, 쥐, 파충류까지 닥치는 대로 먹어 치워 사람이든 짐승이든 마을 전체가 피난을 가야 한다.

이 소식을 들은 사람들은 망연자실했다. 큰 카네이의 일꾼들이 부산하고 재빠르게 움직이면서 자신들의 연장과 집기를 집어 들었다.

"그런데 개미 떼가 어느 쪽에서 오는 거죠?" 마누엘 카르도소가 물었다.

"강 양쪽을 점령한 것 같아요. 맥貘*과 페커리**들이 이쪽 강변에서 강을 건너가지만 반대편에는 그 개미벌들이 온통 휘젓고 있어요."

"그런데 어떤 고무 채취꾼들이 고립되어 있나요?"

"엘 실렌시오 습지 인근에 있는 다섯 명인데요, 그들은 카누조차 없다고요!"

"어쩔 수 없어요. 그들이 스스로를 보호하길 바라야죠! 그들에게 도움을 줄 수가 없어요! 이런 습지에서 누가 길을 잃을 위험을 자초하겠어요?"

"나요." 클레멘테 실바 노인이 말했다.

그러자 라우로 코우치뇨라는 이름의 브라질 출신 청년이 말했다.

"저도 가겠습니다. 거기에 내 동생이 있어요!"

* * *

가능한 한 최대로 식량을 모으고 무기와 성냥을 챙겨 오두막을 나온 두 사람은 마리에 천 방향으로 빽빽해지는 수풀의 지름길로 모험을 떠났다.

그들은 귀를 쫑긋 세우고, 눈을 예리하게 번득이면서 잡초가

---

* 맥은 포유류 초식동물로, 꼬리가 짧다. 코는 입술과 연결되어 있으며 뾰족하다. 앞다리에 네 개, 뒷다리에 세 개의 발굽이 있다.
** 패커리peccary는 멧돼지와 비슷한 생김새의 포유류이다. 등에 분비샘이 있어 악취를 풍기며, 꼬리가 짧아서 보이지 않는다.

무성한 진흙밭을 거쳐 서둘러 걸었다. 노인이 오솔길을 헤쳐가며 엘 실렌시오 습지로 향했을 때 갑자기 라우로 코우치뇨가 노인을 붙들었다.

"도망쳐야 해요!"

돈 클레멘테는 이미 그런 생각을 했지만, 자기 속마음을 숨길 줄 알았다.

"고무 채취꾼들과 그 문제를 상의했어야……"

"저는 그들이 주저 없이 동의할 거라 확신합니다."

그들의 말대로 되었다. 이는 그다음 날 그들이 어느 보이오에서 바닥에 손수건을 펼쳐놓고 주사위 놀이를 하고, 복숭아야자로 만든 와인을 바가지에 따라 마시면서 취해 있었기 때문이다.

"개미요? 무슨 개미요? 우리는 탐보차를 비웃었어요! 도망쳐야죠, 도망치자고요! 당신 같은 길잡이는 우리를 지옥에서 꺼낼 수 있잖아요!"

그들은 웃음꽃을 피우며 여러 가지 계획으로 길잡이를 즐겁게 하고 그에게 우정, 추억, 감사를 약속하면서 저기 저 밀림으로 나아갔다. 라우로 코우치뇨가 야자 잎사귀 하나를 따서 깃발처럼 들어 올린다. 소우사 마차도는 무게가 18킬로그램 이상 되는 고무공을 팔아서 브랜디와 장미 냄새를 풍기는 금발 백인 여자의 애무를 이틀 밤 동안 받을 생각으로, 그 고무공을 버리려 하지 않는다. 이탈리아 출신 페기는 남은 음식이 풍부하고 팁이 후한 호텔의 조리사로 취업하려고 하는데 되기만 하면 아무 도시에나 갈 거라고 말한다. 나이가 제일 많은 코우치뇨는 재산이 있는 어느 아가씨와 결혼하고 싶어 한다. 인디오 베난시오는 카누 만드는 일을 하고 싶어 한다. 페드로 파하르도는 맹인 어머니를 모실 집 한 채를 사고 싶어 한다. 돈 클레멘테 실바는 무덤을 찾고 있다. 이것은 불행한 자들의 행렬이다. 그 길의 시작은 고통이고 그 끝은 죽음일 뿐이다!

그런데 그들은 어느 길을 찾아가고 있었을까? 그 길은 바로 쿠리-쿠리아리강이었다. 그 강을 통해 나랑할에서 70레구아 떨어진 리오네그로로 들어가 피난처를 요청하기 위해 우마리투바로 갈 것이다. 그들을 도와줄 카스타네이라 폰테스 씨는 아주 좋은 사람이었다. 그곳에서는 지평선이 더 넓어지고 있었다. 체포될 경우 해야 할 설명은 분명했다. 탐보차에 쫓겨 숲에서 나왔다고 할 것이다. 십장에게 물어보라고 할 것이다.

그들이 밀림으로 들어간 지 나흘째 되는 날 위기가 시작되었다. 식량이 부족해지고 수렁은 끝이 없었다. 그들은 길을 멈추고 쉬면서 셔츠를 벗어 갈기갈기 찢어서 거머리가 괴롭혔던 종아리를 감싸 맸다. 피로 때문에 관대해진 소우사 마차도는 고무공을 칼로 쳐서 여러 조각으로 나눠 동료들에게 선물했다. 파하르도는 자기 몫을 받으려 하지 않았다. 그것을 지고 갈 기력이 없었던 것이다. 소우사가 그것을 집어 들었다. 그것은 〈검은 황금〉인 고무였기에 낭비하지 않아야 하는 것이었다.

한 경솔한 사람이 이런 질문을 했다.

"우리 지금 어디로 가고 있나요?"

모두가 그를 질책하면서 대꾸했다.

"앞으로!"

어느 순간 길잡이가 방향을 잃었다. 그는 두려움을 퍼트리지 않으려고 걸음을 멈추지 않은 채 말없이 더듬더듬 나아가고 있었다. 한 시간에 세 번이나 동일한 소택지로 되돌아왔는데, 동료들은 자신들이 돌아다닌 길을 알아차리지 못했다. 그는 전력을 다해 기억을 더듬으면서 나랑할의 집에서 수차례 공부했던 지도를 떠올렸다. 창백한 초록색 얼룩에 놓인 혈관 망처럼 있었다. 구불구불한 선들이 보였고, 거기서 잊을 수 없는 이름들이 있었다. 테이야, 마리에, 쿠리쿠리아리. 어느 지역과 그 지역을 축소해놓은 지도 사이에는 얼마만큼의 차이가 있을까? 쫙 편 두 손으로 덮고도 남는 그 종이에 그토록 무한한 공간들, 그토록 음울한 밀림들, 그토록 치명적인 습지가 있다는 말을 누가 그에게 해주었을까? 그리고 늘 집게손가락 손톱을 한 선에서 다른 선으로 아주 쉽게 옮기면서 강, 위도선과 경도선들을 가로지르던 단련된 길잡이인 그가 어떻게 해서 자신의 발이 손가락처럼 움직일 수 있다고 믿게 되었을까?

그는 머릿속으로 기도했다. 만약 하느님이 그에게 태양을 빌려준다면…… 절대! 어스름은 차가웠고, 숲이 파란 수증기를 내뿜었다. 앞으로 전진! 태양은 슬퍼하는 사람들에게는 뜨지 않아!

갑자기 고무 채취꾼 하나가 휘파람 소리를 들었다며 확신에 차서 말했다. 모두 걸음을 멈췄다. 귀가 윙윙거리며 울렸던 것이다. 소우사가 동료들 사이에 끼어들었다. 그는 나무들이 자신에게 몸짓을 했다고 확언했다.

참사가 일어날 예감이 들어 모두들 불안해했다. 부주의한 말 한마디가 그들의 공포, 광증, 분노를 한순간에 터뜨릴 것이다.

모두 이 상황에 저항하려고 애썼다. 앞으로 전진!

라우로 코우치뇨는 분위기를 바꾸고 싶어 고무를 버리려고 걸음을 멈춘 소우사 마차도에게 야한 농담을 던졌다. 마차도는 한결 기분이 좋아져 폭소를 터뜨렸다. 두 사람은 잠시 얘기를 나누었다. 누가 돈 클레멘테에게 질문을 했는지 모르겠다.

"조용히 해요!" 이탈리아 출신 사내가 으르렁거렸다. "항해사와 길잡이에게는 말을 걸지 않아야 한다는 사실을 기억하라고들!"

하지만 실바 노인이 갑자기 걸음을 멈추더니 체포당한 사람처럼 두 팔을 들어 올리고 동료들을 바라보며 흐느꼈다.

"길을 잃었소!"

그 순간, 그 불운한 일행은 나뭇가지로 시선을 들어 올린 채 개처럼 울부짖으며 신을 모독하는 말과 기도문을 합창하는 소리를 쏟아냈다.

"잔혹한 하느님! 내 하느님, 우리를 구해주소서! 우리가 길을 잃었사옵니다!"

* * *

〈길을 잃었소.〉 아주 단순하고 평범한 이 두 단어가 밀림에 울려 퍼질 때 전쟁에서 패했을 때 〈각자 스스로 살길을 찾아라〉라는 말과는 비교할 수도 없는 공포가 폭발한다. 그 말을 듣는 사람의 머리에는 사람을 잡아먹는 어느 지옥의 모습, 즉 굶주리고 실의에 빠진 사람들을 씹어 삼키는 어느 입처럼, 인간의 영혼 앞에 아가리를 벌린 밀림이 떠오른다.

경로를 수정하겠다고 약속하는 길잡이의 맹세도, 경고도, 눈물도 길을 잃은 사람들의 마음을 달랠 수 없었다. 그들은 헝클어진 머리칼을 쥐어뜯고, 손가락을 비틀어 꼬고, 독성이 가득한 비난으로 핏빛 게거품을 문 입술을 깨물었다.

"이 늙은이 책임이오! 바우페스로 가고 싶어 길을 잃었다고요!"

"악질 늙은이, 이 사기꾼 같은 늙은이, 우리를 속여 아무도 모를 어딘가에서 팔려고 했어!"

"그래요, 그래요, 범죄자! 하느님이 당신의 계획에 반대하신 거야!"

실바 노인은 그 미치광이들이 자기를 죽일지도 몰라 냅다 도망치기 시작했는데, 그들의 공범인 나무 하나가 덩굴식물을 이용해 그의 다리를 묶어서 땅바닥에 쓰러뜨렸다. 그들은 그를 그곳에 묶어두었는데, 페기가 그를 갈기갈기 찢어버리자고 동료들을 설득했다. 돈 클레멘테 실바가 아주 효과적인 문장을 발설한 것은 바로 그때였다.

"나를 죽이겠다고? 나 없이 어떻게 돌아다닐 수 있을까? 내가 당신들의 희망이야!"

가해자들이 순간 동작을 멈추었다.

"그래요, 그래요, 우리를 구하려면 당신이 살아 있어야 해!"

"하지만 우리를 놔두고 떠나버릴 수 있으니 풀어주진 않아!"

결박을 풀어주지는 않았지만 돈 클레멘테 실바 앞에서 무릎을 꿇고 자신들을 구해달라고 애원하며 입맞춤과 눈물로 그의 발을 씻겨주었다.

"우리를 내버려 두지 마세요!"

"우리 오두막으로 돌아가요!"

"당신이 우리를 버린다면 굶어 죽을 겁니다!"

일부가 이 상황에 관해 울고불고 하는 사이에 다른 이들은 돌아가게 해달라고 간청하면서 주절주절 얘기하고 있었다. 돈 클레멘테의 설명이 그들의 판단력을 되살린 것 같았다. 이런 뜻밖의 사고는 길잡이들과 사냥꾼들에게 흔히 일어나는 일이고, 처음 맞닥뜨린 문제에 대해서는 해결책이 아주 많이 있는데도 기운을 잃어버리는 것은 온당치 않다고 했다. 뭘 위해 그들이 그를 겁박했는가? 뭘 위해 자신들이 길을 잃어버렸다고 생각했는가? 숲이 사람을 당황스럽고 혼란스럽게 하려고 행하는 유혹을 재빨리 거부하라고 그가 그들에게 여러 번 가르쳐주지 않았던가? 돈 클레멘테 실바는 그들에게 나무가 신호를 보내니 나무를 쳐다보지도 말고, 나무도 어떤 말을 하니 나무가 중얼거리는 소리도 듣지 말며, 나뭇가지가 사람의 목소리를 흉내 내니 말을 하지도 말라고 충고했다. 하지만 그들은 그의 가르침에 따르기는커녕 숲과 장난을 침으로써 전염되듯 요술에 걸려버렸다. 그 또한 비록 앞장서 가고 있었다 해도 밀림이 움직이면서 나무가 눈앞에서 춤을 추고, 덩굴풀이 지름길을 여는 걸 막고, 나뭇가지가 그의 칼을 피해 숨고 자주 그의 칼을 빼앗으려 했기 때문에, 그는 나쁜 영혼들의 영향을 느끼기 시작했다. 누구의 잘못이었는가?

그러고 나서 도대체 왜 그들은 소리를 질렀는가? 총을 쏴서 무엇을 얻었는가? 그들을 찾아 달려온 게 재규어밖에 더 있었는가? 혹 그들이 재규어의 방문을 유도했던 걸까? 그렇다면 날이 어두워질 때까지 기다릴 수 있었어!

이로 인해 그들은 공포를 느끼고 침묵했다. 하지만 2야드 이상만 떨어져 있어서도 역시 서로의 말을 이해하지 못했을 것이다. 그들이 큰 소리로 비명을 질러댔기 때문에 목구멍은 막혀버렸고, 거위처럼 목구멍에서 굼뜨게 나오는 헐떡거리는 소리로 살그머니 얘기를 했다. 숲은 일찍 어두워지기 때문에 핏빛 태양이 저 먼 곳을 도가머리처럼 화려하게 장식하기 전에 서둘러 모닥불을 피워야 했다. 그들은 나뭇가지를 잘라 진흙 위에 펼쳐놓고 어둠의 고문을 기다리기 위해 실바 노인 주변으로 모여들었다. 내일은 하품이 더 빈번하고 커질 것을 알면서도 생각을 하고 하품을 하면서 굶주린 상태로 밤을 보내는 고통이여! 오, 위안하는 말에서 죽음의 맛이 느껴질 때 어둠 속에서 흐느끼는 소리를 감지하는 괴로움이여! 길을 잃었어! 길을 잃었어! 불면증 때문에 환각이 밀려왔다. 그들은 어둠 속에서 누군가가 자신을 염탐한다고 의심할 때 찾아오는 무방비 상태의 불안감을 느꼈다. 소음, 밤의 목소리, 소름 끼치는 발자국 소리가 들리고, 영겁에 뚫려 있는 구멍처럼 무시무시한 고요가 찾아왔다.

돈 클레멘테는 두 손으로 머리를 감싼 채 빛나는 아이디어를 싹틔우기 위해 생각을 짜냈다. 하늘만이 그에게 방향을 가르쳐줄 수 있었다. 여명이 어느 쪽에서 비쳐 오는지 그에게 말해준다면 좋을 텐데! 그것만 알면 다른 경로를 충분히 계산할 텐데. 지붕처럼 빽빽하게 하늘을 뒤덮은 무성한 나무들에 구멍 하나가 뚫려 있었다. 채광창과 유사한 그 구멍을 통해 파란 하늘 한 조각이 보였고, 그 하늘에는 마른 나뭇가지의 줄기가 우산살처럼 새겨져 있었다. 그 광경을 보고 돈 클레멘테는 지도를 떠올렸다. 해를 봐야 해, 해를 봐야 해! 해에 그의 목적지에 대한 열쇠가 있었다. 매일 아침 해가 지나가는 것을 보는 저 높다란 나무 꼭대기들이 말을 해준다면 좋으련만! 왜 말없는 나무들은 사람이 죽지 않도록 마땅히 해야 할 일을 우리에게 말해주지 않는 걸까?

저 거목들 가운데 어느 것이든 오르는 것은 거의 불가능했다. 몸통이 너무 크고, 가지가 너무 높고, 저 높이 빽빽하게 자란 가지와 잎에 현기증이 일었다. 라우로 코우치뇨가 도전해본다면 좋을 텐데, 그는 불안해하며 다리를 감싸 안은 채 자고 있었다. 돈 클레멘테는 그를 부를까 했지만 참았다. 쥐들이 나무판을 갉아먹는 것 같은 특이한 소리가 밤을 할퀴었기 때문이다. 동료들이 이로 타구아 야자 씨앗을 씹는 소리였다.

돈 클레멘테는 그들에게 깊은 연민을 느껴 거짓말로라도 그들의 마음을 편하게 해주기로 했다.

"무슨 일이에요?" 어둠에 휩싸인 얼굴들이 그에게 다가와 낮은 목소리로 속삭였다.

그러곤 그를 묶어놓은 밧줄의 매듭을 만져보았다.

"이제 우리 살았소!"

그들은 너무 기쁜 나머지 멍한 상태가 되어 같은 말을 반복했다. 〈이제 살았어! 이제 살았어!〉 고통으로 신음했던 그들은 땅바닥에 엎드려 무릎으로 진흙을 짓눌러댔고, 어떻게 해서 살아났다는 것인지 묻지도 않고 잠긴 목소리로 일제히 감사 기도를 열창했다. 다른 사람이 구원을 약속했다 하더라도 모두가 환호하고 구원자를 찬양하기에 충분했다.

돈 클레멘테는 동료들이 자기를 껴안고, 용서를 구하고, 자신들의 잘못을 고치겠다는 말을 받아들였다. 일부는 그 기적이 일어난 게 전부 자신의 덕이라 여기고 싶어 했다.

"우리 엄마가 기도한 덕이에요!"

"내가 봉헌한 미사 덕이라고요!"

"내가 걸고 다니는 스카풀라 때문이에요!"

그사이 '죽음'이 어둠 속에서 웃고 있었음이 틀림없다.

* * *

동이 텄다.

그들을 지탱하던 조바심은 그들의 찌푸린 얼굴에 드러난 비극성을 두드러지게 했다. 그들은 얼굴이 수척해지고, 몸이 달아 있고, 눈이 충혈되고, 맥박이 팔딱거리는 상태로 해가 떠오르기만을 기다렸다. 나무 아래서 실성한 듯한 그들의 태도가 공포감을 유발했다. 그들은 미소를 짓는 것도 잊어버렸는데, 미소를 떠올릴 때면 입술이 과도하게 일그러졌다.

그들은 어느 쪽에서도 해가 감지되지 않았기 때문에 하늘을 의심했다. 서서히 비가 오기 시작했다. 아무도 말을 하지는 않았으나 서로를 쳐다보며 마음을 이해했다.

돌아가기로 결정하고서 전날 왔던 흔적을 되짚어 움직였는데, 어느 호수 주위에 해놓은 표시가 사라지고 없었다. 그들이 진흙에 남긴 발자국은 물이 넘실거리는 작은 샘이 되어 있었다. 그럼에도 불구하고 길잡이가 단서를 잡았고, 아침 아홉 시경까지 절대적인 고요 속에서 앞으로 나아가다가 빽빽하게 우거진 추스케* 숲으로 들어갔는데, 그곳에서 특이한 현상이 발생했다. 온순하거나 멍청한 한 무리의 토끼와 구아틴**이 숨을 곳을 찾아 그들의 가랑이로 들어온 것이다. 잠시 후 급류가 흐르는 것 같은 둔탁한 소리가 그 광활한 지역을 통해 들려왔다.

"제기랄! 탐보차예요!"

그러자 그들은 도망칠 생각밖에 없었다. 차라리 거머리가 낫다고 생각하면서 강가의 만처럼 생긴 웅덩이로 피했는데, 물이 어깨까지 차올랐다.

거기서 그들은 첫번째 독개미 떼가 지나가는 것을 바라보았다. 독개미 떼를 피해 도망치는 바퀴벌레와 딱정벌레 떼가 멀리 떨어진 곳에서 발생한 화재의 재가 날아와 떨어지듯 만처럼 생긴 웅덩이로 떨어졌고, 그사이 거미류와 파충류 동물이 물가로 모여들었기 때문에 웅덩이 안에 든 사람들은 그들 곤충과 동물이 물에 들어오지 못하도록 사람에게 해로운 악취를 풍기는 물속에서 첨벙거려야 했다. 마치 땅바닥에 쌓인 낙엽이 스스로 들끓는 것처럼 지속적인 진동이 땅을 휘저었다. 그 요란

* 추스케chusque는 대나무처럼 생긴 식물이다.
** 구아틴guatín은 쥐목 동물로, 토끼처럼 생겼으나 귀가 짧다.

스런 침입자들이 나무들의 몸통 아래, 뿌리에서 위로 올라가면서 동시에 나무들을 검은 얼룩으로 뒤덮었는데, 얼룩은 무자비하게 위로 올라가 가지를 괴롭히고, 새둥지를 약탈하고, 구멍 속으로 들어갔다. 눈알이 튀어나올 정도로 놀란 족제비, 동작이 느린 도마뱀, 갓 태어난 쥐는 독개미 떼가 갈망하는 사냥감이었다. 독개미 군대는 그 동물들이 날카로운 비명을 질러대는 가운데 사물을 녹여버리는 염산처럼 재빠르게 그들의 살을 발라버렸다.

진창물에 턱까지 잠긴 채 적의 행렬이 지나가고, 지나가고, 또 지나가는 모습을 겁에 질린 눈으로 주시하던 그 남자들의 수난은 얼마 동안 지속되었을까? 증류한 쓸개즙을 한 모금 한 모금 마시는 것과 같은 그 느리고 고통스런 고문을 당하는 소름 끼치는 몇 시간! 일행은 마지막 독개미 떼가 멀어졌을 때쯤 땅으로 나오려고 했으나 사지가 마비되어 산 채로 묻혀 있던 수렁에서 빠져나올 힘이 없었다.

하지만 거기서 죽을 수는 없었다. 애를 써봐야 했다. 인디오 베난시오가 결국 풀을 움켜쥐어 빠져나오기 위한 투쟁을 시작했다. 마침내 어느 덩굴식물을 붙잡았다. 길을 잃은 탐보차 여러 마리가 손을 갉아먹었다. 그는 자신의 몸을 둘러싸던 진흙 틀이 차츰차츰 헐거워지는 것을 느꼈다. 다리가 그 깊은 수렁에서 빠져나왔을 때 수렁과 몸이 분리되는 둔탁한 소리가 났다. 〈영차! 한 번 더, 정신 차리고! 힘내! 힘내!〉

마침내 그는 수렁에서 빠져나왔다. 몸이 빠져나간 빈 구멍에서 물이 보글거렸다.

그는 땅바닥에 드러누워 숨을 헐떡거리면서 도움을 구하는 동료들의 조바심 어린 목소리를 들었다. 〈쉬게 좀 놔둬요!〉 한 시간 뒤에 그는 막대기와 밧줄을 이용해 모든 동료를 빼낼 수 있었다.

그때가 그들이 마지막으로 함께 겪은 고생이었다. 그들은 어떤 길로 가야 했을까? 머리는 뜨겁고, 몸은 굳은 듯했다. 페드로 파하르도가 발작적으로 기침을 하더니 온몸이 객혈로 피범벅이 되어 쓰러져버렸다.

하지만 그들은 죽어가는 사람에게 애석함을 느끼지 않았다. 연장자인 코우치뇨가 시간을 허비하지 말자고 동료들에게 조언했다. 페드로의 허리춤에서 칼을 빼낸 뒤, 그대로 놔두자고 했다. 〈누가 페드로를 유혹했지? 아픈데 뭐 하러 온 거지? 그는 동료들에게 피해를 주지 말았어야 했다.〉 그는 이 말을 하면서 자기 동생더러 코파이바나무에 올라가 태양의 이동 경로를 살펴보라고 강요했다.

그 불운한 청년은 자기 셔츠를 찢어 족쇄처럼 발목에 감았다. 나무 몸통에 엉겨 붙으려고 했지만 잘되지 않았다. 그가 더 높은 곳을 붙잡을 수 있게 동료들이 그를 등에 올리는 등 반복해서 거인같이 힘을 써보았지만 나무껍질이 떨어져 나가는 바람에 미끄러져 내려와 다시 시작해야 했다. 동료들은 그를 도와주려면 자신들의 키가 세 배는 커져야 할 것 같다는 소망 어린 생각을 하면서 아래에서 두 갈래로 갈라진 기다란 나무를 이용해 그를 떠받쳐주었다. 마침내 그가 첫번째 나뭇가지에 오를 수 있었다. 그의 배, 팔, 가슴, 무릎에서 피가 흘러내렸다. 〈뭐가 보여? 뭐가 보이냐고?〉 동료들이 그에게 물었다. 그런데 그가 고개를 가로저었다!

이제 그들은 밀림을 자극하지 않으려면 조용히 해야 한다는 사실도 기억하지 못했다. 어떤 터무니없는 폭력성이 그들의 마음을 타락시키고 조난자가 느끼게 마련인 분노를 배가시켰는데, 조난자는 자신이 탄 보트에 오르려고 하는 사람은 친척이건 친구건 인정하지 않고 주먹을 휘두르며 인색하게 구는 법이다. 동료들이 높이 올라가 있는 라우로 코우치뇨에게 손짓을 하면서 물었다. 〈아무것도 안 보여? 더 높이 올라가서 잘 봐봐!〉

라우로는 나뭇가지 위에서 나무 몸통에 몸을 붙인 채 대답 없이 숨을 헐떡거렸다. 그토록 높이 올라가 있는 그는 마치 사냥꾼에게 몸을 숨겨야 하는 부상당한 원숭이처럼 보였다. 〈겁쟁이, 더 높이 올라가야 해!〉 분노로 정신이 돌아버린 동료들이 그를 위협했다.

하지만 라우로는 이내 나무에서 내려오려고 했다. 그가 미워서 으르렁거리는 소리가 밑에서 울려 퍼졌다. 공포에 질린 청년이 대답했다. 〈탐보차가 또 와요! 탐보차가 또 와……!〉

다른 코우치뇨가 그의 옆구리에 총알 한 발을 박아 목숨을 앗아버렸기 때문에 마지막 음절은 그의 목구멍에서 타박상을 입었고, 그의 몸은 공처럼 아래로 툭 떨어졌다.

형제 살해범이 죽은 동생을 내려다보았다. 〈아이고 하느님, 내가 동생을 죽였어, 내가 동생을 죽였다고!〉 그러고서 그는 무기를 버리고는 내달리기 시작했다. 동료들도 제각각 어디로 가는지도 모른 채 내달렸다. 그리고 그들은 뿔뿔이 흩어졌다.

며칠 밤이 지난 뒤 돈 클레멘테 실바는 그들의 고함 소리를 들었으나, 그들이 자신도 죽일까 두려웠다. 그 역시 동정심을 상실했고, 정글이 그를 지배하고 있었다. 가끔은 회한이 몰려와 눈물을 흘리기도 했으나 양심에 따라 자신의 운명에 대해서만 생각했다. 그럼에도 불구하고 그는 그들을 찾으러 갔고 두개골과 대퇴골 몇 개를 발견했다.

불을 피우지도 않고 총도 없이 바보처럼 무감각하게, 숲에서 동물 같은 상태가 되어 죽음마저 멸시할 정도로 2개월 동안 초식성 동물처럼 식물 줄기, 나무껍질, 버섯을 씹으며 밀림을 돌아다녔다.

그러던 어느 날 아침 그는 갑작스런 계시를 받았다. 어느 모리체 야자나무 앞에 멈춰 섰는데, 전설에 따르면 이 나무는 해바라기처럼 해가 움직이는 방향을 따라 몸을 돌린다. 그 신비에 관해서는 결코 생각해본 적이 없었다. 그 신비를 확인하면서 황홀경에 빠져 조바심치며 한동안을 보냈다. 관찰해보니, 높은 곳에 있는 잎사귀들이 오른쪽 어깨에서 왼쪽 어깨 쪽으로 움직이는 데 정확히 열두 시간이 걸렸다. 나무 꼭대기의 리듬에 따라 천천히 움직이고 있었다. 사물들의 비밀스런 목소리가 그의 영혼을 채웠다. 파란 하늘을 향한 표식처럼 밀림에 높이 솟아 있는 야자나무가 방향을 가리킨다는 게 확실할까? 사실이든 거짓이든, 그는 야자나무가 하는 말을 들었다. 그리고 그렇게 믿었다! 그에게 필요한 것은 어떤 결정적인 믿음이었다. 그 식물이 가리켜준 길을 따라 그는 자신의 길을 가기 시작했다.

그렇게 해서 그는 잠시 후 티비키에강의 제방을 보게 되었다. 폭이 좁고 구불구불한 그 강은 고여 있는 습지의 연못처럼 보였는데, 그는 물이 흐르는지 알아보려고 물에 자잘한 잎사귀 몇 개를 던졌다. 그때 알부케르케의 형제들이 그를 발견했고 질질 끌다시피 막사로 데려갔다.

"당신들이 사냥에서 잡아온 저 허수아비 같은 자는 누구요?" 고무 채취꾼들이 그들에게 물었다.

"도망자인데, 〈코우치뇨!⋯⋯ 페기! 소우사 마차도⋯⋯!〉 같은 말밖에 하지 않아요."

그는 1년 뒤에 카누를 타고 그들의 손아귀에서 도망쳐 바우페스로 갔다.

이제 그는 내 일행과 함께 여기에 앉아서 우리가 구아라쿠의 오두막촌에 갈 수 있도록 동이 트기를 기다리고 있다. 아마도 그는 야구아나리와 야바라테, 길 잃은 자기 동료들을 생각하고 있을 것이다. 그는 늘 나더러 〈야구아나리에는 가지 말아요〉라고 충고한다. 그러면 나는 알리시아와 내 적을 떠올리며 화가 나 소리쳤다.

"갈 거예요, 갈 거라고요!"

* * *

새벽녘에 한바탕 토론이 벌어졌고, 다행스럽게 나는 토론에서 침착성을 잃지 않았다. 토론의 주제는 우리가 카예노의 오두막촌에서 어떻게 호의를 구하느냐 하는 것이었다.

불시에 낯선 남자 넷이 나타나면 오두막촌 사람들은 심각한 경계태세를 보일 것이 분명했다. 우리 가운데 한 명이 먼저 오두막촌의 사업가가 어떤 인물인지 알아보러 가야 했다. 밀림에서 자유를 누리고 싶은 나머지 사람들이 돌이킬 수 없는 예속을 겪지 않도록 하기 위해서였다. 결국 내가 그 임무를 맡기에 적합하다는 합의가 이루어졌다. 하지만 동료들은 내가 무기를 들고 가는 것을 완강히 거부했다.

그들은 내 분별력을 의심해 이런 예방조치가 필요하다고 생각했다. 모욕적이었지만 받아들였다. 분명히 나는 생각보다 행동이 앞설 때가 있는데, 뇌가 명령을 하면 이미 신경은 행동으로 옮기고 있다. 나의 공격성에 불을 지를 수 있는 수단은 무엇이든 제거하는 것이 맞다. 게다가 무장한 남자는 항상 비극과 아주 가까이 있는 법이니까.

나는 허리에 차고 있던 권총을 그들에게 건네면서 이런 경고를 되풀이했다. 만약 심각한 일이 발생하면 나는 오늘 밤 당장 도망칠 것이고, 우리가 함께 모여서……

다음 날 해가 뜨자 나는 그 십장의 집을 향해 홀로 떠났다.

그 위험한 길을 걷는 동안에 내 결심은 더욱 단단해졌고, 나는 카티레 엘리 메사의 계획을 기억했다. 그 계획은, 오두막을 공격해 돈 클레멘테 실바의 〈보물〉을 빼앗고 우리가 발견한 식량을 모아 길잡이와 함께 숲으로 도망쳐서 구아이니아강의 가까운 수원지를 찾아내, 그 강의 지류인 이사나강에서 위험을 무릅쓰는 대신에 구아이니아강을 따라 내려갈 준비를 하는 것이었다.

카네이에 제때 칼을 들고 침입하는 게 더 좋지 않을까? 왜 은신처를 찾아 구걸하는 거지처럼 와야 하지? 마음이 갈팡질팡한 나는 발걸음을 멈추고 뒤를 돌아보았다. 동료들은 수풀 사이로 고개를 내민 채 명령을 기다리고 있었다. 다른 상황이었더라면 나는 그들에게 거칠게 소리를 질렀을 것이다.

"멍청한 인간들! 뭐 하려고 개들을 오게 하는 거야!"

마르텔과 돌라르가 빠르게 내 흔적을 따라 달려오고 있었다. 개들이 순식간에 나의 출현을 오두막촌에 알려 나는 불안한 절망감을 느꼈다. 돌아가는 건 불가능해!

나는 앞으로 나아갔다. 내 눈을 믿을 수가 없었다. 나뭇가지를 이용해 인디오 양식으로 지은 저 초라한 헛간들이 바로 그토록 자주 언급되던 구아라쿠의 막사였던가? 무성한 잡초가 위협하는 저 누추한 집들이 노예와 정부를 지닌 어느 포악한 지배자, 숲들의 소유주, 강들의 주인이 활동하는 본거지가 될 수 있는가? 고무 채취꾼들이 임시로 방을 만들었다가 고무나무 숲의 공급량에 따라 거처를 어느 개천에서 다른 개천으로 옮긴다는 것은 확실하다. 몇 년 전에 구아라쿠강의 급류 인근에 촌락을 만들었던 엘 카예노가 회사 이름을 바꾸지 않은 채 이사나강 상류 지역으로 차츰차츰 옮겨가면서 마침내 경쟁자인 푸네스에 대항해 이니리다강에 대한 지배권을 행사하기 위해 파푸나구아의 지협에 자리 잡은 것이 확실하다. 그렇다고 해서 고무농장 일꾼들의 거처가 이토록 초라한 몰골이라는 것에 내가 느낀 실망감을 줄여주지는 못했다.

카네이들 가운데 하나는 거주자들이 신경을 쓴 덕분에 솜털 많은 잎사귀가 달리고 여기저기 뻗치기 좋아하는 덩굴식물과 누르스름한 빛깔의 작은 조롱박들이 그물을 씌운 듯 뒤덮인 상태였다. 바닥에는 생선 뼈, 아르마디요 등껍질, 녹 슨 양철 용기들이 있었다. 모기를 내쫓기 위해 피워놓은 타다 만 장작에서 피어오르는 연기° 위에 매달린 지지분한 해먹에는 염증으로 피부에 생긴 구멍에서 요오드포름 냄새를 풍기는 여자 몇몇이 머리에 수건을 두른 채 따분하게 누워 있었다. 그들은 나를 알아차리지도 못하고, 움직이지도 않았다. '비통함'이 깃든 어느 전설의 숲에 와 있는 것 같았다.

그 부동의 상태를 흐트러뜨린 것은 나의 개들이었다. 개들 때문에 근처 카네이에서 원숭이 한 마리가 꽥꽥거렸는데, 가죽 끈에 허리가 묶인 원숭이는 끈의 끝부분이 묶여 있는 막대기에 매달려 있었다. 원숭이의 여주인이 나왔다. 병든 사람들이 모습을 드러냈다. 사방에서 벌거벗은 아이들과 임신한 여자들이 나타났다.

"마뇨코 팔러 왔나요?"

"네. 주인장은 집에 계십니까?"

"저 카네이에. 그 사람더러 마뇨코를 사라고 하세요. 우린 배가 고프거든요."

"마뇨코, 아이, 마뇨코! 우리가 어떤 식으로든 마뇨코 값을 치를게요!"

그러고서 그들은 군침을 흘리며 입맛을 다셨다.

주인의 카네이에는 벽이 없었다. 야자나무 잎사귀로 만든 칸막이가 방들을 분리했다. 정확히 말하자면 문도 없었고 출입구에 해당하는 공간조차 조릿대를 발처럼 엮어 막아놓은 상태였다. 나는 그 순간 어디에 대고 주인을 불러야 할지 몰랐다. 어느 방의 벽으로 사용되던 팔미차* 야자나무 너머로 살짝 미심쩍어하면서 방 안을 들여다보았다. 술 장식 꽃으로 치장된 해먹에서 레이스 옷을 입은 여자가 담배를 피우고 있었다. 마돈나 소라이다 아이람이었다. 그런데 그녀가 자기를 훔쳐보는 나를 발견했다!

"바키로, 바키로! 여기 웬 남자가 있어요!"

나는 무슨 말을 해야 할지 몰랐다. 가장 가까운 문으로 다가갔다. 마돈나가 장난감처럼 작은 권총을 들고 있었다. 동료들이 내 행동을 관찰하고 있을 것이다. 모자를 쓰지 않고 막사에 들어가는 것은 안에 카예노의 십장인 바키로가 있다는 표시였다. 그가 카빈총의 공이치기를 당기면서 옆방에서 걸어 나오는 데 걸린 시간보다 내가 그를 생각하는 데 걸린 시간이 더 길었다.

"원하는 게 뭐요?"

"사장님, 저는 아르투로 코바입니다. 평화를 사랑하는 사람이죠."

마돈나는 자신의 신경과민을 조롱한다는 듯이 생기 있는 어투로 말하더니 나를 주의 깊게 쳐다보면서 권총을 보디스 섶에 간수했다.

"오, 알라신이여! 그 불결한 인간을 주방으로 데려가요!"

바키로가 각진 손가락을 가진 짧고 굵은 손을 내게 내밀면서 대답했다.

---

* 팔미차palmicha 야자나무의 잎사귀로 지붕이나 모자를 만든다.

"나는 아킬레스 바카레스고, 베네수엘라의 노병으로 총을 좋아하고, 그 어떤 사내도 무서워하지 않는 용맹한 남자요."

나는 그 말을 듣고서 존경심을 표하며 말했다.

"인사드립니다, 장군!"

* * *

바키로는 복도에 걸려 있는 해먹에 올라가 카빈총을 다리에 올려놓았다. 그는 나더러 옆에 있는 벤치에 앉으라고 명령했다. 당황한 나는 주저하는 태도로 설명했다.

"장군, 제가 감히 윗분 옆에 앉을 수 있겠습니까? 장군님의 군사적 위력 때문에 그렇게 못 합니다."

"그래, 그건 그렇지."

사팔뜨기인 바키로가 술에 취해 코맹맹이 소리로 말했다. 입맞춤과 애무의 적인 콧수염이 어떻게 해볼 수 없을 정도로 어지럽게 입술 위에 흐트러져 있었고, 입 안에 있는 틀니가 헐거워져서 움직거렸다. 메스티소인 그의 얼굴에서 마체테에 맞아 귀에서 코까지 뻗은 흉터가 보복을 요구하듯 두드러졌다. 그의 플란넬 셔츠의 앞섶 사이로 빽빽한 숲처럼 생긴 뻣뻣한 가슴털이 드러났는데, 냄새를 풍길 뿐만 아니라 뜨거운 땀으로 흥건했다. 무두질한 가죽 혁대는 공격성을 보여주는 외날 칼, 양날 칼, 탄창, 권총을 과시하고 있었다. 지저분한 카키색 군복바지 차림에 밑창이 가죽으로 된 헐거운 천 샌들을 신고 있었기 때문에 걸을 때마다 샌들의 뒷굽 밑에서 손뼉을 치는 것 같은 소리가 났다.

"당신, 내 계급은 어떻게 알아낸 거요?"

"당신처럼 아주 뛰어난 노병은 계급표를 섭렵하게 되어 있죠."

"계, 뭐라고?"

"계급표 말입니다."

"말해보게. 콜롬비아에서 내 이름이 유명한가?"

"〈용맹한 아킬레스〉라는 이름을 들어보지 않은 사람이 누가 있겠습니까?"

"아, 그래."

"호머의 영웅."*

"내 당신에게 알려주겠는데, 나는 메리다 출신이 아니라 코로 출신이오."**

그 순간, 숨어서 내 행동을 엿보던 동료들이 비무장 상태로 복도 끝에 나타났다. 의심 많은 바키로가 딱 버티고 서 있었다. 나는 그에게 정중하게 동료들을 소개했다.

"장군님!…… 이들은 제 동료입니다."

셋은 바키로에게 다가가지 않은 채 얼떨결에 중얼거리듯 인사했다.

---

* 아르투로 코바는 호머의 '용감한 아킬레스'를 암시하면서 아킬레스 바카레스(바키로)를 조롱한다.

** 아르투로 코바가 바키로(아킬레스 바카레스)를 '호머의 영웅'이라고 조롱했는데, '호머의'에 해당하는 원어가 '오메리다Homérida'이다. 하지만 바키로는 베네수엘라의 도시인 메리다Mérida로 오해했고, 자신이 태어난 다른 마을인 코로Coro를 언급한다. 카리브 연안에 위치한 코로는 메리다에서 멀리 떨어져 있다.

"장군님!…… 장군님!……"

나는 바키로가 마음을 가라앉히도록 즉흥적으로 어떤 감상적인 말을 할 순간임을 직감했다. 나는 돈 클레멘테의 지시를 무시하고 억누를 수 없는 확신에 차서 혀를 놀렸다. 속으로 나 자신의 근엄함을 비웃으며 나의 창의적인 발상에 감탄했다.

"우리는 바우페스 강변에서 고무를 채취하는 사람들이며 칼라마르와 이티야강과 우니야강이 합류하는 지점의 중간에서 살았습니다. 마뇨코, 고무, 타구아 야자를 채취하는 일을 했습니다. 우리는 마나우스에 로사스 회사라는 근사한 고객을 보유하고 있고, 나는 생산자와 중개인으로 몇 개월 동안 힘들게 일해서 번 돈 1천 리브라를 그 회사에 저금해놓았습니다."

내가 이렇게 말하는 동안 마돈나가 내 얘기에 신경 쓰고 있다는 사실을 감지했다. 옆방에서 해먹 움직이는 소리가 멈추었기 때문이다. 이런 사실이 어떤 불안감을 야기했고, 나는 내 환상의 방향을 바꾸었다.

"장군님, 불행하게도 바우페스강이 음험한 급류로 우리를 가로막았습니다. 그래서 우리는 야바라테의 강으로 갔다가 격류에 휩쓸렸어요. 자카란다 뿌리에 걸려 조난을 당해* 우리가 지금까지 3년 동안 수확한 것을 잃어버렸습니다."

그리고 나는 야바라테의 격류에서 자카란다 뿌리에 걸려버렸다는 말을 일부러 반복해서 말했다.

---

* '야바라테강의 격류'와 '자카란다'는 루시아노 실바의 죽음과 관계된 것으로, 이는 마돈나의 관심을 끌기 위한 장치다.

마돈나가 문 앞에 나타났는데, 그녀의 몸이 문틀의 세로와 가로를 꽉 채웠다. 비곗살이 오르고 키가 큰 그녀는 가슴과 둔부가 풍만했다. 눈이 맑고, 피부가 우윳빛이였으며, 태도가 상스러웠다. 그녀가 입은 하얀 옷, 치렁치렁한 레이스가 폭포처럼 보였다. 파란 구슬로 만든 기다란 목걸이가 깊은 골짜기에 핀 인동처럼 그녀의 가슴에 걸려 있었다. 어깨부터 맨살이 드러난 그녀의 팔에서는 팔찌 소리가 났는데, 팔은 푹신한 작은 쿠션처럼 살집이 좋고 반질반질했으며, 보석으로 치장된 손에는 양날 칼에 꿰뚫린 두 개의 심장을 표현한 문신이 있었다.

그녀를 쳐다보는 동안에 나는 불행한 루시아노 실바, 그대를 마음으로 용서했고, 그대의 격정이 어떻게 끝났는지 헤아려보았어.

"바우페스강에 가본 청년이 몇 명이에요?" 마돈나가 자기 부채에서 풍기는 훈훈한 향기를 공기 중에 퍼뜨리면서 물었다.

"네 명입니다, 부인."

"로사스 회사와 관계된 사람은요? 중개인은요?"

"부인을 존경하는 사람입니다."

"그들이 당신더러 고무 값으로 얼마를 치르라고 하던가요?"

"1등급은 1백만 헤이스를 치르라고 했습니다. 대략 3백 페소 정도 됩니다."

"바키로, 더 이상은 안 된다고 했잖아요?"

"이봐요. 그렇게 부르지 말라고 했을 텐데. 내 이름으로 불러요. 바카레스 장군이라고! 코바 청년이 윗사람 대하는 법을 알고 있으니 그에게서 한 수 배워요."

340

"나는 이름과 호칭에는 전혀 관심 없어요. 내 돈을 돌려주든지, 아님 내가 거저 돌아다니는 게 아니니까 운반비 제외하고 3백 페소를 쳐서 고무로 갚으세요. 난 그것 말고는 관심 없어요."

"그렇게 거칠게 얘기하지 말아요."

"그럼 당신도 속임수 쓰지 말고, 망나니처럼 행동하지도 말고, 그렇게 날림으로 하지도 말라고요. 숙녀를 대할 땐 하얀 장갑을 끼고 정중하게 행동하는 법을 배우라고요. 또한 내게 〈부인을 존경하는 사람입니다〉라고 말한 이 신사에게서 배우고요."

"진정하세요, 부인. 그리고 장군도요."

무안을 당한 '장군'이 비장한 표정을 지으며 내게 말했다.

"조용히 대화하게 밖으로 나갑시다."

나는 마돈나와 헤어지면서 그녀에게 허리를 굽혀 정중하게 인사했다.

* * *

"……그리고 제가 말씀드렸다시피 로사스 회사는 우리더러 바우페스강을 피해, 그란데 천을 통해 이니리다강으로 내려가서, 산페르난도데아타바포*로 가라고 명령했는데요, 그곳 시장

---

* 산페르난도데아타바포San Fernando de Atabapo는 베네수엘라의 도시다. 오리노코강, 구아비아레강, 아타바포강이 합류하는 지점에 있다. 20세기 초반에 강력한 카우디요caudillo(호족)인 토마스 푸네스Tomas Funes가 오랫동안 통치했는데, 그는 그 지역의 원주민을 노예화하고 고무 산업을 통제했다. 그의 강력한

이 회사의 대리인으로서 생산품을 오리노코강을 통해 트리니닷섬으로 발송하는 임무를 맡고 있어서 우리가 취득할 생산품을 시장에게 위탁할 수 있었습니다."

"젊은이들! 그 회사 사람들이 풀리도 시장을 죽인 사실을 몰라요?"

"장군, 우리는 황야 한가운데 살고 있어서……"

"그들이 풀리도가 가진 것을 강탈하고, 시장직을 장악하려고 그를 토막내 버렸소."

"푸네스 대령이군요!"

"무슨 놈의 대령! 강등되었소! 그 이름에 침이나 뱉어버려요! 여기서는 그 이름을 다시는 입에 올리지 않게 조심해요!"

그는 내게 본보기를 보여주려는 듯 바닥에 넓게 침을 탁 뱉더니 샌들 뒷굽으로 문질렀다.

"장군님, 저는 신중한 사람이라 새로 개척한 길에서 발생하는 사고에 대해서는 어떤 경우에도 책임을 지지 않겠노라고 로사스 회사에 알렸습니다. 이런 조건이 승인되자 우리는 2개월 전에 마뇨코, 사라피아,* 고무를 지고 오두막촌을 떠났습니다. 하지만 이니리다강은 바우페스강처럼 질투심이 많아 파푸나구

힘은 결국 베네수엘라 정부 당국을 위협하기에 이르렀고, 그는 1930년 초에 그 도시의 광장에서 처형당했다.

* 사라피아sarrapia는 베네수엘라와 프랑스 기아나 지역(특히 야노스, 구아비아레강, 리오네그로 등지)에서 주로 보이는 콩과 식물로, 향료로 사용되는 씨는 검은색이며 표면에 주름이 있다. 과육은 부드러우며 갈색을 띤다. 영어로는 '통카 빈Tonka bean'이라 부른다.

아강 어귀에 이르렀을 때 우리는 모든 것을 잃어버렸습니다! 그래서 도움을 청하기 위해 극도의 고통과 궁핍을 겪으며 밀림을 통과해 이곳까지 온 겁니다!"

"그래서 원하는 게 뭐요?"

"제가 마나우스로 심부름꾼을 보내 우리가 당한 재난을 알려서 우리 고객의 금고에서든, 저의 계정에서든 돈을 인출해 가져오도록 카누 한 척을 빌려주시길 부탁드립니다. 그리고 그 심부름꾼이 돌아올 때까지 우리 조난자 네 명에게 임시 거처를 제공해주시길 부탁드립니다."

"우리는 배가 없소…… 마뇨코도 아주 많이 부족하고……!"

"강 길을 잘 아는 노잡이 한 명만 붙여주시면 물라토 코레아가 그와 함께 갈 겁니다. 값은 달라는 대로 치르겠습니다. 장군님들은 어려움 같은 건 인정하지 않으시죠!"

"그래, 그건 사실이오."

우리의 대화를 엿듣던 마돈나가 나를 따로 불러냈다.

"신사 양반, 당신에게 내 노잡이를 팔게요."

"당신은 끼어들지 말아요! 대화 좀 하게 내버려 두라고!"

"근데, 길잡이 실바가 내 소유라고 했던가요? 그는 야구아나리 작업반에서 도망친 사람이라고 여러분에게 말해줬죠? 페실이 그의 몸값을 나에게 지불하지 않았다는 것도?"

"부인, 부인이 원하신다면…… 만약 장군님이 막지만 않으신다면……"

"무슨 놈의 장군! 명령을 하는 건 이 사람이 아니라 카예노예요! 이 사람은 관리자 허세를 부리는 불쌍한 악마라고요."

"그런 말도 안 되는 소리 말아요. 여기선 내가 명령한다는 걸 당신에게 증명하겠소! 젊은이, 배는 사용할 수 있어요!"

"감사합니다! 감사합니다! 노잡이에 관해서는 만약 부인께서 그 도망자를 파신다면, 그리고 마나우스에서 발행한 제 어음을 받아들이신다면……"

"그럼, 돈을 지불할 때까지 담보물로 뭘 줄 건데요?"

"우리 일행입니다."

"오, 안 돼요! 그건 안 돼요! 알라신이여!"

"저를 못 믿으시는 게 썩 놀랍지는 않습니다. 외모를 보면 배상할 능력이 없어 보이는 것이 사실입니다. 신발도 안 신었고, 몰골도 지저분하고 초라하며, 빈궁합니다. 우리가 가진 모든 것을 여러분의 손에 쥐여드리고 싶을 뿐입니다. 우리의 임무를 수행할 사람을 선발해주세요. 지금 꼭 필요한 건 심부름꾼들이 우리의 편지를 가지고 빨리 떠나서, 우리가 주문하고 여러분이 받을 돈과 물건을 잘 처리하는 겁니다. 물건들은 약품과 식량이고요, 특별히 이런 황야에서 삶을 즐겨야 하니 술도 몇 가지 있습니다."

"그래, 일리가 있군."

마돈나가 생각에 잠긴 채 자리를 떠났을 때 내가 장군에게 간청했다.

"우리가 장군님의 능력을 믿어도 될지, 제게 맹세해주세요."

"젊은이, 나는 무신론자라서 십자가에 맹세하는 걸 썩 좋아하지 않소. 내 검이 바로 내 종교요!"

그러고서 그는 자신의 맹세에 대한 증거를 보여준다는 듯이 오른손을 허리춤에 갖다 대면서 근엄하게 중얼거렸다.

"하느님과 연방!"

* * *

해 질 무렵에 마돈나가 다시 나타났다. 바키로가 우리 일행을 위해 내준 야자나무 잎사귀로 지붕을 이은 쉼터 앞에서 작은 모기로부터 몸을 보호하려고 하얀 거즈로 된 베일을 둘러쓴 그녀가 영광스럽게도 나에게 무료함을 달래어달라고 했다.

우리 일행은 저녁 식사 거리를 마련하려고 강으로 간 어부들을 기다리면서 비어 있는 화덕 옆에 앉아 말없이 하품을 해댔다. 프랑코가 주머니에서 마뇨코를 꺼내 한 주먹씩 나눠주었는데, 그녀가 신경 쓰였다. 마돈나를 바라보자 나의 궁핍한 처지가 부끄러워서 모자의 챙을 내려 이마를 가리며 다른 데로 고개를 돌렸다.

"여자가 나를 쳐다보고 있나요?"

"예, 하지만 안 그런 척해요."

"이제 갔어요?"

"개들을 쓰다듬고 있어요."

"계속 쳐다보면 가까이 다가오니까, 그만 봐요."

"지금 오고 있어요! 이제 온다니까요!"

나는 그녀를 보려고 고개를 들었는데, 어스름한 반달 빛에 하얗게 보이는 그녀가 발로 잡초를 짓밟고 있었다. 그녀가 내 곁을 지나가면서 손 인사를 하고는 미소를 머금은 채 이렇게 질책했다.

"어유! 우리 일이 잘 안 풀려요. 로사스 회사의 잔고를 가질 방법이 없다고요!"

나는 그녀가 자기 카네이로 멀어지는 모습을 말없이 바라보았다. 그때 프랑코가 나를 툭 쳤다.

"들었어요? 이제 저 여자가 돈에 흥미를 느끼고 있다고요. 저 여자 마음을 당장 빼앗아야 해요."

"그래요! 저 여자가 또다시 나더러 지저분하다고 말하는지 두고 봅시다. 저 여자는 굴복할 거요! 무너질 거라고요! 무시하는 여자는 용서할 수 없어요! 지저분하다니! 오늘 밤 우리 옷을 빨아서 불가에서 말릴 거요…… 내일……"

그 아랍계 여자는 자신의 휴대용 의자를 마당에 편 다음 등을 기댄 채 별빛을 받으며 밀림의 냄새를 들이마셨다. 분명 나를 유혹하려는 목적이었다. 높은 곳을 응시하는 그녀의 눈은 나더러 그 눈을 봐달라는 것이며, 밤의 상념에 젖은 척하는 것은 내 휴식을 방해하려는 꿍꿍이였다. 도시에서처럼 또다시 동물적이고 계산적이며 이익에 목말라하는 암컷이 내게 자신의 매력을 팔고 있었던 것이다!

나는 계속 곁눈질로 그녀를 흘끔거리면서 도전에 앞서 일어나는 공격성을 느꼈다. 독특한 여자, 야망 있는 여자, 남자 같은 여자! 그녀는 가장 인적이 드문 강을 통해, 가장 위험한 급류를 통해 고무 채취꾼들을 찾아 과감하게 커다란 보트를 몰았다. 이는 성공적인 거래를 위해 필요하다면 자기 몸을 이용하면서 자신이 꿈꾸던 재산을 한 푼 한 푼 모으고자 하는 욕심에 온갖 폭력, 자신이 부리던 노잡이들의 배신, 강도들의 총기에 자신을 노출시킨 채 고무 채취꾼들이 훔친 고무를 잡화와 바꾸기 위해서였다. 밀림의 남자들을 매료하기 위해 대단히 정성스럽게 몸단장을 하고, 깨끗한 몸으로 향수 냄새를 풍기며 막사촌에서 하선을 하면, 도발적이고 관능적인 매력을 내세워 자신의 수익을 지켰다.

오늘처럼 숱한 밤을 낯선 황야에서 보내며 그녀는 자신의 노력에 실망해 실컷 울고 싶은 마음으로, 거처도 보호자도 없는 상태에서 여전히 뜨거운 백사장에 자기 침상을 설치했다! 태양이 그녀의 살갗을 태우고, 강물에 부딪혀 반사된 이중의 불꽃으로 눈을 빨갛게 만드는 그 숨 막히는 대낮이 지난 뒤에는 노잡이들이 불만을 가지는지, 그들이 어떤 불길한 계획을 세우는지 의심하는 밤이 찾아왔다. 깔따구의 형벌이 지나면 모기의 고문, 초라한 식사, 투덜거리는 폭풍, 번개를 동반한 현기증 나는 스콜이 있었다. 동이 트면 항해가 불가능할 정도의 급류를 타고 고무 채취꾼이 고무 1킬로그램을 넘겨주겠다고 약속한 호수를 향해 떠났다. 결코 빚을 갚지도 않고 그녀의 배가 천천히 도착하는 것을 보고는 숨어버리는 채무자들의 오두막으로 계속 항해하기 위해 그녀는 자신의 배를 훔쳐 가려는 선원들을 믿는 척하고, 그들의 보초 임무를 면제해주고, 그들의 불평과 나쁜 행실을 참아주었던 것이다!

그렇게 그녀는 단조롭게 노를 저어 계속해서 이동을 반복하며 빈곤과 빛나는 황금 사이에 놓인 엄청난 거리를 쟀을 것이다. 커다란 보트의 선수에 놓여 있는 짐꾸러미 위에 양산을 쓰고 앉아 머릿속으로 자신의 장부를 검토하면서 부채와 수입을 대조하고, 서로 합류하면서 강변 백사장에 거품을 분출하는 그 강들처럼 그녀의 손에 값진 선물 하나 남기지 않은 채 어떻게 한 해가 가고 또 가는지 조바심을 내며 따져보았을 것이다. 풍족하고 호화로우며 한가한 집안에서 태어난 수많은 여자가 자신의 능력을 이용해 기분 전환을 하고, 비록 그 능력을 잃어버린다 해도 돈이 또 다른 능력이기 때문에 계속해서 명예롭게 산다고 생각할 때 자신의 운명을 원망하는 그녀의 실망감은 더 깊어졌을 것이다. 그녀는 노년의 여유를 사고, 조국으로 돌아가기 위해 가난이라는 멍에를 쓴 채 엄청난 노력을 기울여 투쟁하면서 조국을 사랑하고, 조국을 그리워하는 즐거움 말고는 모든 즐거움을 거부했다.

아마도 그녀는 부양할 어머니, 가르칠 형제자매, 갚아야 할 성스러운 빚이 있었을 것이다. 그래서 얼굴을 다듬고, 몸을 치장하고, 세련된 화술을 구사해야 했을 텐데, 그렇게 함으로써 그녀의 상품은 명성을 얻어 이익이 증가하고, 물건을 달라는 요청이 늘었을 것이다.

적대감이 사라진 나는 나를 지배하려고 궁리하는 그녀를 보고는 이제 낭만적으로 다음과 같은 생각을 했다. 그녀가 갈망하는 것이 내 황금인가, 내 젊음인가? 그 순간에 그녀는 자신이 좋아하는 것이면 그 무엇이든 가질 수 있었다. 나는 그녀에게 불행한 사람들 사이에 생기는 유대감을 느꼈기 때문이다. 장사로 단련된 그녀의 영혼은, 비록 그녀의 야망이 항상 상스러웠다 할지라도, 슬픔을 겪으며 꿈을 가져야 했다. 아마 그녀가 나처럼 인간적인 사랑에 관해서는 눈물이 아니라 권태를 남기는 성적인 정념만을 알았을 것이다. 누군가가 그녀의 마음을 사로잡은 적이 있었을까? 내가 야바라테에서 조난당한 사건을 얘기하면서 의도적으로 루시아노의 무덤에 관해 회고했을 때 그녀는 루시아노를 기억하지 못하는 듯했다. 아마도 다른 슬픔들이 그녀의 고통을 이루고 있을 테지만, 그녀의 확고한 여성성은 정신적인 감응에 무감각한 상태가 아니었음이 확실했다. 그녀의 커다란 눈은 가끔 어떤 감상적인 고뇌를 드러냈다. 그 고뇌는 그녀가 거쳐왔던 강들이 지닌 슬픔과 다시는 보지 못할 풍경에 대한 기억에서 비롯된 것처럼 보인다.

그 오두막들의 경계 안에서 종교적인 색채가 밴, 향로에서 피어오르는 연기처럼 가벼운 멜로디 하나가 느릿하게 흐르기 시작했다. 나는 플루트 하나가 별들과 대화를 하는 듯한 느낌을 받았다. 그러고 나서 밤은 더 파래진 것 같고, 어디인지 모를 저 먼 밀림 한가운데서 수녀들이 수풀 때문에 가늘게 들리는 어조로 합창을 하는 것 같았다. 소라이다 아이람이 넓적다리에 아코디언을 올려놓고 연주를 하고 있었던 것이다.

비밀스럽고 친밀한 음악이 과거의 추억과 향수를 불러일으켰다. 각자 귀에 익은 목소리가 자신에게 묻고 있다고 가슴으로 느끼기 시작했다. 여자 여럿이 아기들을 데리고 와서 연주가 곁에 쪼그리고 앉았다. 평화, 신비, 우수. 그 아르페지오를 들으며 고양된 정신은 음악과 분리되어 멋진 여행을 시작하고, 그사이 몸은 주변의 식물처럼 꼼짝도 하지 않았다.

음악의 언어를 번역하는 시인으로서 내 영혼은 그 음악이 주변 사람들에게 건네는 말을 이해했다. 음악은, 어느 손(그 손이 내 손이기를 바란다)이 사람들의 불행에 대한 그림을 그릴 그 날, 공포를 유발하는 숲을 향한 민중의 동정심을 이끌어낼 그 날부터 실현될 수 있는 구원에 대한 약속 하나를 고무 채취꾼들에게 했다. 그 음악은 노예가 된 여자들에게 자기 자식들은 그녀들이 결코 보지 못했던 자유의 서광을 보게 되리라는 사실을 상기시키며 위안을 주었고, 우리 각자에게 한숨과 꿈을 통해 슬픔을 사랑할 수 있는 능력을 주었다.

짧은 시간 동안에 나는 객관적으로 내가 살아온 과거 세월을 돌아보았다. 내 미래를 예측하는 과거사가 참으로 많았어! 어린 시절의 싸움, 투박하고 의욕적이었던 사춘기, 즐거운 일도 사랑도 없었던 내 젊은 시절! 내가 온순해질 정도로 나를 부드럽게 만들고, 용서를 해야겠다는 충동에서 내 적들에게 손을 내밀도록 나를 감동시킨 사람이 누구였던가? 천진난만한 멜로디 하나가 그런 기적을 만들고 있었어! 의심할 바 없이, 마돈나 소라이다 아이람은 특별했어! 나는, 과거에 모든 여자에게 그랬듯, 암시를 통해 그녀를 사랑하려고 애썼다. 나는 그녀를 칭송하고 그녀를 이상화했어! 나는 내 상황을 떠올리고서 내가 가난하다는 사실, 옷차림이 초라하다는 사실, 비극적인 운명이 나를 쫓아다닌다는 사실을 애석해했다.

* * *

프랑코가 아침에 나를 깨우러 왔으나 해먹은 비어 있었다.

350

그는 개천에서 아침 목욕을 하던 나에게 달려와 놀랄 만한 소식을 전했다.

"마돈나가 당신에게 어떤 거래를 제안할 거니까 서둘러 옷 입어요."

"옷이 아직 축축해요!"

"무슨 상관이에요? 기회를 이용해야죠! 그 여자가 새벽에 샤워하고 나오더니 우리에게 아주 멋진 선물인 비스킷, 커피, 참치 두 단지를 주었다고요. 그 여자가 당신과 얘기하고 싶대요. 바키로가 일찍부터 고무 채취꾼들을 감시하러 가서 늦게 돌아올 테니까 지금은 우리만 있다면서요."

"그 여자가 나와 무슨 얘기를 하고 싶은데요?"

"거래에 자기도 끼워주기를 바라지요. 만약 당신이 고무를 사기 위해 돈을 요구해서, 카예노가 이들 창고에 가지고 있는 고무를 당신이 모두 사면, 카예노가 고무를 판 돈으로 그녀에게 진 빚을 갚는지 보자는 거지요. 서둘러요, 얼른 갑시다!"

마돈나는 마당에서 물라토와 카티레 엘리 메사와 활기차게 이야기를 나누고 있었다. 그녀는 그들에게 레이스와 손가락을 보여주며 자신에게 감탄해달라고 간청하는 듯했다.

"저 여자, 걸어 다니는 상품 진열장이군요." 프랑코가 내게 말했다. "천, 반지, 보석, 자신이 사용하는 장신구와 유사한 것들 또는 그보다 품질이 좋은 것들을 우리더러 사라고 제안하는 거죠. 그녀가 이곳 주민 셋과 카누를 타고 와서, 이사나강 상류로 통행할 수 없어서 리오네그로 중류에 위치한 산펠리페 촌락에 배를 정박시켰대요. 그런데 그녀가 우리에게 제안한 물건은 어디에 있을까요? 장담컨대, 사람들이 그 커다란 배를 훔쳐 갈까 봐 두려워 어느 습지에 감춰놓았고, 아마 그녀의 부하들이 거기서 기다리고 있을 거예요."

마돈나의 방에서 그녀를 만나기로 작정한 나는 미리 준비한 말을 되뇌면서, 그리고 내 얼굴을 더 창백하게 만드는 긴장감을 느끼며, 무더위에 낮잠을 자는 시각에 몰래 그곳으로 갔다. 가서 보니 그녀는 졸린 상태로 해먹에 누워 다리를 포갠 채 호박琥珀 담뱃대로 담배를 피우고 있었다. 좌우로 흔들리는 해먹의 움직임에 따라 그녀의 치마 끝단이 느릿한 박자로 바닥을 쓸고 있었다. 그녀가 나를 보고는 상체를 세우고 앉았더니 나의 경솔한 행동이 짐짓 못마땅하다는 듯이 끌러져 있던 블라우스의 단추를 채우고, 아무 말 없이 나를 관찰했다.

그때 나는 사람을 혹하게 만드는 과장된 어조로 눈을 내리깔며 조용히 말했는데, 확실히 아주 진솔한 태도였다.

"부인, 저의 맨발에도, 저의 누더기 같은 옷에도, 저의 모습에도 신경 쓰지 마세요. 제 외모는 영혼에 씌워진 서글픈 가면이지만, 가슴에는 사랑으로 향하는 모든 오솔길이 지나갑니다!"

내가 실수했다는 사실을 아는 데는 마돈나의 눈길 한 번만 봐도 충분했다. 그녀는 어떤 애정이든 갈구하는 내 영혼을 자신이 확실하게 이끌어줄 수 있을 때 내가 진심으로 굴복한다는 사실을 이해하지 못했다. 게다가 내가 여자 앞에서 천박한 성적인 생각을 하지 않게 신경 쓸 줄도 몰랐다.

조롱당했다는 생각에 기분이 상한 나는 그녀의 어리석음에 복수를 다짐하고 그녀 곁에 앉아 어깨 위에 팔을 뻗어 내 쪽으로 잡아당겼다. 내 우악스런 손가락이 그녀의 살갗에 손자국을 남겼다. 그녀가 머리 형태를 고정하려고 꽂아놓은 빗을 매만지더니 숨을 씩씩거리며 항의했다.

"이 콜롬비아 사람들 참 무모하군요!"

"아주 중요한 사업에서만 그래요."

"가만있어봐요! 가만있어보라고요! 날 좀 가만 두라고요!"

"당신은 당신 머리카락만큼이나 무감각해요."

"오! 알라신이여!"

"내가 머리에 키스를 했는데도 당신은 느끼지 못했어요."

"뭐 하려고요!"

"당신의 지성에 키스를 한 거나 마찬가지예요!"

"오, 그렇군요!"

잠시 그녀는 수줍어한다기보다는 놀라워하며 나를 쳐다보지도, 항의하지도 않은 채 가만히 있었다. 그녀가 갑자기 단호한 태도로 일어섰다.

"신사 양반, 나를 만지지 말아요! 당신 실수한 거예요!"

"내 가슴은 결코 실수하지 않아요!"

그리고 나는 이 말을 하면서 일어나 그녀의 볼을 단 한 번 깨물며 볼에 칠한 분을 맛보았다. 마돈나는 나를 자기 가슴 쪽으로 끌어당겨 울먹이며 말을 쏟아냈다.

"내 천사여, 사업에서 나 좀 지원해줘요! 나 좀 지원해달라고요!"

나머지는 내 얘기였다.

* * *

열 명이나 되는 배불뚝이 아이들이 바가지를 들고 다가와 코를 훌쩍거리며 엄마에게 배운 대로 나에게 사정을 했다. 다른 카네이에 모여 있던 삐쩍 마른 엄마들이 구걸 행위를 하는 자식들에게 눈짓으로 도와주고 있었다. 〈마뇨코야, 아아, 마뇨코라고!〉

그러자 흥분이 채 가시지 않은 마돈나 소라이다 아이람이 여전히 파르르 떨리는 그 탐욕스러운 하얀 손으로 자신의 관대함을 보여주어 나의 박수를 받고 싶어 했다. 여주인으로서 그녀는 넓은 마음으로 구걸하는 아이들에게 먹을거리를 주겠다며 아이들더러 마음껏 바가지를 채우라고 했다. 그러자 아이들이 밀밭을 덮치는 치스가* 떼처럼 마피레 위로 달려들었는데, 그때 질투심 많은 노파 하나가 이렇게 소리를 질렀다. 〈우이! 애들아! 그 노인이다!〉 그러자 공포에 질린 아이들이 황급히 흩어졌고, 일부는 쓰러지면서 그 귀한 밀기울을 바닥에 흩뿌렸다. 그럼에도 불구하고 아주 기민한 아이들은 바닥에서 흙과 지저분한 것이 섞여 있는 밀기울을 여러 주먹 집어서 입으로 가져갔다.

아이들을 달아나게 만든 그 유령은 길잡이 클레멘테 실바였다. 물고기를 잡으러 갔던 그가 빈 그물로 돌아왔던 것이다. 그지역 노인들은 아이들이 젖을 떼고부터 다음과 같은 말을 들려

---

* 치스가chisga는 작은 새로, 배 부분이 노랗고, 등 일부가 검다.

줬다. 아이들이 자라면 어둠침침한 고무나무 숲 아래 강가 웅덩이 한가운데로 데려가 밀림이 삼켜버리게 한다고 말이다. 그 말을 듣고 자란 아이들은 노인만 보면 큰 두려움을 느꼈다.

기괴한 미신의 영향으로 인디오 아이들은 더 무서워하면서 겁을 먹는다. 그들에게 주인은 초자연적 존재고, 마구아레*의 친구, 즉 악마의 친구이다. 그래서 밀림은 주인에게 도움을 주고, 강은 그의 폭력에 대한 비밀을 지켜준다. 거기에 '연옥'이라는 섬이 있는데, 명령에 복종하지 않는 고무 채취꾼, 도둑질하는 인디오 여자, 말 안 듣는 아이는 십장의 명령에 따라 완전히 발가벗겨 노천에 묶인 채 모기와 박쥐에게 뜯어먹히게 하여 그 섬에서 죽게 한다. 그런 벌 때문에 아이들은 잔뜩 겁을 먹었다. 그들은 만 다섯 살이 되기 전에 고무나무 몸통에 상처를 내라고 강요하는 주인에 대한 두려움과 그런 잔인한 행동 때문에 그들을 미워할 수밖에 없는 밀림에 대한 공포를 느끼며 여자 작업반과 함께 고무나무 숲으로 보내진다. 도끼질하는 남자가 늘 아이들과 함께 다니면서 일정 수의 고무나무를 쓰러뜨리면 아이들은 마지막 고무 유액 한 방울이 나올 때까지 땅바닥에서 고무나무의 가지와 뿌리에 못과 끌을 박으며 고무나무를 고문한다.

"돈 클레멘테, 이 꼬마 도둑들을 어떻게 생각하세요?"

"얘들이 내게서 자신들의 미래를 보고는 두려워한다는 생각이 드네요."

---

* 마구아레máguare는 신호용 북으로, 소리가 아주 멀리 떨어진 곳까지 들린다.

"하지만 아저씨는 상서로운 기운을 지닌 분이잖아요. 이틀 전에 우리가 느낀 공포와 지금 우리가 즐기는 평온을 비교해보세요."

내가 말했다. 그러나 곧 우리가 헤어진다는 생각에 이렇게 말한 것을 내심 후회하고는 입을 다물었다. 서로 눈길도 마주치지 않도록 애썼다.

"오늘 내 동료들과 얘기해보셨나요?"

"나와 함께 고기를 잡으며 밤을 새웠기 때문에 지금은 낮잠을 자고 있을 거요."

"그들을 보러 갑시다!"

우리가 강 가까운 곳에 있는 어느 카네이 앞을 지나갈 때 여덟 살에서 열세 살 정도 되어 보이는 소녀 한 무리가 시무룩한 표정으로 땅바닥에 둥그렇게 앉아 있는 것이 보였다. 소녀들은 다들 어깨에 비스듬하게 거는 띠가 달린 지저분한 칭게*를 입고 있었는데, 헐렁한 띠 하나만 어깨에 걸쳐져 있었기 때문에 맨가슴과 맨팔이 드러났다. 소녀 하나가 자기 무릎에 잠들어 있는 친구의 몸에서 벼룩을 잡고 있었다.

다른 소녀들은 종이처럼 얇은 타바리** 나무껍질로 담배를 말고 있었다. 한 소녀는 젖 같은 과즙이 있는 카이미토***를 가

---

* 칭게chingue는 원주민 여성들이 입는 헐렁한 원피스형 옷이다.

** 타바리tabarí는 밤나무처럼 생긴 나무다. 껍질을 쪃으면 얇은 종이처럼 되어 담배를 말 때 사용한다.

*** 카이미토caimito(난과수)는 아마존 지역에 서식하는 나무다. 반들반들한 노란색 과일의 반투명 과육이 아주 달콤하다. '아비우abiu' 또는 '스타 애플star

끔 무심하게 베어 먹었다. 멍한 눈에 머리칼이 요란스럽게 헝클어진 다른 소녀는 젖꼭지가 말라버린 탓에 가랑이에서 발버둥을 치는 아기의 작은 입술 사이로 자신의 새끼손가락을 집어넣어 아기의 허기를 달래주고 있었다. 이보다 더 비참한 소녀 무리는 결코 본 적이 없다!

"돈 클레멘테, 이 인디오 소녀들은 부모가 오두막촌으로 돌아간 사이에 뭘 할까요?"

"이 소녀들은 우리 주인들의 애인이라오. 부모들이 소금, 천, 살림살이 등과 물물교환했거나 노예세 명목으로 자신들의 터전 밖으로 나오게 됐다오. 이 소녀들은 유년 시절에 향유하는 온전한 순수성을 거의 모르고, 무거운 물동이나 자신들의 엉덩이 위에 업은 남동생 외에 다른 장남감은 가져본 적도 없지요. 소녀들의 비극적인 처녀성을 유린한 건 참으로 부도덕한 짓이오! 소녀들은 열 살이 되기 전에 강제로 어느 사내의 침대로 가야 하는데, 이는 고문을 받는 것과 같아요. 자기 주인들에 의해 골반이 상한 소녀들은 크면서 몸이 쇠약해지고 말수가 적어져 결국은 어느 날 모성을 이해하지도 못한 상태에서 어머니가 된다는 느낌에 당혹스러워해요!"

우리가 분노에 치를 떨며 걸어가는 동안에 나는 두 갈래로 갈라진 나무기둥 위에 모리체 야자나무 잎사귀로 만든 반원형 지붕이 놓인 원두막을 보게 되었다. 그 나무에는 초라한 해먹 하나가 걸려 있고, 해먹에는 납처럼 창백한 얼굴에 정신이

---

apple'이라는 이름으로도 불린다.

몽롱한 청년이 누워 있었다. 이마에 두른 넝마 쪼가리 두 개로 눈을 가린 것으로 보아 눈을 다친 것 같았다.

"나의 등장이 반갑지 않은지 모포로 얼굴을 가린 저 청년은 이름이 뭐죠?"

"우리의 동포예요. 외롭게 살아가는 에스테반 라미레스*인데요, 시력을 반쯤 잃었어요."

나는 해먹에 가까이 다가가 그의 얼굴에 씌워진 모포를 벗기고, 다정하고 동정심 어린 목소리로 그에게 말했다.

"이봐요, 라미로 에스테바네스! 내가 당신을 모른다고 생각해요?"

* * *

나와 라미로 에스테바네스는 늘 특이한 애정으로 연결되었다. 내가 그의 동생이 되고 싶을 정도였다. 라미로 에스테바네스 외에 그 어떤 친구도 내게 그런 신뢰감을 불어넣지 못했는데, 그 신뢰감은 사소한 영역에서도 품위 있게 유지되면서 우리의 감성과 지성을 고상하게 지배했었다.

우리는 늘 어울렸는데, 단 한 번도 서로 말을 낮추지 않았다. 그는 도량이 컸고 나는 충동적이었다. 그는 낙관주의자였고 나는 우울한 사람이었다. 그는 고결한 이상주의자였고 나는 세속

---

* 라미로 에스테바네스Ramiro Estévanez라는 이름이 '에스테반 라미레스Esteban Ramírez'로 바뀐 것은, 그 인물이 지닌 은둔과 노출의 형식으로서 의미가 있다.

적인 쾌락주의자였다. 그럼에도 불구하고 이런 차이가 우리를 가깝게 했고, 각자의 성향을 간직한 나는 상상력을 제공하고, 그는 철학적인 성찰을 제공하여 우리의 정신을 완성시켰다. 그리고 비록 성향이 다르다 할지라도 각자의 다름이 서로에게 영향을 미쳤다. 그는 내가 행한 모험에도 영향을 받지 않으려 애를 썼으나 그가 그 모험에 대해 내게 비난할 때는 일말의 호기심, 즉 그 유혹이 지닌 치명적인 매력을 무시하지 않으면서도 그의 성격상 할 수 없는 일탈이 유발하는 일종의 죄스런 즐거움에 휩싸였다. 그가 충고를 하긴 했지만 나의 방종의 영향을 받아 자신의 자제심을 바꾸려 한 적이 두어 번 있었다고 생각한다. 그런 식으로 나는 우리의 견해를 비교하는 데 익숙해져 나의 모든 행위에 대해 '내 정신적인 친구는 이에 관해 어떻게 생각할까?'라고 생각하곤 했다.

그는 자기 삶에서 고상한 것은 모두 사랑했다. 가정, 조국, 신앙, 일 등 고상하고 칭찬할 만한 것은 모두. 가족의 금고였던 그는 고요한 정신적 즐거움을 내밀하게 향유하고, 관대한 사람이 되는 진정한 호사로 가난을 이겨내면서 자신의 의무를 지키며 살았다. 여행을 하고, 공부를 하고, 여러 문명을 비교하고, 남자와 여자에 대해 이해했으며, 그 모든 것을 통해 나중에 냉소적인 미소를 지었는데, 그 미소는 자신의 판단에 후추 같은 자극적인 분석을 가하고, 이야기에 역설의 요염함을 가미할 때 두드러졌다.

그가 고급스럽게 멋을 부리려고 애쓴다는 사실을 알자마자 가난한 젊은이가 부모에게 주려고 구한 소량의 빵을 다른 사람과 나눌 생각을 할 수 있겠느냐고 묻고 싶었다. 그가 "내겐 꿈 꿀 권리도 없나요?"라는 정당한 말로 내 말을 잘랐기 때문에 나는 그에게 깊이 있는 말을 전혀 하지 못했다.

그 무모한 꿈은 그에게 나쁜 결과를 초래했다. 그는 침울하고, 내성적으로 변해갔다. 결국은 내게 자신의 속내를 드러내지 않았다. 그러던 어느 날 나는 그 점에 관해 물으려고 그에게 말했다. "어느 여자의 부모, 친척이 내 가족과 나를 열등하게 여기지 않는다면 그 여자가 누구든 운명이라 생각하고서 내 마음을 줄 수 있어요." 그러자 그가 대꾸했다. "나 또한 그런 생각을 한 적이 있어요. 하지만 내가 뭘 할 수 있겠어요? 내 열망이 그 아가씨에게 꽂혔다고요!"

그가 감정적인 좌절감을 맛본 지 얼마 되지 않아 나는 다시는 그를 보지 못했다. 나는 그가 어딘가로 떠나버렸다는 사실을 알았고, 비교적 유복한 부모의 삶으로 어림짐작할 수 있듯 틀림없이 잘 살고 있을 줄 알았다. 그런데 지금은 구아라쿠의 오두막촌에서 굶주리고 쓸모없는 사람이 되어 다른 이름을 사용하고, 헝겊으로 눈을 가린 몰골로 있었다.

그의 고생스러운 상황을 접하니 몹시 당황스러웠다. 나는 그를 배려하여 그의 운명에 대해 감히 상세히 묻지 못했다. 그가 스스로 속내를 밝히기를 기다렸다. 라미로라는 사내는 변해 있었다. 악수를 청하지도, 진심 어린 말 한마디도 없었다. 내게 되살아나는 그 과거, 우리가 반반씩 공유했던 그 모든 과거사에도 불구하고, 우리의 재회를 반가워하는 표정도 짓지 않았다. 그런 태도를 보자 나 또한 냉랭하게 입을 다물었다. 잠시 후 나는 그를 괴롭히려고 무뚝뚝하게 말했다.

"그 여자 결혼했어요! 그래, 당신은 그 여자가 결혼한 거 알았죠?"

라미로 에스테바네스는 과거의 온화한 철학자가 아니라 냉소적이고 까칠한 사내가 되어 나타났고, 내가 그의 일부 면모를 통해 그의 삶이 어떠한지 보았기 때문에 낯설게 느껴졌지만, 이 말을 꺼내자 그의 마음에 나와의 우정이 되살아났다. 그가 내 손을 잡으며 물었다.

"그런데 그 여자가 진짜 부인일까요, 아니면 단지 남편이라는 남자의 정부일까요?"

"누가 알겠어요?"

"물론 그 여자는 복음서가 말하는 그런 이상적인 부인이 될 만한 덕성을 갖추고 있어요. 하지만 그녀를 타락시키거나 비루하게 만들지 않을 남자와 결합할 때만 그래요. 나는 그녀의 남편이 내가 아는 수많은 남자 가운데 하나라고 생각하는데요, 매음굴에서 잠시 나와서 허영심이나 돈 때문에 결혼하고, 심지어는 사회적으로 인정받는 명망가 여성을 얻으려고 결혼하는 성매매업소의 홀아비들 말이에요. 하지만 그들이 남편으로서 열심히 하는 거라고는 이제 성매매업소의 관행을 집에서 되살리는 것밖에 없기 때문에 그들은 곧 여자를 타락시켜 내쫓거나 가정이라는 무덤에서 여자를 매춘부로 만들죠."

"그런데 그게 뭐 그리 중요하죠? 그 사람들이 상류사회에서 가치를 인정받을 만한 명문가 성씨를 가지고 있는 한……"

"아직도 이런 순진한 사람이 있다니, 하느님의 축복을 받겠네!"

이 말은 세상 물정을 아는 나 같은 남자의 폐부를 찌르는 것 같았다. 나 또한 삶의 쓰라림이 무엇인지 이해한다는 사실을 에스테바네스에게 확인시켜줄 순간을 기다렸다. 하지만 기회는 오지 않았고, 에스테바네스가 이렇게 밝혔다.

"성씨에 관해서라면 내가 필경사로 모셨던 어느 장관의 일화가 기억나네요. 참 대중적인 장관이었죠! 집무실에 방문객이 아주 많았어요! 곧 나는 역설적인 현상 하나를 알아차렸어요. 구직자들은 별 소득 없이 집무실을 나왔지만, 고양된 자긍심으로 가득 차 있었지요. 언젠가 아주 말쑥하고, 전문가적인 우아함이 묻어나고, 도박계와 사교계의 달인인 신사 둘이 장관의 집무실로 들어왔어요. 장관은 그들에게 악수를 청하면서 그들의 성씨에 관심을 보였죠.

— 저는 사라가입니다.

한 신사가 말했죠.

— 저는 콤비타입니다.

다른 신사가 작은 소리로 말했어요.

— 아, 그렇군요! 아, 그렇군요! 참으로 영광이고, 참으로 반갑습니다! 여러분은 사라가 가문과 콤비타 가문의 후손이군요!

그 신사들이 나가자 나의 존귀한 상관에게 물었죠.

— 상전 티를 내는 그 신사들의 조상이 누구길래 장관께서 그렇게 즉각적으로 그 조상을 칭송하셨습니까?

— 칭송이라고? 난 알 바 없소! 내가 그렇게 한 이유는 단순하오. 만약 한 남자가 콤비타고 다른 남자가 사라가라면, 각자

의 아버지도 그런 성을 가졌다는 거요. 그뿐이오!"

라미로의 재치에 내가 감탄한 사실을 그가 눈치채지 못하도록 그 말을 듣고도 무관심한 체했다.

나는, 역경과 실의가 내게 사이비 철학을 가르치는 사람들보다 더 많은 지식을 주었으며, 내 무뚝뚝한 성격이 라미로의 유약한 신중함, 몽상적인 온순함, 쓸모없는 선량함보다 투쟁에 더 적합하다는 사실을 라미로에게 알려주기 위해 그를 조언자로 인정하는 걸 거부하고서 어린 학생처럼 다루려고 했다. 이제 아주 자명한 원리의 결과가 설정되었다. 라미로와 나 사이에서 패자는 라미로였다는 것이다. 정염 때문에 정신적으로 미성숙하고 자신의 이상이 좌절된 그는 복수하기 위해, 스스로 강해지기 위해, 다시 일어서기 위해, 다른 사람들에게 맞서기 위해, 자신의 운명에 반항하기 위해 전투적인 사람이 되고 싶다고 느꼈을 것이다. 그가 무방비 상태에 서투르고, 불운하다는 사실을 안 나는 나의 과감성을 이용해 그를 놀라게 할 요량으로 그에게 내 상황을 조금 오만하게 넌지시 알렸다.

"이봐요, 내가 무슨 바람으로 이 밀림에 왔는지 왜 묻지 않는 거요?"

"남아도는 기력, 엘도라도를 찾겠다는 열망, 어느 정복자 할아버지에게서 물려받은 성향……"

"내가 여자 하나를 훔쳐 왔는데 빼앗겨버렸어요! 난 그 여자를 데리고 있는 놈을 죽이려고 왔어요!"

"루시퍼의 뿔 달린 빨간 머리는 당신에게 전혀 어울리지 않아요."

"내 결기를 믿지 않는 거요?"

"그런데 그런 여자한테 그럴 필요가 있을까요? 혹 마돈나 소라이다 아이람 같은 여자라면……"

"당신이 뭘 알아요?"

"당신이 그녀의 카네이에 들락거리는 것 같던데……"

"그러니까 당신 눈이 안 보이는 게 아니란 거요?"

"아직은 아니오. 고무공을 훈증하는 동안 나의 부주의로 그렇게 되었어요. 불을 붙인 뒤 굴뚝으로 사용하는 깔때기로 덮으려는데, 지직지직 타오르던 사나운 나뭇가지 하나가 내 얼굴에 뜨거운 연기를 확 뿜어댔어요."

"아, 끔찍해! 당신 눈에다 복수를 한 꼴이군요!"

"그들을 본 것에 대한 징벌이죠!!"

* * *

위 문장은 내게 하나의 계시였다. 돈 클레멘테 실바에 따르면, 라미로는 산페르난도데아타바포의 비극을 목격했는데 다름 아닌 푸네스가 사람들을 산 채로 매장했다고 늘 얘기했다. 라미로는 약탈과 잔학 행위에서 특이한 것들을 본 적이 있었고, 나는 그 무시무시한 연대기의 자세한 내용을 알고 싶어 안달이 나 있었다.

그런 면에서도 라미로 에스테바네스는 흥미롭기 이를 데 없었다. 그가 우리의 형제 같은 친밀감을 회복하려는 듯한 반응을 보인 것 같아 내 마음속 원망이 줄어들었기 때문에 우리는 각자의 불행을 광범위하게 공유하기 시작했다. 그날 라미로가 마치 내 보호가 급하게 필요하다는 듯이 자신이 겪은 불운을 끊임없이 늘어놓는 바람에 우리는 푸네스 대령의 포학한 행위에 관해서는 말하지 않았다. 그가 언급한 일 가운데 가장 가슴 아팠던 것은, 아르헨티나 출신이어서 아르헨티노라고 불리던 어느 십장이 그에게 가한 전대미문의 굴욕이었다. 가증스럽고, 음모를 꾸미고, 아부하는 것을 좋아하는 이 사내는 고무 채취꾼들에게서 고무 유액을 받고 마뇨코를 주는 관례를 만들어 고무 유액 1리터에 마뇨코 한 주먹을 줌으로써 고무 채취꾼들에게 굶주림의 고문을 강요했다. 그는 벤투아리오강 유역 고무농장에서 도망친 일꾼 몇몇을 데리고 구아라쿠의 오두막촌으로 와서는 카예노에게 도망자들을 팔아넘기고 싶어 자신의 도망자 친구들을 이용하기 시작했다. 그는 그 불운한 사람들이 힘이 좋다는 것을 보여주고, 그래서 최상의 가격을 받기 위해 그들에게 채찍질을 가하면서 가혹하게 일을 시켰다. 그는 여자들을 관리했고, 그녀들의 쓸모 있는 몸으로 일부 일꾼들의 굴종을 보상해주었고, 사악한 성격을 이용해 카예노의 신임을 얻어 자기를 미워하고 자기와 싸웠던 바키로를 뒷전으로 밀어내버렸다.

　라미로 에스테바네스가 그런 비열한 만행을 얘기하던 바로 그 순간에 고무 채취꾼들의 애처로운 행렬이 카네이촌에 도착했다. 손에는 고무 유액통과 짙은 연기를 뿜어내기 때문에 고무를 훈증하는 데 선호되는 푸른 마사란두바 나뭇가지가 들려 있었다. 일부 일꾼이 드러누워 몸의 열기를 식히려고 또는 몸을 붓게 하는 각기병을 한탄하려고 해먹을 매다는 사이에 다른 일꾼들은 불을 지폈고, 여자들은 고무 유액이 넘실거리는 항아리를 머리에서 내릴 새도 없이 부랴부랴 아기들에게 젖을 먹였다.

그 사람들과 바키로는 비옷을 입은 사내와 함께 왔는데, 그는 발라타나무로 만든 작은 채찍을 휘둘러댔다. 사내는 커다란 그릇을 깨끗이 씻어 오라고 하고는 고무 채취꾼들이 가져온 고무 유액을 바가지로 개량하면서 일꾼들에게 욕설을 퍼붓고 위협하고 싫은 소리를 해대면서 겁을 주었다. 저녁 식사를 할 자격을 갖춘 일꾼에게는 마뇨코의 양을 줄여서 주었다.

"봐요." 라미로가 몸을 부르르 떨면서 소리쳤다. "비옷을 입은 저 사람이 바로 내가 말했던 자요!"

"뭐라고요! 모자챙 밑으로 나를 관찰하던 그 사람 말이오? 그 사람은 아르헨티나 출신이 아니에요. 그는 그 유명한 페타르도 레스메스인데, 보고타에서 인기가 아주 많아요!"

그자는 내가 자신을 지켜본다는 사실을 알아차리고 일꾼들에 대한 질책을 더 호되게 하고 여기저기 바쁘게 왔다 갔다 했다. 사업가로서 그의 무시무시한 행위는 나를 주눅 들게 하고, 내가 미래의 주인을 만족시키기 어려울 거라는 사실을 알려주었다. 그는 자신이 부지런하고 몹시 바쁜 사람이라는 태도로 나를 향해 걸어오면서, 나를 능멸할 구실을 찾기 위해 장부에 뭔가를 쓰는 시늉을 했다.

"친구, 이름이 뭐야? 소속 작업반을 얘기해볼까?"

나는 그 꼭두각시 인형의 오만함에 기분이 상한 나머지 고무 채취꾼들에게 고개를 돌린 채 그를 무안하게 할 대답을 했다.

"난 〈철면피들〉의 작업반에 속해 있소. 보고타에서 나를 질투하던 많은 사람이 내게 페타르도* 레스메스라는 별명을 붙여주었소. 물론 나는 그들과 교제하는 데 돈을 쓰지만 오래전부터 그들에게 아무것도 요구하지 않았소. 나는 내 사회적 위치가 요구하는 바에 따라 관대한 사람이 되려고 내 약혼자에게 발각될 위험을 무릅쓰고서 내 약혼반지를 뒷방에 처박아두려고 했소. 나는 공부 시간을 할애해 익명의 편지를 써서 사촌 자매들에게 보냈는데, 그 편지에서 나는 부자도 아니고 멋지지도 않으면서 그 자매들에게 청혼하는 남자들을 깎아내렸소. 나는 내가 숫처녀를 밝히는 바람둥이라는 명성을 보증하기 위해 무리를 지어 지나가는 여자에게 비꼬듯 손가락질을 하고 그녀들을 아주 다양한 방식으로 모욕해 길모퉁이에 무리 지어서 쑥덕거리는 사람들의 흥을 돋았소. 나는 '시市 신용대출위원회' 회원들의 만장일치 호명을 받은 위원회의 회계원이었소. 결손액 10만 달러가 온전히 내 가방에 들어오지 않았고, 단 15퍼센트만 들어왔소. 나는 이제 존재하지도 않은 자금을 수령했다는 영수증에 서명하기로 미리 합의하고 회계원의 지명을 받아들였소. 한 번 내뱉은 말은 성스러운 법이오. 처음에 나는 무경험자로서 애매하게 신중한 자세를 취했지만 위원회가 나를 회계원으로 결정했소. 융자금, 은행돈, 급여를 도둑질해도 처벌받지 않고 자신이 가진 명성을 훼손당하지 않는 악한들이 생각나는군요. 모씨는 수표를 위조하고, 다른 모씨는 계좌와 잔고

---

* 페타르도Petardo는 성가시고, 귀찮고, 시답잖은 사람을 의미한다.

를 변조하고, 또 다른 모씨는 스스로 우아하고 근사한 애인의 지위에 적합한 급료를 책정해놓고는 아주 잘 살았는데, 왜냐하면 매일 탄탈로스의 형벌*을 당하고 궁핍한 생활을 하면서 지폐 자루와 지폐 뭉치를 옮기는 것과, 등에 보릿자루를 지고 굶주린 상태로 이동하는 당나귀가 되는 것은 공정하지도 인간적이지도 않기 때문이오. 나는 이곳에 왔고, 그 횡령 사건이 잊힐 때까지 있을 거요. 나는 곧 돌아가서 그동안 뉴욕에 있었다고 말할 것이고, 동물 가죽 외투와 하얀 에나멜가죽 구두 등 최신 유행으로 차려입고 돌아가서 내 친척들, 친구들을 만나고, 수입이 좋은 직업을 구할 거요. 이게 바로 내가 속한 작업반에 관한 얘기요!"

나는 에스테바네스를 다시 쳐다보면서 말을 끝냈고, 그렇게 신랄하게 말할 수 있어서 기뻤다.

페타르도 레스메스가 안색을 바꾸지 않은 채 주장했다.

"내 고모들과 누이들은 돈을 모두 상환할 거라고요!"

"무엇으로, 무엇으로? 당신들은 부잣집 자식이지만 모두 가난해. 유산을 분배하면 나나 당신들이나 다 똑같아져."

"아르투로 코바가 나와 똑같아진다고요? 어떻게, 무슨 방법

---

* 탄탈로스가 죄를 짓자 아버지 제우스가 아들에게 내린 형벌이다. 탄탈로스는 목까지 차오르는 물 속에 영원히 서 있어야 하지만 그가 물을 마시려고 고개를 숙이면 물은 아래로 내려가버리고, 그가 다시 일어나면 물이 다시 목까지 차올랐다. 그의 눈앞에는 먹음직스런 과일이 주렁주렁 매달려 있지만 그가 손을 내밀어 따먹으려고만 하면 손길이 미치지 않을 만큼 멀리로 날아가버렸다. 이는 먹고 마실 수 있는 음식이 늘 가까이 있음에도 영원히 굶주림과 목마름에 시달리는 형벌이다.

으로?”

 “이 방법으로요!” 그러고서 나는 그의 채찍을 낚아채서 그의 얼굴을 갈겨버렸다.

 페타르도가 우비 소리 요란하게 달려 나가면서 카빈총을 빌려달라고 소리쳤다. 하지만 그는 나를 죽이지 않았다!

 바키로, 마돈나 그리고 내 동료들이 나를 제지하려고 달려왔다. 그때 몸이 몹시 뚱뚱한 고무 채취꾼이 내 앞에 딱 버티고 서서 씩 웃었다.

 “그래, 내게는 그렇게 안 될 거요. 만약 당신이 내 얼굴에 손을 댔더라면 우리 둘 중 하나는 땅에 쓰러져 있을 거요!”

 “건방 떨지 말고 푸투마요에서 당신에게 채찍질했던 치스피타를 기억하시오!”

 “그래요, 하지만 그를 만나기만 하면 그 자리에서 손모가지를 잘라버리겠소!”

* * *

 “프랑코, 라미로 에스테바네스가 당신에게 뭐라 하던가요? 오두막촌에서 뭐라고들 수군대나요?”

 “라미로는 당신의 용기에 열광하는 한편 경솔한 처사에 낙담했어요. 고무 채취꾼들은 페타르도 레스메스가 당한 굴욕에 손뼉을 치지만 왠지 모를 불안감을 느끼며 다음에 무슨 일이 일어날지 긴장하고 있어요. 나 자신도 우려스런 의구심이 생겼어요. 나는 카티레 엘리 메사의 도움을 받아 당신이 지시한 대로 항쟁을 조직하려 했지만, 그 누구도 모반에 가담하려 하지 않고 우리의 계획과 당신을 불신해요. 그들은 반란이 끝나면 당신이 그들을 지휘해 노예로 삼거나 나중에 팔아버릴 거라고 생각해요. 나는 당신이 그 밀고자들에게 말해버렸을까 봐 두려워요. 페타르도 레스메스가 오늘 아침에 탐사를 떠났는데, 클레멘테 실바를 길잡이로 데려가고 싶어 했어요. 다행히 바키로는 클레멘테 실바가 떠나는 것에 동의하지 않았죠."

"뭐라고요! 카누는 오늘 밤 당장 마나우스로 떠나야만 해요!"

"안타깝게도 그 카누가 너무 작아서 우리가 다 탈 수 있을지……"

"하지만 당신의 헛소리가 뭘 의미하는지 이해하지 못하나요? 우리는 여기 머물러야 한다고요. 구아라쿠에 있는 우리의 거처는 이번에 떠나는 사람들이 머물 수 있는 곳이에요. 만약 그 사람들이 저지를 당하거나 체포되면 누가 그들의 운명에 신경을 써줄까요? 그들에게 이사나로 내려갈 시간을 주어야 해요. 그러고 나서 우리가 도망칠 수 있게 우리의 일을 할 거요. 그사이에 우리 쪽 영사가 올 테고, 그럼 리오네그로에서 영사와 면담할 거예요. 우리는 2개월을 기다려야 하는데요, 그 이유는 마돈나가 그 밀사들에게 자기 소유의 커다란 보트를 빌려줘서 그들이 산펠리페에서부터 그 보트를 타고 오기 때문이오."

"이봐요. 실바 노인이 당신을 혼자 두기 싫다고 하고, 또 마돈나가 루시아니토의 정부였는데도 자기를 노예로 삼았기 때문에 그녀가 베푸는 호의를 받아들일 수 없다고 한다고요!"

"그건 어제부로 정리된 문제예요! 돈 클레멘테는 그 물라토,

그리고 노잡이 둘과 함께 갈 거예요! 내가 이미 그들의 통행권에 서명해두었어요. 식량도 준비가 되었고요. 내겐 편지를 쓰는 일만 남았다고요!"

프랑코가 알려준 이 같은 사실에 놀란 내가 잠시 뒤 부리나케 실바 노인을 찾아가서 다급한 목소리로 애원하자 그는 눈물을 흘리고 말았다.

"내가 위험해진다는 이유로 멈추지는 마세요! 제발, 어린 자식의 유골을 가지고 가세요! 아저씨가 이곳에 머물면 그들이 모든 것을 알아낼 테고, 우리는 결코 여기서 빠져나갈 수 없을 거예요! 눈물을 아껴서 우리나라 영사의 마음을 누그러뜨려 주시고, 그래서 그가 우리를 구원하게 해주세요! 아저씨는 영사와 함께 여길 떠나서, 우리가 그때쯤 우아이니아에 도착해 있을 테니까, 곧 우리를 만날 수 있다는 확신을 가지고 밤낮으로 여행을 하세요. 야구아나리에 있는 마누엘 카르도소의 막사에서 우리를 찾으세요. 만약 사람들이 우리가 숲으로 들어갔다고 말하거든, 우리가 지나간 길을 따라오면 금방 만나게 될 겁니다. 지금부터 나는 코우치뇨와 소우사 마차도가 숲에서 길을 잃었을 때 아저씨의 발에 입을 맞추면서 하던 간청을 아저씨에게 되풀이할 겁니다. 〈우리를 불쌍히 여겨주세요. 만약 아저씨가 우리를 버리신다면 우리는 굶어 죽을 겁니다.〉"

그러고 나서 나는 물라토 안토니오 코레아를 껴안으면서 말했다.

"어서 가요. 하지만 우리가 당연히 구원받아야 한다는 사실은 잊지 말아요. 우리를 이 밀림에 버려두지 말라고요! 우리도

평원으로 돌아가고 싶고, 사랑하는 어머니가 있다고요! 만약이 밀림에서 죽으면 우리의 시체를 고향으로 가져갈 사람이 없으니 불행한 루시아노 실바보다도 더 불운한 사람이 될 거요!"

술에 취한 바키로와 음탕한 마돈나가 점심 식사를 하려고 나를 기다렸지만 나는 주인의 사무실에 처박혀 라미로 에스테바네스와 함께 돈 클레멘테 실바가 영사에게 가져갈 서한을 작성했다. 그것은 격류처럼 거세게 들끓는 문체로 쓰인 무시무시한 요구서였다.

* * *

그날 밤 바키로가 사무실 문턱에 멈춰 서더니 무례하게도 우리의 작업을 방해했다.

"카차사,* 담배, 그리고 윈체스터 총알을 달라고 해요!"

카티레 엘리 메사가 횃불을 들고 나타나 말했다.

"카누가 준비되어 있지만, 여행 경비로 그 사람들이 가져갈고무 50퀸탈을 줄 사람이 아무도 없어요."

그때 마돈나가 역겨울 정도로 뻔뻔한 태도로 흐릿한 불빛이비치는 누추한 방으로 들어와서는 내게 친근하게 질문했다. 그녀가 간을 봐가며 달달하게 탄 블랙커피를 내게 주더니 자기앞치마 끝을 냅킨으로 사용하게 했다.

순결한 라미로가 있는 데서 그녀는 내 어깨에 뺨을 갖다 댔

---

* 카차사cachaza는 브라질에서 꿀이나 당밀을 발효하고 증류해 얻은 소주.

다. 가물거리는 등잔 불빛이 비치는 종이 위에서 내 펜이 내달리는 것을 바라보더니 자신의 아랍어 문자와 몹시 달라 이해하지 못하는 기호들을 그려내는 내 솜씨에 감탄했다.

"그 누가 당신의 언어를 쓸 수 있겠어요! 내 천사여, 거기 뭐라고 쓰는 거예요?"

"당신이 그 근사한 고무를 맡겨놓은 로사스 회사에 글을 쓰고 있는 거요."

라미로가 화를 내며 자리를 떴다.

"자기야, 그 회사에 그런 말을 하면 고무를 보상으로 달라고 할 테니, 그러지 말아요."

"당신 그 회사에 빚이라도 있는 거요?"

"빚은 내가 진 게 아니지만…… 당신이 나를 도와주면 좋겠다고요!"

"당신이 빚보증을 선 거요?"

"그래요!"

"하지만 채무자가 당신에게 고무 무더기들을 줬잖아요."

"그건 내게 그냥 준 거지 빚을 갚은 게 아니에요."

"그리고 한 나무가 그 사람을 죽였어요! 그 나무, 즉 선악을 알게 하는 나무가 그를 죽인 게 사실인가요?"

"앗! 당신이 뭘 알아요? 당신이 뭘 아느냐고요?"

"나도 바우페스에서 산 적이 있어요!"

당황한 마돈나가 뒤로 물러섰지만 내가 그녀의 팔을 붙잡고 말을 시켰다.

"괴로워하지도 말고, 실망하지도 말아요! 그 청년이 자살한

게 당신 잘못은 아니잖아요? 그 사람이 자살했다는 걸 부정하지 말아요!"

"그래요, 그 사람은 자살했어요. 하지만 그걸 당신 친구들에게는 얘기하지 말아요! 그 사람 빚이 아주 많았어요! 내가 자신과 함께 고무나무 농장에 머물기를 바랐죠! 불가능했어요! 또 우리가 마나우스에서 결혼하길 원했죠! 터무니없었죠! 그리고 마지막 여행에서 우리가 급류 옆에서 밤을 보냈을 때 나는 그 사람의 그릇된 생각을 깨우쳐주고, 날 내버려 두라고, 돌아가라고 했어요. 그 사람이 울기 시작했어요. 내가 보디스 속에 권총을 넣고 다닌다는 사실을 알고 있었어요. 그 사람이 내 체취를 맡고 나를 만지려는 듯 내가 누워 있는 해먹 위로 상체를 숙였는데 갑자기 총성 한 발이! 그러고서 내 가슴은 온통 피로 물들어버렸어요!"

마돈나는 자신의 이야기에 마음이 흔들려, 그 뜨거운 피 얼룩을 덮어버리고 싶다는 듯이 두 손을 블라우스 가슴에 댄 채 문 쪽으로 갔다. 나는 혼자 남았다!

그때 옆 카네이에서 울음 섞인 말, 맹세, 저주가 들려왔다. 돈 클레멘테 실바와 내 동료들이 화를 내며 나를 에워쌌다.

"그들이 그걸 버렸어! 아아, 불쌍해라! 그들이 그걸 버렸어!"

"뭐라고요! 그럴 리가요!"

"그 파렴치한 암캐 마돈나가 내 아들, 내 불운한 아들의 뼈가 두려워 그걸 강에 버렸다고요! 지금 당장, 그래요, 이런 짐승 같은 것들을 칼로 찔러버려요! 그들을 모두 죽여버리라고요!"

잠시 후, 부두를 떠나는 카누 위에서 나는 그 노인의 분노에 가득 찬 실루엣이 어둠 속에서 우뚝 서는 것을 보았다. 나는 한 번 더 노인에게 작별의 포옹을 하려고 물로 뛰어들었고, 그가 마지막으로 책망하는 소리를 들었다.

"내가 돌아올 테니, 그들을 죽여버려요! 하지만 불쌍한 알리시아는 용서해줘요! 나를 위해 그렇게 해줘요! 알리시아가 마리아 헤르트루디스인 것처럼 말이오!"

이윽고 카누가 떠나갔으며 여행을 떠나는 사람들이 불길한 하천의 어둠 속에서 우리를 향해 팔을 흔들었다. 우리는 울면서 루시아니토가 했던 말을 되풀이했다.

〈안녕! 안녕!〉

저 위 무한한 하늘, 총총히 별이 떠 있는 열대의 밤.

그리고 별들이 두려움을 자아냈다.

* * *

라미로 에스테바네스의 제안에 따라 무용한 장식품처럼 카예노의 책상 위에 놓인 먼지 낀 장부책에, 내가 오디세이를 기록하면서 시간을 때운 지도 6주가 되어간다. 터무니없는 사건들, 유치하고 사소한 것들, 모질고 사나운 기록들이 내 이야기의 보잘것없는 얼개를 이루었다. 중요한 것을 얻어내지 못하고, 내 삶에서 결국 모든 것은 무의미하고 소멸될 거라는 사실을 알고서 나는 서글픈 마음으로 이야기를 써내려가고 있다.

내 연필이 종이 위에서 한 줄 한 줄 단어를 기록하며 단어의 뒤를 따라 서둘러 내달릴 때, 명성을 얻을 욕심으로 움직인다고 상상하는 사람은 사안을 제대로 파악하지 못할 것이다. 나는, 내가 겪은 다양한 모험을 간단하게 설명하고, 내 열정과 결점이 어떻게 작용했는지 글을 통해 라미로 에스테바네스에게 고백해 그를 감동시킴으로써 자신의 운명이 회피했던 것을 내게서 찾아낼지, 그가 행동하기 위해 분발할 수 있는지 보려는 목적 이외의 다른 것을 갈망하지는 않는다. 왜냐하면 소심한 사람이 대범한 사람과 비교하는 것은 항상 대단히 유용한 약이 되기 때문이다.

우리는 서로에 대해 다 말해서 이제는 얘깃거리가 없다. 시우닷 볼리바르에서는 상인으로, 카로니강의 어느 지류에서는 광부로, 산페르난도데아타바포에서는 돌팔이 의사로 산 그의 삶은 두드러지지도 매력적이지도 않았다. 독특한 일화도, 개인적인 제스처도, 평범함을 넘어서는 빼어난 행위도 없었다. 반면에 나는 내 삶의 궤적을 그에게 분명하게 보여줄 수 있었다. 설령 그 궤적이 덧없다고 해도 적어도 다른 사람의 궤적과는 혼동되지 않기 때문이다. 그리고 그 궤적을 보여주고 난 뒤에 내 기억 속에서 일어나는 반응에 따라 우쭐거리며 또는 고통스럽게 기술하고 싶어 지금 나는 구아라쿠 막사에서 그 기억을 떠올리고 있다.

만약 바키로가 내게 일어나는 그런 감정을 해독하게 된다면, 재앙이 온갖 빈정거림과 빈정거리는 사람을 없애버리도록 그가 내 옷을 벗겨 '연옥의 섬'에 던져 복수할 것이다. 하지만 '장군'은 마돈나보다 더 무식하다. 바키로는 자신의 서명을 구성하는 글자들을 구분하지 못하고 겨우 그려냈는데, 매번 똑같이 그리는 그 서명이 자신이 맡았던 군대 직함들의 고매한 상징이라고 확신했다.

가끔 바키로의 샌들 소리가 들리고 그가 나와 잡담하려고 내 방으로 들어온다.

"내가 계산해보니 카누는 유루파리강 급류 저 아래쯤 가고 있을 거요."

"그런데 그 사람들에게 문제는 없었을까요? ……페타르도 레스메스가……"

"신경 쓰지 말아요! 그는 지금 이니리다강 유역에 있을 텐데, 이번 주 안으로 돌아올 거요."

"장군님, 그가 장군님의 명령을 수행 중인가요?"

"일꾼 수를 늘리게 펜다레 천의 인디오들을 잡아오라고 시켰네. 그런데 당신, 코바 청년, 뭘 그리 쓰는 거요?"

"글씨 쓰는 연습을 합니다, 장군. 모기나 잡으면서 따분하게 있느니……"

"그건 잘하는 거요. 나는 연습을 하지 않아서 그나마 알던 변변찮은 쓰는 법도 잊어버렸어요. 근데 다행스럽게도 펜으로 하는 것에 전문가인 남동생이 있지. 사람들은 동생이 맞춤법에는 서툴다고 하지만 내가 볼 때 동생은 사전 없이도 반 쪽까지는 너끈히 쓰더군."

"동생도 산페르난도데아타바포에 있었나요?"

"아니, 아니! 있을 이유가 없지."

"내 동포 에스테반 라미레스가 장군님 친구였나요?"

"정말 그렇다고, 그렇다고 여러 번 대답했잖아! 우리는 함께 토마스 푸네스에게서 도망쳤지요. 당신도 알다시피 토마스가 인디오이기 때문이오. 만약 그가 우리를 붙잡으면 모가지를 잘라버릴 거요. 그리고 내가 카예노를 알기 때문에 함께 그를 찾기로 결정했던 거요. 우리는 마로아에서부터 구아이니아강을 거슬러 올라갔고, 미카 수랄과 라야오 수랄의 목재 운반로를 통해 이니리다로 건너왔소. 그래서 보다시피 우리가 이사나에 정착한 거요."

"장군님, 내 동포가 장군님께 정말 고마워하고……"

"내가 여기에 온 건 두려움 때문이 아니라 푸네스를 죽여 내 몸에 피를 묻히고 싶기 때문이라는 사실을 그가 알아요. 그 악당이 6백 명이 넘는 사람의 죽음에 책임이 있다는 걸 당신도 알잖아요. 그들은 진짜 이성적인 사람들이라 그 누구도 죽은 인디오의 숫자를 세지 않지.* 당신 동포더러 그 학살 사건을 얘기해달라고 해봐요."

"이미 들었어요. 내가 그걸 적어놓았어요."

＊ ＊ ＊

거우 집 60채로 이루어진 작은 마을, 산페르난도데아타바포에는 거대한 강 세 개가 모여 마을을 풍성하게 이룬다. 마을 왼쪽에는 붉은빛이 도는 물과 하얀 강변 모래가 있는 아타바포

---

* 당시 '이성적인' 백인들은 인디오들이 비이성적인 사람들이기 때문에 그들의 죽음은 전혀 고려할 만한 것이 아니라고 생각함으로써 인디오의 영혼에 관한 신학적인 논쟁을 유발했는데, 이는 당시의 인종차별주의를 보여주는 것이다.

강이 흐르고, 앞쪽으로는 주황색 강물이 흐르는 구아비아레강이 있고, 오른쪽에는 파도가 장대한 오리노코강이 흐른다. 주변으로는 온통 밀림, 밀림이다!

이들 강은 모두 1913년 5월 8일에 푸네스가 죽인 고무 채취꾼의 죽음을 목격했다.*

그 잔인한 학살을 초래한 것은 무시무시한 고무, 검은 우상이었다. 고무 사업가들 사이의 경쟁 관계에서 비롯된 다툼 때문이었을 뿐이다. 주지사마저도 고무 장사를 했다.

내가 푸네스에 관해 얘기할 때 단 한 사람만을 언급했다고 생각하지는 마시라. 푸네스는 하나의 체제고, 마음 상태고, 황금에 대한 갈증이고, 치사한 질투다. 비록 한 사람만이 그 불길한 이름을 갖고 있다 할지라도 많은 사람이 푸네스다.

인디오와 고무나무를 희생시켜 허상의 부를 추구하는 관습, 이익을 1천 퍼센트까지 남기고 고무 채취 품팔이 일꾼들에게 팔 겉만 번지르르한 싸구려 물건들의 사재기, 세금도 내지 않고서 관官의 힘을 이용해 팔고 두 손으로 거둬들이는 주지사의 가게와 경쟁하는 것, 그리고 알코올처럼 사람을 타락시키는 밀림의 영향력은 산페르난도데아타바포의 일부 사람들에게 살인자 하나를 이용해야겠다는 어떤 충동과 의식을 심어주기에 이르렀는데, 그들은 그 살인자가 모든 사람이 하고 싶어 하던 것을 시작하게 하고, 그가 그 일을 하는 데 도움을 주었다.

---

* 소설에 언급된 푸네스의 이야기는 당시에 실제로 일어난 역사적 사건들과 가장 충실하게 연관된 이야기들 가운데 하나다. 푸네스는 1921년에 총살당했고, 그의 죽음과 더불어 그의 '제국'도 막을 내렸다.

주지사가 한 발은 사무실에, 한 발은 가게에 둔 채 세금 수입원에 손을 댔을 때 그가 범죄를 저지른다고는 생각하지 마시라. 여러 가지 상황이 아주 상반된 태도를 취하게 했다. 그 관할 지역은 사유지 같은 곳으로 그 땅을 소유한 사람이 자신의 급료를 포함해 사유지의 운영비를 지불했다. 그 지역 주지사는 일종의 기업가로서 그의 부하들은 주지사의 후원 덕에 살아간다. 그들은 직원으로 합법적인 직무를 수행한다. 판사라 불리는 직원도 있고, 호적 담당관이라 불리는 직원도 있으며, 등기 담당관이라 불리는 직원도 있다. 주지사는 그들에게 잡다한 명령을 내리고, 그들의 급료를 책정하고, 그들을 자기 마음대로 해고한다.

도시의 광장에서 재판하던 집정관 시대가 산페르난도데아타바포에서 다른 형태로 되살아나고 있다. 즉, 전권을 가진 사람이 급료를 받는 자기 지지자들의 중재를 통해 법을 제정하고, 통치하고, 재판한다.

멀리 떨어진 땅에서 온 사람들을 마을에서 보는 것은 특이한 일이 아닌데, 그들은 허름한 객주 앞에 멈춰 서서 다급한 목소리로 주인에게 말한다. 〈판사님, 고무 무게 재는 일을 끝내시면 저희가 요구사항을 밝힐 수 있도록 사무실 문을 좀 열어주세요.〉 그러면 그가 그들에게 대답한다. 〈오늘은 당신들을 응대하지 않아요. 이번 주에는 재판이 없을 거요. 주지사께서 나더러 베리파모니의 막사에 거주하는 자기 일꾼들에게 마뇨코를 보내라는 일을 시키셨거든요.〉

거기서는 이게 합법적이고, 옳고, 인간적이다. 누구든 주인의

380

수입에 신경을 써야 한다. 주인의 수입은 급료를 재는 온도계이기 때문이다. 주머니가 가벼우면 급료가 적다.

자신이 통치하는 사람들의 상업적인 경쟁자였던 주지사 로베르토 풀리도는 특별히 엉터리 세금을 물린 적이 없었지만, 그의 경쟁자들은 가끔 그를 제거하기 위한 음모를 꾸몄다. 그의 사악한 운명은 그로 하여금 법령 하나를 공포하도록 사주했는데, 그 법령에 따르면 고무 수출권 대금은 시우닷 볼리바르의 상업 거래에서 유통되는 어음이 아니라 산페르난도데아타바포에서 금이나 은으로 지불되어야 했다. 누가 그런 현금을 갖고 있었겠는가? 바로 인색하고 탐욕스러운 사람들이었다. 하지만 그들은 남에게 빌려주려고 돈을 저축하지는 않았다. 수출 관세를 내야 하는 사람들로부터 고무를 싸게 사들였다. 처음에는 그 공모자들이 자신들끼리 이 거래에서 경쟁을 했다. 그리고 나서 그들은 거기서 그 법령에 반대하려는 구실을 찾아냈다. 그들은 현금이 부족하다는 사실을 알고 있던 풀리도가 사전에 공모한 패거리 친구들의 중재를 통해 터무니없는 가격에 고무를 사기 위해 그 법령을 공포했다고 했다.

그리고 그들은 풀리도를 죽이고, 그의 사무실을 약탈하고, 그의 시체를 질질 끌고 다녔는데, 단 하룻밤 사이에 남자 70명이 사라져버렸다.

* * *

"며칠 전부터 나는 그 불길한 사건이 준비되고 있다는 사실을 감지했어요." 라미로 에스테바네스가 내게 말한다. "이미 다들 수군거렸어요. 여러 사람이 푸네스가 그 지역의 주인이 되고, 심지어 푸네스가 원하면 언제든 공화국의 대통령이 되기에 적합한 사람이라는 믿음을 그에게 심어주었다고요. 그 사람들의 예언은 틀리지 않았어요. 왜냐하면 두 개의 출구가 닫혀 있는—즉 오리노코강에서는 아투레스 급류와 마이푸레스 급류, 그리고 구아이니아강에서는 아마나도나 세관에 의해—그 광대한 고무 채취 지역에 고통을 주는 그 폭군처럼 사람들의 삶과 재산에 엄청난 지배력을 행사하는 폭군은 그 어떤 나라에서도 결코 보지 못했기 때문이에요.

어느 날 푸네스 대령의 집에 갔는데, 때마침 그가 정원의 문을 닫고 있었어요. 내가 볼세라 서둘러 문을 닫으려고 했지만, 나는 여러 고무 채취꾼들이 정원의 돌난간과 부엌에 있는 돌 벤치에 앉아 무기를 닦고 있는 모습을 봤어요. 나중에 들은 바로는, 파시모니의 오두막촌에서 온 남자들이었는데, 각기 주인이 다른 작업반에 속한 오두막촌 사람들과 함께 자정 무렵 그 마을에 왔고 주인들이 그들을 은밀히 숨겼어요.

푸네스는 내가 그들을 엿본 사실을 눈치채고 흠칫 놀라더니 나긋하게 내 귀에 대고 속삭이는데 온몸에 소름이 돋았어요."

'저 사람들이 나갔다 하면 술에 취하기 때문에 밖으로 내보내지 않고 있어요! 우리 사람들이잖아요! 근데 원하는 게 뭐죠?'

'에스피노사에게 1천 볼리바르를 빚졌는데, 그가 돈을 갚으라고 성화예요. 제게 돈 좀 빌려줄 수 있으실지……'

'나는 친구들을 위해 태어났소! 에스피노사는 다시는 돈을 갚으라는 말을 하지 않을 거요. 당신 손으로 그 빚을 청산할 기회를 가질 거요. 주지사가 돌아올 때까지 기다려봅시다.'

"해가 질 무렵 야사나라는 석유 운반용 배를 타고서 주지사 풀리도가 카시키아레강에서 돌아왔어요. 직원 여럿과 함께 돌아온 그는 열병으로 일찍 잠자리에 들었어요. 그사이에 그의 적들은 누구든 도망치지 못하게 강변에서 배를 다 치우고, 풀리도가 타고 온 배의 키를 푸네스 대령의 집 뒷방에 숨겨놓았는데, 뒷방의 담이 아타바포 강둑 위에 있었죠.

밤이 되자 번개가 치고 음산했어요. 윈체스터로 무장한 한 무리의 남자들이 누구도 몰라보게 바예톤으로 몸을 가린 채 야수성을 불러일으키는 럼주에 취해 몸을 비틀거리면서 푸네스의 집에서 나왔죠. 그들은 자신들이 희생시켜야 할 사람들의 이름을 기억하면서 공격을 개시하려고 인적 없는 세 갈래 길로 각각 흩어졌어요. 일부는 자신들에게 반감이나 원한을 유발한 사람들, 즉 채권자와 주인들을 머리에 떠올렸죠. 그들은 길가 보도에서 잠들어 있는 돼지들에 발이 채이면서 벽에 몸을 붙인 채 앞으로 나아갔어요. 〈빌어먹을 돼지들, 하마터면 넘어질 뻔했잖아!〉"

'쉿! 조용히 해! 조용히 하라니까!'

"카페치의 가게에서는 사람들이 무방비 상태로 스탠드에 앉아 카드놀이를 하고 있었어요. 푸네스를 포함해 남자 다섯 명이 가까운 길모퉁이에서 총소리가 울리기를 기다리면서 어둠 속에서 그들을 노려보고 있었죠. 저기 처벌받을 주지사 풀리도의 방에서는 등불 하나가 타오르고 있었는데, 희미한 불빛 하나가 쏟아지던 비에 투사되었어요. 로페스의 무리가 마침내 열린 창문으로 다가갔어요. 방 안에서는 풀리도가 해먹에 누워 병간호하는 사람들이 준비해준 탕약을 훌쩍거리고 있었어요. 갑자기 *그*가 밤의 어둠을 향해 눈길을 돌리더니 상체를 일으켜 앉았어요. 〈거기 누구요?〉 그의 말이 끝나기가 무섭게 라이플 스무 정이 발사됐고 방 안은 포연과 피로 가득 찼어요!

그것은 무시무시한 신호이자 대학살의 시작이었죠. 가게에서, 거리에서, 공터에서 총탄이 발사되었어요. 혼란, 불꽃, 탄식, 어둠 속을 내달리는 그림자들! 학살이 최고조에 이르자 살인자들끼리 죽이기 시작했어요. 암흑 속에 일어난 학살에 놀란 사람들이 가끔 망연자실한 모습으로, 무거운 식량을 운반하는 개미처럼 손발과 옷에 불이 붙은 시체를 질질 끌고서, 시체들 위에서 비틀거리면서 강을 향해 갔어요. 어디로 도망치는 거지? 어디로 가는 걸까? 여자들과 아이들이 도피처를 찾아 우왕좌왕하다가 폭도 무리와 마주쳐 총에 맞았어요. 〈푸네스 대령 만세! 세금 철폐! 자유무역 만세!〉

목소리 하나가 화살처럼, 섬광처럼 터져 나왔어요. 〈대령의 집으로 갑시다! 대령의 집으로 가자고요!〉 그사이 음산한 항구에서 야사나호의 엔진 소리가 들려왔죠. 〈마을을 떠납시다! 배에 타요! 대령의 집으로 갑시다!〉

총성이 멈췄어요. 푸네스는 거실과 창고를 부지런히 왔다 갔다 하면서 아무것도 모르는 순진한 사람들을 맞이하고, 곧 공터에서 살해당할 사람들을 엷은 미소를 띤 채 따로 떼어놓았어요. 〈당신은 배로 가요! 당신은 나와 함께 있어요!〉채 몇 분이 안 되어 마당에는 공포에 사로잡힌 얼굴들로 가득 찼어요. 강 쪽으로 난 담의 문 뒤에서는 푸네스의 심복 곤살레스가 마체테를 들고 서 있었죠. 〈친구들, 배에 타요!〉그리고 배를 타려고 나오던 사람들은 목이 잘렸고, 시체는 집을 짓기 위해 파놓은 구덩이에 굴러떨어졌어요."

"단 한마디의 비명도, 불평도 들리지 않았어요!"

"밤, 배의 엔진 소리, 대소동!"

* * *

"나는 작은 등불 하나가 깜박거리는 복도의 유리창으로 다가가서 체포된 사람들이 그 무시무시한 문을 통과하면서 잔혹한 위험을 직감하고 불안과 오한을 느끼는 것을 보았어요. 풀밭에서 피 냄새를 맡은 황소처럼 머리털이 곤두선 상태였죠.

〈친구들, 배에 타요!〉우렁찬 목소리가 유혈이 낭자한 문턱의 반대쪽에서 거듭 들려왔어요. 그 누구도 문을 나서지 않았죠. 그때 그 목소리가 이름들을 불렀어요.

문 안쪽에 있던 사람들은 소심하게 반항했어요. 〈당신이 먼저 나가요!〉〈호명을 받은 사람은 바로 당신이야!〉〈근데 왜 나를 다그치는 거요?〉서로가 서로를 죽음으로 내몰고 있었어요!

그들은 내가 머물던 방에 많은 짐꾸러미를 내려놓기 시작했어요. 고무, 장사 물품, 트렁크, 마뇨코, 죽은 사람들에게서 탈취한 물건, 즉 그들이 죽음을 맞은 원인이 되었던 물건들이었죠. 일부는 탐욕스런 경쟁자들에게 약탈을 당하면서 죽었어요. 다른 사람들은 특정 주인의 작업반에 속한 일꾼이어서 희생당했는데, 주인들은 경쟁이 계속되는 것을 막기 위해 상대방의 일꾼 수를 줄일 필요가 있었던 거예요. 이들 희생자는 빚을 많이 져서 죽임을 당했는데, 그들이 죽음으로써 그들의 채권자들이 확실하게 파산하는 거죠. 다른 사람들은 국영 철도회사 직원들이고, 혐오스런 주지사의 직원, 친구 또는 가족이었기 때문에 단말마의 비명도 지르지 못한 채 쓰러졌어요. 그 밖의 사람들은 질투심, 악의, 적대감 때문에 쓰러졌고요.

'당신은 어떻게 카빈총도 없이 있는 거요?' 푸네스가 내게 물었죠. '당신은 우리를 도우려 한 적이 전혀 없었소. 그럼에도 불구하고 난 이미 당신 빚을 청산해주었소! 이 마체테에 영수증이 있다고요!'

그는 피가 묻고 이가 빠진 마체테의 날을 등불에 비췄어요.

'사람들이 당신을 자신들의 권리와 자유의 적이라고 생각할 정도로는 나서지 말아요.' 그가 덧붙였어요. '잘린 머리든, 팔이든, 그 밖의 뭐든 당신의 신용을 보증할 만한 것이 필요해. 그 윈체스터를 들고 해결책을 찾아봐요! 당신이 델레피아나나 발도메로를 만났더라면 좋았을 텐데!'

그리고 그는 아주 다정하게 내 어깨를 감싸 안고서 나를 길거리로 데려갔어요.

항구 주변, 마라코아라 불리는 반반한 암석 지대 쪽으로 모여 있던 손전등 몇 개가 강물과 모래밭을 비추면서 강변을 따라 내려왔어요. 숄을 둘러쓴 여자들이 흐느끼면서 가족들의 시신을 찾고 있었어요."

"아이! 여기서 그 사람 내장을 파냈어요! 파도에 그를 던져 버렸을 테지만 동이 틀 무렵 물 위로 떠오를 거예요!"

"그사이 복면을 쓴 남자들이 촛불을 들고 조바심을 내며 희생된 사람들의 사체와 살해자들의 책임을 쓰레기가 가득한 구덩이에 묻고 있었어요."

"시체들을 강에 버려요! 곧 악취를 풍길 테니 여기 내 집 마당에 두지 말아요."

한 노파가 그렇게 소리를 질렀는데, 사람들이 자기 말을 듣지 않자 급조된 무덤들에 뜨거운 재를 쌓았어요.

가끔은 길모퉁이에서 사악한 인간들 무리가 어슬렁거렸는데, 자신들의 정체를 숨기려고 키와 동작을 위장하고, 서로를 불신하며 주위를 예의 주시했지요. 푸네스의 부하들은 왼팔 소매를 걷어 올리고 있어야 했기 때문에 일부는 다른 사람들에게 다가가 셔츠 소매를 만져보았으나, 자신이 누구와 함께 있는지, 자신의 동료가 누구를 추적하는지 확실히 아는 사람은 아무도 없었고, 서로 묻지도, 서로 확인하지도 않은 채 헤어졌어요. 비가 멈추고, 묻히지 않았던 시체들이 사라져버렸는데도 악몽 같은 그 끔찍한 밤을 끝낼 새벽은 게으르게도 더디게 다가왔어요.

모여 있던 사람들이 해산하려 할 때 한 사내가 상체를 숙여 담뱃불로 이웃 남자의 얼굴을 비추었어요.

"바카레스요?"

"그렇소!"

그러고서 사내는 그 코맹맹이 소리를 듣자마자 바카레스의 넓은 뺨을 칼로 깊숙이 베어버렸어요. 남자의 경정맥을 자르려고 볼을 벤 사람이 바로 푸네스라고 오늘 바키로가 내게 확인해주었어요. 산페르난도데아타바포에서만은 푸네스 대령의 재범이 두려워서 누구도 감히 바카레스를 공격한 사람의 이름을 밝히지 못했어요. 대령 앞에서는 바카레스가 열 명의 습격자 패거리를 어둠 속에서 쓰러뜨린 대담한 결투에서 얼굴에 상처를 입었다는 전설에 힘을 실어주었죠.

산페르난도 사람들이 자신들의 연약한 살갗을 보전하기 위해 그 폭군과 부하들에게 굽실거리면서 정말 극도로 개탄스럽게 몸을 낮추는 걸 당신이 보았더라면 좋았을 거요. 그 폭군과 부하들에게 찰싹 달라붙어 그들에게 열렬한 박수를 보내고, 대단한 친밀감을 표했다니까요! 고자질은 산 사람과 죽은 사람을 칭칭 감는 기생식물이었고, 험담과 중상모략은 페스트처럼 번졌어요. 그 재난에서 살아남은 사람들은 유감을 표명할 권리, 자기 의견을 말할 권리를 잃어버려 영원히 침묵할지도 몰라요. 모든 사람이 각자 스파이가 되었고, 문의 자물통과 벽의 틈새 뒤에는 눈과 귀가 있었어요. 그 누구도 마을에서 나갈 수가 없고, 사라진 가족에 대해 캐볼 수도 없고, 동향 사람이 어디에 있는지 조사할 수도 없었어요. 그렇게 했다가는 배신자로 고발되고, 강제로 끌려가 모래밭에다 자신이 직접 판 구덩이에 산 채로 젖가슴까지 파묻혀 더위에 반쯤 구워지고, 검은대머리수리에게 눈이 찔리게 되죠.

하지만 비단 그 부락 사람들만 이런 불법행위를 당하는 게 아니에요. 밀림, 강, 숲길에도 공포, 약탈, 몰살의 파도가 커지고 있어요. 모든 사람이 자발적으로 살인을 하면서 그 와중에 자신도 죽고, 그 폭군의 가상 명령 아래 자신의 범죄를 두둔하는데, 폭군은 결국 그들이 그런 범죄를 저지르도록 묵인해 범죄자들이 서로에게 잔혹한 짓을 하도록 놔둬서 그들을 제거하는 거죠.

풀리도가 고무를 취득해 번창했다는 이야기는 부당하고 웃기는 얘기예요. 고무 일을 하는 사람들은 그 식물성 황금이 아무도 부자로 만들지 못한다는 사실을 잘 알아요. 고무나무 숲의 권력자들은 자기 장부에 목숨으로 갚지 않는 한 결코 돈을 갚지 못하는 일꾼들, 인구가 줄어들고 있는 인디오들, 자신들이 운반하는 물건을 도둑질하는 노잡이들의 부채만 기록해놓고 있어요. 이들 마을에서 노예제도는 노예와 주인에게 평생 지속되죠. 노예와 주인은 여기 정글에서 죽어야 해요. 실패와 저주의 운명이 초록색 광산을 채굴하는 모든 사람을 따라다니죠. 밀림이 그들을 궤멸하고, 밀림이 그들을 붙잡고, 밀림이 그들을 삼키려고 불러요. 도망친 사람들은, 비록 도시에 숨어 있다 할지라도, 몸과 마음에 이미 저주를 받았어요. 그들은 풀이 죽고, 늙고, 환멸을 느낀 상태에서 단 하나의 기대만 해요. 돌아가면 죽는다는 것을 알면서도 돌아가고, 또 돌아가는 거죠. 그리고 밀림에서 떨어져 있는 사람들, 밀림의 부름에 불응한 사람들은 항상 빈궁한 처지로 전락하고, 알지 못하던 고통의 희생자가 되고, 말라리아에 걸린 몸으로 병원에 입원해 자신들이 인디오들에게, 나무들에 행한 천벌을 받을 짓에 대한 벌로써 자기 간을 칼에 맡겨 조각조각 잘리게 되는 거죠.

산페르난도데아타바포의 고무 채취꾼들의 운명은 어떻게 될까요? 생각만 해도 무서워요. 비극의 제1막이 끝났을 때 그들은 얼굴이 하얗게 질려버렸어요. 하지만 그들이 옹립했던 그 호족은 이제 힘과 명성을 얻었어요. 그들이 그에게 피 맛을 보도록 했지만 그는 여전히 피에 굶주려 있어요. 정부의 통치력이 이곳에 행사되어야 해요! 그는 단지 자기 앞을 가로막는 자나 경쟁자를 없애기 위해 사람을 죽였어요. 하지만 고무농장과 오두막촌에 여전히 자기 경쟁자들이 남아 있었기 때문에 같은 목적으로 그들을 괴멸하겠다고 작정했고, 심지어 공범자들까지 죽여나갔죠.

"상식이 승리해요!"

"상식 만세!"

* * *

힘든 나날을 무기력하게 보내던 나는 몸과 정신도 황폐해져 갔다. 이는 음란한 삶으로 낙담과 회의가 더 깊어지고, 몸의 활력이 마돈나의 키스에 빨려 무력해진 결과였다. 자신의 호흡으로 나의 남성성을 산화시켜버리는 이 탐욕스러운 암늑대는 타오르는 촛불이 경랍을 소진하듯 신속하게 나의 열정을 없애버렸다.

나는 열정적이고, 돈을 밝히고, 욕정을 유발하고, 살이 포악하고, 젖가슴이 비극적인 그녀를 증오하고 혐오한다. 오늘 나

는 이상적이고 순수한 여자에 대한 향수를 그 어느 때보다 느
낀다. 그런 여자의 팔은 불안을 가라앉히고, 흥분을 진정시키
며, 해악과 정념을 잊게 한다. 오늘 나는 꿈꾸던 아가씨들에게
서 내가 잃어버린 것을 그 어느 때보다 그리워하고 있다. 그녀
들은 다정하게 나를 바라보았고, 정숙한 여자답게 은밀한 태도
로 나를 행복하게 해주려고 궁리했다.

알리시아만 해도 경험 미숙에서 비롯되는 온갖 변덕을 부리
면서도 고상한 성격을 잃지 않았다. 심지어 가장 허물없는 순
간에도 품위를 지킬 줄 알았다. 나의 성마른 짜증, 지속적인 앙
심, 내가 그녀를 떠올릴 때마다 느끼는 노여움은, 비록 타락하
고 불성실하다는 이유로 내가 그녀를 거부할지라도, 내가 어쩔
수 없이 인정하고 보증해야 하는 그 정절을 빛 바라게 할 수는
없다. 알리시아와 그 아랍계 여자 사이에는 엄청난 차이가 있
다. 알리시아가 우아함이나 젊음 등 모든 면에서 그녀를 능가
한다. 살이 찌고 나이 든 그 품위 없는 여자는 시든 데다 비만
이었다. 나는 그녀를 본 이후로 그 점을 알고 있었다. 그녀는
나이가 마흔 살이 넘었음에도 불가사의한 화장품 덕분에 흰 머
리카락이 한 올도 보이지 않았다. 하지만 나는 그 사실을 알고
있다!

오, 보기 싫은 사람과 함께 있는 데서 느끼는 지겨움! 오, 요
구하지 않았는데도 마구 해대는 입맞춤의 역겨움! 나는 마돈
나에 대한 반감을 우리의 미래 계획 때문에 숨길 수밖에 없었
다. 우리에게 필요한 그 비루한 작업에서 나를 대신할 친구가
단 한 명도 없었기 때문에 불쾌해도 참아내야 했다. 그녀는 로

사스 회사에 잔고를 가진 사람이 나뿐이라는 것을 알고 있어서 내 친구들은 거부했다. 나는 자유로워지기 위해 피곤한 시늉을 하고, 매몰차게 말하고, 상대에게 상처를 주는 경멸적인 태도를 보였다. 결국 나는 그녀와 멀어졌다. 그리고 지금 나는 어떻게 해야 그녀와의 관계를 복원할 수 있을지 모른다.

요 며칠 밤에 고무 채취꾼들이 오래된 전통에 따라 한 주의 노동에 대한 보상으로 여자들과 즐기려고 더그매에 침입했다. 그들은 고무 훈증을 끝내자마자 연기와 기름때 냄새를 풍기며 경비초소로 가서는 음탕한 몸짓으로 자기 차례를 신청한다. 더 빠른 자리에 선 일꾼들은 즐기고 싶어 안달하는 동료들에게서 담배, 고무 또는 키니네 알약을 받고 그들에게 자신들의 권리를 양도한다. 어젯밤 야성적인 여자 둘이 더그매로 올라가는 사다리 꼭대기에서 비명을 지르며 울었다. 모든 남자가 자신들을 원하는데 더 이상 저항할 수 없었기 때문이었다. 바키로가 그녀들을 말채찍으로 위협하면서 욕을 퍼부었다. 한 여자가 절망한 나머지 땅으로 뛰어내려 팔 하나가 으스러졌다. 우리는 손전등을 들고 그녀를 구하러 갔고, 나는 그녀를 내 해먹에 눕혔다.

"파렴치한 인간들, 파렴치한 인간들! 이 불행한 여자들을 학대하는 짓은 이제 그만둬요! 자기를 보호해줄 남자가 없는 여자에게는 여기 내가 있어요!"

침묵이 흘렀다. 원주민 여자 몇 명이 내게 다가왔다. 다른 카네이에서 몸이 건장하고 행동이 거친 남자 몇이 음담패설로 자신들의 육욕을 자극하면서 씩 웃었다. 그리고 너울거리는 모닥불 빛에 노출된 그들은 나를 쳐다보면서 작업을 계속했는데, 모닥불 연기 위에서 고무공이 응고되고 있는 막대기를 고기 굽는 사람처럼 빙빙 돌리면서 틈틈이 작은 쇠그릇 또는 숟가락으로 고무공에 유액을 끼얹었다.

"이봐요." 그들 가운데 하나가 내게 말했다. "방금 전에 일어난 일로 당신 마음이 그렇게 아프다면 우리 맞바꾸기 하나 합시다. 맛이나 보게 마돈나를 우리에게 빌려주시오."

내가 그 무뢰한을 벌하지 않고 가만히 있자 마돈나가 화를 냈다.

"그런 말을 듣고도 어떻게 보고만 있는 거예요? 나를 그렇게 깔봐도 되는 거예요? 그건 내게 남자가 없다는 의미인가요? 알라신이여!"

"모든 남자가 당신 거잖아요!"

"그럼 내게 빚진 거 같아요!"

"난 당신에게 빚진 게 전혀 없어요."

그러고 오늘 아침에 내가 친구들의 충고에 따라 그녀를 달래고, 빚을 졌다는 사실을 인정하려고 그녀를 찾아갔다. 한껏 차려입은 그녀가 분노의 눈물을 글썽였다.

"이 배은망덕한 인간이 자신이 한 약속을 못 지키겠다고 하다니!"

나는 어디에 입을 맞춰야 할지 몰라 덥석 그녀의 뺨을 잡았다가 갑자기 감정이 북받쳐 창백해진 얼굴로 물러서서 문밖으로 튀어나왔다.

"프랑코, 프랑코, 원 세상에! 마돈나가 당신 부인의 귀고리를 하고 있어요! 그리셀다 아가씨의 에메랄드 귀고리 말이에요!"

* * *

나의 외침을 듣고 고통으로 일그러진 프랑코의 얼굴을 어떻게 묘사할 수 있겠는가? 프랑코는 라미로 에스테바네스와 함께 대나무 평상에 걸터앉아 카티레 메사가 야자 잎사귀로 마피레를 엮는 모습을 멍하니 바라보았다. 카티레 메사가 간단한 방법을 설명했다. 나 자신도 모르게 용기를 내 겨우 그의 부인 이름을 발음했는데, 그가 아내를 보호하려는 듯이 주먹을 불끈 쥐었다. 하지만 잠시 후 명예를 훼손당한 그는 이마가 빨갛게 상기되더니 고개를 푹 숙였다.

"그 여자의 운이 어떻든 무슨 상관이에요?" 그가 화를 내며 말했다. 그리고 방금 전에 짰던 그 작은 바구니의 올을 풀면서 평정심을 되찾은 척했다.

그가 갑자기 우리의 침묵을 칼로 찌르는 것 같은 거친 어조로 말했다.

"내가 그 귀고리를 직접 봐야 납득이 되니까 한번 보고 싶군요! 그 아랍 여자 도둑은 어디 있습니까?"

"조용히 해요. 그러다가 우리 모두를 잃어요."

마돈나 소라이다 아이람이 불을 붙이지 않은 담배를 입에 문 채 우리 쪽으로 오고 있었기 때문에 내가 그에게 간청했다. 영악한 프랑코가 마돈나에게 담뱃불을 붙여주려 하자 그녀가 불 쪽으로 상체를 숙였다. 프랑코가 소라이다 아이람의 귀를 잡아

당기고 싶은 충동을 가까스로 억누르는 것이 보였다.

"그 귀고리 맞아요, 그 귀고리가 맞다고요!" 그녀가 돌아가자 프랑코가 연거푸 말했다. 이후 말없이 해먹에 엎드려 누워버렸다.

그 이후로 사실상 내 정신의 평화는 사라져버렸다. 남자 하나를 죽여야 해! 그게 내 계획이고, 의무야!

나는 얼굴에서 폭풍우의 전조인 차가운 기운을 느낀다. 아주 많이 계산하고, 아주 오래 모색한 것이 나쁜 시기에 도래한 것이다. 내가 미래에 원하던 것이 이제 현재가 되었다. 복수를 향해 나아가는 동안에는 마지막 충돌이 아주 멀리 있어서 작게 보였지만 오늘 결말이 가까이 있는 것을 보자, 건강하지 않고 머리를 쳐들고 공격할 힘이 없을 때는, 이 모험이 엄청나게 크다는 사실을 깨닫는다.

하지만 그들은 내가 위험을 살짝 피하려 한다는 사실을 알지 못할 것이다. 아니, 나는 내 성찰의 결과와 달리 내 이성의 깊은 곳에서 올라오는 '당신 죽어, 죽는다고!'라는 음울한 경고를 무시하고 정면 돌파할 것이다.

나를 가장 곤혹스럽게 하는 것은 이 상황을 종결하는 방식에 대한 내 친구들의 일치된 견해다.

"만약 바레라가 여기에 있다면, 난 무엇을 해야 할까?"

"그자를 죽이는 거지, 그를 죽이는 거라고!"

그리고 당신, 라미로 에스테바네스는 이 숙명적인 조언에 동의하지만, 나는 아마도 비겁해서 당신의 신중함에서 비롯되는 자비로운 방법을 기대했던 것 같소. 이제 여러분이 원하는 바대로 냉혹한 사람이 되겠소. 고맙소. 비극이 도래할 것이오!

곧 확인하게 될 것이오!

* * *

그리셀다 아가씨, 그리셀다 아가씨!

어젯밤 프랑코와 엘리가 도둑질한 고무를 실으려고 근처에 있는 만처럼 생긴 곳으로 들어온 커다란 보트의 갑판에서 그녀를 보았다. 손전등으로 밀수 작업을 비춰주던 그리셀다 아가씨는 내 동료들을 보지 못했다 할지라도, 마르텔과 돌라르가 그녀를 알아보고 강물로 뛰어들었기 때문에 적어도 우리가 자신을 찾는다는 사실은 알았을 텐데, 그녀는 개들을 배에 싣더니 떠나버렸다.

인디오들이 저장고에서 고무를 들고 나와 어둠 속에서 부두로 옮기고 있었다. 이 사실을 처음으로 안 사람은 라미로 에스테바네스였다. 어느 날 밤, 우리가 보호하고 있던 그 원주민 여자의 부상당한 팔에 라미로 에스테바네스가 붕대를 감아주고 있을 때 그녀가 알려줬다. 그리고 그 사실을 알게 된 우리에게 원주민 여자는 은신처 하나를 가르쳐주었고, 거기서 우리는 무성한 수풀 사이로 짐꾸러미 행렬이 이동하는 것을 지켜보았다. 예랄어*만 할 줄 아는 원주민 열 명, 열다섯 명, 스무 명이 짐

---

* 예랄yeral어는 예수회 신부들이 체계화한 투피-구아라니 원주민 언어로, 19세기까지는 강변에 거주하는 원주민이 사용하고, 현재는 아마존 지역에 거주하는 원주민이 사용한다.

을 진 채 양탄자를 밟듯 조용히 지나갔다. 그런데 놀랍게도 행렬 맨 뒤에 소라이다 아이람이 있었다.

〈그녀를 잡아! 그녀를 납치해! 가는 걸 막아!〉 우리는 그녀가 어둠에 섞이는 것을 보면서 소곤거렸다. 그곳에 도착한 이후로 숨겨놓았던 카빈총에 손을 댈 시간도 없이 우리는 그녀의 카네이를 향해 내달렸다. 박쥐의 눈을 부시게 만드는 데 사용하던 손전등 불빛이 창자처럼 철렁거렸다. 짐은 그대로 있었다. 여전히 온기가 남은 해먹에는 담요와 방석이 가득했다. 이는 해먹의 모기장 속에 누군가 잠들어 있다고 위장하기 위한 방편이었다. 여기에는 재규어 가죽으로 만든 슬리퍼들이 있었고, 저기에는 방금 전에 피웠는지 여전히 연기가 피어오르는 담배꽁초가 있었다. 그녀의 흔적을 보며 안도의 한숨을 내쉬었다. 마돈나는 도망치려고 그곳을 빠져나간 게 아니었다. 하지만 그녀를 감시해야 했다.

그다음 날 밤 우리는 계획을 실행에 옮겼다. 벌거벗은 몸에 구아유코를 찬 프랑코와 엘리가 등에 짐을 지고 짐꾼들의 대열로 들어갔는데, 이는 미지의 부두로 가는 경로를 파악하고, 토착민들의 작업을 염탐하기 위해서였다. 그사이 라미로는 자기 카네이에서 바키로를 즐겁게 해주고, 나는 소라이다와 함께 밤을 보냈다. 불리하든 적절하든, 예측 불가능한 사건이 발생했다. 자신들끼리만 있던 개들이 내 동료들의 발자취를 따라왔다가 옛 여주인을 발견했는데, 그녀가 말 한마디 없이 솜씨 좋게 개들을 데려가버렸던 것이다.

"그 개들이 아니었더라면 그녀를 알아보지 못했을 거요." 다음 날 날이 밝을 무렵 프랑코가 내게 밝혔다. "그녀가 어찌나 유령 같고, 창백하고, 여위었던지! 배의 불빛을 멀리서 보고 그 원주민 여자들을 떠난 것은 심각한 실수였어요. 우리는 행렬로부터 멀리 떨어져 어둠 속에서 그 사람들의 행동을 잠시 살폈어요. 하지만 그들이 우리를 발견했더라면 죽었을 거요. 가련한 그리셀다가 랜턴을 치켜든 채 걱정스러운 표정으로 사방을 쳐다보았어요. 그리고 이내 부두를 떠나버렸어요."

"참 운도 없네요! 그들은 이제 안 돌아올지도 몰라요!"

그러자 카티레가 수긍했다.

"카빈총을 꺼내 고무를 캐러 간다는 구실로 오늘부터 이 호수 주변을 둘러볼 겁니다. 그 봉고가 숨겨진 곳을 쉽게 찾을 겁니다. 만약 그리셀다 아가씨가 개들과 함께 있다면 휘파람으로 개들을 부르기만 해도 충분할 겁니다."

그들이 떠난 지 닷새가 되었고 불안감이 나를 미치게 했다!

* * *

마돈나는 의심이 많아 괜한 걱정을 사서 하는 여자다. 그녀가 시치미를 떼면 참을 수가 없다. 가끔 그녀를 위협해 기를 꺾어 바레라와 일꾼들에 관해 모든 걸 밝히라고 강요하고 싶었다. 때로는 변덕스러운 운명에 희망을 버리고 불가피하게 벌어지는 일들에 나를 맡기고 싶다가도 그 사건들이 약화되지 않고 다가오는 것 같아 등을 돌리고 만다.

누구를 믿지? 실바 노인을? 그 카누가 난파됐는지 아닌지는 하느님이 아시지! 확실히 그들이 마나우스까지 내려간다면, 우리의 영사는 내 편지를 읽고서 자신의 도움과 권한이 이들 지역까지 미치지 않는다고, 한마디로 자신은 콜롬비아의 특정 지역에서만 콜롬비아 사람이라고 대답할 것이다. 아마도 그는 돈 클레멘테 실바의 진술을 듣고서 탁자 위에 보고타 지도 편찬국이 그린 비싸고, 화려하고, 오류와 결함이 아주 많은 지도를 펼칠 것이다. 장황하게 심문한 뒤에 돈 클레멘테 실바에게 답할 것이다. 〈여기는 그런 이름들의 강이 없습니다! 아마도 그 강들은 베네수엘라에 속해 있을 겁니다. 시우닷 볼리바르로 가보세요.〉

그는 아주 만족스러워하며 계속 어리석은 상태로 있을 것이다. 이 불쌍한 조국의 자식들과 심지어는 지리학자들도 자기 조국을 모르기 때문이다.

그사이에 나는 마돈나 앞에서 절대 방심해서는 안 된다. 나는 늘 그녀의 결핍과 탐욕을 싫어했다. 그녀는 게처럼 촉각 두 개를 가지고 있었다. 즉, 사랑하는 데는 서툴고, 이익을 추구하는 데는 교활했다. 게다가 오늘은 내 명민함보다 살짝 열세인 그녀의 위선마저 싫다. 하지만 불과 며칠 전에 그녀는 영리한 속임수를 쳤다.

혹시 라미로가 의심하듯이, 나에 대한 어떤 정보가 그녀에게 전달되었을까? 바레라, 페타르도 레스메스, 그리고 카예노는 어떻게 되었을까?

"소라이다, 나를 향한 마음이 변했소?"

"알라신이여! 당신이 원주민 여자들을 더 좋아하니까……"

"그게 사실이 아니라는 건 당신이 잘 알잖아요.

당신이 그렇게 격앙되어 있으니까 엇나가는 거요…… 그리고 내가 돈을 갚지 않았다고 나무라기까지 했잖아요! 내가 어떤 증거를 대야 내 진정성을 믿겠소? 지난 시절 함께 사업을 했고, 현재는 이 황량한 밀림에 사는 한 남자만이 나의 정직성이 어떤지 당신에게 알려줄 수 있을 거요. 마나우스로 떠난 카누가 돌아오면 내가 수백만 헤이스의 빚을 진 그 사람을 찾으러 야구아나리로 갈 거요. 그 사람 이름은 바로 '바-레-라'요!"

마돈나가 작은 간이침대에서 자세를 고쳐 앉으며 입을 열었다.

"나르시소 바레라 말인가요? 당신의 동포?"

"그래요. 그는 페실이라는 사람과 사업을 해요. 그는 나를 알지도 못하면서 나더러 인디오들과 품팔이 일꾼들을 구해달라며 내가 바우페스강 상류 지역에 있을 때 내게 돈까지 보내주었어요. 나중에 그가 직접 카사나레에서 인디오와 품팔이 일꾼들을 채용하려고 했기 때문에 나는 그 작업을 취소하라는 명령을 받았어요. 생각이 과감하고 특이하며 적극적인 사람이죠! 그가 자신에게 남아도는 고무 채취꾼들을 최종 순간에 모두 헐값으로 내게 인계했다니까요. 그는 나에게 보내준 돈을 내가 빚지고 있다는 사실에는 신경 쓰지 않았어요. 나는 그에게 빚을 갚고, 좋은 계약을 맺으러 그를 만나러 갈 거요. 왜냐하면 요즘 바우페스에서 고무 채취꾼들은 돈을 많이 벌거든요. 가능하다면 난 고무 대신 고무 채취꾼 장사를 할 거요."

이 말을 들은 마돈나가 내 무릎에 양손을 짚더니 내게 놀랄 만한 사실을 알려주었다.

"바레라의 품팔이 일꾼들은 전혀 가치가 없어요! 모두 굶주려 있고, 역병에 걸려 있다고요! 그들은 배를 타고 구아이니아 강을 따라가면서 카보클로*들이 사는 촌락에 내려서는 암탉이든, 돼지든, 생 파리냐**든, 바나나 껍질이든 닥치는 대로 도둑질을 하고, 가능한 대로 먹어 치웠어요. 악마처럼 기침을 하고, 메뚜기처럼 먹어 치웠죠! 어떤 곳에서는 그 사람들을 배에 태워 쫓아버리기 위해 총을 쏴야 했다니까요. 페실이 그들을 만나러 산마르셀리노 마을까지 올라갔어요. 거기에는 콜롬비아 출신 여자 여럿이 병에 걸려 있었는데, 그가 한 여자를 원가에 내게 팔았어요."

"그 여자 이름이 뭐죠?"

"몰라요! 그 여자 이름이 뭐 그리 중요한가요?"

"그래요…… 아니에요…… 그 여자가 이곳에 왔더라면, 그녀와 얘기를 해서 일단 바레라와 함께 온 콜롬비아 사람들에 관한 정보를 얻고, 두번째로는 그녀더러 극도로 신중하게 처신하고 정숙하게 지내도록 당부하려고요."

"목적이 뭔데요? 이유가 뭔데요?"

"나를 믿지 않는 사람에게 비밀을 말할 수는 없어요."

"말해봐요! 말해보라고요! 내가 언제 당신에게 비밀이 있었나요?"

---

* 카보클로caboclo는 포르투갈어로, 백인과 인디오의 혼혈이다. 에스파냐어의 메스티소와 같은 의미다.
** 파리냐fariña는 길쭉한 고구마처럼 생긴 '만디오카'를 거칠게 간 것.

그러자 나는 그 문제의 핵심에 접근했다.

"소라이다, 나는 자신의 몸을 위해 나를 에로틱한 선물로 만들어주었던 여자에게 관대하고 싶어요. 하지만 나를 믿고서 경솔하게 약속하는 여자에게는 그 어떤 경우에도 참지 않을 거요. 소라이다, 밤에 당신이 카예노의 창고에서 고무를 꺼내 커다란 보트로 옮긴다는 사실을 여기 모든 사람이 알아요."

"거짓말이에요! 나를 좋아하지 않는 당신 친구들이 꾸며낸 거짓말이라고요!"

"그리셀다라는 여자가 내 동료들에게 편지를 써서 보냈다고요."

"당신 친구들! 그 사람들, 그런 일을 하고 있었군요! 당신이 허락했고요!"

"몇몇 고무 채취꾼이 당신의 절도용 선박 은닉처를 발견했다어요."

"알라신이여! 어떻게 해야 할지! 그 사람들이 내게서 모든 걸 훔치려고 해요!"

나는 간청하는 그녀의 손을 뿌리치고 냉소적이고 경멸적인 그녀의 말을 되뇌면서 카네이 밖으로 나왔다.

"거짓말이야! 거짓말!"

* * *

취기로 열이 올라 자신의 카네이에 걸린 해먹에 드러누운 바키로가 보였다. 바키로 주변에는 그 아랍계 여자의 뇌물로 보이는 비어 있는 식료품 저장고가 있었는데, 저장고에 있는 바구니들은 막 도착한 배에서 나는 특유의 역청_{瀝青} 냄새를 여전히 풍기고 있었다. 자신이 현재 쉴 수 있게 된 것은 십장 바키로의 관용 덕이라고 생각한 라미로 에스테바네스는 '장군'과 마돈나가 갑자기 친밀해진 것에 의구심을 가졌다. 두 사람은 창고로 들어가 〈부인〉, 〈장군님〉 하면서 오붓하게 달달한 대화를 나눴다. 라미로 에스테바네스가 장군의 명령을 받고 나를 부르러 왔다. 그는 내 동료들이 사라진 것을 모두 불쾌하게 바라본다는 사실을 알고 있었다. 잠에 취해 침을 질질 흘리는 바키로는 숨이 넘어갈 정도로 딸꾹질을 하면서 졸고 있는 것처럼 보였는데, 다른 약은 거부하고 카차사만 마시려고 했다.

"저 사람 저러다 병에 걸릴 수 있으니 술을 마시게 하지 말아요." 내가 라미로에게 말했다.

그러자 술병에 걸린 바키로가 멍한 눈으로 나를 바라보며 대답했다.

"상관하지 말아요! 간섭 좀 하지 말아요! 과도한 간섭 좀 하지 말라고!"

"장군님, 제가 장군님께 설명을 드려도 될까요? 사실……"

"당신 자수하시오! 동료들을 출두시키지 않으면 당신이 체포될 거요!"

그러자 소라이다는, 페타르도 레스메스가 카예노와 함께 불시에 도착할 예정인데 두 사람은 무슨 이유인지 우리를 의심하고 있다고 라미로 에스테바네스에게 털어놓았다.

"뭘 의심한다는 거죠?" 나는 짐짓 별일 아니라는 듯이 대답했다. "그러니까 내가 바카레스 장군과 친하게 지내는 걸 페타르도가 비방한다는 겁니까? 만약 그렇다면 다른 사람의 장점을 인정하는 용기가 있어서 내게 재앙이 닥칠 수 있다는 건데, 나는 칼을 쥔 사람이 늘 다른 사람 위에 있다는 사실을 분명하게 보여줄 겁니다. 여기서든, 어디서든!"

바키로가 해먹에서 일어나면서 말했다.

"그래, 그거 지당한 말이오!"

"만약 내 친구들이 품팔이 일꾼 여럿에게 내 생각을 알렸고, 그래서 일꾼들이 내가 카예노에게 음모를 꾸미고 있다고 추론하여 그렇게 되었다면, 말은 잘했는데도 제대로 알아듣지 못한 데에 잘못이 있지요." 내가 덧붙였다. "만약 내 동료들이 게으름 피우는 것을 보는 게 창피하기 때문에, 혹은 내게 숙식을 제공해주는 사람의 관대한 보호에 어떤 방식으로든 보답하겠다는 바람 때문에, 장군이 라미로 에스테바네스에게 허용해준 휴식에 어느 정도 보상해주고 싶어서 내가 동료들을 파견해 각자 선택한 작업반에서 일하게 함으로써 그렇게 되었다면, 내가 그들에게 언젠가 사전 허락을 받았어야 하는데 그렇게 하지 않은 실수에 대한 벌은 받아야겠지요."

"그래, 그거 지당한 말이오!"

"만약 소라이다 당신 때문에 그렇게 되었다면, 그건 당신이 마나우스의 건물, 광장, 은행, 거리에 관해 물었을 때 내 대답에서 추론한 바에 따라 내가 마나우스에 결코 있지 않았다고 떠벌리고 다니고, 내가 마나우스에 가보았다고 말한 적이 결코 없었는데도 당신이 사람 말을 안 믿었기 때문이오. 로사스 회사의 고객이 되기 위해 반드시 회사의 창고 문턱을 넘어갈 필요는 없어요. 적어도 나는 그런 요건이 필요하지는 않았어요. 나는 내 나라의 영사 덕분에 그토록 부유한 회사와 동업하게 되었어요. 영사 덕분이라는 내 말 알아듣는 거예요? 영사란 말이에요. 내가 받은 마지막 편지에 알렸다시피, 영사가 지금 리오네그로를 따라, 권위를 가지고 불법행위를 시정하러 오고 있다고요."

마돈나와 바키로가 듀엣으로 반복했다.

"영사요? 영사라고요?"

"그래요, 내 친구인데, 내가 산페르난도데아타바포로 간다는 사실을 알게 된 영사가 나더러 푸네스가 콜롬비아 땅에서 저지른 만행과 살인에 관해 은밀히 조사해달라고 했다고요!"

나는 마치 영향력 있는 남자라도 되는 양 허세를 부리며 밖으로 나갔다. 바키로와 마돈나는 여전히 떠들어대고 있었다.

"영사라고! 그리고 두 사람이 친구라고!"

* * *

"그 인디오 푸네스가 이런 일을 저질러서 혹 내가 곤란해질까요?" 바키로가 내게 애원하듯 물었다.

"혹시 장군님께서 그 불행한 밤에 일어난 사건에 적극적으로 개입하셨나요?……"

"할 수 없이! 할 수 없이!"

그러자 마돈나가 우리의 대화를 끊었다.

"내가 여기저기 빌려준 돈을 받는 데 영사님이 도움을 줄 수 있을까요? 당신이 이미 보았다시피, 카예노가 내게 진 빚이 없다고 잡아떼고는 빚을 갚지 않으려고 카네이를 떠나버렸어요. 당신 장부에 액수를 기록해줘요."

"혹시 당신이 창고에서 빼낸 고무가……"

"그건 품질이 가장 형편없는 고무라고요. 그 고무공은 겉이 딱딱하고 반들반들한데, 안에는 모래, 누더기, 쓰레기가 들어 있어요. 고무가 테스트를 통과하지 못해 내가 운임을 손해 봤다고요. 고무공을 물에 넣으니까 가라앉아버렸어요. 만약 영사가 내 불만을 듣는다면……"

"영사가 있는 곳으로 가야겠군요."

"만약 영사가 오지 않는다면……"

"와요, 온다니까요. 그리고 야구아나리에 도착했어요. 그리셀다라는 그 여자가 편지에 셀 수 없을 정도로 많은 걸 써놓았어요. 그녀에게 물어봐야 해요."

"그 여자가 의심스러워요. 음침한 여자예요. 그 여자와 다른 여자가 불쌍한 바레라의 얼굴을 칼로 베어버렸어요."

"불쌍한 바레라를!"

"그래서 내가 그녀를 내 옆에 있지 못하게 한 거예요."

"그 여자를 즉시 족치는 게 좋겠어요."

"당신이 감히 할 수 있을까요?"

"그래요!"

그때 그리셀다 아가씨가 왔다.

* * *

그날 오후 해 질 무렵, 마돈나 소라이다 아이람이 강을 마주 보는 방문에 손전등을 걸었을 때만큼 내 영혼을 사로잡을 숨 막히는 기대감은 내 생전 다시는 느끼지 못할 것이다. 그것은 신호였다. 너울거리는 이사나 강물 위로 손전등 불빛이 퍼져 나가자 뱃전에서 선원들이 자정에 뭍에 도착하려는 커다란 보트의 상륙을 명령했다.

내가 언제 마돈나더러 함께 도망치자고 설득했는지는 확실 하지 않다. 벽 위쪽에 걸려 있는 등불보다 더 활활 타오르는 내 뇌는 배들에게 항구로 들어오라고 초대하는 등댓불처럼 빛 났다. 한 문장이, 단 하나의 문장이 내 귀에 맹렬하게 윙윙거 리면서 내 눈에 선명한 이미지를 투사하고 있었다. 〈그 여자와 다른 여자가 불쌍한 바레라의 얼굴을 칼로 베어버렸어요.〉 다 른 여자라, 다른 여자는 누구였을까? 무슨 이유로? 질투심 때 문에, 복수심 때문에, 아니면 도망치려고? 알리시아, 알리시아 였을까? 내 안의 적의를 더 크게 만든 그 치명적인 상처를 연 약한 손으로 그어버릴 생각을 한 사람은 두 여자 가운데 누구 였을까? 흔들리는 마음 때문에 힘들어하는 동안 부상당한 한 찡그린 표정이 내 망막 앞에서 춤을 추었다. 얼굴도 아니고, 찡 그린 표정도 아닌 그것은 황소의 뿔에 받혀 부서진 미얀의 턱 으로, 그 턱은 바레라의 웃음처럼 불가해하고 고통스러운 미소 를 머금은 채 모욕적으로 웃고 있었다.

나는 술을 마시고, 마시고 또 마셨지만 취하지 않았다! 내 신경이 알코올의 해로운 작용을 거부했다. 내가 바키로의 술잔을 낚아채서 비웠을 때, 남포등 불빛이 유리에 희미한 칼의 색조를 투사했다. 봉고의 도착이 늦어져서 초조해진 나는 카네이에서 강으로 가는 길에 맑은 하늘에서 천천히 올라가는 별들의 움직임을 쳐다보며 별들이 천정에 도달할 시각을 계산하면서 자정이 되기를 기다렸다. 바키로는 농담과 질문으로 나를 귀찮게 하면서 내가 가는 곳마다 따라다녔다.

그는 내가 고무의 가치에 대해 답할 거라는 사실을 알았기 때문에, 창고에서 꺼낸 고무를 마돈나에게 건넸다.

〈잘했어요, 잘했어요!〉

그녀는 페타르도 레스메스더러 산타바르바라강의 급류에서 보초를 서 클레멘테 실바의 배를 멈추게 하라고 사주했다. 하지만 그 카누는 스쳐 지나가버렸다!

〈정말이요, 정말?〉

만약 카예노가 창고의 고무 양이 줄어든 것을 알아차렸다면, 소라이다를 도둑이라고 비난했을 것이다.

〈잘했어요, 잘했어요!〉

마돈나가 도망치려 한다고 내가 악의적으로 판단한 적이 있었는가? 카예노는 만약 영사가 구아라쿠까지 올라갈 생각을 하지 않고 또 영사가 그렇게 하지 않는다는 것을 내가 보증하지 않는 한, 그녀가 도망치지 못하도록 강 하류에 보초를 배치해 강 길을 차단할 것이다.

〈걱정 말아요. 영사는 단지 폭군 푸네스의 목덜미를 잡아 쓰러뜨릴 수 있는 정보를 수집하려고 올 뿐이니까요.〉

왜 페타르도 레스메스는 우리가 고무 채취꾼이 아니라 도둑이라는 사실을 자신이 증언할 것이라고 그들에게 알렸을까?

〈중상모략이오, 중상모략이라고요! 우리는 영사님의 친구들이고, 그거면 충분하잖아요!〉

"소라이다, 소라이다." 나는 그 주정꾼 바키로 곁을 떠나면서 그녀에게 말했다. "내 동료들이 돌아오면 이 감옥 같은 곳을 떠납시다." 그러자 그녀가 우겼다.

"정말 나와 카예노의 사이를 벌어지게 하려고 그들을 보낸 건 아니죠? 당신 날 사랑하죠, 날 사랑하죠?"

"그래요, 그래!" 그러고서 나는 그녀의 팔을 붙잡아 그녀가 소리를 지를 정도로 신경질적으로 떼어냈고, 환각 속에서 그녀를 바라보았다. 그녀의 형상이 지워지면서 도발적인 가슴 위에 피에 젖은 헝겊 하나만 남고, 루시아노 실바의 관자놀이가 뜨거운 피로 물들었다.

밤은 파랗고, 막사는 황량했다. 강변을 지키고 있던 라미로 에스테바네스가 와서 강으로 나뭇가지들이 떠내려오고 있다고 알렸다. 커다란 보트가 저 위 낯선 계류장에서 신호를 보내고 있음이 틀림없었다.

이 새로운 소식을 듣고 내 몸이 반응했다. 다리가 차가워지고, 맥박이 느려졌으며, 숯불의 열기가 내 피부에 전해지는 것처럼 갑작스럽게 열이 올랐음에도 불구하고 온몸이 무기력해지면서 왠지 모를 평안함을 느꼈다. 제멋대로 구는 여자가 내가 있는 카네이에 도착하기 때문에 흥분한 것일까? 나는 이미 그녀에게 관심이 없었고, 그 누구에 관해서도 알고 싶은 마음이 없었다! 만약 그녀가 나의 보호를 원한다면, 나를 찾으라지! 그러고서 나는 비꼬듯 경멸조로 말했다.

"소라이다, 나는 가지 않을 테니 항구로 초대하지 말아요. 만약 나더러 당신 하녀를 심문하라고 우긴다면 여기 이 카네이에서 단둘이 하게 될 거요!"

몇 분 뒤, 여자 둘이 다가오는 것을 알아차렸을 때, 나는 남포등 불빛을 가리려고 몸을 움직였다. 몇 걸음 내디뎠는데 오른쪽 발이 움직이지 않았다. 발이 살짝 저리는, 일종의 미세한 마비 증세 때문에 내 몸이 부르르 떨렸다. 마치 솜을 밟는 것처럼, 땅바닥을 느끼지 못한 채 둔하게 앞으로 나아갔다. 그리셀다 아가씨가 나를 포옹하려고 달려왔다! 나는 거부의 몸짓을 한 후 마돈나 앞에서 그녀에게 투박하게 말했다.

"안녕하세요!"

* * *

오늘 나는 그곳 사람들이 구아이니아라 부르는 매력적인 강이 있는 리오네그로에서 이 글을 쓰고 있다. 3주 전에 우리는 그 아랍계 여자의 커다란 보트를 타고 구아라쿠 오두막촌에서 도망쳤다. 야구아나리로 우리를 데려간 짙은 밤색 파도의 물마루 위에서, 노예가 된 내 동포들이 아래로 내려가는 것을 지켜보았던 강변들 앞에서, 클레멘테 실바의 카누가 이겨냈던 이들 소용돌이 위에서 나는 내 운명과 어긋나고, 또 나에게 유혈이 낭자한 흔적을 남긴 그 도주에 앞서 일어난 무시무시한 사건들을 떠올리고 있다.

멋들어지게 말하고, 역동적인 정신을 소유한 그리셀다가 고통으로 일그러진 얼굴로 눈물을 흘리면서도 웃고 있었다. 이 불행한 여자는 내게 애정과 용기를 동시에 불어넣었다. 위험 앞에서 꿈쩍도 하지 않으며, 마돈나의 카네이에서 단둘이 마주한 날 밤에 나의 어리석은 분노를 잠재울 줄도 알았다.

"잘 지내세요!" 내가 방에서 나가겠다는 신호를 반복해서 보냈다.

"기다려요, 배은망덕한 남자. 당신과 얘기하라고 사람들이 날 여기로 데려왔다고요!"

"나하고요? 무슨 얘기를? 당신이 어떻게 지냈는지 얘기하려고 왔다고요?"

"난 당신만큼 잘 지내요! 사정은 어렵지만, 만족해요!"

"당신 사업은요? 일꾼들의 간이식당은 잘 운영되나요? 신선한 빵은 가격이 얼마인가요?"

"당신을 못 믿기 때문에 말해줄 건 없어요. 하지만 보아하니 당신도 상황이 좀 어려운 것 같은데, 이리 와서 우리 함께 문제를 해결해봐요."

나는 스카프로 감싼 그녀의 얼굴을 보자 감동해서 그녀에게 물었다.

"그 풋내기 바레라가 당신에게 우는 법을 가르쳐주었나요?"

"우는 법요? 왜요? 목덜미를 한 대 얻어맞은 날부터 코를 푸는 나쁜 버릇이 생겼다니까요."

그녀는 라 마포리타에서 일어난 난폭한 장면 때문에 이런 식으로 나를 거부하면서 웃으려고 애를 썼으나 갑자기 울음을 터뜨리더니 몸을 파르르 떨면서 내 발치에 주저앉았다.

"조롱은 그만하고, 우리가 얼마나 불행한지 봐요!"

나는 쓰러진 그녀를 보고 은밀한 만족감을 느끼며 그녀를 일으켜 세우려고 거의 자동적으로 허리를 굽혔다. 그녀의 고통 앞에서 곤혹스러움을 느꼈으나 내 자만심이 스핑크스처럼 일어섰기 때문에 입을 다물었다. 알리시아에 관해 물어야 할까? 어디에 있는지 알아보고, 그녀에 대해 알고 싶은 관심을 드러낼까? 절대 안 돼! 그럼에도 불구하고 그리셀다가 울면서도 미소를 지으며 말했기 때문에 내가 무의식중에 뭔가를 물었던 것 같다.

"그 여자들 가운데 누구를 말하는 거죠, 당신의 클라리타인가요?"

"그래요!"

"유감스럽게도 지금 돈 푸네스가 클라리타를 데리고 있어요. 바레라가 오리노코와 카시키아레강의 통과를 허가받는 대가로 그녀를 푸네스에게 바쳤어요. 그 불쌍한 여자는 자신의 신세를 한탄하며 울었고, 우리 여자들 역시 울었으나 그녀에게 옷가지도 작은 트렁크도 주지 않고 카누에 태워 편지 한 통과 선물 몇 개를 들려서 산페르난도데아타바포로 데려갔어요."

"그런데 다른 여자, 그러니까 바레라의 얼굴을 칼로 그어버린 여자는 누구죠?"

"아, 참 삐뚤어진 남자! 그러니까 결국 그 여자에 관해서 묻는군요! 당신이 아토-그란데에 있었을 때 클라리타가 당신의 정부였다는 사실을 먼저 고백해요. 우린 그걸 다 알고 있었다고요!"

"절대! 하지만 말해줘요, 그 비열한 인간……"

"그 인간이 개인적으로 그 얘기를 우리에게 해주었고, 매일 밤 알리시아 아가씨를 괴롭히려고 마우코를 보냈어요. 그의 말에 따르면 당신이 그녀와 해먹에서 뒹굴다가 베네수엘라로 데려갔다고 하던데, 난 그 이상은 몰라요. 그 불쌍한 아가씨가 절망할 이유가 없다고 할 수 있는지 말해봐요. 그래서 그녀가 우리와 함께 왔다고요! 나 또한 어찌할 바를 몰랐기 때문에 내가 그녀를 데려왔어요. 피델은 내게서 벗어나고 싶어했어요. 나를 학대했고……!"

"당신에게 알려주겠는데요, 난 그따위 얘기에 관심 없어요. 모든 사람은 각자의 운명이 있다고요! 내가 받아들이지 못하는 건, 당신이 결백한 척하고 싶어 바레라를 그런 음모에 빠뜨리는 거라고요! 그런데 카누를 타고 돌아다녀요? 그리고 자정에 밀회를 해요?"

"하지만 그런 건 전혀 나쁘지 않아요! 내가 당신에게 추파를 던졌기 때문에 나를 그렇게 판단할 수 있어요! 그건 내 과실이었지만, 참회를 하는 게 더 나빴어요! 나는 도움이 필요했고요, 알리시아 아가씨가 돈 라파엘과 함께 보고타의 자기 집으로 돌아가고 싶었던 것처럼 내가 유혹에 휩싸였다고요! 후회가 막심해요! 하지만 난 정말이지 결코 피델 프랑코를 실망시키지 않았어요!"

"아, 경비대장의 유령이 말을 할 수 있다면 좋겠네요!……"

"그 사람 얘기는 하지 말아요! 그는 자신의 무모함에 대한 대가를 혹독하게 치렀어요! 당신이 자세한 걸 알고 싶으면 피델에게 물어봐도 되지만, 내게 그 사람을 상기시키지 말라고요! 나는 몹시 괴로웠어요! 그가 내 명성에 짓눌려 숨을 헐떡거리는 걸 보는 게 어떠했을지 상상해봐요! 그리고 나는 피델이 나를 구하고 옹호하는 책임을 스스로 지게 놔두었어요. 내 남자가 나를 보지 않고 내 손도 잡지 않으려고 라 마포리타에 나를 몇 날 몇 주를 홀로 내버려 두었어요. 그동안 자신이 겪은 일을 아무도 알지 못하는, 소 떼 때문에 목숨을 거는 품팔이 일꾼이 되지 않아도 되는 머나먼 다른 나라로 가고 싶다는 말만 되풀이했어요. 차마 애정을 드러내지 못한 채 슬퍼하고 후회하는 그를 보는 것은 정말 고통스러웠어요. 그가 그런 상태에 있을 때 바레라는 남자가 나타났고, 프랑코는 내게서 벗어나고 싶다는 듯이, 가끔 우리가 고무농장으로 올 거라고 말하고, 또 가끔 자신은 그곳에 남을 거라고 말해서 나를 화나게 했어요. 마침내 바레라는 나더러 자기와 함께 가는 걸 강요하려고 그가 내게 준 선물에 대한 대가를 요구했는데, 내가 갚을 수단이 없자 불쌍한 피델을 고소하겠다고 위협했어요. 그게 바로 우리가 만나 생긴 일이에요. 그게 바로 당신이 나쁘다고 생각하는 것이라고요!"

"그런데 당신은 알리시아를 포기해 그 빚을 청산하려고 했잖아요!"

"말은 바로 해야죠! 어떻게 그런 식으로 나를 비난할 수가 있어요? 난 반지며 귀걸이며 내가 가진 모든 것을 바레라에게 주었고, 심지어는 빚을 갚기 위해 내 재봉틀까지 팔려고 했다고요! 그런데도 당신이 부자니까 당신에게 돈을 빌리라고 그가 말했어요. 밤에 내가 우는 것을 알리시아 아가씨가 알고서 내게 남은 빚을 조금이라도 줄여주도록 그와 얘기해서 나를 도와주겠다고 했어요. 그때 당신이 나를 때리고, 우리를 죽이려고 했고 그러더니 클라리타에게 가버렸어요. 당신이 프랑코에게 온갖 뒷얘기를 하면 프랑코가 내게 몽둥이질을 할 수 있다며 바레라가 와서 나더러 그를 기다리지 말라고 알렸어요. 그래서 알리시아는 당신으로부터, 나는 피델로부터 도망쳐서 우리끼리 사력을 다해 오게 된 거예요! 비차다에서 살아보려고요!"

"애정과 바람은 어느 방향에서나 불어와요."

"내가 당신에게 실수로 그 말을 해버렸군요. 내가 당신을 좋아했고, 알리시아 아가씨가 돌아가고 싶어 했기 때문에…… 하지만 그 바람이 아주 비인간적이고 무시무시하다는 걸 당신도 이미 보고 있잖아요. 그 바람이 우리 모두에게 불어와 우리를 고향 땅과 우리의 애정에서 멀리 떨어진 곳으로 쓰레기마냥 휩쓸어가 버렸어요."

그 불행한 여자가 울기 시작했고, 억누를 수 없는 애틋한 감정이 내 가슴을 적셨다.

"그리셀다, 그리셀다! 알리시아는 어디에 있어요?"

"우리가 바레라와 말다툼을 한 뒤에 그가 그녀를 팔아버렸어요. 지금은 야구아나리에 있을 거예요! 다행스럽게도, 내가 그녀에게 자기 주장을 확실히 하고 제대로 처신하는 법을 가르쳐주었어요. 나는 여행길 내내 그녀를 방치하지 않았어요. 봉고에서 내릴 때도 함께했으며, 강변에서 잠을 잘 때도 나란히 누워 담요를 잘 덮고 잤어요. 바레라가 우리에게 화를 내긴 했지만 학대하지는 않았어요. 어느 날 밤에 그가 우리를 취하게 하려고 술병을 땄어요. 우리가 그의 제안을 전혀 받아들이지 않자, 그가 노잡이들더러 나를 배에서 끌어내리라고 명령하고는 강제로 알리시아 아가씨를 덮쳤어요. 하지만 그녀가 술병을 뱃전에 내리쳐 술병 밑을 깨뜨리더니 일거에 그 교활한 인간의 면상에 여덟 군데 상처를 냈어요!"

그리셀다가 막 말을 마쳤을 때 나는 내 손가락이 칼이라도 되듯 탁자를 내리찍다가 손톱을 부러뜨렸다. 내 오른손이 무감각하다는 사실을 깨달은 건 바로 그때였다. 여덟 군데 상처! 여덟 군데! 나는 당장이라도 그 무뢰한을 죽여서 입에 물고 잘근잘근 씹으려고 눈에 불을 켠 채 방에서 그를 찾았다.

그리셀다 아가씨가 내게 애원했다.

"진정해요, 진정해요! 그녀를 찾으러 야구아나리로 갑시다. 참으로 정숙한 여자예요. 장담컨대, 지금 임신 중이어서 일을 시킬 수 없으니 그들이 그녀를 사지 않았을 거예요."

나는 그 말을 듣고 제정신이 아니었다. 알리시아를 보호해주었던 그리셀다의 목소리가 저 멀리 메아리처럼 내 귀에 울렸다.

"갑시다, 가요! 오늘 아침에 피델과 카티레 메사를 만났는데, 그 사람들 지금 봉고에 있어요! 모두 화해를 했다고요!"

* * *

방 문지방에 라미로 에스테바네스와 마돈나가 모습을 드러
냈을 때 나는 경계하는 신음 소리를 뱉어냈다.

"무슨 일이오? 무슨 일이냐고요?"

그러자 그리셀다 아가씨가 말없이 나를 쳐다보면서 그들에
게 말했다.

"우리는 갈 거예요! 우리 갈 거예요! 카예노가 여기로 올 수
있다고 노잡이들이 말했어요."

소라이다가 떠들썩한 여주인 특유의 다급하고 단호한 명령
을 하녀에게 내려 곤혹스럽게 하더니 부지런히 자기 물건을 챙
기기 시작했다. 어안이 벙벙해진 라미로가 내게 다가와 팔목의
맥을 짚었다. 여자들이 부지런히 왔다 갔다 하면서 짐을 꾸렸
고, 잠시 후 마돈나가 챙 넓은 모자를 쓰고서 내게 물었다.

"당신, 가져갈 물건 뭐 있어요?"

나는 하찮고 거친 이야기가 쓰여 있는 탁자 위에 펼쳐진 책,
그 책을 파르르 떨리는 손으로 어렵사리 가리키면서 겨우 말
했다.

"저것! 저것!"

그러자 그리셀다 아가씨가 책을 가져갔다.

"말해봐요. 내가 당신에게 요구한 장부에 관해 확실하게 설
명할 수 있겠어요?" 소라이다가 말했다. "영사님께 보여주기
위해 상세하게 작성했어요? 바레라가 모조 보석류로 나를 속
였기 때문에 아직도 내게 빚이 있다는 걸 당신도 이제 알잖아

요. 그러니 당신이 그에게 진 빚을 내게 갚아요. 당신은 빚을 갚겠다고 내게 약속할 수 있잖아요! 그 계집이 당신에게 뭐라 말하던가요? 걱정스러운데, 우리 갑시다!"

그러자 라미로가 몸짓으로 신호를 보내면서 충고했다.

"잠에서 깬 바키로가 지금 복도에 있어요!"

그 순간에 내가 어떤 느낌이었는지는 확실하게 기술할 수 없다. 당시 나는 생사의 갈림길에 있었던 것 같다. 단 심장 부위와 몸 왼쪽의 상당 부분은 온전하게 살아 있다는 신호를 보내고 있었던 게 분명하다. 그 밖의 부위는 다리도, 팔도, 손목도 내 것이 아니었다. 뭔가 가짜 같고, 무시무시하고, 거추장스럽고, 동시에 없는 것도 같고 있는 것도 같았다. 살아 있는 몸체에 마른 가지 하나가 붙어 있는 나무가 가질 법한 느낌처럼 내게 특이한 불쾌감을 일으켰다. 하지만 내 뇌는 자기 기능을 훌륭하게 수행하고 있었다. 곰곰이 생각해보았다. 환상이었을까? 그건 불가능해! 강직증의 혼수상태에서 꿈을 꾸는 증세였을까? 그것 역시 불가능해. 나는 말을 하고 또 하면서 내 목소리를 내 귀로 들었지만, 내가 땅에 심어진 것처럼 느껴졌고, 일부 야자나무의 뿌리처럼 부풀어 오르고, 푸석푸석하고, 뒤틀린 내 다리를 통해 뜨겁고, 돌처럼 굳어지는 수액 같은 것이 올라온다고 느꼈다. 움직이고 싶었지만 땅이 나를 놔두지 않았다. 공포에 젖은 외마디 비명! 비틀거리다가 쓰러졌다!

라미로가 서둘러 내게 허리를 굽히며 소리쳤다.

"피를 뽑을게요!"

"반신마비! 반신마비!" 절망한 내가 그에게 거듭 떠들었다.

"아니에요! 각기병의 초기 증세라고요!"

* * *

매일 새벽 나는 라미로 앞에서 울었다. 라미로는 내 오른쪽 해먹에 앉아 말 한마디 하지 않았다. 동이 틀 무렵의 아주 신선한 기운이 내 몸을 회복시켜주고, 세모날이 내 팔에 낸 작은 상처를 통해 체열이 빠져나갔다. 나는 걸어보려고 시도했고, 간신히 움직이는 다리로 기우뚱기우뚱 질질 끌다시피 걸었다. 실제로 다리는 통통 부어올랐지만 깃털보다 가볍게 느껴졌다. 나는, 일부 고무 채취꾼이 각기병 증세가 보이면 미친 상태가 되어 무감각한 발목을 작은 도끼로 자르려고 애를 쓰고, 피를 흘리면서 오두막으로 달려가서 괴저에 걸려 죽어간다는 사실을 이제야 이해했다.

"나는 그 누구도 여기서 나가는 걸 허락하지 않을 거요." 옆 카네이에서 마돈나와 말다툼을 하던 바키로가 강조했다. "내가 술에 취해 있다 해도 무슨 일이 일어나고 있는지 다 알아요. 당신 나 알잖아요!"

"내 말 들어요." 라미로가 말했다. "도주를 생각하는 건 무모한 짓이에요. 적어도 나는 도주를 시도하지는 않을 거요!"

"뭐라고요! 소심증이 당신에게 사슬을 단단히 채운 이곳에 계속 머물 생각이라고요?"

"소심증과 숙고는, 말하자면, 당신에게 부족한 거잖아요. 그리고 당신에겐 부족한 게 또 있어요. 실패와 낙담 말이오."

"하지만 당신은 자유를 열망하지 않나요?"

"내가 행복해지는 데 자유만으로는 충분하지 않아요. 변변찮은 상태에서 가난하고 병에 걸려 도시로 돌아간다고요? 돈을 벌기 위해 자기 집을 떠난 사람은 구걸을 하면서 돌아갈 수 없는 법이오. 여기서는 누구도 내 인생의 부침을 알지 못해요. 빈곤은 반드시 체념의 양상을 띠는 법이오. 당신은 가시오. 우리는 각자 다른 삶을 살았소. 같은 길을 걸을 수 없소. 만약 어느 날 당신이 우리 부모를 만나거든, 내가 어디에 있는지 말하지는 말아요. 제아무리 기억력이 좋아도 잊게 마련이거든요."

라미로가 꿈, 젊음과 이별하면서 한 이 말이 우리를 다시 눈물 흘리게 했다. 그 모든 것은 마리나라고 하는 그 아가씨에 대한 사랑 때문인데, 운명은 그 달콤한 이름을 다음 두 단어 사이에 썼다.

영원히! 결코!

* * *

"왜 다투는 거요?" 내가 새벽녘에 돌아온 라미로에게 물었다.

"창고의 고무 때문이죠. 바키로는 고무 150아로바* 이상이 부족하다고 주장하고, 자기 허가 없이 그걸 배에 실었기 때문에 절도라고 단언해요. 마돈나는 당신이 해결할 거라고 하고요."

"내가 어떻게 할까요, 라미로?"

---

* 1아로바arroba는 11.502킬로그램이다.

"몹시 복잡한 문제예요."

"우리가 마돈나더러 고무를 되돌려주고 함께 도망치자고 조언해봅시다. 만약 그렇게 하지 않는다면, 바키로를 억류해버립시다! 봉고에 있는 피델과 엘리 메사를 불러요. 그들더러 카빈총을 가져오라고 말해요!"

"봉고는 강 반대편에 접안해 있어요. 그리셀다와 다른 사람들은 카누를 타고 왔어요."

"이제 어떻게 할까요, 라미로?"

"바키로가 낮잠을 잘 때까지 기다려봅시다."

"당신은 나와 함께 갈 거죠? 내 행운을 좇아서! 우리가 브라질 한가운데로 들어가기 위해! 사람들이 우리를 알아보지 못하고, 우리를 추적하지 않는 곳에서 품팔이 일꾼으로 일합시다! 알리시아 그리고 우리 친구들과 함께! 그 씩씩하고 훌륭한 여자*를 내가 잃어버렸어요! 내가 그녀를 구할 거요! 당신은 나의 이런 의도, 이런 열망, 이런 결정을 비난하지 마시오! 내가 그녀를 사랑한다는 사실에 화를 내지는 마시오. 현재 그녀는 자신의 기적을 기다리는 어머니일 뿐이오. 세상의 수많은 남자가 하는 수 없이 자신이 꿈꾸지 않던 여자와 함께 사는데, 그럼에도 불구하고 모성이 그녀를 신성하게 만들었기 때문에 그녀를 받아들이잖아요! 알리시아는 죄를 지은 적이 없는데, 내가 악의를 품고 그녀를 모욕했어요! 봐요, 우리가 내 적

---

* 아르투로 코바는 알리시아가 바레라와 대적해 공격적인 태도를 보인 것을 안 뒤에 찬사를 곁들여 그렇게 규정한다.

수의 시체 위에서 화해할 거예요! 그녀를 찾아 야구아나리로 갑시다! 그녀가 임신 중이기 때문에 아무도 그녀를 사지 않아요. 내 아들이 태중에서 그녀를 보호할 거요!"

갑자기 라미로가 소스라치게 놀라 도망치면서 소리쳤다.

"카예노예요! 카예노예요!"

* * *

나는 땅딸막하고, 피부가 희고 붉은빛이 도는 대머리에 축 늘어진 콧수염을 기른 그 남자를 보고 전율했다. 그는 바카레스 장군의 목덜미를 움켜쥐고는 먼지투성이 땅바닥에 내동댕이쳤다가 부하들더러 그를 거꾸로 매달아놓고 얼굴 밑에서 연기를 피우라고 다그쳤다.

"레디아블로스!"* 그가 'R'자를 곱씹으며 되풀이했다. "레디아블로스! 강의 급류에 보초를 배치하라고 명령하지 않았나? 누가 카누를 브라질로 보냈어?"

집행인들이 고문을 실행하는 동안에 그가 마돈나의 챙 넓은 모자를 낚아채면서 부르짖었다.

"천박한 여자! 왜 얼굴을 드러내지 못하지? 여기서 뭐 하는 거요? 나는 당신에게 빚진 게 전혀 없다고. 나한테서 훔친 고무는 어디다 뒀지?"

---

* 레디아블로스Rediablos에서 '디아블로diablo'는 '악마'인데, 접두사 're'는 의미를 강조하기 위해 사용한다. 즉 '악질(못된) 악마' 정도로 번역할 수 있다.

마돈나가 나를 가리키자 코르시카 출신의 배신자 카예노가 나에게 다가왔다.

"날강도! 당신은 계속해서 내 고무 채취꾼들을 부추기고 있어! 일어서! 당신 친구 둘은 어디 있어?"

나는 일어서서 그에게 대항하려고 했으나 부어오른 다리 때문에 그럴 수가 없었다. 그러자 그 사내가 달려들어 나를 도둑, 인디오 푸네스 편이라고 부르면서 발로 차고 채찍질을 해댔고, 결국 나는 땅바닥에 기절하고 말았다.

피를 뒤집어쓴 채 정신을 차렸을 때 카예노는 고무 창고 안을 돌아다니고 있었다. 그때 전부터 일하던 고무 채취 작업반이 마당으로 들어왔다. 그들 중에는 밧줄에 묶인 팔목에 구더기가 있는 인디오 죄수 무리도 있었다. 페타르도 레스메스가 십장들을 다그치며 그들 사이를 거만하게 돌아다니고 있었고, 십장들은 막 잡아들인 죄수 무리를 자신들의 조에 배치하기 위해 조사하고 있었다. 귀를 먹먹하게 하는 시끄러운 소리들이 그곳을 가득 채웠다. 나는 손이 묶인 그 무리들 가운데서 피파를 빼내는 것을 보았다. 피파가 페타르도의 지시에 따라 내 신분을 밝히기 위해 다가와 더러운 발로 내 가슴을 짓밟으며 소리쳤다.

"이 사람이 산페르난도데아타바포에서 온 첩자예요!"

"그리고 넌 짐승이야!" 아주 뚱뚱한 고무 채취꾼이 피파를 뒤따라와 그에게 말했다. "라 초레라의 치스피타인 너는 인디오들의 몸을 손톱으로 할퀴어 맘대로 죽이고, 내게도 수없이 채찍질을 했어! 너에게도 똑같이 해보게 손톱 좀 빌려줘!"

고무 채취꾼들의 야유가 쏟아지는 가운데 그는 피파의 몸을 밧줄로 묶어 질질 끌고 다니다가 결국 화를 내면서 두 손으로 마체테를 움켜쥐고 단번에 내리쳐서 피파의 양손을 잘라버렸다. 보랏빛으로 변한 두 손이 피를 흘리는 가벼운 포도송이처럼 공중에서 빙글 돌았다. 망연자실한 피파가 두 손을 찾으려고 먼지투성이 땅에서 일어서더니 잘려나가고 남은 양팔을 머리 높이 흔들어대어 정원의 작은 급수기처럼 그루터기와 잡초가 자라는 밭 위로 피를 흩뿌렸다.

카예노가 나타나자마자 구아라쿠의 막사촌에 있던 사람들이 입을 다물어버렸다.

"콜롬비아 양반! 봉고가 어디에 있는지 말해. 숨겨둔 고무를 가져와! 당신 동료들은 나한테 인계하고!"

그들이 카누에 나를 싣고 커다란 보트를 향해 강을 가로지를 때 나는 작은 항구의 오두막에서 겁에 질려 눈물을 흘리며 몸을 부르르 떠는 라미로 에스테바네스와 마돈나 소라이다 아이람을 마지막으로 보았다.

* * *

우리를 맞이하러 뱃전에 나온 그리셀다 아가씨는 타박상을 입은 내 몸을 보더니 무슨 일이 있었는지 바로 감지했다. 구두 밑창에 대고 담뱃불을 끄던 카예노는 갑자기 뭔가 의심스러운지 카누의 노잡이들에게 카누를 봉고에 갖다 대라고 명령했다. 봉고에 있는 성마른 개들이 사납게 짖으면서 뱃머리를 방어하고 있었다.

"아주머니, 우리 주인이 그 배를 수색하러 왔으니 당신 개들 좀 묶어놔요."

"우리는 이 배에 장사할 물건밖에 안 가지고 있다고 주인에게 전해요. 모든 고무는 만처럼 생긴 강가 웅덩이에 숨겨두었어요. 만약 주인이 원하면 그곳으로 가봅시다!"

카예노는 단번에 봉고의 뱃머리로 뛰어들었고 내가 배에 막 오르자마자 배를 출발시키라고 명령했다.

"여기 몇 사람이나 있나? 다른 건달들은 어디에 있지?"

"주인님, 인디오 셋과 저 혼자뿐입니다. 인디오 둘은 노를 젓고 한 사람은 키를 잡고 있습니다."

그 폭군이 카누의 선원들에게 소리를 질렀다.

"영차! 오두막촌으로 돌아가서 짐꾼들을 데려와!"

그사이 봉고는 계속해서 강물을 따라 내려갔다. 그리셀다 아가씨가 짐꾸러미를 수색하는 카예노를 멈추게 하려고 카예노 앞으로 가서 자신들의 잘못을 깊이 뉘우친다며 장황하게 설명했다. 내 동료들이 짐꾸러미 사이에 부대자루를 엉성하게 뒤집어쓰고 숨어 있었는데, 자루 끝자락으로 발이 삐져나와 있었다. 내 얼굴 위로 식은땀이 흘러내렸다. 카예노가 동료들의 발을 보더니 권총을 꺼내 들고 그들 쪽으로 향했다.

"보세요." 내가 더듬더듬 말했다. "열병에 걸린 소년 둘이 있어요!"

그 독재자가 그들을 살펴보려고 상체를 숙이자 갑자기 피델이 두 손으로 그의 권총을 움켜쥐었고, 그사이 엘리 메사가 독재자의 허리를 붙잡았다. 나는 그들을 도우려고 온 힘을 다해 그들에게 달라붙었지만 그 전과자는 한 마리 물고기처럼 미끄러지듯이 순식간에 우리의 손아귀를 벗어나 강으로 뛰어들었다.

그리셀다 아가씨가 노(櫓)로 도망자의 머리를 한 번 쳤다. 도망자가 물속에서 뿜어낸 거품 위로 개들이 뛰어올랐다. 도망자 카예노가 잠수를 했다. 배 가장자리에는 카빈총들이 준비되어 도망자를 엿살피고 있었다. 〈여기 있어요, 여기 있다고요, 키를 붙잡고 있어요!〉한 방, 두 방, 열 방 발사! 그 사내가 물 위로 떠오르더니 죽은 시늉을 하며 차츰차츰 우리의 무기에서 멀어져 잠시 후에는 개들이 그를 따라잡을 수 없게 되었다. 〈저기요, 저기! 숨을 끊어버려요!〉우리는 격렬하게 노를 저었고, 그의 머리는 잠수하는 오리처럼 빠르게 사라졌다가 예상치 못한 지점에서 솟아올랐다. 마르텔과 돌라르는 사냥감의 뒤를 쫓아 으르렁거리며 진홍빛 물결에 생긴 그의 자취를 신속하게 뒤따라갔다. 결국 우리는 강변에서 특별한 장면을 목격할 수 있었다. 개 한 마리가 시체의 내장 끝을 물고서 만처럼 물이 고여 있는 곳으로 끌고 가자 내장이 길고 흉한 띠처럼 펼쳐졌던 것이다.

그 외국인, 그 침입자는 그렇게 죽었다. 그는 내 조국과의 경계 지역에서 밀림을 베고, 인디오를 죽이고, 내 동포를 노예로 만들었다!

* * *

일요일에 우리는 바우페스강 어귀 앞에 있는 산호아킨의 작은 마을에 도착했지만, 하선을 허가받지 못했다. 사람들은 우리가 전염병에 걸렸으며, 굶주린 상태라 자신들의 식량과 암탉을 훔쳐 갈까 봐 두려워했다. 촌장이 에스파냐어와 포르투갈어를 섞어 우리더러 부두에서 떠나라고 명령하고, 그사이 백사장에 모인 남녀노소 주민들은 엽총, 빗자루, 몽둥이를 흔들어대면서 우리를 위협했다. 〈콜롬비아 사람들은 안 돼, 콜롬비아 사람들은 안 돼!〉 그들은 바레라가 리오네그로 사람들에게 아주 해로운 역병을 몰고 왔기 때문에 그에 대해 욕설을 퍼부었다.

그래서 우리는 급류에 처박히는 위험을 피하려고 거대한 강이 거세게 흐르는 협곡에 세워진 산가브리엘 마을에 봉고를 놔두어야 했다.

지목구장知牧區長인 몬시뇰 마사가 우리를 친절하게 맞이해서는 우리가 우마리투바까지 갈 수 있도록 전도구區의 가솔린 배를 제공했다. 그가 전해준 소식에 우리는 기뻤다. 돈 클레멘테가 얼마 전에 강을 타고 내려갔으며, 콜롬비아 영사가 마나우스와 산타이사벨 사이를 왕래하는 증기선 잉카호를 타고 주말에 올라올 것이라는 소식이었다.

* * *

우마리투바! 우마리투바! 주앙 카스타네이라 폰테스는 우리에게 옷, 모기장, 식량은 물론 우리가 야구아나리까지 갈 수 있게 카누 한 척도 제공했다. 희망에 들뜬 우리는 화요일에 리오네그로를 통해 여행할 것이다. 각기병은 내 다리를 고무처럼 무감각하게 만들어놓았다. 하지만 내 영혼은 타오르는 불처럼 강렬하게 내 눈에서 번쩍였다. 무슨 일이 일어날지 나는 모른다!

오늘은 강물을 타고 아래로! 여기에 장엄한 구릉이 있는데, 클레멘테 실바와 고무농장 일꾼들이 숲에서 길을 잃고 헤맸을 때 찾던 그 쿠리쿠리아리강이 구릉의 기슭을 핥는다.

* * *

산타이사벨! 증기선 회사에서 나는 영사에게 편지 한 통을 남겼다. 그 편지에서 나는 약탈과 노예제도의 희생자인 내 동포들을 돕기 위해 영사의 인류애를 일깨우고자 했다. 동포들은 가정과 조국으로부터 멀리 떨어진 밀림에서 고무 유액에 자신의 피를 섞으며 신음하고 있다.

그 편지에서 나는 과거의 나, 내가 열망했던 것, 다른 환경에서 가능했던 나의 존재와 작별한다. 나는 내 여정이 종착지에 이르렀음을 예감하고, 폭풍우 속에서 나뭇가지가 조용히 윙윙거리는 것 같은 소용돌이의 위협을 감지한다.

* * *

힘내! 힘내! 오늘 우리는 야구아나리에 도착할 것이고, 내 적수가 바르셀로스로 떠나기 때문에 우리는 온 힘을 다해 노를 젓는다. 그가 알리시아를 데려갈 수도 있다. 여기서 강은 거친 섬들을 감싸 안기 위해 거대한 지류들로 갈라진다. 오른쪽에 있는 저 반도에는 전염병에 걸려 격리 수용된 사람들의 카네이가 보인다. 그 뒤로 야구아나리강의 하구다.

"카티레, 어느 십장이 당신을 알아볼 수 있어요. 내 권총을 받아요! 허리띠에 넣어둬요."

우리는 곧 도착할 것이다!

* * *

나는 이 글을 여기, 마누엘 카르도소의 막사에서 쓰고 있는데, 돈 클레멘테 실바가 우리를 찾으러 이곳으로 올 것이다. 나는 이미 내 조국의 수치스러운 자식으로부터 조국을 해방시켰다. 이제 품팔이 일꾼을 모집하는 사람은 존재하지 않는다. 내가 그를 죽였다! 내가 그를 죽였다!

나는 카누에서 야구아나리의 카네이 앞에 있는 횅뎅그렁한 마당으로 뛰어내리는 나를 여전히 보고 있다. 전염병 환자들이 약초를 태우는 화톳불을 둘러싸고 앉아 있었다. 적이 나를 보기 전에 조마조마한 마음으로 적에 관해 물었지만, 그들은 연기에 휩싸여 기침만 해댔다. 그 순간 나는 알리시아를 찾아야겠다는 생각을 잊었다. 그리셀다 아가씨가 알리시아의 목을 감싸 안고 있었는데, 나는 알리시아에게 인사를 하지 않은 채 발걸음을 멈추었다. 그녀의 배만 보고 싶었을 뿐이다!

바레라가 강에서 목욕 중이라는 말을 누가 내게 했는지는 모르겠지만, 나는 무장도 하지 않고 그라몰로테 나무들 사이를 통과해 유루바시 천 쪽으로 달렸다. 벌거벗은 바레라는 강변에 있는 나무 판지 위에 서서 거울을 보면서 얼굴의 상처에 감아 놓았던 붕대를 풀고 있었다. 그는 나를 보자 벗어놓은 옷 쪽으로 달려가 권총을 집어 들었다. 내가 그를 제지했다. 그리고 우리 사이에 무시무시하고, 엄청난 격투가 말없이 시작되었다.

내 키가 더 컸지만 그 사내는 힘이 세서 나를 쓰러뜨렸다. 우리는 흥분해서 서로를 발로 차고, 엉겨 붙은 상태에서 때로는 그가 내 밑에서, 때로는 그가 내 위에서 입과 입으로 거친 숨을 교환하면서 잡초와 백사장을 짓이겼다. 우리는 뱀처럼 서로 몸을 꼬았고, 우리의 발은 강 언저리의 물을 첨벙거렸다. 다시 그가 벗어놓은 옷 위로 돌아와 뒹굴다가 마침내 거의 탈진한 내가 엄청난 기세로 그의 얼굴 상처를 물어뜯어 피범벅으로 만들고, 그를 집비둘기처럼 질식시키기 위해 격렬하게 물속으로 가라앉혔다.

그때 기진맥진한 나는 가장 무시무시하고, 가장 공포스럽고, 가장 혐오스런 광경을 목격했다. 피라냐 수백만 마리가 반짝거리는 몸에 지느러미를 살랑거리며 부상당한 사내에게 달려든 것이다. 그가 손으로 뿌리치면서 방어했지만 피라냐 떼는 옥수수에서 알갱이를 떼어 먹는 굶주린 닭 떼처럼 민첩하게 한 번 베어 물 때마다 살점을 떼어내 순식간에 그의 살을 발라버렸다. 혼탁하고, 소름 끼치는 핏빛 물결이 무섭게 끓어오르면서 거품을 일으켰다. 엑스레이 사진에 투사된 뼈대처럼 보이는 말끔하게 살이 제거된 하얀 해골이 움직이는 막 같은 강물 위로 떠올랐다. 두개골의 무게 때문에 한쪽 끝부분이 반쯤 잠겨 있고, 강변의 골풀에 닿아 자비를 구하는 목소리가 떨리듯 흔들리고 있었다!

내가 알리시아를 찾아 데려올 때까지 그는 그곳에 그렇게 머물러 있었다. 나는 알리시아를 팔로 안아 들어 올리면서 그 모습을 보여주었다.

창백하고 의식이 없는 그녀를 카누 바닥에 눕혔는데, 그녀에게 조산기가 있었다.

* * *

그제 밤, 곤궁한 처지에 고립무원 상태의 어둠 속에서 칠삭둥이가 태어났다. 아기의 첫번째 탄식, 첫번째 비명, 첫번째 울음이 비인간적인 밀림을 향해 울려 퍼졌다. 아기는 살 것이다! 나는 고통과 노예제도로부터 멀리 떨어진 내 고향을 향해 이 아기를, 푸투마요의 고무 채취꾼 훌리오 산체스처럼 카누에 태워 데려갈 것이다!

* * *

어제, 우리가 예견했던 일이 일어났다. 나랑할에서 커다란 보트가 다가오더니 우리에게 총을 쏘고 체포한 것이다. 하지만 우리는 온 힘을 다해 저항했다. 내일 그 배는 돌아갈 것이다.

영사가 탄 배도 온다면 좋으련만!

프랑코와 엘리는 전염병 환자들의 몬타리아*들이 강변에 접안하는 것을 막으려고 바위 위에서 보초를 섰다. 환자들은 이곳에서 지내고 싶어 내게 구걸하면서 연신 기침을 해댄다. 불가능해! 다른 상황이었더라면 나는 내 동포들을 진정시키기 위해 나를 희생했을 것이다. 오늘은 안 돼! 알리시아의 건강이 위험해질 수 있어! 그들이 내 아들에게 병을 옮길 수 있어!

* * *

내가 그 불운한 사람들을 설득시킬 수 없는데, 그들은 나를 자신들의 구원자라고 부른다. 나는 감염을 무릅쓴 채 그들과 얘기를 나누었지만 그들은 돌아가기를 거부한다. 이미 나는 그들에게 먹을 것이 없다고 거듭 말했다. 만약 그들이 나를 몰아낸다면, 우리는 산으로 들어갈 수밖에 없을 것이다. 왜 그들은 야구아나리의 카네이로 가서 증기선 잉카를 기다리지 않는 걸까? 오늘과 내일 사이에 배가 입항할 텐데.

* * *

그래, 우리가 실바 노인이 도착할 동안 이 오두막을 버리고 밀림에 피해 있는 것이 더 낫다. 우리의 친구 실바가 찾기 쉽

---

* 몬타리아montaría는 카누의 일종이다.

고, 아기를 위해 세혜 야자 기름을 구할 수 있는, 여기서 가까운 은신처를 임시로 마련할 것이다.

젊은 엄마가 누워서 갈 수 있는 들것을 동료들이 마련해야할 텐데! 프랑코와 엘리가 들것을 들고 갈 것이다. 그리셀다 아가씨가 얼마 되지 않는 식량을 들고 갈 것이다. 내가 첫아들을 루아나로 덮어 안고 앞장설 것이다.

그리고 마르텔과 돌라르가 뒤를 따를 것이다!

* * *

돈 클레멘테. 전염병 환자들이 몬타리아에서 내리기 때문에 안타깝게도 우리는 마누엘 카르도소 막사에서 그를 기다릴 수 없다. 나는 그를 위해 여기 대나무 평상에 이 책을 펼쳐놓는다. 우리가 가는 경로를 그가 알 수 있도록 이 책에 내가 상상해서 약도를 그려놓았기 때문이다. 그가 이 원고를 잘 보관해서 영사의 손에 넘겨주기를 바란다. 그것은 우리의 이야기, 고무 채취꾼들의 애처로운 이야기다. 얼마나 많은 페이지가 비어 있고, 얼마나 많은 것이 얘기되지 못했던가!

* * *

실바 노인. 우리는 마리에 천* 방향을 찾아, 옛 지름길을 통

---

* 실바는 이 지역으로 도주했고, 이 소설의 3부에서 코바와 실바가 기술한 바

해 이 오두막에서 반 시간 정도 떨어진 곳에 자리를 잡을 것입니다. 우리가 예기치 않은 어려움을 겪게 되면 가는 길에 당신을 위해 큰 모닥불을 피워놓을 것입니다. 늦지 마세요! 우리는 단 엿새 치 식량밖에 없어요! 코우치뇨와 소우사 마차도를 기억하세요!

그럼 우리는 갑니다!

신의 이름으로!

있듯이, 그는 이들 지역에서 고무 채취꾼들과 더불어 길을 잃었다. 마리에 천은 브라질의 리오네그로의 오른쪽 가장자리, 즉 쿠리쿠리아리와 유루바시 사이에 있다.

에필로그

영사가 아르투로 코바와 그의 동료들에 관해 장관님께 보낸 마지막 전보 내용은 다음과 같다.

〈5개월 전에 클레멘테 실바가 그들을 찾으려고 했지만 허사였습니다.

그들의 흔적조차 발견하지 못했습니다.

밀림이 그들을 삼켜버렸습니다!〉

옮긴이 해설

라틴아메리카 3대 자연주의 소설『소용돌이』

인간과 자연의 관계를 성찰하는 것은 라틴아메리카 모데르니스모Modernismo의 주요 테마들 가운데 하나였다. 특히 1940년대 이전의 라틴아메리카 문학은 자연에 대한 인간의 투쟁을 주로 다루었다.

콜롬비아 출신 작가 호세 에우스타시오 리베라(José Eustasio Rivera, 1888~1928)의『소용돌이*La vorágine*』(1924)는 아르헨티나 작가 리카르도 구이랄데스Ricardo Güiraldes의『돈 세군도 솜브라*Don Segundo Sombra*』(1926), 베네수엘라 작가 로물로 가예고스Rómulo Gallegos의『도냐 바르바라*Doña Bárbara*』(1929)와 더불어 20세기 라틴아메리카의 3대 자연주의 소설로 꼽힌다. 특히 아마존 밀림(셀바스: selvas)의 무자비하고 난폭하고 적대적인 자연을 문학적으로 탁월하게 형상화한『소용돌이』는 열대 자연에 대한 서사시라는 평가를 받으며, 로물로 가예고스의『카나이마*Canaima*』(1935), 브라질 작가 조르지 지 리마Jorge de Lima의『칼룽가*Calunga*』에 직접적인 영향을 미친다. 우루과이의 위대한 자연주의 소설가 오라시오 키로가Horacio Quiroga는『소용돌이』를 라

436

틴아메리카 대륙에서 출간된 가장 중요한 작품이라고 평가한다. 비평가 알레한드로 곤살레스 세구라Alejandro González Segura는 『소용돌이』가 콜롬비아 소설의 '폭력 시리즈'를 개시한 작품으로, 몇십 년 뒤에 가브리엘 가르시아 마르케스의 '장황스런' 작품들이 등장하기 전까지 콜롬비아에서 가장 중요한 소설의 지위에 있었다고 평가한다.

이처럼 『소용돌이』는 콜롬비아뿐만 아니라 라틴아메리카 전체에서 타의 추종을 불허하는 탁월한 문학적 성취를 이룸으로써 1928년에 영어본이 출간된 이후 수많은 외국어로 번역된다. 1949년에는 소설에 기반한 영화 「사랑의 심연Abismos de amor」이 멕시코 영화 감독 미겔 사카리아스Miguel Zacarías에 의해 제작·개봉되고, 1975년과 1990년에는 콜롬비아의 방송사(R.T.I.와 RCN)가 텔레비전 드라마로 제작해 방영한다. 2012년에는 우일라주州의 수도 네이바시 창립 400주년 기념사업의 일환으로 리베라가 지역을 빛낸 위인으로 선정되고, 그의 초상이 새겨진 기념주화가 발행되기도 한다.

『소용돌이』는 영웅이 진취적이고 도전적인 여행을 떠났다가 미로 또는 지옥 같은 세계로 돌아오는 이야기를 그린 오르페우스 신화, 베르길리우스의 『아이네이스』, 호메로스의 『오디세이아』 같은 그리스-로마 신화의 서사 구조와 유사한 소설이다. 『소용돌이』의 경우 주인공인 시인이 사랑을 찾아 '푸른 지옥'으로 하강하나 전통 소설의 모델과 다르게 출발점으로 되돌아가지 못하는데, 이 같은 열린 결말 또는 일종의 미완성적인 형식은 현대소설의 중요한 특성들 가운데 하나다. 특히, 작가가 구사하는 자연과 삶에 대한 넓고 깊은 지식, 섬세한 묘사, 시적 표현은 독자에게 충격을 주면서 등장인물들의 몸과 영혼, 삶을 꿰뚫는 폭력성과 절망감을 잘 보여준다.

『소용돌이』는 1920년대 콜롬비아 - 베네수엘라 - 브라질 국경 지역에 비일비재하던 비인간적인 착취를 비롯해 다양한 문제를 파악해 알리려는 작가 리베라의 열정이 드러난 작품이다. 물론, 콜롬비아, 에콰도르, 페루, 브라질을 통과하는 푸투마요 강 유역 밀림에서 백인 고무채취업자들이 저지른 잔혹한 행위들을 고발한 출판물들이 이미 있었고, 이들 가운데 상당수는 리베라가 작품을 쓰는 데 직접적인 정보원이 되었음에도 불구하고, 픽션과 소설을 혼합한『소용돌이』는 콜롬비아 문학에서 사회 고발 형식을 띤 최초의 소설로 평가받는다. 소설에 소개된 장면들과 정치·사회·문화적 면모는 작가가 콜롬비아, 브라질, 베네수엘라, 페루 국경 지역 밀림을 탐사하면서 얻은 지식에 작가의 시적 직관, 통찰력, 상상력을 더해 표현된 것이다. 물론『소용돌이』를 구성하는 이야기의 사실성을 정확하게 입증하기는 어려운 일이다. 그럼에도 불구하고 다양한 실존 인물이 소설의 등장인물을 형상화하는 데 바탕이 된다. 1918년에 리베라는 오로쿠에에서 젊은 여인 알리시아 에르난데스와 함께 보고타에서 도망쳐 그곳에 정착한 루이스 프랑코 사파타를 만나는데, 그는 애인과 함께 아마존 밀림의 심장부를 탐험하면서 겪은 무시무시한 얘기를 리베라에게 들려주고, 이는『소용돌이』의 주인공 아르투로 코바Arturo Cova와 알리시아Alicia의 이야기에 반영된다. 20세기 초반에 베네수엘라의 강력한 카우디요(호족)인 토마스 푸네스Tomás Funes와 고무사업가 훌리오 세사르 아라나 델 아길라Julio César Arana del Aguila도 역사에 등장하는 실제 인물이며, 이들과 더불어 고무 상인 훌리오 바레라 말로Julio Barrera Malo, 고무 채취꾼 클레멘테 실바Clemente Silva 등도 실존 인물이다.

『소용돌이』는 3부로 구성되어 있다. 1부는 대평원(야노스: llanos)이, 2부와 3부는 아마존 밀림이 주 무대다. 인간은 유전적인 성향과 환경에 지배받는다는 시각을 반영한 이 소설에서는 적대적인 자연에 의해 철저하게 파괴되는 패배주의적 인간상이 그려진다. 멕시코 작가 호세 에밀리오 파체코José Emilio Pacheco는 이 소설이 "연인들의 도피, 명예심, 대평원(야노스)의 다양한 면모, 밀림(셀바스)에서의 길 잃음, 사랑 없는 사랑 이야기에 삽입된 온갖 우연"으로 이루어져 있다고 평가한다. 그의 견해를 조금 다른 방식으로 해석해 표현하자면 『소용돌이』는 라틴아메리카의 현실과 자연(대평원과 밀림), 인간의 다양하고 독특한 존재 방식과 존재 의미, 인간과 자연의 관계, 신화 및 전설을 비롯해 여러 다채로운 요소가 모여 있는 복합적인 소설이다.

소설의 줄거리는 다음과 같다. 도시에서 태어나고 교육받아 서구적인 관점에 물든 청년 아르투로 코바는 알리시아와 결혼하기로 작정한다. 그런데 딸을 늙은 지주와 결혼시키고 싶어 하는 알리시아의 부모가 결혼을 반대하자 두 사람은 보고타를 떠나 야노스(카사나레)로 도망친다. 아르투로 코바가 가축 장사를 통해 삶을 꾸려나가는 동안 알리시아는 밀림 속으로 사라

저 버린다. 이에 좌절한 아르투로 코바는 알리시아를 찾으러 동료들과 함께 밀림으로 들어가서 동물처럼 비참하게 살아가는 고무 채취 노동자들과 어울리게 된다. 아르투로 코바는 밀림의 엄청난 괴력에 의해 자신의 정체성을 상실하고, 그의 내면세계는 밀림에 물들게 된다. 밀림 생활에 지친 아르투로 코바는 비정상적인 인간으로 변한 상태에서 알리시아와 아들을 만나게 되지만 밀림이 그들을 집어삼켜버린다. 도시 문명을 벗어난 이들이 자연의 야만성 속에서 영원히 길을 잃어버린 것이다.

얼핏 보면『소용돌이』는 어느 젊은 남녀의 '사랑의 모험'을 요약한 것처럼 인식되지만, 실질적인 주인공은 자연, 즉 아마존의 밀림이다. 밀림이 지닌 특징은 소설의 제목이 함축하고 있다. 국립국어원의『표준대사전』에 따르면, 소용돌이는 "바닥이 팬 자리에서 물이 빙빙 돌면서 흐르는 현상 또는 그런 곳" "유체 流體 안에서 팽이처럼 회전하는 부분 또는 점성 때문에 유체의 각 부분에 운동의 차이가 생겨 일어나는 것" "힘이나 사상, 감정 따위가 서로 뒤엉켜 요란스러운 상태를 비유적으로 이르는 말"이다. 소용돌이는 뭔가를 집어삼키는 행위, 그리고 그 결과로 위협적이고 놀라움을 유발하는 자연의 실체를 대변하지만, 이 소설의 등장인물들과 연관 지어 보자면, "힘이나 사상, 감정 따위가 서로 뒤엉켜 요란스러운 상태를 비유적으로 이르는 말"이라는 해석이 더 타당할 수도 있다.

『소용돌이』에서 열대의 밀림은 단순한 공간이 아니라 소설의 분위기와 인간의 존재 조건을 결정하는 가장 활력 있는 주인공이다. 이 불길하고 마술적인 공간에서 인간들의 관계는 공포와 환각을 느낄 정도로 왜곡된다. 여기서 '소용돌이'는 인간과 통제할 수 없는 자연 사이의 투쟁을 상징하는데, 투쟁은 아르투로 코바를 비롯한 등장인물들과 자연, 밀림, 야만성, 불법 사이에서 일어난다. 따라서 밀림을 여행한다는 것은 다양한 등장인물이 이국적이고, 풍요롭고, 거대하고, 가공할 만하고, 억제할 수 없고, 경이로운 자연이 유발하는 '소용돌이' 속으로 들어가는 것이라고 할 수 있다.

문명화된 인간이 잔혹하고, 탐욕스럽고, 신비로운 밀림으로 대표되는 자연 속에서 겪는 모험과 패배를 다룬 소설 『소용돌이』는 자연의 무시무시한 힘 앞에 위치한 화자의 당혹감과 불안감을 드러내고, 인간의 탐욕과 고무 채취업자들의 자연에 대한 범죄적인 개발을 고발하며, 무법 세계에서 인간의 본능적인 행위들이 어떻게 발현되는지 보여준다. 특히 각 인물의 존재 조건과 세계관에 따라 자연과의 관계가 다르게 나타나는데, 이들 등장인물을 통해 자연과 접하는 각 인간의 유형과 자연의 구성 요소, 자연의 본성에 천착하는 것은 이 소설의 주제를 명확하고 깊게 이해하는 지름길이 될 것이다.

신비로운 대자연과 인간

야노스(대평원), 셀바스(밀림)는 『소용돌이』의 주요 등장인물들이 영고성쇠, 우여곡절을 겪는 주요 무대다. 특히 열대성 밀림은 소설의 풍경이자 배경이면서 중요한 등장인물 가운데 하나라고 할 수 있을 정도다. 밀림은 생명력을 지닌 존재로 나타나고, 괴물이나 짐승처럼 살아 움직인다. 살아 있는 존재, 영혼을 지닌 존재 밀림은 인간의 문명화 작업에 반대하는 사악한 힘으로 작용한다. 모든 것을 빨아들이는 인격화된 밀림은 통제할 수 없는 힘이자 악의 화신으로 인간을 유혹하고, 집어삼키고, 궤멸시킨다. 『소용돌이』의 등장인물들은 윈체스터 소총과 마체테(낫칼)만 든 채 쾌락과 풍요를 희구하며 거친 자연 속으로 뛰어들지만 적대적인 자연의 가혹함을 겪는다. 밀림을 지배하려고 시도하는 자는 자연의 압도적이고 전제적인 복수의 대상이 되고 마는 것이다.

작가 호세 에우스타시오 리베라와 동일시되기도 하는 1인칭 화자 아르투로 코바는 20세기 초기 콜롬비아의 '비관주의적' 지성을 대변하는 인물로, 라틴아메리카 자연주의 소설에 자주 등장하는 좌절한 인물의 전형이다. 가난한 시인이자 지성인인 그는 삶에서 온갖 갈등을 겪지만 자신의 모순을 제대로 이해하고 개선할 만큼 명석하지도 실천적이지도 않다. 허망한 이상을 추구하면서 여자를 꾀는 데 몰두하는 과시적이고, 가식적이고, 신경질적인 인물이다. 한마디로 말해, '나쁜' 시인이다. 그는 삶에서, 밀림에서 극도로 고통스러운 경험을 하는데, 그의 성격은 '폭력적인' 밀림으로 인해 더욱 두드러지게 드러난다. 이는 밀림이 특이하고 놀랄 만한 일이 일어나는 곳이기 때문인데, 그 결과 그의 '나쁜' 시학, 즉 도덕적인 기준을 넘어 예술적으로 살고 싶어 하는 그의 열망은 밀림을 통해 표출되고 좌절된다. 서구적인 관점에 따르면 자연은 인간이 문명화해야 할 대상인데, 아르투로 코바 역시 서구의 이분법적 세계관에 젖어 있다. 문명과 야만을 대립시키는 그는 스스로를 자연과 분리하고자 애쓰지만 자신의 의도를 결코 관철하지 못한다. 이 소설의 대미를 장식하는 "밀림이 그들을 삼켜버렸습니다!"라는 문장은 등장인물들이 신화적이고 인격화된 자연, 카니발적인 자연인 밀림과 하나가 되어 밀림으로부터 영원히 벗어나지 못한다는 것을 의미한다. 이렇듯, 아르투로 코바는 제아무리 발버둥을 쳐도 헤어날 수 없는 소용돌이 같은 밀림에서 빠져나오지 못하는데, 역설적으로 말하면 그의 내부에 밀림이, 소용돌이가 항상 존재한다고 볼 수도 있을 것이다.

아르투로 코바와 비교되는 인물은 클레멘테 실바다. 클레멘테 실바는 밀림에서 타인을 돕는 등 인간의 기본적인 원칙을 유지하며 성실하게 살아가는 인물이다. 그의 이름 '클레멘테 Clemente'가 '자비'와 '관대함'을 의미하듯이 그는 이타적인 사람, 신뢰할 수 있는 사람이다. 밀림의 고무 채취 노동자들을 대변하는 인물인 그는 다른 노동자들과 마찬가지로 고용주로부터 부당한 대우를 받는다. 사실 모든 노동자는 고용주로부터 부당한 대우를 받는 희생자다. 이들은 자신과 가족의 삶을 개선하기 위해 고무를 채취하지만 이들을 기다리는 것은 빈곤과 절망과 굴욕이다. 밀림에서 이루어지는 모험은 이들의 사회적 상황을 악화시킬 뿐이다. 다른 고무 채취 노동자들과 마찬가지로 클레멘테 실바와 자연 사이에는 고통과 후회와 적대감의 관계가 지배하고, 이런 관계로 인해 그의 모든 불행이 유발되기도 하지만 그가 셀바(밀림)의 본성을 십분 이해하려고 했다는 점에서 그와 자연의 관계는 협조적이라고 볼 수도 있다.

『소용돌이』에 등장하는 인디오, 특히 구아이보guahibo 인디오는 신도, 영웅도, 조국도, 과거도 현재도 갖지 못한 인간들로서, 외부인들이 도저히 이해할 수 없는 고유한 문화를 소유하고 있다. 소설에서 다양한 중요성을 지닌 이들 인디오는 대개 익명 또는 집단으로만 언급되는데, 개별적으로 자세하게 언급되는 경우는 이들에 대한 혐오감을 표출하거나 이들을 비하할 때뿐이다. 인디오들과 자연은 조화로운 공모 관계를 유지하고 있다. 인디오들에게 자연은 포근한 어머니의 품과 같고, 또 그들이 생존에 필요한 모든 것을 찾을 수 있는 곳으로, 그들이 발전하고 문화를 향유할 수 있도록 해주는 곳으로 기능한다. 그럼에도 불구하고 이들 인디오는 정복자(자연을 착취하는 사람들)에 의해 착취의 대상으로 인식된다. 즉, 정복자들에게 인디오는 자신들이 착취할 자연과 동일한 대상인 것이다. 호세 에우스타시오 리베라는 라틴아메리카의 자연을 서구적 시각이 아닌 토착적인 시각으로 바라보고, 자연의 성스러움을 인정하는 것이 타당하다는 교훈을 준다.

『소용돌이』에는 각기 독특한 존재 방식을 드러내는 남성인물과 더불어 소설의 씨줄날줄을 구성하는 여성 인물이 다수 등장하는데, 이들 가운데 알리시아와 그리셀다가 두드러진다. 이 두 여성은 각자의 남자를 떠나 밀림의 고무농장으로 가는데, 이는 삶의 도피라기보다는 남자들이 고무농장으로 가는 것과 마찬가지로, 삶에서 경제적인 독립을 얻고자 하는 고통스런 시도라 할 수 있다. 밀림이 지닌 힘과 신비는 여성적 성sexualidad

이 지닌 힘과 병치됨으로써 여성들의 역할은 밀림과 마찬가지로 파괴적인 것이 되고, 이는 아르투로 코바가 자연과 투쟁하는 데 여성들이 밀림 편을 드는 데서 잘 드러난다. 여성과 밀림은 아르투로 코바가 스스로를 분석하도록 유도하기 때문에 아이러니하게도 아르투로 코바는 자신의 성찰을 위해 밀림과 여성을 필요로 한다. 여성은 남성이 욕망하는 대상이면서도 남성을 파괴시키는 자연(밀림)과 교묘하게 병치되고, 밀림과 여성 인물들이 표출해내는 다양한 '여성성'은 소설의 의미를 다양하고 풍성하게 만든다.

밀림이 지닌 다양한 의미

『소용돌이』를 '셀바스 소설'로 규정할 수 있다시피, 셀바스(밀림)는 하나의 테마 이상의 가치를 지닌다. 밀림은 소설의 풍경이고 무대지만 모든 곳에 동시에 존재하는 또 하나의 사악한 등장인물이고, 소설의 정체성을 명확하게 규정할 수 있게 해주는 핵심요소다. 밀림이 지닌 이미지는 기괴하고 무자비하다. 문명으로부터 격리되어 멀리 떨어져 있는 밀림은 가깝게도 보이고 낯설면서도 낯익게도 보이는 곳으로, 금지된 공간이면서도 인간을 유혹하는 공간이다. 샤토브리앙Chateaubriand의 로맨티시즘 소설에 등장하는 목가적인 밀림, 사근사근하고 친절하고 모성적인 밀림과는 거리가 멀다. 『소용돌이』에서 밀림은 인격화되고, 인간은 동물화된다. 인격화된 밀림은 인간과 대화한다. 밀림은 인간이 다른 관점에서 자신을 느끼도록 만든다. 문명인이 밀림으로 들어가는 것은 밀림을 착취하기 위해, 밀림을 이기기 위해 어쩔 수 없이 해야 하는 여행일 수 있지만, 인간이 밀림과 조화롭게 공존하는 것은 거의 불가능하다. 리베라의 밀림, 라틴아메리카의 밀림은 죽음과 삶이 동시에 고동치는 파괴적이고 야만적인 곳이기 때문이다.

밀림은 인간에게 금지된 세계의 '여주인'으로, 한 번 들어갔다 하면 빠져나오기 어렵고, 나왔다 해도 다시 돌아가게 하는 공간이다. 인간이 밀림에서 길을 잃는다는 것은 이중의 의미를 지닌다. 하나는 밀림이라는 물리적 공간에서 길을 잃는 것이고, 다른 하나는 존재론적 의미를 상실하는 것이다. 인간이 밀림을 빠져나오지 못한 채 밀림에서 길을 잃고 밀림에 잡아먹힌다는 사실은 인간의 심리적·도덕적 타락의 결과일 수 있다. 밀림은 인간에게 파괴를 향해 영원히 나아가는 여행을 하도록 함으로써 '가고 오는 법칙'을 위반하기 때문에 밀림에서 길을 잃는다는 것은 일상의 시간·공간의 관계를 정지시키고, 지옥 또는 저승, 즉 신화적인 세계로 들어가는 것과 같다.

『소용돌이』에서 밀림은 '침묵의 부인' '고독의 어머니' '번민의 대성당' '장엄한 공동묘지'다. 밀림에서는 삶과 죽음이 오묘하게 공존한다. 밀림은 요람이자 무덤이기 때문에 밀림에서는 모든 것이, 그리고 인류로부터 멀리 떨어진 어느 세계, 잊혀 있지만 존재하는 어느 세계에 설정된 질서에 참여하는 존재들 각자가 태어나고 죽는 곳이다. 인간화된 셀바스의 폐들은 새로운 공기, 생명을 주는 공기를 끝없이 내뿜는다. 그 공기는 탐욕스러운 존재들이 자신들의 세계를 벗어나 더 멀리 가도록 그들에게 자유를 공급한다. 그 존재들은 생명 창조의 시초에서 스스로를 느낄 수 있도록 문명의 고리들을 끊고자 열망한다. 밀림은 인간에게 최면을 걸고, 마법을 씌우고, 인간을 매혹시켜 인간더러 존재하지 않는 것들을 보게 한다. 밀림은 과거가 반사되는 거대한 거울로 변한다. 그 거울에는 온갖 기억이, 이미지가, 이야기가 넘친다.

『소용돌이』에서 인간은 밀림에서 아무것도 할 수 없고, 인간의 의지는 파괴된다. 밀림 자체가 거대한 '소용돌이'기 때문이다. 호세 에우스타시오 리베라는 신비로우면서도 잔혹하기 이를 데 없는 자연의 모습뿐만 아니라 자연이 가진 폭력성이 문명이 지닌 폭력성보다 더 강하다는 사실을 아마존의 밀림을 통해 보여준다.

『소용돌이』가 우리에게 주는 교훈

『소용돌이』에서는 남녀 간의 사랑이 주요 테마로 인식되지 않는다. 아르투로 코바와 알리시아의 '사랑의 도피'는 작품의 진정한 주인공 자연(밀림)의 파괴적인 위력을 드러내기 위한 수단에 불과하다. 하지만 『소용돌이』를 밀림이 지닌 모든 것을 보여주기 위한 소설이라고만 규정하는 것은 충분하지 않다. 밀림은 세상의 은유다. 『소용돌이』는 현대 인간이 겪는 온갖 갈등, 걱정, 고뇌, 욕망, 인간의 본능, 죽음, 사랑, 섹스, 여자, 여성적인 것, 남성적인 것, 자연, 개인주의, 돈, 폭력, 권력 등을 포괄적으로 다룬다.

인간의 본능, 인간의 불완전성, 인간의 이기심은 인간이 자연을 파괴하는 것이 자연을 정복하는 유일한 방법이라고 가르쳐왔다. 인간은 자연을 정복하는 최종 과정으로서 자연을 파괴함으로써 자신이 원하는 것을 얻으려고 시도한다. 이 세계는 우리가 소유하도록 우리에게 주어진 것이기 때문에 우리가 이 세계를 파괴할 수도 있다는 허무맹랑한 논리가 지배적이지만, 이는 우리가 우리에게 부여된 자유를 악(오)용한 경우라 할 수 있다. 타자, 환경, 생태가 우리에게 이롭든 해롭든, 우리가 이들을 마음대로 이용하고 해를 끼치는 것은 나약한 인간이 두려운 것, 낯선 것, 불가해한 것 앞에서 내놓을 수 있는 유일한 대답일지도 모른다는 사실은 인간이 지닌 모순과 한계를 역설적으로 증명한다.

사실 근대의 식민주의적 자본주의는 자연에 대한 파괴자적 면모를 여실히 드러내고, 자연에 대한 이런 착취는(자연을 개발하는 것은) 궁극적인 목적도 없이 대단히 강력하게 이루어지기 때문에, 이는 자연이 치르는 일종의 무가치하고 일방적인 희생으로 간주될 수 있다. 밀림에 의해 부여된 인간의 비극적 운명과 인간이 타자와 자연을 약탈하는 행위를 문학적으로 형상화한 작품 『소용돌이』는 인간이 자연을 착취함으로써 진보, 발전, 생산성, 재생산 등을 이루는 것이 과연 옳으냐 하는 문제의식을 제시한다고도 볼 수 있다.

『소용돌이』의 생태문학적 의미

현재 인류에게 가장 중요한 관심사는 위기에 처한 환경 및 생태계의 보존이라고 할 수 있다. 생태계적 위기가 우리 인간의 생존 문제와 직결되기 때문이다. 이런 상황에서 문학가의 자세는 대단히 중요하다. 문학이 상상력을 통해 자연에 대한 새로운 패러다임을 제시함으로써 인류의 인식을 근본적으로 전환시켜 문제의 해결책을 제시해줄 수 있기 때문이다. 생태비평가들이 생태를 다룬 문학작품에 던지는 질문은 다음과 같다. 작품에서 자연은 어떻게 묘사되는가? 소설의 구조에서 물리적 장소는 어떤 역할을 하는가? 작품에 표현된 가치는 생태적 지혜와 일치하는가? 생태비평이 생태 문제뿐만 아니라 인종, 계급, 젠더의 문제에 관해 새로운 비평적 범주를 형성하는가? 환경이 현대문학과 대중문화에 어떤 방식으로 유입되고 어떤 결과를 야기하는가? 생태비평이 문학 연구에 어떤 영향을 미칠 수 있는가? 등이다.

생태문학은 자연이나 환경 자체만을 문제 삼는 것이 아니라 자연과 인간의 관계에서 비롯되는 현실에 대한 비판적 성찰을 통해 인간의 세계관을 전환하는 통합적 성격을 지닌다. 생태문학은 인류의 진보와 발전이라는 미명하에 박탈당한 '자연의 권리'를 제대로 인식하고, 자연의 권리 회복에 대한 대안을 모색하려는 의지의 산물이다. '의미 있는 타자'인 자연의 권리에 대한 인식의 전환은 생태문학이 제시하는 대안이 환경 및 생태 문제의 해결을 위한 인간의 각성을 촉구할 뿐만 아니라 인간과 인간을 둘러싼 세계에 대해 근원적으로 성찰할 수 있는 계기를 마련해준다는점에서 중요한 의미를 지닌다.

　『소용돌이』는 우리가 대자연 아마존의 밀림을 상상하고, 체험하고, 느끼고, 이해하고, 배우고, 묘사하는 방법은 물론 인간과 자연의 관계를 새롭게 해석하고 설정하는 방법을 제시함으로써 21세기를 살아가는 우리에게 자연과 인간의 존재 방식과 그 의미에 대해 귀한 가르침을 준다.

작가 연보

1888 2월 19일 콜롬비아 우일라주州의 산마테오에서, 아버지
에우스타시오 리베라와 어머니 카탈리나 살라스의 11남
매 가운데 하나로 태어남.
고향에 있는 '산타리브라다 데 네이바' 학교와 '산루이스
곤사가 데 엘리아스' 학교에서 공부하고, 나중에는 장학
금을 받아 보고타 중앙사범학교에서 공부.

1909 톨리마주의 수도인 이바게로 이주해 장학사로 근무.

1910 자연에 대한 사랑과 감탄을 표현한 시들을 이바게의 『엘
트로피칼El tropical』지紙에 발표.

1912 콜롬비아 국립대학교 법과대학에 입학.

1917 콜롬비아 국립대학교에서 법학 및 정치학 박사학위를 취
득하고, 내무부의 공무원이 됨.

1921 소네트 55편을 모은 『약속의 땅Tierra de promisión』을 출간해
명성을 얻음.

1922 소가모소에 정착해 자연주의 소설 『소용돌이La vorágine』를
쓰기 시작.
'콜롬비아-베네수엘라 국경지역 위원회'의 전임 변호사
(법률 담당 서기관)로 임명되어 국경 지대의 밀림을 탐사
하면서 국가의 관심을 받지 못하고 있던 그 지역의 현실

과 이주민의 실태를 접하게 됨.

1923 7월에 국경 지역에서 콜롬비아인들에게 가해진 각종 불법행위와 범죄를 고발하는 보고서를 마나우스에서 외교부로 보내고, 10월에 보고타로 돌아옴.

1924 4월과 5월 사이에 네이바에서 '국가수호 애국연합Junta Patriótica de Defensa Nacional'을 결성한 뒤 국경 지역의 불법행위에 대한 고발 기사를 국내 언론에 기고하나 그의 경고와 요구가 받아들여지지 않음.
      2년 동안 쓰고 6개월 동안 검토한 대표작『소용돌이』를 11월 25일에 보고타에서 출간.

1925 외교 및 식민화 조사위원회의 위원으로 선출되어 보고타의『엘 누에보 티엠포El nuevo tiempo』지에「국가의 허위적인 원칙들」이라는 제목의 시리즈 기사를 게재하여 카르타헤나와 바랑카베르메하를 연결하는 송유관 공사 도급계약에 대통령 페드로 넬 오스피나를 비롯해 전직 장관 에스테반 하라미요가 부정하게 개입한 스캔들을 폭로.

1926 『소용돌이』의 개정판을 출간하고, 두 번째 소설『흑점La mancha negra』을 쓰기 시작하나, 몇 년 뒤 뉴욕에서 원고를 분실.

1928 쿠바의 아바나에서 개최된 이민에 관한 국제회의에 콜롬비아 대표로 참석. 이후『소용돌이』의 개정판 출간, 영어 번역본 출간, 소설의 영화화 등을 추진하기 위해 시인, 소설가, 정치가, 작가로서 뉴욕으로 가지만 긍정적인 결과를 보지 못하고 국가의 요구에 따라 콜롬비아로 돌아감.

콜롬비아에 도착한 후 병에 걸리는데 상태가 위급해지고, 며칠 뒤인 11월 27일에는 경련, 반신마비, 혼수상태에 이르러 뉴욕의 병원으로 이송됨. 12월 1일에 사망하는데, 사인이 정확하게 밝혀지지 않았으나 과거 밀림을 탐사할 당시에 감염되어 그 후 몇 차례 재발한 적이 있는 뇌말라리아 때문으로 추정.

『소용돌이』의 영어 번역본 출간.

1929   방부처리된 시신을 1929년 1월 9일 콜롬비아 보고타 중앙묘지에 안장.

1949   멕시코 감독 미겔 사카리아스가 『소용돌이』에 기반한 영화 「사랑의 심연Abismos de amor」을 제작해 개봉.

1975 / 1990   콜롬비아의 두 방송국이 『소용돌이』를 텔레비전 드라마로 제작해 방영.

2012   네이바시 창립 400주년 기념사업의 일환으로 리베라가 지역을 빛낸 위인에 리베라를 선정, 그의 초상이 새겨진 기념주화 발행.

기획의 말

세계문학과 한국문학 간에 혈맥이 뚫려,
세계-한국문학의 공진화가 개시되기를

　21세기 한국에서 '세계문학'을 읽는다는 것은 무엇을 뜻하는가? 자국문학 따로 있고 그 울타리 바깥에 세계문학이 따로 있다는 말인가? 이제 한국문학은 주변문학이 아니며 개별문학만도 아니다. 김윤식·김현의『한국문학사』(1973)가 두 개의 서문을 통해서 "한국문학은 주변문학을 벗어나야 한다"와 "한국문학은 개별문학이다"라는 두 개의 명제를 내세웠을 때, 한국문학은 아직 주변문학이었다. 한데 그 이후에도 여전히 한국문학은 주변문학이었다. 왜냐하면 "한국문학은 이식문학이다"라는 옛 평론가의 망령이 여전히 우리의 의식을 장악하고 있었기 때문이다. 그렇게 생각하고 그렇게 읽고, 써온 것이었다. 그리고 얼마간 그런 생각에 진실이 포함되어 있는 것도 사실이었다. 그러나 천천히, 그것도 아주 천천히, 경제성장이나 한류보다는 훨씬 느리게, 한국문학은 자신의 '자주성'을 세계에 알리며 그 존재를 세계지도의 표면 위에 부조시키고 있었다. 그런 와중에 반대방향에서 전혀 다른 기운이 일어나 막 세계의 대양에 돛을 띄운 한국문학에 위협적인 격랑을 밀어붙이고 있었다. 20세기 말부터 본격화된 '세계화'의 바람은 이제 경제적 재화뿐만이 아니라 어떤 나라의 문화물도 국가 단위로만 존재할 수 없게 하였던 것이니, 한국문학 역시 세계문학의 한 단위라는 위상을 요구받게 되었던 것이다.

그러니 21세기 한국에서 세계문학을 읽는다는 것은 진정 무엇을 뜻하는가? 무엇보다도 세계문학이라는 개념을 돌이켜 볼 때가 되었다. 그동안 세계문학은 '보편문학'의 지위를 누려왔다. 즉 세계문학은 따라야 할 모범이고 존중해야 할 권위이며 자국문학이 복종해야 할 상급 문학이었다. 그리고 보편문학으로서의 세계문학의 반열에 올라간 작품들은 18세기 이래 강대국의 지위를 누려온 국가의 범위 안에서 설정되기가 일쑤였다. 이렇게 해서 세계 각국의 저마다의 문학은 몇몇 소수의 힘 있는 문학들의 영향 속에서 후자들을 추종하는 자세로 모가지를 드리워왔던 것이다. 이제 세계문학에게 본래의 이름을 돌려줄 때가 되었다. 즉 세계문학은 보편문학이 아니라 세계인 모두가 향유할 수 있도록 전 세계 방방곡곡에서 씌어져서 지구적 규모의 연락망을 통해 배달되는 지구상의 모든 문학이라고 재정의할 때가 되었다. 이러한 재정의에는 오로지 질적 의미의 삭제와 수량적 중성화만 있는 게 아니다. 모든 현상학적 환원에는 그 안에 진정한 가치를 향해 나아가고자 하는 지향성이 움직이고 있다. 20세기 막바지에 불어닥친 세계화 토네이도가 애초에는 신자유주의적 탐욕 속에서 소수의 대국 기업에 의해 주도되었으나 격심한 우여곡절을 겪으며 국가 간 위계질서를 무너뜨리는 평등한 교류로서의 대안-세계화의 청사진을 세계인의 마음속에 심게 하였듯이, 오늘날 모든 자국문학이 세계문학의 단위로 재편되는 추세가 보편문학의 성채도 덩달아 허물게 되어, 지구상의 모든 문학들이 공평의 체 위에서 토닥거리는 게 마땅하다는 인식이 일상화까지는 아니더라도 최소한 정당화되고 잠재적으로 전망되는 여건을 만들어내게 되었던 것이다.

또한 종래 세계문학의 보편문학적 지위는 공간적 한계만을 야기했던 게 아니다. 그 보편문학이 말 그대로 보편성을 확보했다기보다는 실상 협소한 문학적 기준에 근거한 한정된 작품 집합에 머무르기 일쑤였다. 게다가, 문학의 진정한 교류가 마음의 감동에서 움트는 것일진대, 언어의 상이성은 그런 꿈을 자주 흐려왔으니, 조급한 마음은 그런 어둠 사이에 상업성과 말초적 자극성이라는 아편을 주입하여 교류를 인공적으로 촉진시키곤 하였다. 이제 우리는 그런 편법과 왜곡을 막기 위해서, 활짝 개방된 문학적 관점을 도입하여, 지금까지 외면당하거나 이런저런 이유로 파묻혀 있던 숨은 걸작들을 발굴하여 널리 알리고 저마다의 문학을 저마다의 방식으로 감상할 수 있는 음미의 물관을 제공해야 할 것이다. 실로 그런 취지에서 보자면 우리는 한국에 미만한 수많은 세계문학전집 시리즈들이 과거의 세계문학장을 너무나 큰 어둠으로 가려오고 있었다는 것을 절감한다.

이와 같은 인식하에 '대산세계문학총서'의 방향은 다음으로 모인다. 첫째, '대산세계문학총서'의 기준은 작품의 고전적 가치이다. 그러나 설명이 필요하다. 이 고전은 지금까지 고전으로 인정된 것들에 갇히지 않는다. 우리가 생각하는 고전성은 추상적으로는 '높은 문학성'을 가리킬 터이지만, 이 문학성이란 이미 확정된 규칙들에 근거한 문학성(그런 문학성은 실상 존재하지 않거니와)이 아니라, 오로지 저만의 고유한 구조를 통해 조직되는데 희한하게도 독자들의 저마다의 수용 기관과 연결되는 소통로의 접속 단자가 풍요롭고, 그 전류가 진해서, 세계의 가장 많은 인구의 감성을 열고 지성을 드높일 잠재적 역능이 알차게 채워진 작품의 성질을 가리킨다. 이러한 기준은 결국 작품의 문학성이 작품이나 작가에 의해 혹은 독자에 의해 일방적으로 결정되는 것이 아니라, 세 주체의 협력에 의해 형성되며 동시에 그 형성을 통해서 작품을 개방하고 작가의 다음 운동을 북돋거나 작가를 재인식시키며, 독자의 감수성을 일깨워 그의 내부에 읽기로부터 쓰기로의 순환이 유장하도록 자극하는 운동을 낳는다는 점을 환기시키고 또한 그런 작품에 대한 분별을 요구한다.

이 첫번째 기준으로부터 두 가지 기준이 덧붙여 결정된다.

둘째, '대산세계문학총서'는 발굴하고 발견한다. 모르거나 잊힌 것을 발굴하여 문학의 두께를 두텁게 하고, 당대의 유행을 따라가기보다는 또한 단순히 미래를 예측하기보다는 차라리 인류의 미래를 공진화적으로 개방할 수 있는 작품을 발견하여 문학의 영역을 확장할 것을 목표로 한다. 이는 또한 공동선의 실현과 심미안의 집단적 수준의 진화에 맞추어 작품을 선별한다는 것을 뜻한다.

셋째, '대산세계문학총서'가 지구상의 그리고 고금의 모든 문학작품들에게 열려 있다면, 그리고 이 열림이 지금까지의 기술 그대로 그 고유성을 제대로 활성화시키는 방식으로 진행되는 것이라면, 이는 궁극적으로 '가장 지역적인 문학이 가장 세계적인 문학'이라는 이상적 호환성을 추구한다는 것을 가리킨다. 이는 또한 '대산세계문학총서'의 피드백에도 그대로 적용될 것이다. 즉 '대산세계문학총서'의 개개 작품들은 한국의 독자들에게 가장 고유한 방식으로 향유될 터이고, 그럴 때에 그 작품의 세계성이 가장 활발하게 현상되고 작용할 것이다.

이러한 기준들을 열린 자세와 꼼꼼한 태도로 섬세히 원용함으로써 우리는 '대산세계문학총서'가 그 발굴과 발견을 통해 세계문학의 영역을 두텁고 넓게 하는 과정 그 자체로서 한국 독자들의 문학적 안목과 감수성을 신장시키는 데 기여할 것을 기대하며, 재차 그러한 과정이 한국문학의 체내에 수혈되어 한국문학의 도약이 곧바로 세계문학의 진화로 이어지게끔 하기를 희망한다. 이는 우리가 '대산세계문학총서'를 21세기의 한국사회에서 수행하는 근본적인 소이이다. 독자들의 뜨거운 호응을 바라마지않는다.

'대산세계문학총서' 기획위원회

대산세계문학총서